『日本霊異記』説話の地域史的研究

三舟隆之著

法藏館

歌集　欠落の小片《ピース》

二〇一七年九月二〇日初版発行

著　者　阪本ゆかり

埼玉県狭山市水野六〇六—一二一　フラワーヒル五二—五（〒三五〇—一三一七）

発行者　田村雅之

発行所　砂子屋書房

東京都千代田区内神田三—四—七（〒一〇一—〇〇四七）

電話　〇三—三二五六—四七〇八　振替　〇〇一三〇—二—九七六三一

URL http://www.sunagoya.com

組　版　はあどわあく

印　刷　長野印刷商工株式会社

製　本　渋谷文泉閣

『日本霊異記』説話の地域史的研究＊目次

第一篇　『日本霊異記』の中の寺院

『日本霊異記』説話の地域史的研究

序——研究の視点

一　はじめに

本書は、『日本霊異記』（正しくは『日本国現報善悪霊異記』、以下『霊異記』）の説話の中でもとくに地方における説話の分布に注目して、それらの説話の成立の背景を考証し、地域関係の説話の創作者とその形成過程を明らかにしようと試みるものである。

『霊異記』の説話がどのような土壌を基盤に成立したかという問題は、『霊異記』の性格を考察する上でも重要な問題である。かつて『霊異記』は、『冥報記』などの中国説話の翻案であるという指摘がなされてきた(1)。しかし益田勝実氏は、『霊異記』の成立に関係した僧侶や寺院とは、各地の「私度僧・私寺」であろうと述べ、地方豪族の私寺建立と「私度僧」の布教活動がその成立に大きな影響を与えていることを指摘した(2)。この後『霊異記』研究は、説話の形成を「私度僧」の教化活動にあるとし、説話の中に事実性を見出そうという研究が主となる。

説話の形成者が「私度僧」であるという「私度僧の文学」という観点に対して、植松茂氏は『霊異記』の伝承者の問題について、その説話の大部分が僧侶や寺院関係者によって伝承されたと論じ(3)、露木悟義氏は各地の国分寺僧の役割についても重要視するべきだとし、さらに地方に止住する官僧の存在についても言及している(4)。また原田行造氏は郡司層と有力者の説話に注目し、因果応報の原理による説話の形成基盤についての考察を行っている(5)。原田氏は、地方豪族の私寺を中心とする仏教活動がかなりの水準に達しており、『霊異記』説話の形成の母体となったことを論じた。一方、『霊異記』の伝承論的研究もあらわれ、『霊異記』の中の神話的説話の中に、氏族伝承が基礎にあるという指摘もなされている(6)。しかしそれでも『霊異記』説話の形成に関する研究については、いまだに自度僧の存在が大きな影響を与えている(7)。とくに中村史氏は、『霊異記』説話の中に唱導的性格の存在を指摘している(8)。

このように『霊異記』説話の研究は各方面からの考察があり、その中でとくに自度僧との関係は重要視されてきた。しかし説話の中には自度僧と関連しない説話もあり、登場人物の多様性はすでに指摘されてきているところである(9)。『霊異記』説話の研究は、本来記紀神話の神話的世界・氏族伝承が仏教説話に改変されたとする守屋俊彦(10)、「私度僧の文学」という伝承論をとる原田行造・黒沢幸三・丸山顕徳氏らの研究があるが(11)、一方では僧侶や寺院関係者の手を経て説法の材料となったとする説もあり(12)、民衆教化僧による伝承論が唱えられている。また『霊異記』の構造論から、撰述者景戒の思想的背景を探究する研究が、出雲路修氏によってなされている(13)。さらに中国の説話の影響について論及する研究も少なくない(14)。しかし、歴史的背景やその地域の視点から見た考証は少なく、歴史史料としての『霊異記』論は十分でないと思われる。

『霊異記』の研究は主に国文学の分野で行われてきたが、最近では歴史学、とくに古代史・宗教史の分野でも史料として注目されるようになり、『霊異記』を史料として扱うためには、実証作業が必要であることが指摘されるようになってきた(15)。これらの実証を経て、『霊異記』も古代史の分野で幅広く用いられるようになったが、しかしそれでもやはり宗教史や社会史の分野で用いられることが多く、地域史の観点でこれらの説話がどのようにして成立したかを論究したものは、皆無であると言っても過言ではない。それを明らかにするために筆者は、平成二十年度から二十四年度にかけて、文部科学省科学研究費補助金（基盤研究C：「『日本霊異記』における地域関係説話の形成と伝承」、課題番号：20520599）をもとに、説話の背景となった地域に焦点を当て、地域史の観点から検討を加えた。本書は、その成果報告書の意義も持つものである。

二　問題の所在——研究の方法論について

(1) 説話の形成について

『霊異記』の説話は、各説話条ともまずその説話要旨の大体をまとめた標題を掲げ、その説話の内容と、末尾にその説話についての撰述者の主張を結語として付すことによって成り立っている。この内、標題と結語は景戒によるものとされ、その説話を採録した意図が察知できるとされる。これらから説話の採録に当たっては、景戒の意図が反映しているとされるものの、説話そのもの自体が景戒によるものであるかについては、当然検証が必要となる。従来の研究、とくに文学における研究では、これらの説話から景戒の意図を考察する研究が主であった。

しかし地域関係説話（本書では、畿内地域以外の地域の説話をこのように呼称する）は、東日本では陸奥国から西日本では肥後国まで分布し、これらの説話の内容を見ると、舞台となった地名や登場人物など、その地域に生活していた者でなければわからない情報が反映されている説話が多い。これらの事実から、地方に分布する地域関係説話については、景戒が創作したものではなく、その地域で形成された説話の可能性が高い。そこで本書では、各説話を分析し、説話の形成について、地域史的な背景から検討を行った。したがって本書は、『霊異記』の地域関係説話について、舞台となった地域や登場人物についての歴史的な考証を行うという、地域史的な研究視点のもとに『霊異記』の説話を分析している。

本来『霊異記』の地域関係説話は、ある地域や国を中心に説話が集められ、景戒のもとにもたらされたと思われる。しかし景戒は、仏教史的観点から各地域の説話を時代順に再配列したために、本来まとまっていた地域関係説話はばらばらにされ、「地域」という単位は失わされたと思われる。それによって、例えば下巻二十二・二十三縁のようにたまたま時代が近接していて地域が同一な場合は地域の中でも検証も容易であるが、備後国のように上巻七縁と下巻二十七縁のように離されて配列されたものは、「地域関係説話」としての意味を失う結果となってしまった。そのため本書では、景戒のもとにもたらされる以前の本来の説話群の姿に戻して、地域の中でそれぞれの説話の意義を考察する必要があると考える。

また『霊異記』の地域関係説話の形成について、『霊異記』の各説話が布教のためのテキストや例証話という性格を持つならば、当然その説話の創作者とその伝承者（唱導者）の分析も必要である。説話の創作者と伝承者（唱導者）が同一である場合や、または異なる場合も想定できよう。とくに『霊異記』の地域関係説話の形成について重要なのは、説話のモチーフの中に中国の『冥報記』や『金剛般若経集験記』（『般若験記』）などから引用したと思われるものが多いことである。このような中国から将来された書物が地方に存在することは想定しにくいとするのならば、これらの説話のモチーフは誰によってその地域に伝承されたのかを分析する必要があろう。とすればそれを伝承した人物とその交通ルートについても、歴史地理学的な視点からの検討が必要である。

（2）交通史的視点

一方、『霊異記』の地域関係説話について特徴的なのは、同類異話の分布である。同類異話の分布については、二つの類型がある。すなわち①同一地域内の同類異話、もしくは同系統の説話が分布するものと、②異なる地域間で同類異話が分布する例である。前者の例では、下巻二十二・二十三縁の信濃国の同類異話の例が該当するであろうし、後者の例では上巻十縁・中巻十五縁の大和・伊賀国の化牛説話の例が該当するであろう。①同一地域内に同類異話が分布する場合は、その地域をその説話で唱導する人物や集団の存在が浮かび上がるし、②異なる地域間で同類異話が分布する場合では、当然二つの地域を結ぶ交通路が想定されるであろうし、それを伝承した人物・集団の存在も想定しなければならない。

またその場合、単に交通するだけではなく、それを結ぶネットワークの存在も無視することは出来ない。その拠点となるのは、各国の国分寺や地方寺院である可能性は高く、それらの存在も明らかにする必要があるし、交通路について官道である場合は、駅家などの存在も重要な分析資料となる。その他『霊異記』の地域説話の中には、海上交通や河川交通などの水上交通路を用いている例も見え、多角的な視点からの検討が必要であろう。

以上のような研究視点を可能にするためには、地域関係説話でも複数の説話が分布する地域と、同類異話が分布する地域が対象となる。

三　本書の構成

以上のような研究視点に立ち、本書の構成は以下の通りである。

まず、序論「『日本霊異記』に見える登場人物の階層」では、『霊異記』に登場する人物について、各階層ごとに分類し考察を加えた。その中で従来指摘されてきた行基や自度僧の登場回数を考察し、必ずしも彼らが『霊異記』では中心的存在ではなく、むしろ地域関係説話については郡司層や女性などの登場回数が多いことに注目する。また信仰の対象についても分析を行い、説話の創作者についての基礎的な考証を行う。

次に第一篇では、『霊異記』の中の寺院に焦点を当て、まず第一章「『日本霊異記』に見える「堂」と「寺」」でその検討を行う。『霊異記』に見える「寺」と「堂」については、直木孝次郎氏の説が定説化した観があるが[16]、直木説の再検討から「寺」と「堂」の問題点を挙げ、さらに『霊異記』に見える下巻十七縁の「弥気山室堂」から、「寺」と「堂」について再検討を行う。

第二章「「山寺」の実態と機能――『日本霊異記』を中心として」では、まず研究史から「山寺」研究の問題点を挙げ、次に「山寺」の宗教性について検討する。その上で『霊異記』に見える「山寺」を検証して「山寺」の実態を明らかにし、「山寺」と山岳信仰の関係や、「山寺」を維持する里との関係を明らかにする。

以上、『霊異記』の地域関係説話の形成について、第一篇ではそのネットワークに関係すると思われる『霊異記』の地方寺院について、考察を加える。

第二篇では、『霊異記』の地域関係説話の形成を中心にして、各地域説話からその説話の創作者と伝承者についての考察を行う。

まず第一章では、「『日本霊異記』における東国関係説話――武蔵・信濃国を中心として」で、武蔵国に関する説話（中巻三・九縁、下巻七縁）と信濃国に関する説話（下巻二十二・二十三縁）の考察を行い、在地伝承の形成と流布について、説話の分布する地域と登場人物などの考証を行い、武蔵・信濃国における説話の分布の共通点から、説話の分布する地域が国府・国分寺の存在する郡であることを明らかにする。

また第二章「『日本霊異記』地域関係説話形成の背景——備後国を中心として」では、はじめに上巻七縁説話の成立の背景を考証し、次いで下巻二十七縁「枯骨報恩譚」説話の成立の背景を考証する。その結果、上巻七縁と下巻二十七縁が説話の内容としては異なるものの、同一地域に関係することに注目し、その説話創作者を考察する。

第三章「『日本霊異記』地獄冥界説話の形成——讃岐国の説話を中心として」では、はじめに『霊異記』における讃岐国関係説話の三話を地域史的視点から考証し、讃岐国で成立した説話であることを考証する。そしてこの三話が「地獄冥界説話」のモチーフを用いていることに注目し、地獄冥界説話成立の背景を探って、『霊異記』の讃岐国関係説話の創作者に言及する。

第四章「『日本霊異記』九州関係説話の成立」では、はじめに上巻三十縁の説話が地獄冥界説話であることを指摘し、説話の舞台となる地域において成立したことを明らかにする。また下巻三十五・三十七縁は同類異話で、地獄冥界説話であることに注目し、大宰府を中心とした交通路を想定する。しかし下巻十九縁は地獄冥界説話ではないが、そこに登場する僧侶の交通路が大宰府を中心とした官道上にあることを考証し、九州関係説話の成立の背景から、九州関係説話の成立が大宰府を中心とした交通路と関係し、大宰府やその周辺の寺院関係者によって成立した可能性を考察する。

第五章「古代東北地方への仏教伝播——『日本霊異記』下巻四縁を中心に」では、はじめに東北地方の古代寺院の成立と仏教の伝播について述べ、東北地方における仏教伝播が早い時期であることを明らかにし、『霊異記』の下巻四縁の説話から仏教伝播の経路を考証し、さらにその仏教の性質も明らかにする。また東北地方の仏教が、従来のような対蝦夷のための鎮護国家的な仏教だけでない可能性を示す。

第六章「道場法師系説話群の成立――美濃・尾張国の交通網」では、はじめに尾張国の道場法師伝について考証し、さらに美濃国の狐直伝承の成立についても検証して、道場法師系説話群の成立とその背景にある交通路、とくに河川交通と市の関係を考察する。

第七章「『日本霊異記』大和・伊賀国の化牛説話の成立」では、はじめに上巻十縁の説話とその地域を考察し、さらに中巻十五縁の説話の舞台となる地域を考証した。その結果これらの説話が在地で成立したことを明らかにし、さらにこの二つの説話を結ぶ大和と伊賀国の交通路を考証して、大和と伊賀国の同類異話の成立について、上巻十縁と中巻十五縁の創作者を想定する。

最後に第八章「蟹報恩譚の成立――中巻八縁と十二縁」では、はじめに中巻八縁と十二縁の説話を考察し、中巻八縁と十二縁の地域的背景を考証した。その結果、二つの説話が行基と関係することから、行基関係説話の分布と交通路について考察を行う。

以上、各論で『霊異記』の地域関係説話の成立について考証を行い、その創作者と伝播者、およびその背景についても文献史学や考古学資料、歴史地理学的な視点からの検討を行い、説話が在地で成立したことを明らかにした。そして最後に、総論「『日本霊異記』に見える僧侶の交通と地域関係説話の形成」では、各論のまとめとして僧侶の交通と交通路との関係について考察を行い、さらに各論では取り上げることが出来なかった地域についても補足し、『霊異記』の地域関係説話の形成と伝承について検討を加え、『霊異記』の地域関係説話がどのように形成されていったのかを考察した。

本書はこのように、『霊異記』の地域関係説話について、歴史学的な視点から考察を行って、『霊異記』の説話に史料的な価値を見出そうとすることに意義があると考える。各論で具体的にその目的を考証し、最後に総論でそれを明らかにしたい。

註

（1）矢作武「『霊異記』と中国文学」（山路平四郎・国東文麿編『日本霊異記』古代の文学4　早稲田大学出版部　一九七七年）
（2）益田勝実「『日本霊異記』の方法」（『説話文学と絵巻』三一書房　一九六〇年）
（3）植松茂「日本霊異記における伝承者の問題」（『国語と国文学』三三―七　一九五六年）
（4）露木悟義「霊異記小考―寂林法師の説話の伝承系譜を中心に―」（『古代文学』一一　一九七一年）
（5）原田行造「『霊異記』説話の生成基盤に関する諸考察―とくに有力郷戸主・郡司層関係説話を中心に―」（『日本霊異記の新研究』桜楓社　一九八四年）
（6）代表的な研究に、守屋俊彦『日本霊異記の研究』三弥井書店　一九七四年、丸山顯徳『日本霊異記説話の研究』桜楓社　一九九二年などがある。
（7）本書では「私度僧」という語ではなく、「自度僧」という語を用いる（佐藤文子「古代の得度に関する基本概念の再検討―官度・私度・自度を中心に―」『日本仏教総合研究』八　二〇一〇年参照）。
（8）中村史『日本霊異記と唱導』三弥井書店　一九九五年
（9）原田前掲註（5）論文
（10）守屋俊彦『日本霊異記の研究』三弥井書店　一九七四年
（11）原田行造『日本霊異記の新研究』桜楓社　一九八四年、黒沢幸三『日本古代の伝承文学の研究』塙書房　一九七六年、丸山顯徳『日本霊異記説話の研究』桜楓社　一九九二年
（12）植松前掲註（3）論文、寺川眞知夫「日本霊異記の原撰年時について」（『国文神戸』二　一九七二年）、中村史『日本霊異記と唱導』三弥井書店　一九九五年
（13）出雲路修「日本国現報善悪霊異記の編纂」（『説話集の世界』岩波書店　一九八八年）

（14）河野貴美子『日本霊異記と中国の伝承』 勉誠出版 一九九六年、山口敦史『日本霊異記と東アジアの仏教』 笠間書院 二〇一三年など

（15） 青木和夫『日本古代の政治と人物』 吉川弘文館 一九七七年、平野邦雄編・東京女子大学古代史研究会『日本霊異記の原像』 角川書店 一九九一年、吉田一彦「史料としての『日本霊異記』」（『新日本古典文学大系 月報』七三 岩波書店 一九九六年）

（16） 直木孝次郎「『日本霊異記』にみえる「堂」について」（『奈良時代史の諸問題』 塙書房 一九六八年、初出は『続日本紀研究』七―一二 一九六〇年）

序論　『日本霊異記』に見える登場人物の階層

一　はじめに

『日本霊異記』（以下『霊異記』）の説話が、どのように成立したかという問題について、益田勝実氏は各地の私度僧・私寺が関係するとして、在地豪族の私寺建立と私度僧の布教活動がその成立に大きな影響を与えていることを指摘した。(1)説話の形成者が自度僧であるという、この「私度僧の文学」という観点に対して、『霊異記』の説話が僧侶や寺院関係者によって伝承されたという論があらわれた。(2)一方、原田行造氏は郡司層と有力者の説話に注目し、因果応報の原理による説話の形成基盤についての考察を行っている。(3)原田氏は、在地豪族の私寺を中心とする仏教活動がかなりの水準に達しており、『霊異記』説話の形成の母体となったことを論じた。

このように『霊異記』説話の研究は各方面からの考察があり、その中でとくに自度僧との関係は重要視されてきた。しかし説話の中には自度僧と関連しない説話もあり、登場人物の多様性はすでに指摘されてきているところである。(4)本稿では各階層の説話の主人公や登場人物に注目し、その中でも『霊異記』における郡司・富裕有力者などの在地豪族層に注目して、『霊異記』の地域関係説話の形成における、その位置について論じたい。

二　『日本霊異記』説話に見られる階層について

『霊異記』説話に見られる階層については、主に「天皇・皇族、貴族・官人層」・「郡司・富裕有力者層」・「庶民層」・「貧窮者層」・「僧尼・自度僧」に大きく分類することが出来ると思われる。そこでとくに特徴のある階層について、検討してみたい。

(1)　郡司層と富裕有力者層

『霊異記』上中下三巻百十六話の内、畿外の在地関係の説話は約四十七話あり全体の約四割に相当するが、郡司層が主人公である説話を挙げると、上巻七・十七・三十縁、中巻二・九縁、下巻七・二十六縁の七話が存在する。説話の内容については、①地獄冥界説話…上巻三十縁（豊前国京都郡）、②化牛説話…中巻九縁（武蔵国多磨郡）・下巻二十六縁（讃岐国美貴郡）、③建郡私寺建立説話…上巻七縁（備後国三谷郡）・十七縁（伊予国越智郡）、④出家に関する説話…中巻二縁（和泉国泉郡）⑤観音信仰説話…下巻七縁（武蔵国多磨郡）などがある。その他郡司が登場する説話は、中巻三・二十七・三十一縁、下巻十九縁があるが、それほど多く登場するとは言えない。同様に国司が登場する説話は、中巻二十・二十七・三十一縁、下巻四・十三・二十五・二十六・三十三縁などであるが、国司もさほど登場回数は多くない。また国司は、説話の主人公として登場しない。

それに比べて比較的多く見られるのは、家長や家主などの富裕有力者層で、十九話が該当する。その詳細を見ると、畿内の富裕有力者が登場する説話は上巻十・十八縁、中巻五・三十三・四十一縁の五話であり、在地のそれは上巻二・十八縁、中巻十一・十五・十六・二十五・二十七・三十一・三十二縁、下巻十九・二十二・二十三・三十・三十三縁の十四話である。(5) これらから見れば、『霊異記』の地域関係説話の中心階層は、郡司・富裕有力者層であると指摘出来るのではなかろうか。

その説話の内容については、①地獄冥界説話…中巻五・十六・二十五・三十二縁、下巻二十二・二十三・三十五縁、②化牛説話…上巻十縁、中巻十五縁、③悪死…中巻十一縁、④私寺建立…中巻三十一縁、下巻十七・二十三・二十八・三十縁などが見られ、家長や家主などの富裕有力者層説話の内容については、郡司層関係説話とそれほど異ならない。例えば、下巻二十二縁の冥界説話に登場する他田舎人蝦夷は郡司層とは明記されていないが、他田舎人氏は信濃国造の系譜を引く在地有力豪族で信濃国小県郡司に見え、また地獄冥界に遊行する原因が出挙の不正である点も下巻二十六縁の説話とも共通するところから、他田舎人蝦夷も郡司層の在地有力豪族と考えられる。したがって原田氏が『霊異記』説話の生成基盤について、郡司層と有力郷戸主層に注目して同一に論じたのは妥当であろう。郡司層と有力者関係が主人公として登場する説話は、それぞれ七話と十九話で全体の二二パーセントを占めており、地域関係説話の約六割である。『霊異記』説話の形成は一様ではないが、少なくとも地域を中心とする説話の形成には、郡司層や富裕有力者層が関係したものもあることが考えられるのではなかろうか。

しかし一方では、郡司層や富裕有力者層の説話の中には、地獄冥界説話・化牛説話などに見られるように、郡司や富裕有力者の不正が訴えられている説話が見られる。このような批判的な内容が、郡司や富裕有力者層自身によって作成されたとは考えにくく、従来から指摘されているように、自度僧などが関係した可能性が存在する。

ところが地獄冥界説話・化牛説話は僧侶関係の説話にも見られ、必ずしも郡司の不正を中心に主張した説話ではなく、郡司層と富裕有力者だけが罪悪の対象であるとは言えない。そこで次に、郡司層や富裕有力者層と異なる階層についても比較検討し、それぞれ言及したい。

(2) 天皇・皇族、貴族・官人層

天皇・皇族が主人公となって登場する説話については、上巻四縁(聖徳太子)、中巻一(長屋王)・十四(女王)・三十五縁(宇治王)、下巻三十八縁(聖武天皇)の五話がある。それらの説話の内容を見ると、聖徳太子を聖人と称賛している上巻四縁などがある一方、悪死の説話の例として、長屋王(中巻一縁)・宇治王(中巻三十五縁)の説話がある。また聖武天皇についても、上巻五縁のように聖徳太子や行基と並び称している説話もあるが、上巻三十二縁では添上郡細見里の里人が聖武天皇の猟によって迷い込んだ鹿を食べたということで捕まり、大安寺の丈六像に祈って大赦を得た説話がある。猟による殺生とその里人らを捕えたことは、むしろ非難されてしかるべき行為ではなかろうか。

また貴族・官人層が主人公となる説話は、上巻一(少子部栖軽)・五(大部屋栖野古)・二十三(学生)・二十五(大神高市麻呂)・三十一縁(御手代東人)、中巻四十縁(橘朝臣奈良麻呂)、下巻九(藤原朝臣広足)・三十六縁(藤原朝臣永手)の八話があり、この内少子部栖軽は雄略天皇に仕えて雷神を捕える説話、大部屋栖野古は吉野比蘇寺に関する説話であり、それぞれ天皇に仕えて功績があったことを称賛しているが、少子部栖軽の説話は仏教的色彩が乏しい。また大神高市麻呂は持統天皇を諫める忠臣として描かれているが、この説話も儒教的色彩が強く仏教的色彩が乏しい(6)。反対に藤原朝臣永手・橘朝臣奈良麻呂は、寺院造営を縮小したり非道を行ったりして、仏教の敵として描かれて悪死の例の内容となっている。

以上の説話の例を見ると、天皇・皇族、貴族・官人層においても仏教擁護者と排仏的行為者の描かれ方は異なり、必ずしも上流階層であるからといって賛美されることはなく、人物像の描かれ方は他の階層と異なることはない。

（3）貧窮者と女性

①貧窮者

天皇・皇族、貴族・官人層、郡司層や富裕有力者層などの支配者階層と反対に、貧窮者層について考察してみよう。『霊異記』説話の中で貧窮者が主人公とされる説話は九話あり、その内八話が女性であるという特徴を持つ。その内容を見ると、上巻十三（神仙思想）・三十三縁（寡婦）、中巻十四（女王）・二十八（貧窮者）・三十四（孤児）・四十二縁（貧窮者）、下巻十一（盲目）・十二（盲目）・三十四縁（病気）であり、父母との死別や配偶者との別離、あるいは病気などが直ちに生活に大きな影響を与えて、生活困窮になったことが想像される。貧窮者の場合、主人公は女性が圧倒的に多いのは、女性の地位も問題となろう。また貧困の理由も、盲目などの障害や病気が挙げられる。律令では鰥寡孤独に対して救済の規定があるが、『霊異記』説話の中でも当然、仏教信仰の功徳として救済が行われている。その対象となる仏像は観音が多く（中巻三十四・四十二縁、下巻十二縁）、次いで釈迦如来・薬師如来・吉祥天などが見られる。

しかしここで疑問なのは、もし『霊異記』が布教のためのテキストや例証話という性格であったとして、その布教が主に庶民を対象としたものであったとするならば、百十六話の説話の内で貧民救済の説話が九話というのは少ないように思われる。因果応報の原理に対しては、悪報だけでなく救済の約束があって初めて、仏教信仰の功徳というものが有効的に説明出来るのではなかろうか。

②女性

女性が主人公およびそれに近い存在で登場する説話は二十九話があるが、その登場する女性の階層は、皇族（中巻十四縁）や郡司層（下巻二十六縁）から尼僧（上巻三十五縁・下巻十九縁）・貧窮者まで、幅広い階層である。内容も畿内で布教する行基に関係する説話から、道場法師の孫娘などのように地方を舞台とした内容まで多岐にわたり、一様ではない。ここでも階層別に分けると、郡司層出身の田中真人広虫女（下巻二十六縁）や大領に嫁いだ道場法師の孫娘（中巻二十七縁）、その階層と推測される横江臣成刀自女（下巻十六縁）などの例がある。また利苅優婆夷（中巻十九縁）は渡来人の利苅村主氏の出身、忌部多夜須子（下巻二十縁）・布敷臣衣女（中巻二十五縁）などは地方豪族の出身と思われ、鏡作造万の子（中巻三十三縁）などとともに富裕有力者階層として考えられる。その一方で漆部造麿妾（上巻十三縁）や海使蓑女（中巻四十二縁）などは、貧窮者としての階層に位置している。中巻二十縁でも、国司に娘が嫁いだ母は「貧しき家なるに依り」とある。

このように女性が主人公となる説話は百十六話中二十九話あり、全体の約四分の一を占める。とくに行基と関係する女性の説話は中巻八・十二・二十九・三十縁とあり、行基関係説話の内の約三分の二を占めており、民間仏教の中で女性が仏教を信仰している姿を示していると共に、女性を対象にしていることが想定される。

(4) 僧尼

『霊異記』の中でやはり圧倒的に登場回数が多いのは僧尼関係の説話で、百十六話中四十三話が該当している。『霊異記』が「私度僧の文学」であるとされ、また僧尼の中でもとくに行基が聖人として称賛されているのは明らかであり、『霊異記』の性格は従来からこの僧尼関係の説話で物語られることが多かった。

ところが僧侶については、行基の説話が多いことで注目されてきたが、実は行基が登場する説話は、中巻二・七・八・十二・二十九・三十縁の六話しかなく、必ずしも多いとは言えない。同じく自度僧についても四十三話中十話であり、僧尼関係の説話の四分の一を占めるに過ぎず、これでは『霊異記』が「私度僧の文学」であるとは言えないのではなかろうか。

また自度僧の迫害についても六話のみであり、これも必ずしも多いとは言えず、自度僧を擁護しているとは言えない。反対に上巻二十七縁の石川の沙弥については、自度僧自ら造寺のための費用を横領する行為を行っており、自度僧に対しても厳しい評価を下している。同様に上巻十九縁でも、自度僧が『法華経』を読む乞者を嘲けったため口がゆがむという因果応報説話があり、ここでも自度僧が批判されている。また僧侶についても上巻二十縁の延興寺僧恵勝のように、寺物盗用の罪で牛に化して労役に従事し、罪を償うという化牛説話が残されている。このように僧侶についても、中巻七縁の智光のような高僧でも行基を批判したとして地獄に堕ちる説話があり、また地獄冥界説話・化牛説話だけでなく、上巻十九・二十・二十七縁、中巻三十八縁などのように僧の罪悪行為についても描かれており、僧尼階層が必ずしも擁護されているわけではない。

さらに南都大寺の僧尼の登場回数も少なくなく、『霊異記』説話の中では大安寺・元興寺・薬師寺・興福寺・下毛野寺などが登場する。この登場回数は自度僧のそれよりも実は多く、このことからも『霊異記』説話を「私度僧の文学」という観点のみで見ることは出来ないのではなかろうか。またそれらの寺院の中では、大安寺僧が中巻二十八縁、下巻三・十九・二十四縁の四回で最も登場回数が多く、元興寺僧が上巻十一・十二縁、下巻十七縁の三回でそれに次いでいるが、景戒のいた薬師寺僧の登場は中巻十一縁・下巻二十一縁のみで、さほど多いとは言えない。このことは、『霊異記』の編纂において景戒は、薬師寺僧という立場や、反対に自度僧であったという経歴にとらわれず、編纂意図として原伝承をある程度忠実に利用した可能性が考えられるのではなかろうか。

三　信仰の対象

次に階層別に信仰の内容について検討する。まず信仰の対象となる仏像については、登場する説話が百十六話中三十九話あり、その中で最も多いのが観音菩薩の十七例である。この点から見ると、『霊異記』の仏教信仰の対象では観音菩薩が中心と言えよう。観音菩薩に次いで弥勒仏が五例、釈迦仏・阿弥陀仏がそれぞれ三例、薬師仏・妙見菩薩・吉祥天が二例と続いている。

これを階層別に見ると、皇族・貴族層が阿弥陀如来（上巻五縁）、吉祥天（中巻十四縁）を信仰の対象としている例が見られ、一方、郡司・富裕有力者層が対象とする仏像は観音菩薩（上巻十七縁、中巻十一・三十四縁、下巻七・三十縁）の例が最も多く、弥勒菩薩（下巻八・十七・二十八縁）、釈迦如来（下巻三十縁）が続いている。僧侶については仏像を信仰の対象とする例は意外に少なく、観音菩薩（上巻六縁、下巻三縁）・吉祥天（中巻十三縁）があるだけである。さらに庶民層は妙見菩薩（上巻三十四縁、下巻五・三十二縁）の例が最も多く、釈迦如来（上巻三十二縁、中巻二十八縁）・観音菩薩（上巻三十一縁、下巻十三縁）があり、他に薬師如来（中巻三十九縁）・吉祥天（中巻十三縁）が続く。貧窮者では阿弥陀如来（上巻三十三縁、中巻四十二縁）・薬師如来（下巻十一縁）・千手観音（下巻十二縁）が見られる。

以上の仏像の例から見る限り、特定の階層について信仰の対象となる仏像の例は見られず、どの仏像も各階層において一般的に信仰されていると言える。ただ観音菩薩の事例が多い点から、『霊異記』の世界では観音信仰が中心であることは明らかで、民間仏教の中では観音信仰による現世利益を求めることが重要視されている。

経典についても同様で、圧倒的に多いのは『法花経』の十七例、『涅槃経』・『金剛涅槃経』の十五例であり、護国仏典である『最勝王経』は中巻五縁の一例だけである。この経典について階層別に見ると、天皇・皇族・貴族・官人層では、『法花経』（下巻九・三十五・三十七縁）・『陀羅尼経』（下巻三十六縁）が見られ、郡司・富裕有力者層では『方広経』（上巻十縁）・『観世音経』（上巻三十縁）・『法花経』（上巻十一・十八縁、下巻十九・二十・二十二縁）・『瑜伽論』（下巻八縁）・『大般若経』（下巻二十三縁）などが多く、庶民層では『金剛般若経』（中巻二十四縁）・『法花経』（下巻十・十三・十八縁）、貧窮者では『精進女問経』（上巻十三縁）・『法花経』（上巻十九縁、中巻三・六・十五縁）が見られる。また僧尼では、『方広経』（下巻四縁）、『般若心経』（上巻十四縁、中巻十九縁）、『涅槃経』（上巻二十縁）、『金剛般若経』（下巻一・二十一縁）、『法花経』（中巻十八縁、下巻一・六縁）が、自度僧では『般若陀羅尼経』（中巻十五縁）、『法花経』（下巻十縁）、『千手経』（下巻十四・三十四縁）、『薬師経』・『金剛般若経』・『観世音経』（下巻三十四縁）が見られる。

以上の経典を通して考察すると、『法花経』や『観世音経』はどの階層にも見られ、また『陀羅尼経』も自度僧ばかりではないところを考えると、特定の階層に特定の仏典が用いられていることはないようである。少なくとも『霊異記』の説話の中で、仏教信仰の内容から特定階層を擁護する仏教信仰は見られず、それぞれの仏像や経典についてはとくに意図はないように見られる。その中でも比較的『法花経』の登場回数が多いことは、観世音品の存在とあわせて観音信仰と結びつくことが推測される。そのことを念頭に置けば、周知のように『霊異記』の仏教信仰は現世利益的性格が強く、それは郡司・富裕有力者層や庶民層に限ったことではないと思われる。また観音菩薩や『法花経』の例が多いのは、これらの仏像や経典が懺悔滅罪を図る悔過の法会で用いられたと思われる(7)。

四　『日本霊異記』地域関係説話の形成と郡司・富裕有力者層

さて天皇・皇族・貴族・官人層、郡司・富裕有力者層、女性と貧窮者層、僧尼・自度僧層に注目して『霊異記』の説話を分析したが、その結果、特定の階層に偏重して編纂されているわけではないことが明らかになった。『霊異記』の説話は、従来より自度僧中心の世界観をもって語られることが多かったが、必ずしもそうとは言い切れないことは明らかである。景戒の編纂意図は「因果応報」の原理を世に示すことにあったと思われるが、以上の検討からすると特定の階層を対象にしていない。したがって、景戒は特定の階層を意識したのではなく、むしろ原伝承を忠実に利用して、「因果応報」の原理を強調して編纂したのではなかろうか。そのように考えると、説話の内容と結末が論理的に合わない説話群の存在を説明出来るのではなかろうか。

確かに『霊異記』の説話の伝承者の中心が自度僧であるという説は現在も有力であり、例えば中巻八・十二縁の「蟹の報恩譚」などは、畿内の行基集団の中で形成された可能性が強い。しかしその一方で霧林宏道氏が指摘したように、官大寺僧や国分寺僧の存在も無視出来ないのである。(8) その中でとくに畿外の遠国説話については、中央と交通する官大寺僧の存在が指摘されている。(9)

また中村史氏は、『霊異記』説話が編纂以前に法会の唱導の場で経典の正しさを実証する「例証話」であると指摘する。(10) さらに中村氏は各説話を分析し、一次伝承（原説話）に近い機能を持つ説話と、それから曲折を経ているものとに検討を加えているが、従うべき見解であろう。とすると、この原説話はどのように形成されたのであろうか。法会の唱導の場の主体が郡司・富裕有力者層であることは十分想像出来るので、そこで今一度郡司・富裕有力者層に関する説話を見てみよう。

郡司層が主人公である説話は、上巻七・十七・三十縁、中巻二・九縁、下巻七・二十六縁の七話で、説話の内容については①地獄冥界説話（上巻三十縁・豊前国京都郡）、②化牛説話（中巻九縁・武蔵国多磨郡、下巻二十六縁・讃岐国美貴郡）、③建郡私寺建立説話（上巻七縁・備後国三谷郡、上巻十七縁・伊予国越智郡）、④出家に関する説話（中巻二縁・和泉国泉郡）、⑤観音信仰説話（下巻七縁・武蔵国多磨郡）などがある。その他郡司が登場する説話は中巻三・二十七・三十一縁、下巻十九縁があるが、これらを含めて郡司の不正が非難の対象となっている説話は、七話中上巻三十縁、中巻九縁、下巻二縁の三話である。

同様に富裕有力者が登場する説話は、上巻十・十八縁、中巻五・三十三・四十一縁の五話であり、地域関係説話は、上巻二・十八縁、中巻十一・十五・十六・二十五・二十七・三十一・三十二縁、下巻十九・二十二・二十三・三十・三十三縁の十四話である。富裕有力者層の説話の内容については、①地獄冥界説話（中巻五・十六・二十五・三十二縁、下巻二十二・二十三・三十五縁）、②化牛説話（上巻十縁、中巻十五縁）、③悪死（中巻十一縁）、④私寺建立（中巻三十一縁、下巻十七・二十三・二十八・三十縁）などが見られ、郡司関係説話と同様、地獄冥界説話と化牛説話では富裕有力者が批判されているものが多い。

これらの説話を個別に見ると、地獄冥界説話では上巻三十縁の豊前国宮子郡少領膳臣広国は、その父の不正が語られているが、「広国黄泉に至りて善悪の報を見、顕録して流布す」とあって、広国がこの説話を記録して公表している。その後広国は父の奉為に造仏写経して三宝を供養し、「邪を廻らして正に趣く」とあって、仏教信仰の厚さとその姿勢の正しさを強調している。同様な例として中巻五縁では、摂津国東生郡撫凹村の家長は漢神信仰によって殺牛を行った結果冥界に行くが、放生の善報によって現世に戻ることが出来、自分の家を「那天堂」という寺にしたとあり、これなどは「那天堂縁起」とでも呼ぶべき内容で、地獄冥界説話と雖も必ずしも本人の不正が強調されているわけではない。本人の寺物盗用や出挙の不正が追及されているのは下巻二十二・二十三縁であるが、どちらも生前の写経およびその意思などの仏教作善によって現世に戻ってきている。

同様に化牛説話でも本人の不正が追及されているのは、中巻九縁の武蔵国多磨郡大領大伴赤麻呂と下巻二十六縁の讃岐国美貴郡の田中真人広虫女で、とくに中巻九縁では大伴一族がその事実を顕録して諸人に公表し、また下巻二十六縁では国司・郡司が官に報告書を出そうするが、最後には東大寺に寺田などの寄進を行い、出挙などの貸借関係を破棄している(11)。また上巻十縁と中巻十五縁はいずれも父母が貸借の不正が原因となるが、最後には法会を行うなどしてその罪を贖っている。

これらの不正行為が在地で問題になっていることを説話の内容が示しているが、とくに庶民層に批判されるべき不正行為は上巻三十縁、下巻二十二・二十六縁で、いずれも出挙の不正であり、批判されるべき内容であろう。しかし『霊異記』の説話では、これらの不正行為が特定階層の行為として批判されているのではなく、むしろ個人が批判の対象であると考える方が自然ではなかろうか。それゆえ郡司層においても自度僧においても、その行為によっては批判を受けるのである。したがって『霊異記』説話では、特定の階層について擁護されたり、また反対に批判が行われることはないように思われる。

そうするとこれらの地域関係説話の形成者は、どの階層であろうか。『霊異記』の地域関係の説話三十七話中で、主人公が郡司や富裕有力者である説話は二十一話あって全体の約五割強を占め、僧尼関係の説話の八話よりはるかに多い。これから見る限り地域関係説話の中心は、郡司・富裕有力者層であることは指摘出来るのではなかろうか。前述したように、「広国黄泉に至りて善悪の報を見、顕録して流布す」(上巻三十縁)、「同じ年の六月一日を以て、諸人に伝へき」（中巻九縁）とあるように、この説話の原伝承の形成に当人やその一族が関係しているところから、これらの地方での仏教行為の中心に郡司や富裕有力者がいた可能性は高い。それは造寺造仏や写経など仏教行為にかなりの経費がかかり、当然それを可能にするにはある程度の財力が必要であることからも自明である。地方寺院の建立（上巻七・十七・三十一縁）や寺院の経営（中巻九・三十二縁、下巻二十三縁）に関係する説話や、地方での法会（上巻十・十一縁、中巻十五縁、下巻十九縁）の主体が郡司・富裕有力者層であることは当然と言えよう。とすれば在地での仏教活動もこれらの階層が中心であった可能性は高く、『霊異記』説話の原伝承もそこで形成されたものが多いのではなかろうか。その中には例えば、在地豪族の私寺の縁起を主体とした伝承（上巻七・十七縁）もあると思われる。したがって在地での仏教活動の中心が、郡司・富裕有力者層であることは明らかである。

しかしそれでも上巻三十縁、下巻二十二・二十六縁などでは出挙の不正が追及され、それによって地獄に遊行することはその一族にとって不名誉であることは間違いなく、これらの説話についてはその一族内で継承されることはあったにせよ、最終的に仏教説話として完成するには、他人の手を経なければこのような内容にはならないであろう。むしろ郡司・富裕有力者層が、説話の聞き手であった可能性も指摘されている(12)。

とくに郡司・富裕有力者層においては、造寺・造仏・写経などの功徳によってその罪業が許される説話が多いので、これらの説話の教化の対象者は郡司・富裕有力者層であるとすれば、その唱導の場がその私寺であった可能性がある。一方で上巻七・十七縁はそれぞれ「三谷寺縁起」「越智寺縁起」とも言うべき内容で、とくに上巻十七縁は「子孫相継いで帰敬す」とあるところから、一族内またはその私寺でこの伝承が形成され継承された可能性が高い。しかしこれが仏教説話として完成して公にされるには、もちろんこの「越智寺」の僧侶の可能性も否定出来ないが、同じ郡に存在する伊予国分寺僧の存在も無視出来ないであろう(13)。

このように在地の伝承については、地方寺院の僧尼や自度僧が一次伝承（原説話）を創作して伝承し、布教した可能性が一般に考えられるが、『霊異記』の地域関係説話の中で、その説話の舞台となる郡に国府・国分寺が多いことを考えると、むしろ在地の伝承を国師・国分寺僧が利用した可能性があるのではなかろうか。(14)『霊異記』の地域関係説話は、畿外の国数でいうと二十二カ国が登場するが、その内の約半数の十二カ国の説話の舞台が国分寺所在の郡である。具体的に挙げると、武蔵国多磨郡（中巻三・九縁、下巻七縁）・遠江国磐田郡（中巻三十一縁）・尾張国中嶋郡（中巻二十七縁）・陸奥国（下巻四縁）・備後国安那郡（下巻二十七縁）・播磨国飾磨郡（上巻十一縁）・伊予国越智郡（上巻十七縁）・阿波国名方郡（下巻二十縁）・紀伊国那賀郡（下巻十七縁）・肥後国託磨郡・肥前国佐賀郡（下巻十九縁）などである。これらの例から見ると、『霊異記』の地域関係説話の形成に国分寺が拠点となった可能性を想定することが出来るのではなかろうか。さらにそれらの原伝承が景戒の手元に集められる背景には、中央と地方を往来する官大寺僧や国分寺僧の存在が不可欠であったと思われるのである。

五　まとめ

以上、『霊異記』説話の中で、登場する人物の階層に焦点を当てて説話の形成について考察を行った。登場する人物階層では僧尼関係がやはり一番多いが、実は行基や自度僧関係は意外に少なく、反対に郡司・富裕有力者層が比較的多いことを指摘した。『霊異記』は自度僧という観点のみで語られるものではなく、多様な主人公や登場人物の存在から、景戒は原伝承を重要視して用いたのではなかろうか、という見通しを提示した。とくに地域関係説話については、郡司・富裕有力者層が仏教活動の中心を担っていたため、その関係の説話が多く見られるが、内容によっては在地で形成された伝承をもとに、官大寺僧や国分寺僧などがアレンジした可能性もある。この当時、官大寺僧が中央と地方を往来していたことから、彼らによって在地の伝承や仏教説話が景戒のもとに集められたのではなかろうか。

『霊異記』がどのように編集されたかという問題については、景戒の思想・意図やその立場から論じられることが多かったが、本書ではとくに地域関係説話に焦点を当て、『霊異記』の地域関係説話の形成と展開について地域を中心に論証し、その形成過程を明らかにしたい。

註

（1）益田勝実「『日本霊異記』の方法」（『説話文学と絵巻』三一書房　一九六〇年）
（2）植松茂「日本霊異記における伝承者の問題」（『国語と国文学』三三―七　一九五六年）、露木悟義「霊異記小考―寂林法師の説話の伝承系譜を中心に―」（『古代文学』一一　一九七一年）など
（3）原田行造「『霊異記』説話の生成基盤に関する諸考察―とくに有力郷戸主・郡司層関係説話を中心に―」（『日本霊異記の新研究』桜楓社　一九八四年）
（4）原田前掲註（3）論文
（5）これらの説話の階層については、その内容の解釈によって異論も存在する可能性がある。ここでは、「富める人」「家長」という表現の他に、財産・家屋の存在や仏教行為の主体となる人物か否か、在地豪族と認められる氏族名などを考慮している。
（6）大神高市麻呂については、倉本一宏氏の論考がある（「『日本霊異記』の大神高市麻呂説話をめぐって」小峯和明・篠川賢編『日本霊異記を読む』吉川弘文館　二〇〇四年）。
（7）中村史『日本霊異記と唱導』三弥井書店　一九九五年
（8）霧林宏道「『日本霊異記』における遠隔地説話の研究―伝播者を中心として―」（『國學院雑誌』九六―六　一九九

九五年）
（9）鈴木景二「都鄙間交通と在地秩序—奈良・平安初期の仏教を素材として—」（『日本史研究』三七九　一九九四年）
（10）中村前掲註（7）著書「『日本霊異記』の唱導的性格とその編纂」
（11）勝浦令子氏は郡司・富裕農民層クラスの不正行為は、造寺・造仏や写経、寺への布施による宗教活動で相殺されている場合が多いのに対し、賠償などが出来ない場合は、地獄での身体刑などの実刑が課されると指摘する（「『霊異記』にみえる盗み・遺失物をめぐる諸問題」（平野邦雄編・東京女子大学古代史研究会『日本霊異記の原像』角川書店　一九九一年）。
（12）黒沢幸三「伝承文学研究の立場と方法」（『日本古代の伝承文学の研究』一六頁　塙書房　一九七六年）
（13）拙稿「『日本霊異記』上巻一七縁の「建郡造寺」について」（『日本古代の王権と寺院』名著刊行会　二〇一三年）
（14）第二篇第一章「『日本霊異記』における東国関係説話—武蔵・信濃国を中心として—」

第一篇　『日本霊異記』の中の寺院

第一章 『日本霊異記』に見える「堂」と「寺」

一 はじめに――『日本霊異記』の寺院研究史

『日本霊異記』（以下『霊異記』）の仏教施設に関する研究史は、まず「寺」（寺院）に関する研究に始まる。この研究は主に『霊異記』に見える寺院の中で、郡司層の建立になる「郡名寺院」や個々の比定寺院の研究が中心であった[1]。これらの研究は、むしろ建立者の階級に関する研究であったり、『霊異記』の中に見える「寺」（寺院）を参考資料とした研究であって、『霊異記』の寺院自体についての研究とは言い難かった。それに対し、直木孝次郎氏の「『日本霊異記』にみえる「堂」について」という論考は、それ以後の『霊異記』の寺院史研究に大きな影響を与えた。すなわち直木氏は、『霊異記』の寺院表記が「寺」「山寺」「堂」「道場」と異なる点に注目し、これらが仏教施設の規模や存在形態によって区別されていることを指摘した[2]。また井上光貞氏の同様な研究は、寺院と堂の区分に触れて、それが律令の用法に適応していることを指摘している[3]。

その後の研究は『霊異記』の仏教施設の研究ではなく、直木氏が提示した仏教施設の区分の上に、寺院と村落の関係を考察する方向に向かう。佐々木虔一氏は『霊異記』の「堂」を「草堂」と把握し、出挙などの貸借関係を通して村落共同体内の関係を強化する側面があることを指摘している。(4)その後発掘調査の増加によって集落遺跡内に四面庇建物や墨書土器などを伴う仏教施設が検出される例が急増したことから、これらの遺構を「村落内寺院」と呼び、集落内における仏教施設の機能を明らかにしようという方向に進んでいる。(5)「村落内寺院」（本書では「村落寺院」と称する）の用語の是非はともかく、最近では事例研究からその機能に至るまで、さまざまな研究が行われるようになった。(6)とくに「村落寺院」と称される仏教施設の多くが、基壇はあるが瓦葺きでない、または掘立柱建物のみである、という構造から、これらの「村落寺院」が「仏堂」的存在であるとされ、『霊異記』に見える「堂」との関係を追究されているのが現状である。中でも村落内における仏堂の研究を行ったのが宮瀧交二氏で、『霊異記』に見える「堂」の機能が必ずしも宗教的側面だけにとどまらず、村落社会と結びつく諸機能が付加されていることを指摘している。(7)このように寺院と村落を結びつけた研究が、最近までの研究であると言える。(8)

一方、寺院史研究からの視点も、直木氏の視点を継承して存在する。有富由紀子氏は、直木氏の提唱した仏教施設の区分の、とくに「寺」について寺院遺跡との比定を行い、「寺」と「堂」の相違は寺院の形態、とくに「塔」の有無によるものであり、これは『霊異記』の世界の中にとどまらないことを指摘している。(9)また鈴木景二氏は、官大寺の僧侶が在地の仏教施設で説法を行うことを、『東大寺諷誦文稿』との比較から明らかにしている。(10)

このように『霊異記』に見える仏教施設に関する研究は、その施設の規模だけではなく、それを取り巻く村落内での位置とその機能についての研究に発展しており、今や『霊異記』が在地の仏教信仰の研究や村落研究に不可欠な史料となりつつある。そしてその研究の基礎にあるのは、やはり直木氏の論考であろう。「寺」と「堂」の区分がその建立者や寺院の維持集団の階層差にあるという指摘は、奈良時代に在地での仏教信仰が広まり、さまざまな階層が存在して仏教を信仰していたことを示している。

しかし近年墨書土器の集成が進展してくると、集落内の住居跡からも「寺」と書かれた墨書土器が出土する例も知られるようになった。[11]果たして古代の民衆に「寺」と「堂」の区別が存在していたかどうか、疑問を感じる点もある。そこでこの問題点について、若干の考察を加えたい。

二　直木説の再検討

現在の『霊異記』に見える「寺」と「堂」の研究は、大方が直木氏の論考を基礎としている、と言っても過言ではなかろう。そこで今一度、直木氏の論点を挙げてみよう。

直木氏は、『霊異記』に見える仏教施設について、仏を祀る信仰の中心であるとし、『霊異記』の記事に「寺」と「山寺」・「堂」の三種があらわれ、それがある程度区別されて用いられているらしいことを指摘している。そこでその三種の区分の論拠を見ると、次のようになる。

（1）「寺」

①官寺で修行した官僧が常住し、いわゆる寺院としての設備・内容が整っているもの。

②官・国、または有力な貴族・豪族によって建立されたもので、寺院としての体面を備えているもの。

③「貴志寺」のように、村人の手によって造られた例もあるので、厳密な統一はない。

（2）「山寺」

①僧侶の修行の場として建立されたもののようで、国家あるいは特定の貴族・豪族や村落との関係は見られない。

（3）「堂」

①里名・村名を堂の名とするものが多い。

②常住の専門僧侶がいない。多くの堂が正式の資格を持つ僧侶によって管理されていない。

③仏像は木像・塑像の中でも粗末な方に属する。

④土地の有力者または村人の力によって建てられている場合が多い。

⑤檀越が管理している。

以上のように、直木氏の分類は大変明確であるが、しかし疑問点がないわけではない。それをいくつか検討してみよう。

まず『霊異記』上巻五縁には、「池辺直氷田を請けて仏を雕り、菩薩三軀の像を造り、豊浦の堂に居きて、諸人仰敬す」とあって（傍線部筆者、以下同じ）、この「豊浦の堂」は上巻一縁に「豊浦寺」とあり、直木氏は、「蘇我氏建立の寺院で、他の堂とは性格が異なるが、日本最初の寺院だから、当然建立当初は専門僧侶はいない」と指摘している。しかしなぜ「堂」と呼ばれたのかについては、十分説明がなされているとは言い難い。これについて菅原章太氏は、豊浦寺が日本最初の寺院であり、後世の堂・道場の性格が示されていると指摘し、豊浦寺の特殊性を挙げて説明している。[12] また有富氏も、創建当初は豊浦寺が「寺」と呼ばれるほどの規模を持っていなかったということで「豊浦堂」と呼ばれたと指摘するが、現在までの発掘調査の知見からすると、豊浦寺はその下層に豊浦宮跡と推定される石敷遺構が存在すること、また軒丸瓦の年代から飛鳥寺に続いて造営されていること、伽藍配置は四天王寺式をとることなどが挙げられ、「仏堂」的な存在と考えるのは困難ではなかろうか。考古学上の知見からすれば、遺構は「豊浦寺」そのものなのである。

同様な例は下巻十八縁の「野中堂」であろう。すなわち『霊異記』下巻「法花経を写したてまつる経師、邪婬を為して、現に悪死の報を得る縁　第十八」には、

> 丹治比の経師は、河内の国丹治比の郡の人なりき。姓は丹治比なり。そゑに、これをもて字とせり。その郡の部内にひとつの道場あり。号をば野中の堂といふ。願を発せる人ありて、宝亀の二年の辛亥の夏六月をもて、その経師をその堂に請け、法花経を写したてまつらしむ。女衆まゐり集ひて、浄き水をもて経の御墨の水に加ふ。
>
> 時に未申のあひだに、段雲り雨降る。雨を避けて堂に入るに、堂のうち狭少きがゆゑに、経師と女衆と同じところに居り。（以下略）

とある[13]。この「野中の堂」は『霊異記』によれば河内国丹比郡にあり、地名を寺院名とする例が多いところから、丹比郡野中郷の野中寺が該当すると考えられる[14]。野中寺は七世紀後半の造営で、川原寺式の伽藍配置をとる寺院であり（図1）、決して「仏堂」的な寺院ではない。直木氏はこの「野中の堂」について経師を招いて写経させたことから、僧侶のいない寺院であろう、と推定している。しかし、別に発願者がいて写経を行っており、またその写経に参加しているのが「女衆」であり、知識集団による写経であることを考えると、必ずしも僧侶が常住しない粗末な寺院とは言えない。経師を呼んで写経のために人数が集まっている状況からすれば、写経を行う場所としては寺院であれば講堂などの建物が想定されるから複数の堂宇が存在したと思われ、「野中の堂」は野中寺のような寺院を想定するのが妥当であろう。

また下巻二十八縁の「貴志寺」については、直木氏は「寺」の範疇に入るものとするが、その判断は極めて曖昧である。直木氏は紀伊国名草郡貴志里の「貴志寺」を、村人の力で造られたにもかかわらず「寺」と呼ばれている

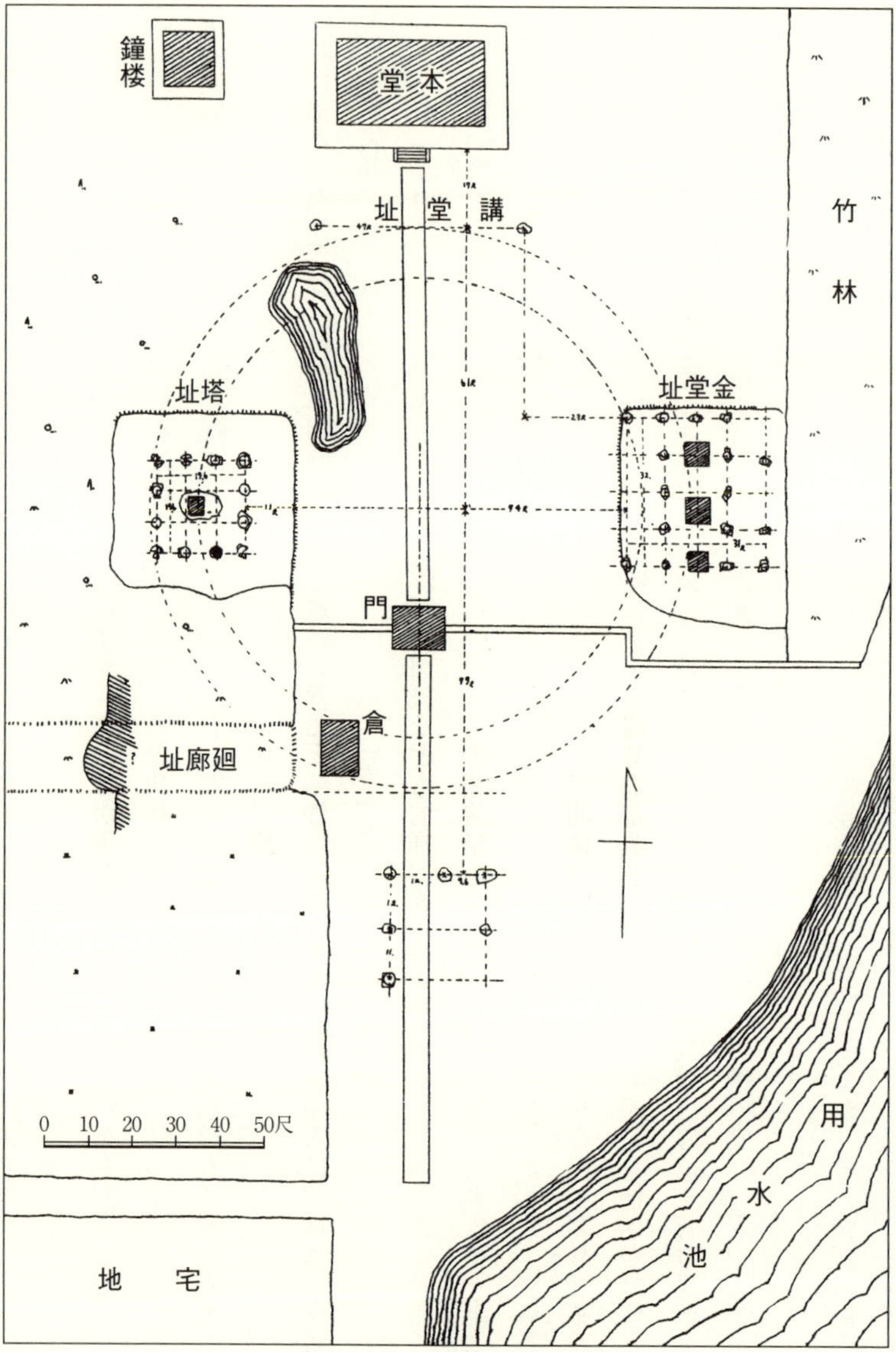

図１　野中寺跡伽藍配置図

ので、これを例外として扱い、「寺」と「堂」の中間的存在とした。その理由として、①村人の建立、②優婆塞が居住、③檀越が寺の管理・造仏に当たる、④本尊は木像で、管理が良くない、⑤里名を寺名とする、という点を挙げている。これらの諸特徴は「堂」と共通するが、未成ではあるが造塔計画があるところから、形態的には「寺」の最下位に属すると指摘している。また後述する「弥気堂」と比較して、こちらを「堂」の最上位に当たるとしている。

すなわち村落の信仰の中心が「堂」の基本的性格であり、仏堂に修行する場所という性格が加わってくると「道場」と呼ばれるようになるが、さらに設備や規模が充実すると「寺」と呼ばれるようになるとする。この背景には建立者の階層の問題があり、「堂」は農民的であり、「道場」「寺」となるにつれて豪族的・国家的性格が増す、と指摘している。一方、佐々木虔一・宮瀧交二・菅原章太氏なども同様にこれを「堂」の範疇に入るものとしているが、有富由紀子氏は「寺」の範疇に入るものとしている。この相違は、「堂」の機能を検討する立場と、「寺」の形態を検討する立場の相違であろう。

以上のように、直木氏の論考は「寺」と「堂」の違いについて明確な分類を行い、それがその後の研究に大きな影響を与えているが、実は「寺」と「堂」の違いについて曖昧な部分が存在するのであり、その後の研究もその点を問題視しながらも解決に至っていない。

三　「寺」と「堂」の問題点

『霊異記』の「寺」と「堂」が異なる点について、直木氏も問題に取り上げているのが「貴志寺」の説話である。

まずその説話を掲げると、『霊異記』下巻「弥勒の丈六の仏像、その頸を蟻に嚙まれて、奇異しき表を示す縁　第二十八」には、

紀伊の国名草の郡貴志の里に、ひとつの道場あり。号をば貴志の寺といふ。その村の人ども、私の寺を造れるがゆゑに、これをもて字とせり。白壁の天皇のみ代に、ひとりの優婆塞ありて、その寺に住りき。

時に寺の内に音ありて、呻ひていはく、「痛きかな、痛きかな」といふ。その音、老大人の呻ひのごとし。優婆塞、初めの夜には、「路を行く人、病ひを得て参り宿れるならむか」と思ひ疑へり。起きて堂の内を巡りて、見索むるに人なし。その時に塔の木あり。いまだ造らずして、淹しく仆れ伏して朽ちたり。疑はくは、「これ塔のみ霊ならむか」とうたがへり。

その病み呻ふ音、夜ごとに息まず。行者聞き忍ぶること得ず。そゑに起きて窺ひ看るに、なほし病める人なし。

しかして、最後の夜に、常の音に倍して、大地に響きて、大きに痛み呻ふ。なほし疑はく、「塔のみ霊ならむか」とうたがふ。

明くる日に早く起きて、堂の内を見れば、その弥勒の丈六の仏像の頸、断れ落ちて土にあり。大きなる蟻千ばかり集まりて、その頸を嚙み摧きつ。行者見て、檀越に告げ知らす。檀越ら、悵しびて、また造り嗣ぎたてまつり、恭敬し供養しまつりき。（以下略）

とある[15]。さてこの説話の要点は以下の通りである。①寺名は所在地名の「貴志寺」である、②「道場」を「寺」と呼んでいる、③村人の建立による、④優婆塞が常住している、⑤塔が計画されているが未成である、⑥丈六の弥勒菩薩が堂内にある、という諸点である。ではそれぞれについて、次に検討してみよう。

まず①について、寺名が地名で呼ばれている例は『霊異記』の中にも多く見られ、またその他の文献や文字瓦・墨書土器などの例からも、当時では一般的であった[16]。②では、「道場」と「寺」は同一であると考えられる。③では、村人の建立の例が下巻十七縁の「弥気堂」にもある。この例では、地名による「弥気堂」という寺名の他に、「慈氏禅定堂」という法号による寺名も持っている[17]。④では、確かに正式な僧侶はおらず檀越が管理しているが、むしろ地方寺院の形態はこれが一般的なのではなかろうか。その状態は、すでに『続日本紀』霊亀二年（七一六）五月庚寅条などのいわゆる「寺院併合令」にも明らかに見え、また『出雲国風土記』の「新造院」の例でも、明らかに「僧無し」とある。そして下巻十七縁の「弥気堂」には、元興寺僧の豊慶という僧が平城京から来ていることが明らかで、これらの官大寺の僧が地方寺院に滞在することは珍しくない[18]。⑤⑥では塔は未成でありながらその木材が用意されていることから、寺院としては一定の伽藍配置を持っていたことがわかる。

また丈六の弥勒菩薩であるが、「丈六」は仏の身長一丈六尺で、坐像の場合、その半分八尺（二・四二メートル）となる。飛鳥寺の釈迦如来像が「丈六」で造られてから広まるが、この坐像を収納するとなるとある程度の建物規模が必要であり、決して小さな仏堂に収まるものではない。したがってこの「貴志寺」は、先学が指摘してきたような「仏堂」的な規模では決してなく、ある程度の規模と伽藍を持った地方寺院であることは明らかである。しかし残念ながら「貴志寺」に比定される寺院遺跡はわかっておらず、遺跡で比較は出来ない。そこで「貴志寺」と同様に『霊異記』の説話に登場する紀伊国の寺院について、検討を加えてみたい。

『霊異記』下巻「沙門、功を積みて仏像を作り、命終の時に臨みて、異しき表を示す縁　第三十」には、

老僧観規は、俗姓、三間名の干岐なり。紀伊の国名草の郡の人なりき。自性天年、雕巧を宗とせり。有智の得業にして、ならびに衆の才を統べたり。俗に着きて営農をし、妻子を蓄へ養ふ。

先祖の造れる寺、名草の郡の能応の村にあり。名をば弥勒寺といひ、字を能応の寺といふ。観規、聖武天皇のみ代に、願を発し尺迦の丈六とまた脇士とを雕り造り、白壁の天皇のみ世の宝亀十年の己未をもて、造りたてまつることすでにをはりぬ。能応の寺の金堂に居きて、会を設け供養しまつりき。（中略）すでにして、仏師多利麿、遺言を受けて、その十一面観音の像を造り、よりて開白し供養しまつることすでにをはりぬ。今に能応の寺の塔の本に居けり。（以下略）

とある。[19] この説話の寺院は、法号では「弥勒寺」で、在地では村名による「能応寺」と呼ばれていたことがわかる。しかし「寺」といっても官寺などではなく、老僧観規の「先祖の造れる寺」である。さらに老僧観規は、俗姓を三間名干岐といい、農業を営み妻子を伴っており、正式な資格を持った僧侶ではなく、自度僧であると思われる。また三間名氏は、『新撰姓氏録』「未定雑姓」右京に「三間名公」とあって、任那から来た渡来系氏族であることが知られる。とくに「干岐」は古朝鮮の王族の通称であり、三間名氏の「先祖の造れる寺」であるところから、この「能応寺」はあくまでも在地豪族が自らの一族のために建立した氏寺であることは明らかである。このように在地豪族の建立した寺院の場合、自らの一族から僧侶が出て寺院の宗教活動を行っており、同様な例には『霊異記』下巻二十三縁の大伴一族の「氏の寺とせり」という例がある。「能応寺」は確かに金堂・塔という伽藍があり、金堂には丈六の釈迦像が安置されているから、伽藍としては寺院の体裁が十分整えられている。

ところでこの「能応寺」は、和歌山市上野に所在する上野廃寺か山口廃寺が該当すると考えられている。この内上野廃寺は、昭和四十二年（一九六七）から数回の発掘調査が行われ、その結果、東西塔跡・金堂跡・講堂跡が検出されている（図2）。山口廃寺の方は調査が行われていないので全容は明らかではないが、現存する塔心礎は県下最大級であり、上野廃寺に劣らない。上野廃寺は、出土した軒瓦から寺院の創建年代は七世紀後半と考えられ、

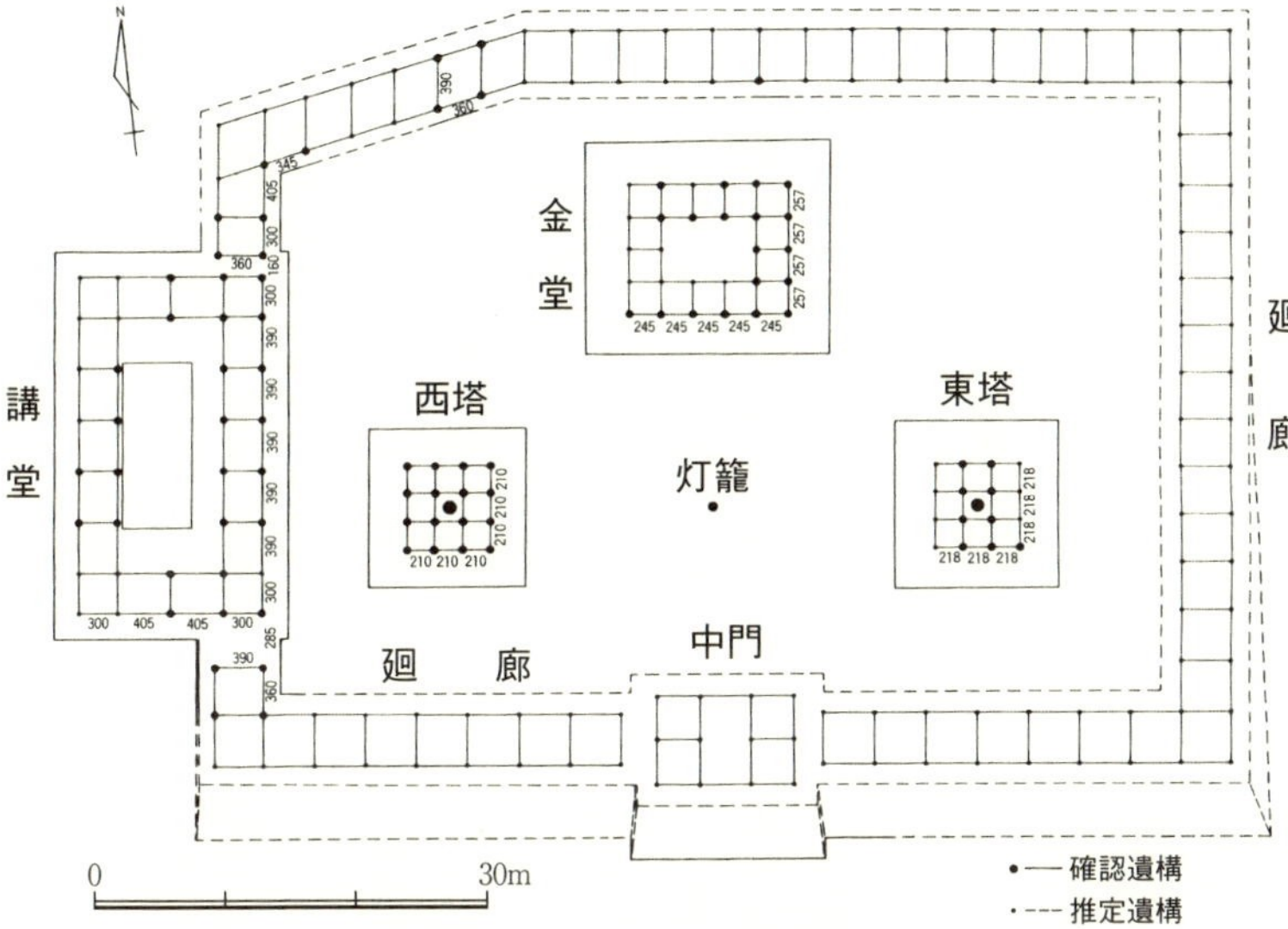

図2　上野廃寺跡伽藍配置図

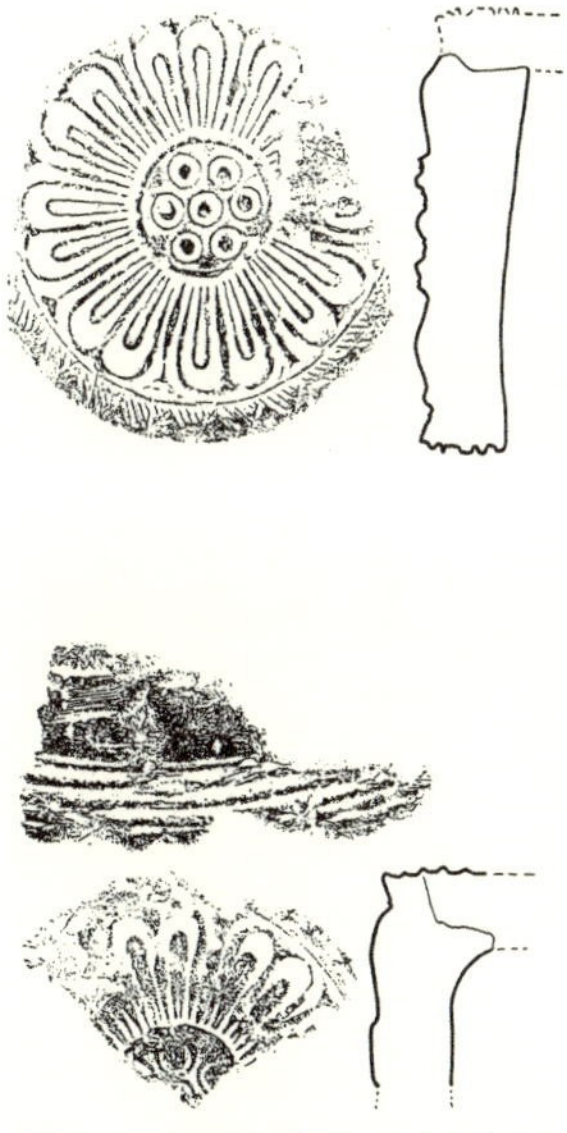

図3　山口廃寺出土軒丸瓦

平安時代中期（十世紀後半）まで存続したと考えられる。また山口廃寺もその出土した軒瓦から、上野廃寺と同時期の創建であると考えられる（図3）。『霊異記』の内容や発掘調査の知見から見ると、「能応寺」の形態は確かに立派な伽藍を持った地方寺院の形態であるが、『霊異記』では村名のつく寺名であり、正式な資格を持った僧侶がいない、また十一面観音像は未完成である、という点に注目して直木氏の分類に照らし合わせるならば、「能応寺」は「堂」ということになってしまう。

「寺」と「堂」の区別をつけることが出来ない、ということを示す説話を、またいくつか拾ってみよう。『霊異記』中巻五縁には、摂津の国東生郡撫凹村が漢神の祭りを行って牛を殺し、祟りに依って重き病を得た話があるが、それには「おのが家に幢を立て、寺と成して仏を安きまつり、法を修して放生せり。これよりのち、号けて那天の堂といふ」とある。この説話は「那天堂」の縁起を説いたものであるが、まず「那天堂」は地名（村名）のつく寺名であり、建立者は村の有力者である。このような村堂の代表的な事例であるが、「那天堂」は「おのが家に幢を立て、寺と成し」た、とあり、「堂」と「寺」は区別されていないどころか、同一のものとして扱われている。

同じように、『霊異記』下巻「寺の物を用ゐ、また大般若を写さむとして願を建てて、現に善悪の報を得る縁第二十三」では、

大伴連忍勝は、信濃の国小県の郡嬢の里の人なりき。大伴の連ら、心を同じくして、その里の中に堂を作り、氏の寺とせり。忍勝、大般若経を写さむとおもひしがために、願を発して物を集め、鬢髪を剃除し、袈裟を着、戒を受けて道を修し、常にその堂に住めり。

宝亀五年の甲寅の春の三月、たちまちに人に讒ぢられて、堂の檀越に打ち損はれて死にき〈檀越はすなはち忍勝の同じ属なり〉。（以下略）

とあって[20]、まず大伴連忍勝は自度僧であり、檀越は大伴氏で一族のための寺に常住している。この形態は、前にも述べた能応寺と同じである。この寺の寺名は明らかではないが、「その里の中に堂を作り、氏の寺とせり」とあるところから、ここでも「寺」と「堂」の区別はなされていない。

以上、貴志寺・能応寺・那天堂・信濃国小県郡嬢里の大伴氏の氏寺などの例から、「寺」と「堂」の区別を検討してきたが、『霊異記』の説話の記述からその区別を見出すことは困難であり、かえって同一に扱っている例があ

ることが明らかになったと思う。

四　「弥気堂」の問題点

「寺」と「堂」の区別が意識されていないということについて、直木氏をはじめとして研究史の中で問題とされてきた点を再検討した。次に「堂」と考えられてきた説話について、考古学的知見や、他の文献史料から検討してみたいと思う。

『霊異記』下巻「いまだ作りをはらぬ捻摂の像、呻ふ音を生じて、奇しき表を示す縁　第十七」には、

沙弥信行は、紀伊の国那賀の郡弥気の里の人なりき。俗姓は大伴の連の祖これなり。俗を捨てて自度し、鬢髪を剃除り、福田衣を着て、福行の因を求めき。

その里にひとつの道場あり。号は弥気の山の室堂といふ。その村の人ども、私に造れる堂なるがゆゑに、これをもて字とす〈法名を慈氏禅定堂といへり〉。いまだ作りをはらぬ捻摂の像二体あり。弥勒菩薩の脇士なり。臂・手折れ落ちて、鐘堂に居く。檀越量らひていはく、「この像、山の浄きところに隠し蔵めまつらむ」といふ。信行沙弥、つねにその堂に住み、鐘を打つを宗とす。像のいまだをはらぬを見て、（中略）。ここに豊慶、信行と大きに怪しび大きに悲しぶ。知識を率引きて、捻じ造りたてまつりをはりぬ。会を設けて供養しき。今に弥気の堂に安置して、弥勒の脇士に居きまつる菩薩、これなり〈左は大妙声菩薩、右は法音輪菩薩〉。（以下略）

とある[21]。まず「貴志寺」と共通するのは、道場＝弥気の山室堂であり、村人らの建立によるとされている。また地

名の寺名である「弥気堂」と、法号による寺名の「慈氏禅定堂」という二つの寺名が存在したことがわかり、この点は能応寺とも共通する。「山室堂」と名がつくのは、近くに山が存在するからであろう。

また僧侶は、正式な資格を持たない自度僧の信行と、左京の元興寺の沙門豊慶が常住していることが明らかである。直木説による「堂」の条件には正式な僧侶がいない点が挙げられているが、「弥気堂」の場合は常住する僧侶一人は自度僧であるが、もう一人は平城京左京の元興寺僧である。この僧は恐らく修行のために一時的に「弥気堂」に来ているのであろう。薗田香融氏の指摘によると、官大寺の僧は一月の半分くらい山林修行を行っている例があるという。(22) この元興寺の沙門豊慶も、その代表的な例としてよいであろう。このように平城京などから僧侶が地方寺院に出かけていくことは、鈴木氏の論考でも明らかにされており、『霊異記』の中でも紀伊国の例では、中巻十一縁に伊刀郡の狭屋寺に薬師寺僧題恵禅師が来て、十一面観音の悔過を行っている例が知られる。これらの事例から見る限り、「弥気堂」は常住の僧侶がいない「堂」の事例にはあてはまらない。このような事例は地方寺院では一般的であり、『出雲国風土記』の「新造院」の例でも僧侶のいない例は存在するのであるから、僧侶の有無で「寺」と「堂」の区別をつけるのは、簡単ではない。

ところで、この下巻十七縁の「弥気堂」の説話を見ると、実は下巻二十八縁の「貴志寺」の説話とその構成が非常によく似ていることがわかる。そこでこの二つの説話を比較してみよう。

表1　下巻十七縁と二十八縁の比較

（1）寺院名・建立者

下巻十七縁	下巻二十八縁
①その里にひとつの道場あり。 ②号は弥気の山の室堂といふ。 ③その村の人ども、私に造れる堂なるがゆゑに、これをもて字とす〈法名を慈氏禅定堂といへり〉。	①紀伊の国名草の郡貴志の里に、ひとつの道場あり。 ②号をば貴志の寺といふ。 ③その村の人ども、私の寺を造れるがゆゑに、これをもて字とせり。

（2）僧侶の常住

下巻十七	下巻二十八
・信行沙弥、つねにその堂に住み、鐘を打つを宗とす。	・白壁の天皇のみ代に、ひとりの優婆塞ありて、その寺に住りき。

（3）仏像の声

下巻十七	下巻二十八
①白壁の天皇のみ代の宝亀二年の辛亥の秋の七月中旬に、夜半より呻ふ声あり。いはく、「痛きかな、痛きかな」といふ。 ②その音細く小くして、女人の音のごとくにして、長く引き呻ふ。 ③信行、初めは、「山を越ゆる人、頓かに病を得て宿れる	①時に寺の内に音ありて、呻ひていはく、「痛きかな、痛きかな」といふ。 ②その音、老大人の呻ひのごとし。 ③優婆塞、初めの夜には、「路を行く人、病ひを得て参り

ならむ」と思ひ、すなはち起きて坊を巡り、覓むれども、病める人なし。怪しびて嘿然り。

宿れるならむか」と思ひ疑へり。起きて堂の内を巡りて、見索むるに人なし。

表1の三点について比較すると、下巻十七縁と下巻二十八縁は同じモチーフを用いた同類異話であり、ある程度の説話の原型となる草稿があって、それをその在地社会に適応した形にアレンジした可能性がある。このような説話の根幹をなす内容が非常によく似ている事例には、信濃国小県郡跡目里と孃里の説話（下巻二十二縁と下巻二十三縁）がある。この二つの説話に共通するのは同じ信濃国小県郡を舞台にしており、説話の内容も地獄冥界説話である。

このような例がなぜ存在したかについて、その理由の一つに小県郡に信濃国分寺が存在している点が挙げられよう。孃里も跡目里も、信濃国分寺からさほど離れた距離ではない。国分寺の周辺にこのような類似した説話が存在する背景には、国分寺僧による布教活動の存在が推測される[23]。「弥気堂」の説話も同様に、「貴志寺」の説話と同じ構成である可能性が高い。確かに名草郡と那賀郡と郡は異なるが、どちらも紀ノ川の流域にあり、紀伊国分寺からもさほど離れた距離ではない（図4）。

『霊異記』と同様な性格を持つとされる『東大寺諷誦文稿』は、仏教の法会に読誦される願文・教化などの講話の草稿、もしくは覚書であろうとされている[24]。そこでは説法に際し「仮令此当国方言毛人方言　飛驒方言　東国方言　仮令、対二飛驒国人一而飛驒国詞令レ聞」とあって[25]、その地方の言葉を用いて講話を行うようにという注意が与えられている。その際、「今、此堂ハ名ヲ云レ某。何故云二某郷一。然故本縁　何故云二某堂一。然故本縁　此堂大旦主先過祖本願建立。堂モ麗厳リ、仏像モ美奉レ造。郷モ㤁怜《オモシ》。寺所モ吉。井モ清。水モ清。夏樹影モ㤁怜《オモシ》。出居モ吉、経行タタスマヒモ

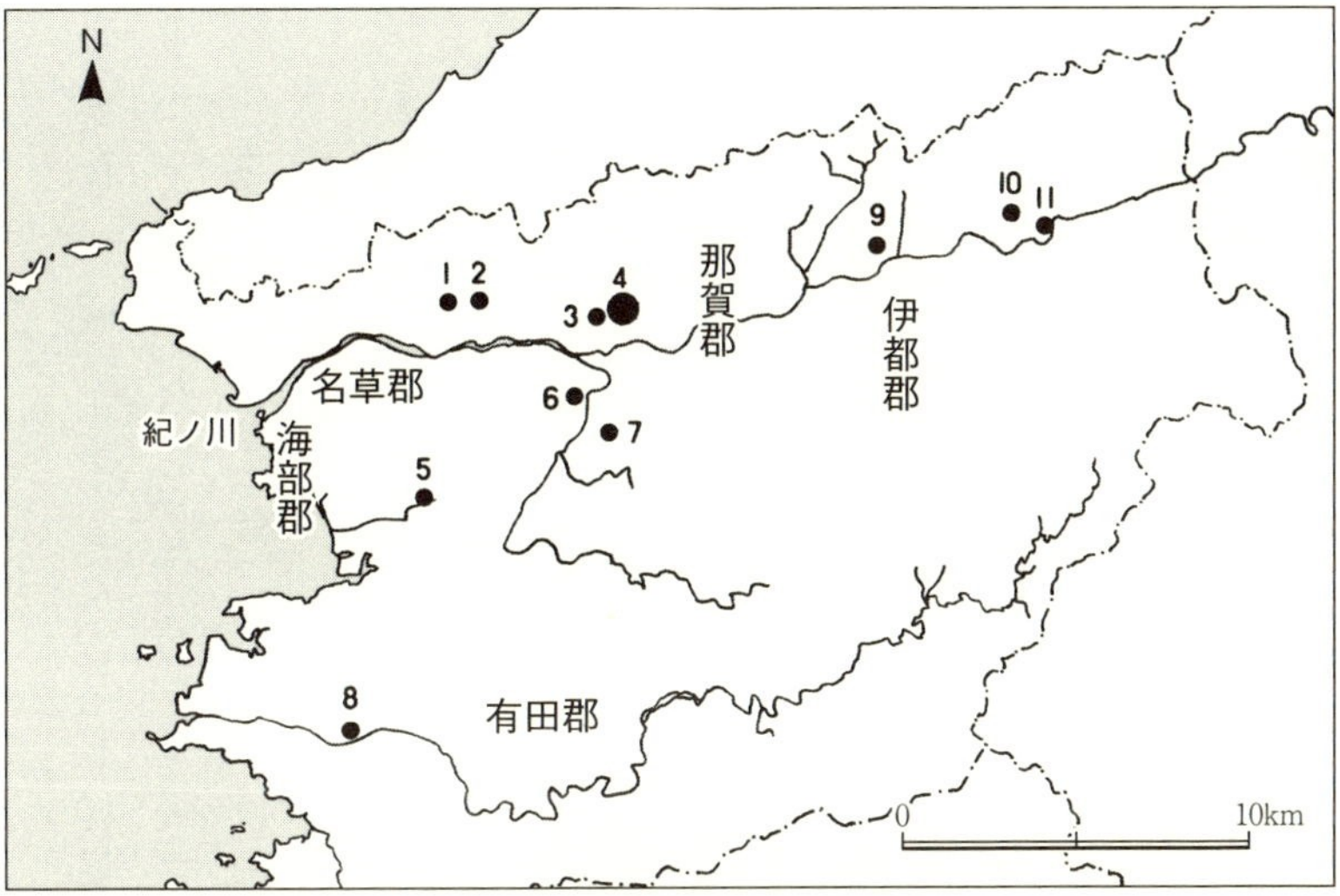

図4　紀伊国古代寺院の分布

1上野廃寺　2山口廃寺　3西国分廃寺　4紀伊国分寺　5薬勝寺廃寺　6北山廃寺　7最上廃寺　8田殿廃寺　9佐野廃寺　10名古曽廃寺　11神野々廃寺

吉ク、遠見モ㤉怜。駅路大道之辺毎レ物有レ便。〈云二若山《林河》辺附レ山 若城《林河云》辺附レ城云。〉」とあって、[26]これが地方寺院で行われる法会での講話の草稿であると考えられる。

ここではまず、堂名の由来と地名の由来が語られて、次に建立者の本願の理由が語られ、堂や仏像とその地域の環境を顕彰することになっているようである。これと『霊異記』を比較してみれば、両者が非常によく似ていることに気がつく。『霊異記』の場合も説話のパターンは、まず地名を挙げて次に寺名（堂名）を挙げ、建立者とその建立の由来を述べており、恐らくこれらが寺院の縁起になっているのであろう。[27]『東大寺諷誦文稿』の方では、講話の際、その地方での方言を用いて行えという注意が与えられているぐらいだから、実際に話される内容も極めて在地社会でわかりやすい内容になっているはずである。しかし、ここでも堂の由来・名称・檀越を顕彰しながら「寺所モ吉」とあって、「堂」と「寺」

の違いは区別されていない。

したがって「弥気山室堂」と「貴志寺」に施設上、大きな区別があるとは思われない。まず両方とも「道場」であり、建立者も「村人らが私に造る」とあって共通であるのにもかかわらず、「堂」と「寺」と名称が異なっている。この点については、「堂」と「寺」と区別をする際、建立者の階層によってその区分が行われるという説をとれば、矛盾する点であろう。また寺院に居住する点についても、「その堂に常住」と「その寺に住す」と、同一表現である。この二つの説話を比較することでも、「堂」と「寺」と区別をすることは困難である。

また「弥気堂」がある程度の建物を伴っていることは、『霊異記』自体の記述に明らかである。すなわち、下巻十七縁には「臂・手折れ落ちて、鐘堂に居く」「すなはち起きて坊を巡り」「左京の元興寺の沙門豊慶、つねにその堂に住めり。その沙門を驚かし、室の戸を叩きて」とあるところから、少なくとも「堂」「坊」「鐘堂」があったことが知られる。この内「堂」には弥勒像が安置され、未完成の仏像は完成して弥勒仏の脇士の大妙声菩薩、法音輪菩薩となったことが記されているので、「堂」は金堂であった可能性が高く、「坊」は僧坊であろう。したがって、『霊異記』の記述自体からもこの「弥気堂」が、仏堂程度の粗末な建物であるとは考えられないのである。

しかしそれでも区別をつけるというならば、「堂」は仏像を安置する建物自体を指し、「寺」はそれを含む区域と言えるかもしれないが、当時の人々はそれがどれだけの違いであったかを理解していたのであろうか。少なくとも「堂」と「寺」の違いはその程度であって、建立者の階層に及ぶものではなかったろうし、景戒もそれを意識していたとは思えない。そこで次に「堂」と「寺」について、今度は『霊異記』を離れて那賀郡の寺院遺跡からその実態について検討してみたい。

『霊異記』によれば「弥気山室堂」は、紀伊国那賀郡弥気里に所在する。「弥気里」は『和名類聚抄』（以下『和名抄』）には見えないが、和歌山市の紀ノ川南岸に「上三毛」「下三毛」という地名が残っており、平安期には東大寺領として「三毛荘」が見え、近世には「上三毛村」「下三毛村」と見える。この地区には古代寺院の形跡は見られないが、南東一・五キロのところに北山廃寺が存在する（図5）。北山廃寺は紀の川市貴志川町北山字三嶋に所在し、御茶屋御殿山の南麓に立地する。以前から塔心礎の存在が知られていたが、平成五年から三回にわたって発掘調査が行われている。その結果、塔跡・金堂跡・回廊跡などが検出され、また出土した大和坂田寺式の軒丸瓦から、創建年代は七世紀後半の時期に想定されている。伽藍配置は南北に塔・金堂を配置する四天王寺式伽藍配置である可能性が高い(28)。この地区には他に白鳳・奈良時代の古代寺院が存在しないところから、この北山廃寺が「弥気堂」に比定されるのではなかろうか。山の南麓に立地し、「山の室堂」の名にふさわしい。北山廃寺が「弥気堂」であるとすれば、村人が建立した仏堂程度の粗末な建物ではない。四天王寺式伽藍配置の、塔・金堂を備えた立派な地方寺院であって、決して「堂」程度のものではない。しかし、北山廃寺が「弥気堂」の比定寺院としてかなり有力であっても、それは傍証にしかならない。そこで、史料の方からももう少し検討を試みたい。

昭和五十三年（一九七八）に和歌山県海草郡野上町（現紀美野町）の小川八幡神社から、『大般若経』六百巻が発見された。この内最古の書写年代は天平十三年（七四一）であり、巻四一九の奥書には、

天平十三年歳次辛巳四月紀伊国御毛寺智識
　　紀直商人写

とあり、同様に巻四一三でも「御毛寺」で紀直商人が書写を行っている。また巻四三八では、

天平十三年歳次辛巳閏月紀伊国那賀郡御気院写奉知
識大般若一部六百河内国和泉郡坂本朝臣栗柄

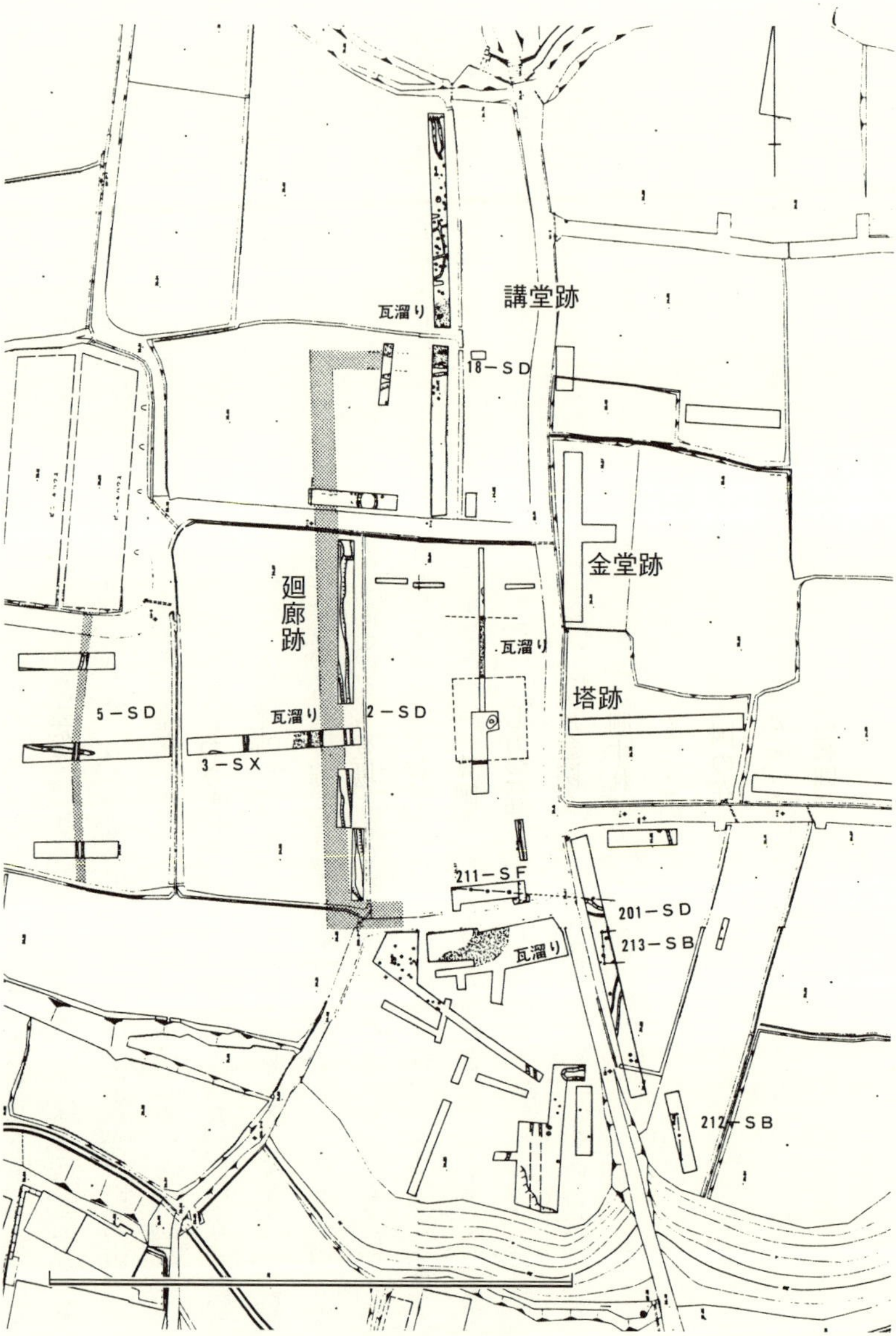

図5　北山廃寺主要遺構図（1／800）

とあり、巻四三七では、

天平十三年歳次辛巳四月上旬紀国奈我郡三気□□知識奉写
大般若経一部六百巻
河内国和泉郡式部省位子坂本朝臣栗柄仰願為四恩

とあって、河内国和泉郡の「坂本朝臣栗柄」という人物が、わざわざ紀伊国那賀郡の「御気院」まで来て『大般若経』を書写している。そこで寺名から見ると、以上の「御毛寺」「御気院」は、『霊異記』の「弥気堂」を指している可能性が高い[29]。

この「坂本朝臣栗柄」という人物は、巻四三七の奥書にも登場しているので、二カ月にわたってこの「御毛寺」で写経を行っていることがわかる。「坂本朝臣栗柄」はここでは式部省に出仕している官人であることが明らかであるが、天平勝宝七歳（七五五）九月の「班田司歴名」には、算師として「坂本栗栖」が『大日本古文書』（四―八二）に見える。またこの他には、巻四九四・四九六・四九七の三巻の奥書に「上毛野伊賀麻呂」という名が見える。「上毛野伊賀麻呂」は平城京右京六条四坊に住んでおり、『正倉院文書』の写経所文書にも経師としてその名前が見える（『大日本古文書』一〇―三三五など）。この経歴から推測すれば、「上毛野伊賀麻呂」はこの写経の指導者として参加し、また平城京とこの地を往還していることがわかる。この上毛野氏は、『霊異記』中巻十一縁に「上毛野公大椅」の名が見えるところから、紀直商人と同様、紀伊国の在地豪族である可能性もあろう。また『新撰姓氏録』和泉国皇別によれば「坂本朝臣」と紀氏は同祖であるから、この知識集団は紀氏を中心とする紀伊国の在地豪族の血縁関係を基礎としている可能性がある。このような広範囲にわたる写経集団の例には、針間国造氏による写経の例がある[30]。

その知識集団によって『大般若経』六百巻の写経が行われたのが、「御毛寺」である。これだけの写経を行うのには、当然ながら歳月と費用がかかるから、村程度の集団では不可能であろう。『霊異記』の説話の中でも『大般若経』や『法華経』の写経が行われている説話があるが、その階層はだいたい在地豪族や在地有力者層である。また写経を行う施設や宿泊施設も必要であるから、村の仏堂程度では不可能であろう。

以上、『霊異記』下巻十七縁の「弥気堂」を中心として、『霊異記』やその他の史料、考古学的知見などを加味して「寺」と「堂」の相違について検討してきた。その結果、『霊異記』に見える「弥気堂」は、小川八幡神社『大般若経』の奥書に「御毛寺」「御気院」とある寺院であると推定される。この知識集団内でも「寺」と「院」の区別はついていないぐらいであるから、『霊異記』の世界の中でもその区別がつけられていたとは考えられない。

同様なことは、『出雲国風土記』の「新造院」条にも見受けられる。例えば、『出雲国風土記』意宇郡条では、

教昊寺　在二舎人郷中一　郡家正東廿五里一百廿歩　建二立五層之塔一也〈有レ僧〉　教昊僧之所レ造也〈散位大初位下上腹首押猪之祖父也〉

新造院一所　在二山代郷中一　郡家西北四里二百歩　建二立厳堂一也〈無レ僧〉　日置君目烈之所レ造也〈出雲神戸日置君猪麻呂之祖也〉

新造院一所　在二山代郷中一　郡家西北二里　建二立厳堂一也〈住僧一軀〉　飯石郡少領出雲臣弟山之所レ造也

新造院一所　在二山国郷中一　郡家東南卅一里一百廿歩　建二立三層之塔一也　山国郷人日置部根緒之所レ造也

とある。[31]例えば、教昊寺は塔があり僧侶も居て「寺」であるが、山国郷新造院は塔が存在するのにもかかわらず「院」である。もちろん建立者の階層が出雲国造家であれ、郡司層・郷人であれ、「院」であるところから、建立者の階層によって「寺」と「院」の区別を行っているわけでもない。すなわち『出雲国風土記』では、塔の有無、僧

の有無、建立者の階層にかかわらず「寺」と「院」の区別は形態ではなされていない[32]。この事例から見ても、『風土記』の世界でも「寺」と「院」の区別がなされていないことは明らかである。

そこで結論を言えば、この時代の人々が、「寺」と「院」、あるいは「寺」と「堂」に区別をつけていたとは思えないのである。『令集解』僧尼令では、「或云、道場謂二修道之場一也」とあり[33]、令の条文では「寺院」と「道場」は次元が異なるが、修行を行う場所の場合は「道場」という語句を用いる。ところが同じ『令集解』僧尼令では、「古記云、仏殿、塔金堂法堂之類、是也」とあって、古記の段階でも建造物については厳密な区別はつけていない。これは「道場」が機能を示し、「堂」や「寺」が形態を示す語句であって、両者が同一でないことは明らかである。したがって、『霊異記』の場合でもどの用語も同じ仏教施設「寺院」を意味しているのであって、「寺」と「堂」の表記の違いが寺院の規模や建立者の階層に関係するという、今までの説は再考する必要があろう。

五　おわりに

以上、『霊異記』の説話を他の文献史料や考古学からの知見も用いて、直木氏以来定説になりつつあった「寺」と「堂」などの仏教施設に関する表記とその形態について、再検討を試みた。直木氏の論考は「寺」と「堂」の違いについて明確な分類を行っているが、実は「寺」と「堂」の違いについて曖昧な部分が存在している。その原因は、『霊異記』の「寺」と「堂」は異なるものと決めていて、それに合理的な解釈を与えようとするからであろう。

結論から言えば、『霊異記』の「寺」と「堂」などの仏教施設の表記は、各説話の中でそれぞれ用いられた表記にしか過ぎず、明らかに区別することは不可能なのであり、『霊異記』における仏教施設の呼称は、「寺」でも

「院」でも「堂」でも同じ意味であった。[34]これに関しては、『霊異記』という説話集の性格も考慮しなければならないのではないか。とくに下巻十七縁と下巻二十八縁は同じモチーフを用いた同類異話であり、その点は重視されるべきであろう。『霊異記』が唱導用の説話集の性格であるとすれば、そこから「寺」と「堂」の相違を見出そうとするのは、史料の性格上、非常に難しいと考える。

また現在では発掘調査例の増加から、「村落寺院」と呼称される仏教施設遺構が検出される例が増え、これらの遺構の性格を考察する上で、この『霊異記』の説話は多く利用されている。その基底にあるのは直木氏の論考であるが、以上述べてきたように、『霊異記』の「堂」については、十分に吟味して史料として利用する必要があると思われる。いわゆる「村落寺院」と『霊異記』の「堂」を短絡的に直結させるのは、慎重な姿勢が求められるであろう。ただ『霊異記』に見える僧侶の呼称については、当時律令国家が行っていた分類と反することなく、かなり正確な使い分けを行っていたことが指摘されている。[35]僧侶と寺院について、『霊異記』説話の認識度に差があったかどうかは、今後の課題にしたい。

註

（1）米沢康「郡名寺院について―上代における仏教受容の一側面―」（『大谷史学』六　一九五七年）、江谷寛「日本霊異記に見える寺院」（『歴史研究』二　一九六四年）、田中重久「日本霊異記に見える寺院阯の研究」（『奈良朝以前寺院址の研究』　白川書院　一九七八年）

（2）直木孝次郎「『日本霊異記』にみえる「堂」について」（『奈良時代史の諸問題』　塙書房　一九六八年、初出は『続日本紀研究』七―一二　一九六〇年）

（3）井上光貞「説話集から見た平安朝の民間仏教」（『日本古代の国家と仏教』　岩波書店　一九七一年）

（4）佐々木虔一「八世紀の村落における仏教」（『民衆史研究』九　一九七一年）

（5）須田勉「平安初期における村落内寺院の存在形態」（滝口宏編『古代探叢Ⅱ』早稲田大学出版部　一九八五年）、同「古代村落寺院とその信仰」（国士舘大学考古学会編『古代の信仰と社会』六一書房　二〇〇六年）、笹生衛「集落内における仏教施設の分類と信仰内容」（『神仏と村景観の考古学―地域環境の変化と信仰の視点から―』弘文堂　二〇〇五年）

（6）笹生衛「古代仏教信仰の一側面―房総における八・九世紀の事例を中心に―」（『古代文化』四六―一二　一九九四年）、富永樹之「「村落内寺院」の展開（上・中・下）」（『神奈川考古』三〇～三二　一九九四～九六年）

（7）宮瀧交二「古代村落の「堂」―『日本霊異記』に見える「堂」の再検討―」（『塔影』本郷高等学校紀要二二　一九八九年）

（8）宮瀧交二「日本古代の民衆と「村堂」」（野田嶺志編『村のなかの古代史』岩田書院　二〇〇〇年）、太田愛之「古代村落の再編―『日本霊異記』の説話に見える村落の構造モデル―」（『日本史研究』三七二　一九九三年）、その他藤本誠氏の論考については補論を参照されたい。

（9）有富由紀子「『霊異記』に見える「寺」の存在形態」（平野邦雄編・東京女子大学古代史研究会『日本霊異記の原像』角川書店　一九九一年）

（10）鈴木景二「都鄙間交通と在地秩序―奈良・平安初期の仏教を素材として―」（『日本史研究』三七九　一九九四年）

（11）千葉県文化財センター編『公津原Ⅱ』千葉県教育委員会　一九八一年、千葉県文化財センター編『八千代市白幡前遺跡』住宅・都市整備公団首都圏都市開発本部　一九九一年など

（12）菅原章太「古代の道場について」（『奈良古代史論集』三　一九九七年）

（13）新潮日本古典集成『日本霊異記』下巻十八縁　二四九～二五〇頁　新潮社　一九八四年

（14）石田茂作「野中寺」（『飛鳥時代寺院址の研究』四四七頁　聖徳太子奉讃会　一九三六年）

（15）新潮日本古典集成『日本霊異記』下巻二十八縁　二七五～二七七頁　新潮社　一九八四年

（16）茨城県新治廃寺からは、「新治寺」とヘラ書きされた文字瓦が出土している（高井悌三郎『常陸国新治郡上代遺跡の研究』桑名文星堂　一九四四年）。

(17) 群馬県山王廃寺からは「放光寺」とヘラ書きされた文字瓦が出土しており、「山ノ上碑文」に見られる「放光寺」とされている（前橋市教育委員会文化財保護課編『山王廃寺―平成二一年度調査報告　別冊―』二〇一一年）。
(18) 薗田香融「古代仏教における山林修行とその意義―特に自然智宗をめぐって―」（『南都仏教』四　一九五七年、のち『平安仏教の研究』　法藏館　一九八一年所収）、鈴木前掲註（10）論文
(19) 新潮日本古典集成『日本霊異記』下巻三十縁　二七九〜二八一頁　新潮社　一九八四年
(20) 新潮日本古典集成『日本霊異記』下巻二十三縁　二六〇頁　新潮社　一九八四年
(21) 新潮日本古典集成『日本霊異記』下巻十七縁　二四七〜二四九頁　新潮社　一九八四年
(22) 薗田前掲註（18）論文
(23) 笹生衛「考古学から見た『日本霊異記』―東国の仏教関連遺跡の動向から―」（『日本古代の祭祀考古学』　吉川弘文館　二〇一二年）では、瓦の供給関係から下総国分寺と印旛郡西部の大塚前遺跡とのネットワークを指摘する。
(24) 中田祝夫解説『東大寺諷誦文稿』　一〇三頁　勉誠社文庫一二　一九七六年
(25) 中田祝夫解説『東大寺諷誦文稿』　四一頁　勉誠社文庫一二　一九七六年
(26) 中田祝夫解説『東大寺諷誦文稿』　七一頁　勉誠社文庫一二　一九七六年
(27) 守屋俊彦「寺院縁起発掘」（『古代文学』二二　一九八二年）
(28) 財団法人和歌山県文化財センター編『北山廃寺発掘調査報告書』　貴志川町教育委員会　一九九六年
(29) 薗田香融「〈和歌山県小川旧庄五区共同保管〉大般若経について」（『古代史の研究』創刊号　一九七八年、のち薗田香融編『南紀寺社史料』　関西大学東西学術研究所資料集刊二五　関西大学出版部　二〇〇八年所収）
(30) 栄原永遠男「郡的世界の内実―播磨国賀茂郡の場合―」（『人文研究』五一―二　一九九九年）
(31) 「出雲国風土記」（日本古典文学大系『風土記』　一一一頁　岩波書店　一九五八年）
(32) この「新造院」を寺院併合令と関係づける論考もあるが、それは当たらない。『出雲国風土記』における「教昊寺」と「新造院」の違いは、教昊寺を基点としてそれから後に造営された寺院が「新造院」である（拙稿「出雲国風土記に見える「新造院」について」『日本古代地方寺院の成立』　吉川弘文館　二〇〇三年）。
(33) 新訂増補国史大系『令集解』僧尼令　二一九頁

(34)　吉田一彦氏も同様に、直木説が成立しないことを指摘する（「『日本霊異記』の史料的価値」小峯和明・篠川賢編『日本霊異記を読む』吉川弘文館　二〇〇四年）。
(35)　熊倉千鶴子「『霊異記』における僧侶の呼称」（平野邦雄編・東京女子大学古代史研究会『日本霊異記の原像』角川書店　一九九一年）

【補論】

『霊異記』に見える「寺」と「堂」については、近年藤本誠氏の論考が多数ある。藤本氏は、「寺」と「堂」には広義と狭義の二用法があり、広義の「寺」は仏教施設全般を持つ意味であり、狭義の「寺」は、「堂」と社会的・経済的階層や、仏教施設において明確に異なるものであると指摘する（a「『日本霊異記』における仏教施設と在地仏教」『史学』七二―一　二〇〇三年）。その後『東大寺諷誦文稿』に見える「慰誘言」の村落名を冠する「堂」は、古代村落と「堂」の檀越の結びつきが強いことを示すとし、古代村落と「堂」が密接不可分の関係にあったとする（b「日本古代の「堂」と仏教―『東大寺諷誦文稿』における「慰誘言」を中心として―」山口敦史編『聖典と注釈―仏典から見る古代―』古代文学会叢書Ⅳ　武蔵野書院　二〇一一年）。さらに藤本氏は『東大寺諷誦文稿』からうかがえる「堂」の檀越の存在形態と法会の参集者について検討を加え、「堂」で行われた法会の持つ機能を明らかにしている。そして『続日本後紀』天長十年（八三三）十二月癸未朔条に見える「岡本堂」の検非違使による破却について国家的制裁であるとし、同時にそれまでは国家が「堂」を日常的に管理していなかった証拠であるとする（c「日本古代の「堂」と村落の仏教」『日本歴史』七七七　二〇一三年）。藤本氏のこれら一連の論考からは、「寺」と「堂」は造営主体者の階層によって区別される仏教施設ということになろう。

藤本氏は拙稿（「『日本霊異記』に見える「堂」と「寺」」『続日本紀研究』三四一　二〇〇二年）について、『東大寺諷誦文稿』や『続日本後紀』の史料を用いていないことを批判しているが（『東大寺諷誦文稿』については、論文でも用いているので氏の誤解であろう）、『霊異記』・『東大寺諷誦文稿』などの説話と『続日本後紀』などの正史を同レベルに扱ってよいのか、という史料性の問題も存在するのではなかろうか。寺院に関する用語については同史料の中でも用語が異なっている場合もあり、例えば『日本書紀』では敏達紀に見える「大別王寺」は経論や造寺関係者を安置したものであるが、馬子が弥勒石像を安置したところは宅の東方の「仏殿」であり、さらに推古天皇三年条では「仏舎」を「寺」というとあって、『日本書紀』においても用語の概念の統一はなされていないのであり、古代において寺院の呼称が概念的に統一されていたとはとうてい考えられない。これについては『令集解』僧尼令でも「古記云、仏殿、塔金堂法堂之類、是也」とあって、古記段階でも大まかな理解である。

さらに『霊異記』中巻五縁では「おのが家に幢を立て、寺と成して仏を安きまつり、法を修して放生せり。これよりのち、号けて那天の堂といふ」とあり、このような形態のものが「寺」であり、「堂」と呼ばれるものであるとある。それは、下巻二十三縁の里の中に「堂」を建て「氏の寺」としたこととも共通する。少なくとも『霊異記』の中でそのような理解がなされていたということは、説話の第一次創作者の概念であると同時に、それをそのまま用いたということは、官大寺僧である景戒の理解であると考えてよい。

また『霊異記』下巻十七縁の弥気堂についても、和歌山県海草郡野上町（現紀美野町）の小川八幡神社『大般若経』奥書から「御毛寺」・「御気院」と呼ばれていたことは明らかであり、ここでは「寺」と「院」の区別なく用いられている。藤本氏の『寺院史研究』一四の論考（「御毛寺知識経についての基礎的考察―「御毛寺」「御気院」を中心として―」二〇一三年）では、下巻十七縁の「弥気堂」と「御毛寺」・「御気院」とは異なる伽藍であると述べているが、この「ミケ」は地名であり、同一地域内において「寺」と「堂」が併存する必要性があるのであろうか。藤本氏は「御毛寺」・「御気院」を筆者と同様に北山廃寺に比定し、ここで『大般若経』の書写が行われたと推定し、書写の天平期と下巻十七縁の「弥気堂」の時期が離れていることを重視して、北山廃寺と「弥気堂」は異なる施設とし、その間仏教施設や経営の氏族が変容したとするが、北山廃寺からは難波宮系の重圏文軒丸瓦や鎌倉期の巴文軒丸瓦が出土しているところから、北山廃寺は少なくとも鎌倉期まで存続しているので仏教施設の状況は変容せず、存続時期を問題にすることは無理がある。また藤本氏は「御毛寺」と「御気院」は、知識の帰属と書写の場所が異なるため使い分けされているとするが、「御毛寺」は紀直商人、「御気院」は坂本朝臣栗柄の書写した巻本であるから、単に書写した人物の違いによるものである。調査した薗田香融氏によれば、この天平古写経は料紙の紙幅・界幅がほぼ同じで、同時期で同じ場所（「御毛寺」）で書写されたとしてしており（前掲註（29）二〇〇八年）、藤本説は成り立ちがたい。

藤本氏の論考の特長は、綿密な史料批判にある。そのため氏の論考は大変参考になり、有益であることは間違いない。藤本氏の論考は『東大寺諷誦文稿』にしろ『霊異記』論にしろ、在地仏教の性質や背景となる中国説話の分析などについては教えられる点が非常に多い。とくに『東大寺諷誦文稿』から在地仏教の構造を解明していく点など、賛同出来る点は少なくない。また古代村落における仏教受容のあり方など、在地仏教について学ぶべき点は多い（「古代村落の仏教受容とその背景」三田古代史研究会編『法制と社会の古代史』慶應義塾大学出版会　二〇一五年）。

しかし一方で史料を重視するあまり、文字の解釈に引きずられている点も否めないと思う。藤本論文bで『東大寺諷誦文稿』の「堂讃め」と「寺所」の相違に触れるが、『東大寺諷誦文稿』は基本的な史料の性格は説法の手控え・メモであり、檀越の建立した「寺」「堂」を賛美するという目的があって、そこに「寺」と「堂」の相違を見出そうとするのは史料の性格上難しいのではなかろうか。藤本説ははじめに「寺」と「堂」が異なるものであるという大前提のもとに、その後それに整合するように史料を解釈するという問題点があるように見受けられる。さらに『続日本後紀』天長十年十二月癸未朔条の一史料だけで、「寺」と「堂」が仏教施設として区別されるもの、と言えるのであろうか。

また藤本氏の『霊異記』論で問題となる点は、『霊異記』の説話が同類異話であるところに注意を払っていないところにある。例えば先述した下巻十七縁は、下巻二十八縁と同類異話である。すなわちこの二話は同じ内容でありながら、唱導者によって若干場所と登場人物、その他の語句を変えただけのものであり、そもそもこの説話が唱導の材料であることを藤本氏は全く無視している。このことは直木孝次郎氏の論考にも見えるところであり、基本的な史料の性格を無視して、ただ文字にのみ注目して立論するのは問題ではなかろうか。

さらに藤本氏の提唱する「堂」は、発掘調査で近年注目される「村落寺院」に相当すると思われるが（「古代村落の「堂」と仏堂遺構―東国集落遺跡の仏堂遺構をめぐって―」『水門』二六　二〇一五年）、これらの遺跡からは寺名を記した墨書土器が出土しているが、現在までそのほとんどは「寺」である。例えば群馬県戸上諏訪遺跡「宮田寺」・千葉県多田日向遺跡「多理草寺」のような地名と考えられる寺名、茨城県寺畑遺跡「千手寺」・千葉県鐘つき堂遺跡「釈迦寺」のような仏像名の寺名、さらに千葉県山口遺跡「延忠寺」・同郷部加良部遺跡「忍保寺」などのように僧名・人名と考えられる名称がついている。これらは主に四面庇付きの建物の存在から仏教施設、すなわち「村落寺院」と考えられるが、墨書土器での名称は「寺」であって「堂」ではない。「村落寺院」については、従来から『霊異記』の解釈（直木説）から「堂」レベルの建物と解釈されることが多かったが、墨書土器の「寺」の存在から考えれば、明らかに「寺」と認識されている。さらに千葉県大塚前遺跡は下総国分寺と同系の瓦が供給されており、単なる「堂」ではない。「村落寺院」においても、村落内だけで成立するものではないことを示している。

これらから判断すれば古代においての在地の仏教施設は、「村落寺院」レベルでも「寺」と意識されていたことは明らかであり、在地豪族層の造営した寺院と伽藍規模では格差があっても、宗教的機能としては「寺」として同一であると思われる。それをあえて「寺」と「堂」に区別する意味が、どこにあるのであろうか。『東大寺諷誦文稿』に見える、氏の指摘する「堂」の檀越が在地支配と密接な関係を持つことは、『霊異記』において官大寺僧を招いて法会を行っている「寺」でも同様である。

また『霊異記』が唱導のための仏教説話であるならば、その内容は当然在地の民衆の理解を得られる内容でなければならず、そのため逆に説話の内容は在地の民衆の姿を反映しているものとも言うことが出来る。『霊異記』の中で「寺」と「堂」の区別がつけられていないことは、むしろ説話の形成者・唱導者・聴衆としての民衆の理解が反映されたことを示しており、それは墨書土器における「寺」が示す事実と相違しない。

藤本氏は在地豪族と村落レベルでの階層差を強調するが、古代の仏教信仰そのものに階層があるのであろうか。古代の仏教信仰においては、少なくとも造像銘文や経典の跋文からは書写人物の信仰上の階差は認められず、基本的には現世利益・追善供養的なものが多い。仏教信仰者には天皇から庶民に至るまで階級・階層はあるが、仏教という信仰自体に階層を認めてよいものなのか、甚だ疑問である。恐らくそれは少し前までの「国家仏教」対「民衆仏教」という構図に基づいた歴史観であり、現在の研究はそこから脱却する必要があるのではないかと考える。

以上、藤本氏の数多くの論考について、若干のコメントを行った。氏の綿密な考察を曲解していることもあるかと思われるが、その場合ご寛恕願いたい。「寺」と「堂」の区別をつけなくても、氏の論考は在地仏教の特質を解明していく上で非常に重要な問題を多く提起している。『霊異記』などに見える「寺」と「堂」の相違に関する議論にどれくらい意味があるのかわからないが、氏の批判についてとりあえず現時点での考えを表明しておきたい。

第二章　「山寺」の実態と機能――『日本霊異記』を中心として

一　はじめに

「山寺」（山岳寺院）については、考古学・文献史学両面からの研究がある。しかし、一般には「山寺」（山岳寺院）と言えば、平安時代以降の天台・真言宗の発展によって建てられた山中の寺院のことを総称してきた。まず考古学の研究では、景山春樹氏が山岳寺院の遺跡を挙げて修験道との関わりを示し、[1]石田茂作氏は『仏教考古学講座』「仏教伽藍の研究」の中で、寺院の伽藍配置を分類した内の一つとして、「山岳寺院（天台宗）伽藍配置」を提唱している。その代表例はもちろん、比叡山延暦寺であり、さらに近江長命寺・観音正寺、紀伊道成寺、武蔵慈光寺、羽前立石寺などを挙げている。同時にまた「山岳寺院（真言宗）伽藍配置」「山岳寺院（修験道）伽藍配置」を挙げており、天台・真言宗との関連を示した。[2]同じく『仏教考古学講座』の中で、藤井直正氏は「山岳寺院」の概念について、時代を平安時代、宗派を天台宗・真言宗・修験道に限定することを見直すことを提唱している。そして、「山岳寺院」の中に奈良時代の寺院があり、また「深山幽谷」というような山境に限らず、山腹・山麓に立地するものがあり、「山岳寺院」の概念について見直すことを指摘している[3]。上原真人氏も「山寺」を自然立地の観察によって定義し、「平地伽藍」と「山地伽藍」とに対置することを戒めている[4]。すなわち、近江崇福寺跡は山中にあるにもかかわらず、尾根上に川原寺式の伽藍配置をとり、また大和比蘇寺跡は、「山林修行」の母体になったにもかかわらず、山麓に立地し、薬師寺式の伽藍配置である、というのである。

一般に「山寺」（山岳寺院）と言うと、平安時代の山中にあるイメージを想像しがちであるが、奈良時代の山岳寺院の研究については、梶川敏夫氏が大和を中心に取り上げてまとめている[5]。最近では畿内に限らず、地方でも「山岳寺院」の発掘調査例は増加し、『月刊考古学ジャーナル』三八二では「古代中世の山岳寺院」の特集を組んで、「湖北地方の山岳寺院」「北陸の山岳寺院」などが報告されている[6]。また個別の山岳寺院研究では、静岡県湖西市で「大知波峠廃寺」のシンポジウムが開かれるなど、発掘調査に関する関心も高まっている[7]。しかし事例の報告は増えているが、「山岳寺院」論には発展していない。

一方、文献史学の側では、古江亮仁氏が「奈良時代に於ける山寺の研究（総説編）」で総合的研究を行い[8]、個別の寺院については、逵日出典氏が大和を中心に取り上げている[9]。また「山寺」に関する史料としては『日本霊異記』（以下『霊異記』）が取り上げられることが多く、「僧尼令」と比較して「山寺」が山林修行と関連することに言及する説がある。とくに薗田香融氏が山林修行の意義を明らかにして以来、「山寺」がその場として考えられている[10]。その影響を受けた論考としては、最近では近江昌司・木村衡・本郷真紹各氏の論考がある[11]。これらの論考では、「山岳寺院」が山林修行の場であると捉えるものが多く、とくにそのような寺院を「山林寺院」と呼んでいる。

このように研究史を見てくると、「山寺」（山岳寺院）について、いくつかの問題点が浮かび上がってくる。すなわち、

1、「山寺」(山岳寺院)の立地条件
2、「山寺」(山岳寺院)の性格・機能
3、建立時期の問題
4、建立者の問題

という点が、現在までの「山寺」(山岳寺院)に関する論点のように思われる。これらの論点について、「山寺」(山岳寺院)の立地条件については、考古学の分野が中心として論議しているが、上原氏が指摘するように自然立地条件によって、「山寺」(山岳寺院)を規定出来るわけではない。また山岳寺院の性格・機能については、文献史料の分野が主として論議している。しかし建立の時期、すなわち「山寺」(山岳寺院)の成立時期の問題や、その建立者の問題については、議論があまり見られないように思われる。

各氏が指摘しているように、「山寺」(山岳寺院)の定義は非常に難しい。それは一つには、文献史料・考古資料ともに少ないという問題がある。とくに地方の「山寺」(山岳寺院)においては、文献史料は皆無に近いと言っても過言ではない。そういう状況の中で「山寺」(山岳寺院)論を進めていくのは問題かもしれないが、地方における仏教信仰を解明していくには、避けて通るわけにはいかない。そこで、以上の問題点を考慮に入れつつ、「山寺」(山岳寺院)の実態と機能について若干の考察を試みたい。なお、以下の節では、「山寺」=山岳寺院として取り扱い、「山寺」の名称に統一して論を進めたい。さらに近年用語として用いられることが多い「山林寺院」についてもその是非を論じたい。

二　「山寺」の宗教性

周知のように、僧侶の山林における修行には、厳しい規制がある。すなわち「僧尼令」には、まず禅行条に、

凡僧尼、有二禅行修道一、意楽二寂静一、不レ交二於俗一。欲下求二山居一服餌上者、三綱連署。在京者、僧綱経二玄蕃一。在外者、三綱経二国郡一。勘レ実並録申レ官、判下。山居所レ隷国郡、毎知二在山一。不レ得三別向二他処一。

とある。[12] これは、僧侶が山中で修行する際の手続きについて、規定したものである。これによれば、僧侶の山中での修行を禁じてはいないが、国家の統制下に置こうという意図が明白である。この点については、『正倉院文書』の中に「山沙弥所」「山林師所」という語が見え、それらの検討から山林での修行の場があり、官僧が日常的に山中で修行していたことがうかがえる。[13] また、薗田氏は吉野比蘇山寺を中心として形成されていた「自然智宗」について触れ、とくに神叡・護命・道叡などの高僧が「求聞持法」のため、山林修行を行っていることを指摘し、呪術仏教的な側面も奈良仏教が持つことを指摘している。[14]「山林寺院」という名称が生まれてくるのは、このような観点からであろう。

一方で「僧尼令」には、非寺院条という条文がある。すなわちそれには、

凡僧尼、非レ在二寺院一、別立二道場一、聚レ衆教化、幷妄説二罪福一、及殴二撃長宿一者、皆還俗。

とあり、[15] 僧侶が寺院以外で布教を行うことを禁止している。

この「僧尼令」の二条による限りでは、山林修行は構わないが、そこでの布教は禁止ということになる。ところが『続日本紀』には、その山林修行を禁止した記事がいくつか見受けられる。

（一）養老二年（七一八）十月庚午条[16]

太政官告二僧綱一白、（中略）。僧綱宜下廻二静鑒一、能叶中清議上。其居非二精舎一、行乖二練邪一、任レ意入レ山、輙造二菴窟一。混二濁山河之清一、雑二燻煙霧之彩一。又経曰、日乞告穢二雑市里一。情雖レ逐二於和光一、形無レ別二于窮是一。如レ斯之輩、慎加二禁喩一。

（二）天平元年（七二九）四月癸亥条[17]

勅、内外文武百官及天下百姓、有下学二習異端一、蓄二積幻術一、厭魅呪咀、害二傷百物一者上、首斬、従流。如有下停二住山林一、詳道二仏法一、自作二教化一、伝習授レ業、封二印書符一、合レ薬造レ毒、万方作レ怪、違二犯勅禁一者上、罪亦如レ此。

（以下略）。

（三）天平宝字二年（七五八）八月庚子朔条[18]

天下諸国隠二於山林一清行近士十年已上、皆令二得度一。

（四）宝亀元年（七七〇）十月丙辰条[19]

僧綱言、奉二去天平宝字八年勅一、逆党之徒、於二山林寺院一、私聚二一僧已上一、読経悔過者、僧綱固加二禁制一。由レ是、山林樹下、長絶二禅迹一、伽藍院中、永息二梵響一。俗士巣許、猶尚二嘉遁一。況復、出家釈衆、寧无二閑居者一乎。伏乞、長往之徒、聴二其脩行一。詔許レ之。

以上の史料を見ると、（一）では意に任せて山に入り、たやすく「菴窟」を造ることは、「山河之清」を「混濁」し「煙霧之彩」を「雑燻」する、と批判している。（二）の史料は、僧侶の山林修行を禁じたものというよりは、仏法と偽って、「厭魅之法」をなすことを禁じたものと言えよう。すなわち、律令国家側からすれば山林修行は、禁止していた道教の呪詛的な法と結びつきやすいと警戒したようである。したがって、山林修行は誰にでも許可したのではなく、ある一定の資格を持った僧侶に許可し、仏教の修行に専念してもらいたかったに違いない。それゆえ、（三）の史料では、天下諸国の「山林清行近士」で十年以上修行した者を、得度させようとしたのではないか。そして、このことは、律令国家の仏教に対する姿勢の一面を示しているようである。すなわち、「浄行僧」という語に表されるように、僧侶には清浄性が要求されたのである。同じことは寺院についても言える。霊亀二年（七一六）五月庚寅条の、いわゆる「寺院併合令」では、

　詔曰、崇二飾法蔵一、粛敬為レ本、営二修仏廟一、清浄為レ先。今聞、諸国寺家、多不レ如レ法。或草堂始闢、争求二額題一、幢幡僅施、即訴二田畝一。或房舎不レ脩、馬牛群聚、門庭荒廃、荊棘弥生。遂使下無上尊像永蒙二塵穢一、甚深法蔵不上レ免二風雨一。多歴二年代一、絶無二構成一。於レ事斟量、極乖二崇敬一。（以下略）

とある。[20]この「寺院併合令」については従来よりさまざまな議論が存在するが、[21]重要なのは荒廃した寺院が問題なのである。この記事を見ると、「崇飾法蔵、粛敬為本、営修仏廟、清浄為先」とあるように、寺院も清浄性が要求されるのである。これは仏教の持つ特質というよりは、神祇・仏教を問わず、古代人の基本的な宗教観と考えられる。そういう意味では「僧尼令」をはじめとして、律令国家は基本的に山林修行を禁止していない。しかしその性質上、あくまでも「清浄」な僧侶による修行に限定した、と見るべきであろう。そのことは（四）の史料からも、十分うかがうことが出来る。また『霊異記』下巻十七縁の「弥気山室堂」では、破損している仏像を檀越らが「山の浄処」に隠しおさめようと相談したことが記されている。これも同様に仏像は「浄処」に安置しなければならない、という宗教観の表れであり、同時にその「浄処」が「山」であることを知ることが出来る話である。「山寺」の宗教性は、実はそこにあるのではなかろうか。

三　『日本霊異記』に見える「山寺」

「山寺」研究で取り上げられる文献史料は、まず『霊異記』である。『霊異記』における「寺院」の記載には、「寺」「山寺」「堂」などがあって、これらはある程度の区別がなされている、と指摘したのは直木孝次郎氏である。直木氏によれば「山寺」は僧侶の修行の場で、国家・貴族・豪族・村落などとは関係しないものという規定を行っている。(22) 同様に中井真孝氏もこの三つに大別し、「山寺」を俗界から離れた「山岳の寺院」と解釈している。(23) この両者の説から見ると、「山寺」は山林修行を行うための寺院と考えられている。しかし、この『霊異記』を見ると、そのような分類に疑問がないわけではない。そこで、ここで取り上げた『霊異記』の「山寺」の諸例を、内容によって分類してみよう。(24)

まず、「山寺」と呼ばれる例で、圧倒的に多く登場するのは修行僧であろう。その場合も大安寺などのような官大寺の僧が修行する場合と、自度僧や優婆塞らが修行する場合とがある。前者の例は下巻十七・二十四縁の「弥気山室堂」「御上嶺山堂」などであり、後者は上巻二十六縁の「法器山寺」・上巻三十五縁の「平群山寺」などで、その他、病気平癒に関するもの（「法器山寺」・下巻九縁「真木原山寺」）、放生（「平群山寺」・中巻八縁「生馬山寺」）、法会（下巻八縁「山寺」）、写経（下巻八縁「山寺」・下巻二十縁「菀山寺」・下巻六縁「海部峯山寺」・下巻二十四縁「御上嶺山堂」）などの内容がある。

また、里との往来が認められるものもある。すなわち、上巻四縁には、

また藹法師の弟子円勢師は、百済の国の師なりき。日本国大倭の国葛木の高宮の寺に住みき。時にひとりの法

師ありて、北の房に住めり。名を願覚といふ。その師、つねに明旦に出でて里に行き、夕をもて来りて坊に入りて居り。これをもて常の業とせり。(以下略)

とある。葛木の「高宮寺」(「高宮寺」は『霊異記』には「山寺」としては出てこないが、他の史料には「高宮山寺」とある)に住む願覚という修行僧が、山寺と里を往復していることがわかる。また、上巻三十五縁では、

河内の国若江の郡遊宜の村の中に、練行の沙弥尼ありき。その姓名詳らかならず。平群の山寺に住みき。知識を率引きて、四恩の奉為に、敬みて像を画き、その中に六道を図す。供養の後に、その寺に安置し、因縁の事を暫く東西に示せり。(以下略)

とある。この沙弥尼は、若江郡遊宜村に本籍を置きながら平群山寺に住んでおり、「山寺」が必ずしも俗界と無縁ではないこと示している。同様に中巻十三縁では、

和泉の国泉の郡血渟の山寺に、吉祥天女の摂像ありき。聖武天皇の御世に、信濃の国の優婆塞、その山寺に来り住みき。天女の像に睇ちて愛欲を生じ、心に繋けて恋ひ、六時ごとに願ひていはく、「天女の容のごとき、好き女をわれにたまへ」といふ。

優婆塞、夢に天女の像に婚ふと見る。明くる日に瞻れば、その像の裙の腰に、不浄染み汙れたり。行者視て、慚愧してまうさく、「われは似たる女を願ひしに、なにぞ忝くも、天女専にみづから交りたまふ」とまうす。媿ぢて他人に語らず。弟子ひそかに聞く。後、その弟子、師に礼なきがゆゑに、嘖めて擯ひ去る。擯はれて里に出で、師を訕りて事を程す。里人聞きて、往きて虚実を問ひ、ならびにその像を瞻れば、淫精染み穢れたり。優婆塞、事を隠すこと得ずして、つぶさに陳べ語りき。

まことに委る、深く信くれば、感応せずといふことなきことを。これ奇異しき事なり。涅槃経にのたまふが

ごとし、「多婬の人は、画ける女にも欲を生ず」とのたまへるは、それこれをいふなり。

とあって、ここでも「血渟の山寺」に信濃国の優婆塞が来住し、修行していることが知られるが、修行僧の願いは極めて現世利益的な内容である。また里人との関係もうかがい知ることが出来、追い出された弟子が師匠である修行僧を里人に訴えたのは、里人が修行僧の行為をとがめて追放してくれることを期待したからに違いない。とすれば、この山寺は里人によって経営されていることを暗に示しているのではなかろうか。次に下巻五縁では、

河内の国安宿の郡の部内に、信天原の山寺あり。妙見菩薩に燃灯を献る処となす。畿内年ごとに、燃灯を奉る。

帝姫阿倍の天皇のみ代に、知識、例によりて、燃灯を菩薩に献り、ならびに室主に銭・財物を施しき。その布施の銭のうち五貫を、師の弟子、ひそかに盗みて隠せり。後に、銭を取らむがために、往きて見れば銭なし。ただし鹿、箭を負ひて仆れ死せらくのみ。

すなはち鹿を荷はむがために、河内の市の辺の井上の寺の里に返りて、人どもを率て至りて見れば、鹿にはあらず、ただ銭五貫なり。よりて盗人を顕しき。

定めて知る、これ実の鹿にあらず。菩薩の示したまひしところなることを。これ奇異しき事なり。

とある。中巻三十八縁「馬庭山寺」の話でも布施の銭三十貫を僧が隠していた話があり、また「信天原山寺」の話でも、弟子が布施の銭五貫文を盗むという話であり、これらの「山寺」は、必ずしも修行僧のための「山寺」ではなく、里の人との関係をうかがわせる内容を持っている。とくに「信天原山寺」は、妙見菩薩を祀り、知識が燃灯会を行って修行僧に銭・財物を布施していることが、この『霊異記』の説話から知られる。そしてこの山寺が里にある「井上寺」と関係していることが推測されるのである。

以上の説話は、『霊異記』の世界でも「山寺」が「里」との有機的な関係を保っていることを示しているが、実は「山寺」は距離的にも「里」と遠い関係にあるのではない。中巻二十一縁では、

諾楽の京の東の山に、ひとつの寺ありき。号をば金鷲といひき。金鷲優婆塞、この山寺に住しき。そゑに、これをもて字となしき。今は東大寺となる。いまだ大寺を造らざりし時の聖武天皇の御世に、金鷲、行者をもて常に住して道を修せり。

その山寺に一はしらの執金剛神の摂像を居きまつる。行者、神王の蹲より縄を繋けて引き、願ひて昼も夜も憩はず。時に蹲より光を放ち、皇殿に至る。天皇驚き怪しび、使を遣はして看しめたまふ。勅信、光を尋ねて寺に至りて見れば、ひとりの優婆塞あり。その神の蹲より繋けたる縄を引きて、礼仏悔過す。（以下略）

とあって、平城京にいて金鷲行者の修行する山寺から発する光を見ることが出来たとあるが、実際平城京と東大寺の位置を考えれば、意外に近い距離であることは現在でも明らかである。

逆に山岳信仰と結びつくものもある。下巻二十四縁の「御上山室堂」の話は、多賀大神が『法華経』を読むことを要求するという、まさしく神仏習合の話である。また下巻三十九縁では、伊予の石鎚山は「その山高く崪しくして、凡夫は登り到ること得ず。ただし浄行の人のみ、登り到りて居住れり」とあり、その山で修行した僧に寂仙という僧が登場する。

前節では「山寺」が、必ずしも山中にあって在地と隔絶した寺院ではないのではないかという点を提起した。しかし最近では、むしろ僧侶の修行面が強調されているようである。そこでまず、最近唱えられている「山林寺院」について検討してみたい[25]。

この「山林寺院」という用語は、文献史学側から提唱された語である。管見では古江氏が最初のようであるが、

氏がその根拠としたのは、先にも掲げた『続日本紀』の宝亀元年の記事に見える「山林寺院」という語であろう。この宝亀元年の条をもう少し詳しく検討してみよう。

一般にどの研究者も「山林寺院」の語には注目しているが、それに続く部分にはあまり触れられていないようである。それは、『続日本紀』宝亀元年（七七〇）十月条の「由是、山林樹下、長絶禅迹、伽藍院中、永息梵響。俗士巣許、猶尚嘉遁。況復、出家釈衆、寧无閑居者乎。伏乞、長往之徒、聴其脩行。詔許之」の部分である。とくに「由是、山林樹下、長絶禅迹、伽藍院中、永息梵響」の部分に注目すれば、「山林樹下」と「伽藍院中」が対比されていることに気づくであろう。とすれば、「山林樹下」は「山林寺院」の「山林」を、「伽藍院中」はまさしく「寺院」を受けているのである。

すなわちこの条文の「山林寺院」は、「山林・寺院」という別の意味を伴う語であり、「山林寺院」という寺院は存在しないのである。したがって、木村氏の「その語の用法の妥当性についても検討を要する」という指摘は当を得ていよう。[26] しかしそれでもこの「山林寺院」という語が今もなお用いられているのは、「山寺」が修行の道場的性格を有している点を重視するからである。

四　「山寺」の実態

ところで、「山寺」は果たして俗界から離れて修行を行う寺院なのであろうか。確かに修行の側面は、先学の指摘の通りである。しかし、疑問がないわけではない。奈良県高宮廃寺のような瓦葺きの礎石建物を、修行僧が建立することが果たして出来ようか。寺院の建立は、その背景として経済力を持った檀越の存在がなければ不可能なの

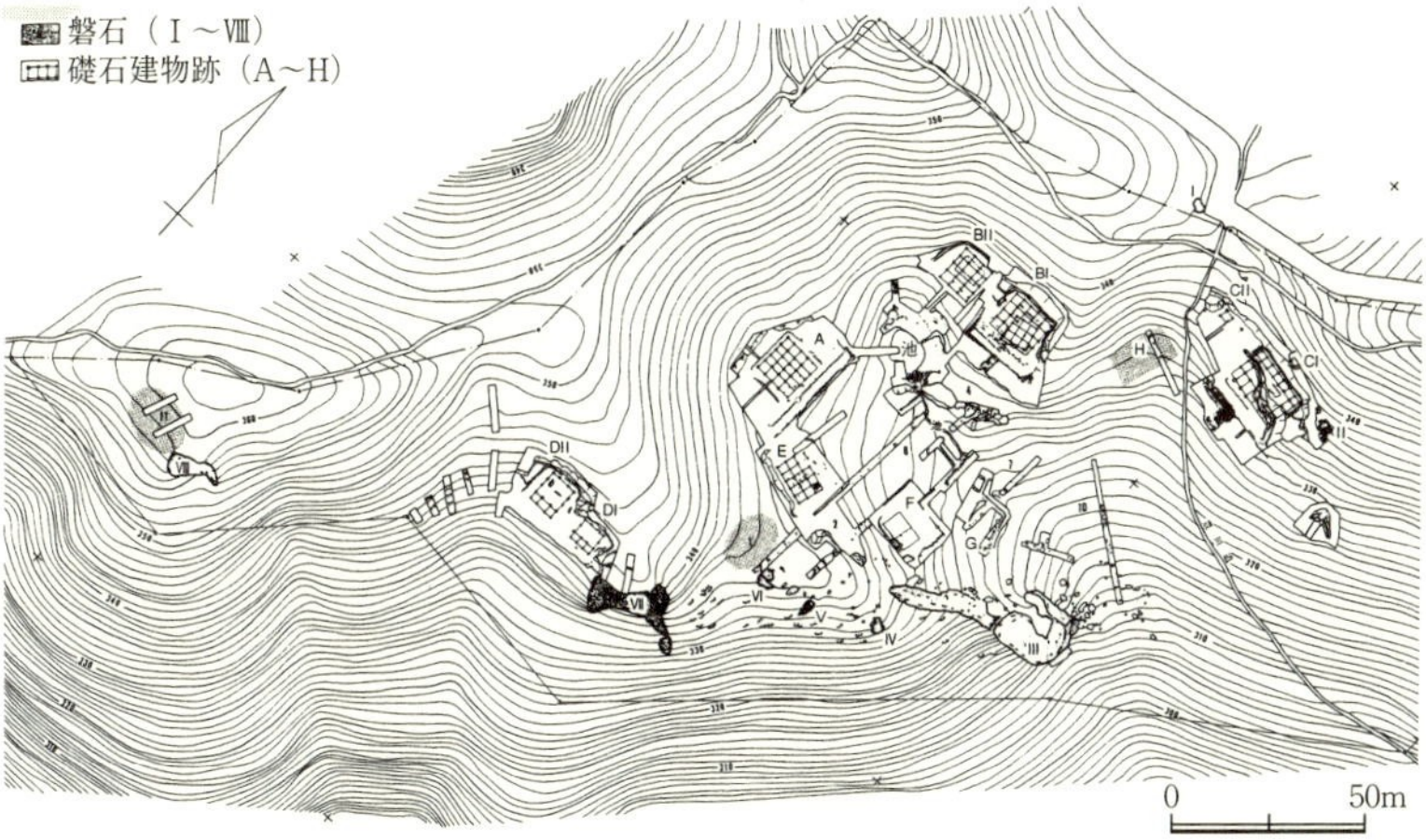

図１　大知波峠廃寺全体図

である。そして建立された寺院には、その建立者にプラスになるものがなければならない。飛鳥・白鳳期の寺院には、「七世父母」という語に表されるような、祖先信仰としての意義があった。すなわち、祖先信仰を基として、一族の繁栄を願ったのである。そのことを考えれば、「山寺」の建立にも、経済力を持つ建立者が存在したはずだし、またその機能も建立者の意志と無関係ではあり得ない。建立だけでなく、その寺院を維持していくについても同じであろう。先述した『霊異記』に見える「山寺」の様相では、里との関係をうかがい知ることが出来る。このことは、最近発掘調査された山岳寺院の例からも知ることが出来る。

大知波峠廃寺は静岡県湖西市にある山岳寺院で、発掘調査の結果、湧水遺構を囲む建物群が検出されている（図１）。出土遺物は十二世紀を中心とする土器群と灰釉・緑釉陶器、「寺」字の墨書土器などである。中でも注目すべき遺物は、灰釉・緑釉陶器であり、これらは一般的な住居からは出土しないもので、宝器的な性格がある。また「寺」の墨書土器は、寺内で使用する限りにおいては、わざわざ記名する必要はなく、寺院と関係ない人間や物が存在したときに、初めてその文字の持つ意味が浮かび上がって

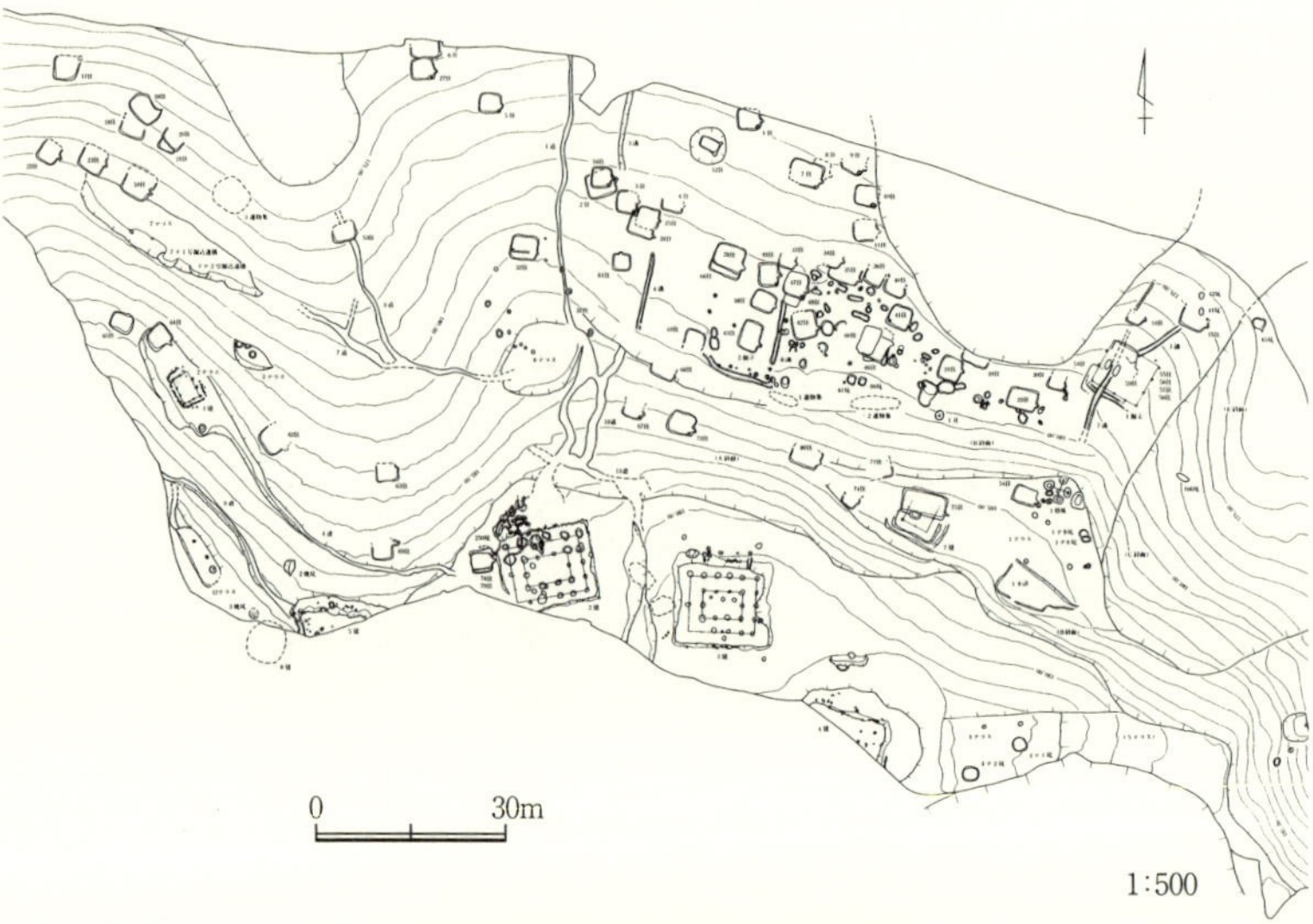

図２　黒熊中西遺跡主要遺構図

くるのである。したがって「寺」字の墨書土器は、『霊異記』や『東大寺諷誦文稿』にあるような、在地における法会の儀式に使用されたものではなかろうか。そして、その儀式にはその周辺の集落の者も参加したのではないか。その他に灰釉・緑釉陶器や墨書土器などの非日常的什器は、使用する機会がないはずである。

また群馬県黒熊中西遺跡や八木連荒畑遺跡では、堂的な建物の他に多数の竪穴住居跡が附属している（図２）。中には工房跡と見られるものもあって、山岳寺院が単に修行のみを行うのではなく、寺院の経営に必要なものを供給出来る施設を伴っている。これでは人里離れた「山寺」ではなく、「山林」での修行というイメージでもない。確かにこれらの寺院は立地において、平地寺院と一線を画するのは事実である。だからといって、在地と全く遊離した存在であったならば、その寺院の経営はたちまちに破綻するであろう。寺院は在地においても何らかの意味がなければ、存在出来ないのではなかろうか。

それゆえ「山寺」と呼ばれる寺院は、必ずしも山中に立地するものばかりではない。すでに指摘されているように、「比蘇山寺」は、「比蘇寺」・「吉野寺」・「吉野山寺」とも称し、奈良県吉野郡大淀町比曽に所在する。調査の結果、東西両塔の薬師寺式伽藍配置で、創建の年代は出土する古瓦の年代から七世紀後半の白鳳時代と考えられる（図3）。大和国吉野郡にあることを考えれば、「吉野山寺」という呼称はいわゆる「郡名寺院」でもある。しかし「山寺」と称しながら、立地は吉野山を正面に見る高取山の南麓にあり、決して山中にある寺ではない。したがって古江氏は、この寺院を山岳寺院の対象から除外しているが、

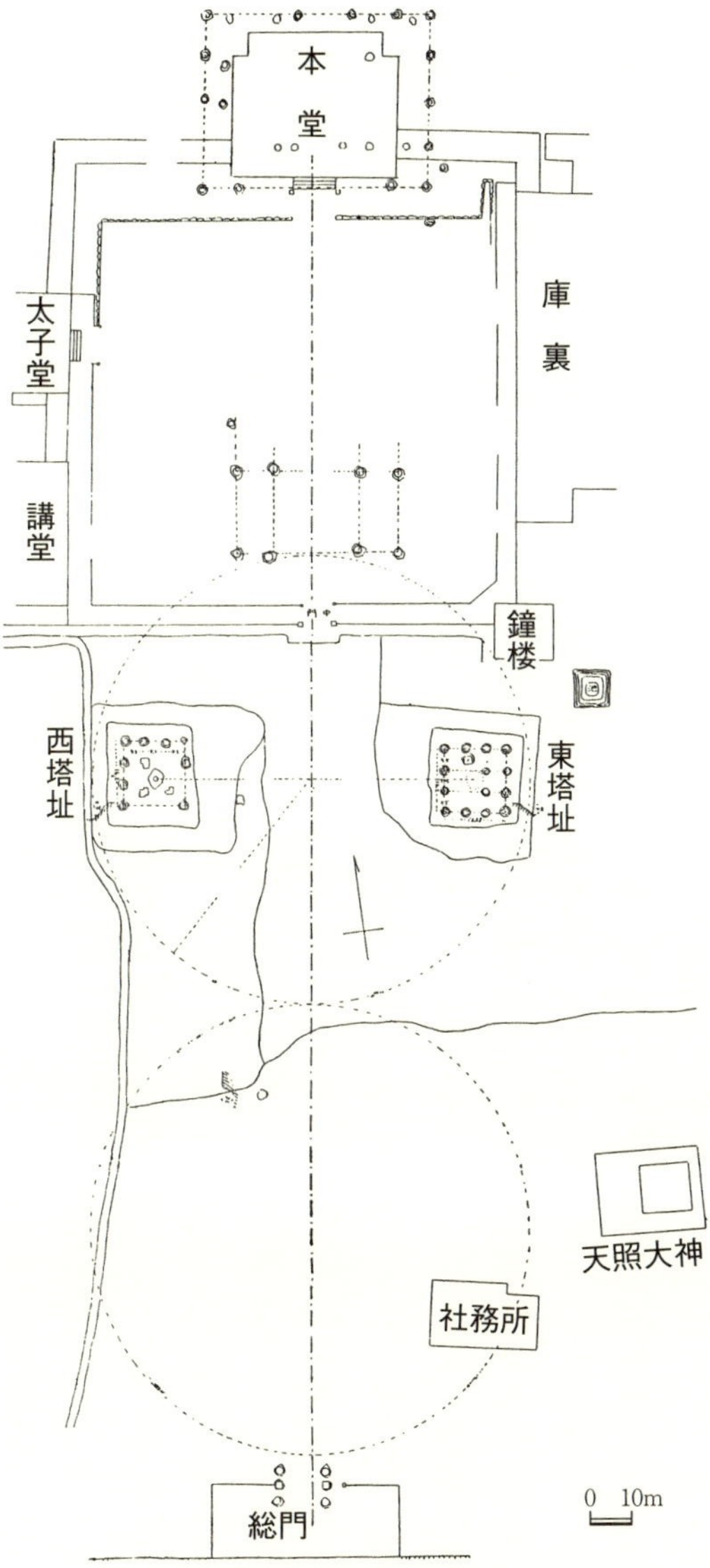

図3　比蘇寺跡伽藍配置図

薗田香融氏が指摘するように山林修行が行われていた寺院であるので、「山寺」とは何かを考える上では、注目すべき寺院である。

一方、『霊異記』と同様な性格を持つものに、『東大寺諷誦文稿』がある。鈴木景二氏が指摘するように[27]、『東大寺諷誦文稿』は大寺の官僧が地方の私的法会に参加する際の、読誦される願文・講話類の草稿であって、基本的な草稿が有り、その土地によってその講話の内容を変えたらしい。その内容は、堂名・郷名に関する地名由来説話や檀越の先祖について語り、堂・仏像・郷などを賛美している。とくに「云若山辺附山、林河林河云、若城辺附城云」とあって、「山辺」「林河」「城辺」にも寺院が存在していることを、この史料からうかがい知ることが出来る。

基本的に古代の地方寺院の立地は、「駅路大道の辺」であることは事実であるが[28]、このように寺院の立地の中には、「山辺」に存在したものもあることが知られる。そのような例で見ると、福島県恵日寺の場合は磐梯山という山岳の山麓であり、栃木県大慈寺は諏訪岳、埼玉県慈光寺は都幾山、群馬県宇通遺跡・八木連荒畑遺跡は赤城山・妙義山などの山岳と結びついていることが推測できるのではないか。このことは地方の山岳寺院だけでなく、先に挙げた比蘇山寺が吉野山を望むことのできる位置にあることと無関係ではなかろう。

五　「山寺」と山岳信仰

山岳信仰とは、文字通り山岳に対する信仰である。一般に我々は、山岳信仰というと、富士山や日光男体山、または白山などをその対象として思い浮かべるが、山岳信仰の対象となる山は、その高低が問題となるのではなく、したがってこれらの名山とされる高山だけではない。神祇信仰において、山の神は祟る神であった。それゆえ、古代の人々は祟りを畏れ、山を祀ったのである。三輪山の記紀における伝承や、『山城国風土記』逸文における賀茂社の伝承では、その山に棲む神は雷神であり、そして蛇に形を変えて現れる。そのため、祀る必要が生まれる。すなわち、山は霊山であり、人々が絶対に入ることを許されない存在であった。山に登ることはタブーであり、それを破ることは神を汚すことであった。それゆえ、人々は山麓に神社を造り、山を遥拝するにとどまるのである。

このことは『常陸国風土記』にも見え、行方郡の夜刀神の条には、「箭括の麻多智」が夜刀神を追いやり、「山口」に境界のしるしを立て社を設けて奉った、とある。[29]山は神聖で不可侵の神域であり、山に入るものではないという観念があり、山麓から仰ぐべき存在であったのである。『霊異記』下巻三十九縁の伊予の石鎚山は、石鎚の神がおり、「その山高く峠しくして、凡夫は登り到ること得ず。ただし浄行の人のみ、登り到りて居住れり」とあるように、修行僧のみが登山出来たのである。

事実、山岳信仰の遺跡が出現するのは、例えば日光男体山の場合、出土する土器の年代は八世紀末である。[30]このことは文献史料においても明らかであり、男体山を山岳信仰の霊場として開いた人物は、勝道という僧であった。勝道は『補陀洛山建立修行日記』によれば、下野国芳賀郡高岡の人で天平勝宝六年（七五四）に修行を始め、天平宝字五年（七六一）下野薬師寺で僧となり厳朝と号したが、後に具足戒を受けて官僧となり勝道と名を改めた。この勝道に関しては同時代人の空海も注目し、「沙門勝道歴山水宝玄珠碑」という文を書いて勝道を絶賛している。

このように、いわゆる山岳信仰の開基に修行僧が関わる例は多い。しかし彼らは「山寺」の建立とは関係していない。いわゆる「山寺」に関連するのは、僧で言えば、緑野寺・大慈寺の道忠、恵日寺の徳一などであった。彼らは勝道のような修行僧とは異なっており、むしろ吉野の比蘇山寺の護命らに近い。また『霊異記』でも修行僧の存在は多いが、彼らは「山寺」に住んでいるものの、「山寺」の建立に関わる説話は見られない。

そう考えると、今まで指摘した「山寺」の立地については納得がいくのではなかろうか。すなわち寺院の建立においても、古代人においては山は仰ぎ見るものであり、「山寺」であっても山域に入るべきではなかったのである。それゆえ、「山寺」はその山岳の山麓、またはその山岳の面するところに立地するのであろう。それが山中に入っていくようになった背景には、修験道などによって山岳に対する恐れが薄らいでいったことがあると思われる。したがって、時代が下るにつれて、山腹や山中などに寺院が出来るようになっていくのではなかろうか。

では、「山寺」の性格はどうであるか。山岳信仰との関わりにおいて、その山岳とは、いわゆる高山ではなく、むしろ生活圏内にある山であると思われる。人々の生活において、山岳が重要な位置を占めるのは、一つはやはり水源であるということであろう。[31]それは農耕において欠かすことの出来ないものである。こう見ると、石川県浄水寺遺跡の「浄水寺」という墨書土器や水に関する遺構の存在、大知波峠廃寺の池の遺構は、「山寺」の機能の一端を物語るものではなかろうか。すなわち、農耕社会という経済生活を行う上で、「山」は水をはじめとする生活の根源であり、それがゆえにすでに山岳崇拝という信仰が、存在していたのであろう。それはあくまでも人間の生活に関わるからであって、山そのものが崇拝の対象になることはない。[32]山中で生活する者が山の神を祀るのではなく、山と境界線をひいて農耕を生業とする人々が、仰ぎ見ることによって山岳信仰が生まれるのである。したがって、山の神はむしろ山口、すなわち山の麓に祀られるものであり、それから考えると、「山寺」もむしろ麓に建立されるべきものであった。このように「山寺」は在地においては、そのような山岳信仰と結びつき、麓で農耕を行う地域の守護神的存在であり、当然「山寺」もそのような機能を持つものではなかったか。

「山寺」のもう一つの機能は、「山」が「浄処」であるということである。このことは、修行僧がそこで修行をすることに表れるが、それは修行僧にとどまらず、一般の民衆にも利益のあることであった。先に述べたように、国家は仏教に「清浄性」を求める。それゆえ、僧侶は「山寺」で修行をし、また写経を行う。写経が「清浄」の場で行われるべきものであることは、『霊異記』でも明らかであり、また遺跡の上でも、経軸・定木・陶硯などの遺物が出土していることでも裏付けることが出来る。また『霊異記』などから見ると、国家のみならず一般の民衆においても「山寺」に参じており、必ずしも里から遊離した存在ではない。最近では国分寺のような平地寺院と山寺とのネットワークを指摘する説もあるが(33)、寺院の経営という面から見れば、僧侶だけでなく里人の往来も想定出来よう。

奈良仏教の一つの側面は、仏教に対して呪術性が期待されている点である。すなわちこれらの修行僧に対する在地の期待は、極めて現世利益的である。『霊異記』では「山寺」で病を治療したり布施を行ったりしており、「山寺」と里とのそのような結びつきをうかがわせる。それは山岳信仰を背景にしたものであり、ただ単に「山寺」を修行のためのものと考えるのではなく、その地域の中における呪術的な機能も考慮しなければならないのではなかろうか。

六　おわりに

従来の研究史では「山寺」は天台・真言宗などと結びつき、「深山幽谷」にあるイメージが先行してきた。最近ではとくに奈良時代の修行僧の存在から、「山寺」はむしろその修行の場として捉える考えがあらわれるようになった。「山林寺院」という語がしばしば使われるのは、そのことが背景にある。しかし一方で発掘調査の例も増加しており、従来の「山寺」とは異なる様相も見られ、国分寺とのネットワークを指摘する説も存在する。

また群馬県黒熊中西遺跡・石川県浄水寺遺跡などは、寺院遺跡としての様相を見せながらも、その立地は必ずしも「深山幽谷」ではなく、むしろ丘陵上に存在する。また、群馬県緑野寺や栃木県大慈寺などは文献に「山寺」と記されているが山麓に立地し、「山寺」の立地は、山中のみならず、山腹や山麓、または丘陵上などにもあり、立地は必ずしも「山寺」の定義を限定するものではない。したがって近年「山林寺院」という用語がしばしば用いられているのは、「山寺」の機能を考える上で山林修行の側面を強調したものと言える。ただしその用語は、あくまでも「山林」と「寺院」という二つの場であることを意味するものであって、「山林寺院」という用語自体が文献史料上で存在するのではないことは注意を要するであろう。従来「山寺」については、「山岳寺院」という用語が用いられてきたが、それが「深山幽谷」のイメージを持ち、必ずしも「山寺」がそれだけの立地と機能でないとすれば、「山地寺院」の用語がふさわしいように思われる。

『霊異記』などを見ていくと、「山寺」では確かに修行僧の存在が明らかであるが、修行僧や「山寺」は決して在地とは無縁でなく、むしろ在地にとって「清浄性」を維持する重要な存在になっていることをうかがい知ることが出来る。また在地の村落との密接な関係を考慮すると、これらの修行僧が「山寺」を建立したとは考えられない。とすると、「山寺」はやはり在地の人々が建立し、そしてその機能は修行僧などを通じて、その地の現世利益的幸福を願うものであったと考えられる。その意味では、「山寺」は神祇信仰と同様な機能を持つものであり、在地の山岳信仰と関連するものと考えるべきではなかろうか。今後は山岳信仰と仏教との関係をさらに明らかにする必要があるとともに、「山寺」・「山林寺院」の用語についても議論が必要であると思われる。

註

（1）　景山春樹「山岳寺院」（『仏教考古とその周辺』　雄山閣出版　一九七四年）

（2）石田茂作「伽藍配置の研究」（『新版仏教考古学講座』第二巻　雄山閣出版　一九八四年）
（3）藤井直正「山岳寺院」（註（2）文献）
（4）上原真人「仏教」（『岩波講座日本考古学』四　集落と祭祀　岩波書店　一九八六年）
（5）梶川敏夫「奈良時代の山岳寺院」（『季刊考古学』三四　一九九一年）
（6）『月刊考古学ジャーナル』三八二　一九九四年
（7）「大知波峠廃寺跡シンポジウム」　湖西市教育委員会　一九九五年。また近年でも山岳寺院の特集が組まれている（「特集山岳寺院の考古学的調査　西日本編」『佛教藝術』二六五　二〇〇二年、「特集山岳寺院の考古学的調査　東日本編」『佛教藝術』三一五　二〇一一年）。
（8）古江亮仁「奈良時代に於ける山寺の研究（総説編）」（『大正大学研究紀要』三九　一九五四年）
（9）逵日出典「奈良朝山岳寺院の実相」（『論集日本仏教史』二　奈良時代　雄山閣出版　一九八六年）、同『奈良朝山岳寺院の研究』　名著出版　一九九一年
（10）薗田香融「古代仏教における山林修行とその意義―特に自然智宗をめぐって―」（『南都仏教』四　一九五七年、のち『平安仏教の研究』　法蔵館　一九八一年所収）
（11）近江昌司「謎につつまれた山岳寺院」（『古代の寺を考える―年代・氏族・交流―』　帝塚山考古学研究所　一九九一年）、木村衡「古代の地方山林寺院について」（『古代民衆寺院史への視点』　岩田書院　二〇〇四年）、本郷真紹「古代北陸の宗教文化と交流」（小林昌二編『越と古代の北陸』　名著出版　一九九六年）。また近年の研究をまとめたものに、上原真人・梶川敏夫「序論　古代山林寺院研究と山科安祥寺」（上原真人編『皇太后の山寺―山科安祥寺の創建と古代山林寺院―』　柳原出版　二〇〇七年）がある。
（12）日本思想大系『律令』「僧尼令」禅行条　二一九頁　岩波書店　一九七六年
（13）佐久間竜「山沙弥所と山林師所」（『続日本紀研究』六―一二　一九五九年）
（14）薗田前掲註（10）論文
（15）日本思想大系『律令』「僧尼令」非寺院条　二一七頁　岩波書店　一九七六年
（16）新日本古典文学大系『続日本紀』二　養老二年十月庚午条　四七～四九頁　岩波書店　一九九〇年

(17) 新日本古典文学大系『続日本紀』二　天平元年四月癸亥条　二一一頁　岩波書店　一九九〇年
(18) 新日本古典文学大系『続日本紀』三　天平宝字二年八月庚子朔条　二七七頁　岩波書店　一九九二年
(19) 新日本古典文学大系『続日本紀』四　宝亀元年十月丙辰朔条　三一二頁　岩波書店　一九九五年
(20) 新日本古典文学大系『続日本紀』二　霊亀二年五月庚寅条　一一頁　岩波書店　一九九〇年
(21) 拙稿「霊亀二年の寺院併合令について」(『日本古代地方寺院の成立』吉川弘文館　二〇〇三年)
(22) 直木孝次郎「『日本霊異記』にみえる「堂」について」(『奈良時代史の諸問題』塙書房　一九六八年)、第一編第一章参照
(23) 中井真孝「都府と山岳の寺寺」(『行基と古代仏教』永田文昌堂　一九九一年)
(24) 『日本霊異記』(新潮日本古典集成　新潮社　一九八四年)を参照、以下同じ。
(25) 斎藤忠「古代寺院跡の諸問題」(『仏教考古学と文字資料』斎藤忠著作選集五　雄山閣出版　一九九七年)
(26) 木村前掲註(11)論文
(27) 鈴木景二「都鄙間交通と在地秩序─奈良・平安初期の仏教を素材として─」(『日本史研究』三七九　一九九四年)
(28) 有富由紀子「日本古代の初期地方寺院の研究─白鳳時代を中心として─」(『史論』四二　一九八九年)
(29) 「常陸国風土記」行方郡条(日本古典文学大系『風土記』五五頁　岩波書店　一九五八年)
(30) 『栃木県史蹟名勝天然紀念物調査報告』第二輯　栃木県　一九二七年
(31) 奈良県長谷寺は『霊異記』に「泊瀬の上の山寺」と見え、初瀬の東口には式内山口社があり、水神・龍神・雷神信仰などを主として地元で信仰されている。長谷寺もこれらの信仰と結びついて創立されたと考えられる例であろう。
(32) 下出積與「山岳信仰と仏教」(『古代日本の庶民と信仰』弘文堂　一九八八年)
(33) 最近では上原真人氏が国分寺と周辺の山林修行の場としての山林寺院とのネットワークの存在を指摘している(「古代の平地寺院と山林寺院」『佛教藝術』二六五　二〇〇二年)。

第二篇　『日本霊異記』地域関係説話の形成

第一章　『日本霊異記』における東国関係説話——武蔵・信濃国を中心として

一　はじめに

『日本霊異記』（以下『霊異記』）は因果応報を原理とし、景戒の自土意識による日本での仏教霊験を強調した仏教説話であるが、中国の『冥報記』などの説話集の翻案という傾向が強いことなどが指摘されてきた。その説話の形成については、「私度僧の文学」という伝承論をとる益田勝実氏[(1)]や、それを継承・展開した黒沢幸三・原田行造・丸山顯徳氏らの主な研究があり[(2)]、また古代氏族の伝承を仏教説話に改変したとする守屋俊彦氏の研究があらわれ[(3)]、その後僧侶や寺院関係者の手を経て説法の材料となったとする説などが登場した[(4)]。このような研究史を受けて近年では、唱導の説話集としての『霊異記』の性格が指摘されるようになった[(5)]。『霊異記』の構造論から景戒の思想的背景を探究する研究も、出雲路修氏によってなされている[(6)]。また最近では、中国の説話や経典類からの引用を重視する研究があらわれており[(7)]、『霊異記』の説話がどのように形成されたのかは議論が多く、まだ決着を見ていない。『霊異記』説話の舞台となった地域は、東は陸奥国から西は肥後国まで、ほぼ全国に及ぶ。しかし歴史的背景やその地域の視点から見た考証は少なく、不十分であると思われる。『霊異記』の研究は主に国文学の分野で行われたが、最近では歴史学、とくに古代史・宗教史の分野でも史料として注目されるようになり、『霊異記』を史料として扱うためには、実証作業が必要であることが指摘されるようになってきた。(8) これらの実証を経て、『霊異記』も古代史の分野で幅広く用いられるようになったが、しかしそれはやはり宗教史や社会史の分野で用いられることが多く、地域史の観点でこれらの説話がどのようにして成立したかを論究したものは、皆無であると言っても過言ではない。ここでは『霊異記』の東国説話を中心にして、『霊異記』の地域関係説話の成立について考察したい。

二　武蔵国に関する説話（中巻三・九縁、下巻七縁）

『霊異記』に登場する東国説話の舞台は陸奥・武蔵・信濃・遠江国であるが、この中で複数の説話を残しているのが武蔵・信濃国なので、ここではこの二国を中心にして考察したい。まず、武蔵国に関係する三話を列挙してみよう。

『霊異記』中巻三縁「悪逆の子、妻を愛し、母を殺さむと謀り、現報に悪死を被る縁」は、聖武朝に筑紫の防人に向かった武蔵国多磨郡鴨里の吉志火麻呂が、故郷の妻に会いたいがために同行した母の日下部真刀自を殺害して、その喪を帰国の理由にしようとする親不孝の罪が内容である。子は母を『法花経』の法会があると誘い出し、東方の山中で殺害を試みるが、地が裂けてこの親不孝の子はそこに陥る、という説話である。

次に中巻九縁「おのれ寺を作りて、その寺の物を用ゐ、牛となりて役はるる縁」は、多磨郡大領の大伴赤麻呂が自分の建てた寺の財産を持ち出した罪で、天平勝宝元年（七四九）十二月十九日に死んで、同二年五月七日に黒斑《まだら》なる牛に生まれ変わったという化牛説話である。その牛には碑文らしい斑文があり、それには「赤麻呂は、おのれが造れる寺を擅りて、恣なる心の随に、寺の物を借り用ゐて、報い納めずして死に亡す。この物を償はむがためのゆゑに、牛の身を受けたり」とあって、その罪が明記されていて赤麻呂の親族と同僚は恐れおののいたとある。郡司層が私寺の建立を行っていることがわかるのと同時に、その管理について寺物を盗用していることを示す史料で、恐らく寺院の荒廃につながると見て、そのことが罪悪と考えられていることがわかる。

また下巻七縁「観音の木像の助を被りて、王の難を脱るる縁」は、同じ多磨郡小河郷の「大真山継」が蝦夷征討に従軍した際、妻が観音像を造像して信仰したところ無事帰還出来たので、いっそう信仰した。そのため藤原仲麻呂の乱に加わった際でも、斬首寸前のところを助けられて信濃国に配流になって命が助かり、さらにまた再び戻って多磨郡の少領になることが出来たという観音信仰の説話である。それぞれの説話は、武蔵国を舞台にしているという点以外に共通点はない。まずそこでこれらの説話について、それぞれの内容がその地域と関係するのかを実証してみよう。

まず、中巻三縁であるが、主人公の「吉志火麻呂」を「吉志大麻呂」とする説もあるが、(9)『今昔物語集』巻二十―三三などでも「吉志火丸」とするので、ここでは「火麻呂」と考える。吉志氏は渡来系氏族に多い氏族名で、多磨郡司にも「壬生吉志」の氏族名が見える。また多磨郡ではないが、男衾郡司にも「壬生吉志」の氏族名が見え、武蔵国では広範囲に分布したと見られる。また母の日下部氏も東国には多い氏族であり、「正倉院調庸布銘」に横見郡の郡司として日下部氏の存在が知られる。したがってこれらの氏族は、一般庶民ではなく在地の有力豪族層と思われる。

次に地名では、武蔵国多磨郡は国府・国分寺の所在する郡である。「鴨里」は、『和名類聚抄』（以下『和名抄』）

の郷名にも他の史料にも見あたらない。『大日本地名辞書』では、北多摩郡大神（現昭島市大神町）をあてるが、五日市町落合（現あきる野市）加茂原をあてる説もある。[10] また「多磨郡鴨里」は郡里制で霊亀三年（七一七）までの行政制度であるから、「聖武天皇の御世」とは合わない。

また吉志火麻呂が筑紫に派遣された防人の制度であるが、防人は「軍防令」の定める辺境警備の兵役の一つであり、とくに東国の農民が任命された。この説話も、それを表すものの一つとして挙げられ、防人の制度が東国農民にとっていかに厳しい負担であったかは、『万葉集』巻二十の防人歌の中からもうかがい知ることが出来る。説話の内容からすれば、当時の東国農民の実情を反映していると言えよう。防人の制度は、『続日本紀』天平二年（七三〇）九月己卯条に「停二諸国防人一」とあり、[11] さらに天平九年（七三七）九月癸巳条には、「是日、停二筑紫防人一、帰二于本郷一、差二筑紫人一、令レ戍二壱伎・対馬一」とあることから、[12] 聖武朝で東国防人が九州に派遣されていた時期は天平九年までの期間となる。

まず「軍防令」では「凡征行者。皆不レ得下将二婦女一自随上」とあるが、また一方では、防人は「凡防人向レ防、若有二家人奴婢及牛馬、欲二将行一者、聴」とあって、家人・奴婢・牛馬の同行は許されている。[13] さらに『令義解』軍防令条には、「謂。若欲レ将二妻妾一者、亦須レ聴。為レ非二征人一故也」とあって、[14] 妻妾の同行は認められている。すなわち火麻呂は、妻を同行しても一向に構わないのである。

ところで父母の喪については、「仮寧令」で服喪は認められているが、「軍防令」では「凡征行、大将以下、有レ遭二父母喪一者、皆待二征還一、然後告発」とあって、征討の場合は父母の喪であっても直ちには帰国出来ないことになっている。これによれば吉志火麻呂は、たとえ母を殺害しても喪を理由に帰国することは出来ないことになって、火麻呂はそれを知らなかったことになる。しかしこの条は「征行」の規定であり、『令義解』によれば防人は「非征人」であるから、この条はこの場合にあてはまらないことも想定される。

一方、衛士は父母の喪であっても上番中ならば帰郷できず、『令義解』によれば防人もこれに準ずるので、防人の服喪も認められていない。もしくは火頭は「軍防令」で例外的に服喪が認められているから、この火頭を火長と考え、火麻呂は火長かそれ相応の地位にあったことも想定する説もある。[15] また「賦役令」には、「凡遭二父母喪一、並免二朞年徭役一」とあって、この場合は父母の喪で帰国することは許される。父母の喪について「賦役令」の解釈を用いた場合は、説話の内容と矛盾しないが、防人を「賦役令」で解釈するのは難しいであろう。この説話で「軍防令」と「賦役令」のどちらの解釈が適用されたかは、さらに検討が必要であろう。中巻三縁の説話の創作者は、地方行政制度や「軍防令」などの規定に疎い人物であったか、または古い説話が上書きされた可能性もあろう。

次に中巻九縁であるが、大伴赤麻呂は武蔵国多磨郡の大領で、在地有力豪族と考えられる。防人の徴集は国司の管掌であるが、中巻三縁には「火麻呂、大伴〈名姓分明ならず〉に、筑紫の前守《さきもり》に点されて」とあって、実際には郡司の職務であったらしい。寺物を借用して返さず牛に生まれ変わるという化牛説話は、『霊異記』に多く見え、この場合郡司が自ら建立した私寺でも許されることではない、とされる。郡司層が寺院を建立している例は、上巻七・十七縁、下巻二十六縁などに見られ、このうち下巻二十六縁でも郡司の妻田中真人広虫女は、その罪業のため上半身が牛に生まれ変わっている。

さて大伴氏は東国でも多く見られる氏族であり、『万葉集』巻二十や養老五年（七二一）の「下総国葛飾郡大嶋郷戸籍」にも大伴部氏が見え、武蔵国では、「正倉院調庸布銘」に加美郡武川郷に大伴直牛麻呂・荒当の名が知られる。[16] また『続日本紀』宝亀八年（七七七）六月乙酉条には入間郡の大伴部赤男が神護景雲三年（七六九）に西大寺に財物を施入した功によって、外従五位下に追贈されていることが知られるが、[17]『日本後紀』弘仁二年（八一一）

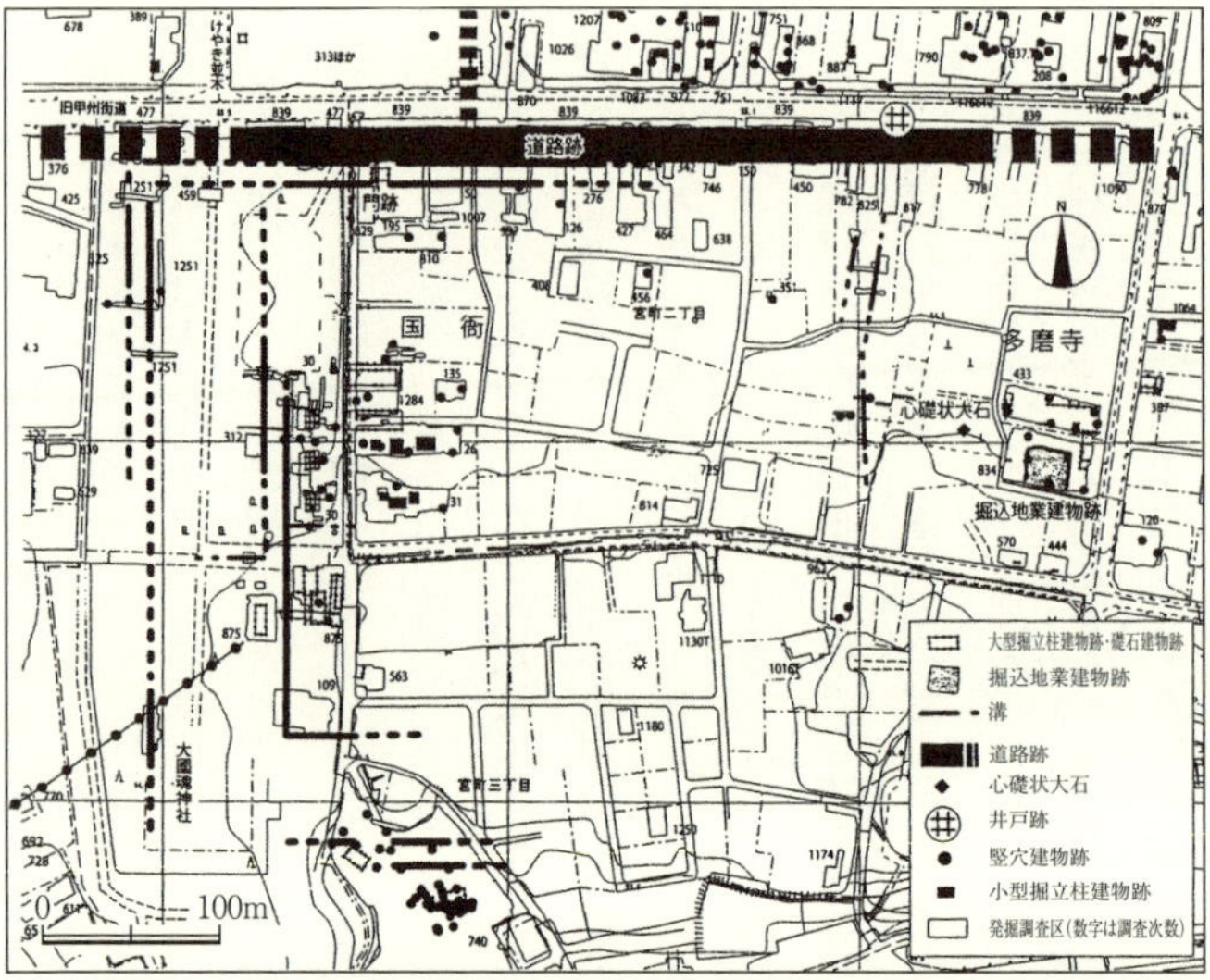

武蔵国府と京所廃寺（多磨寺）

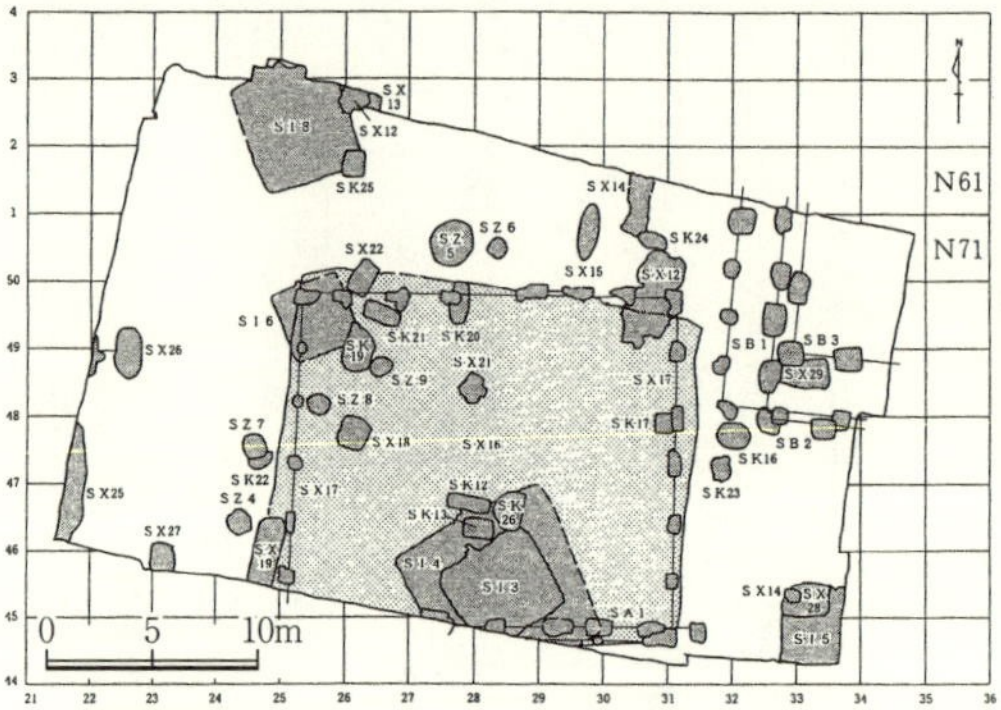

京所廃寺掘込基壇

「□磨寺」

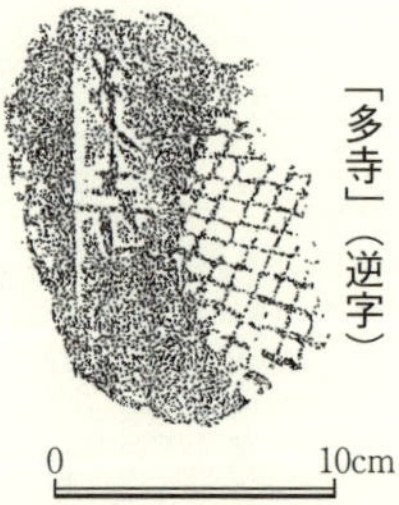

「多寺」（逆字）

図1　京所廃寺遺構図・「多寺」文字瓦

九月一日条に「出羽国人少初位下无耶志直膳大伴部広勝賜二姓大伴直一」とあるように、[18]この大伴部氏は膳大伴部氏であろう。

では、大伴赤麻呂が建立した寺院はどこにあるのであろうか。府中市宮町には京所廃寺という寺院遺跡があり、単弁八葉蓮花文軒丸瓦と三重弧文軒平瓦などが出土していることから、七世紀末から八世紀初頭の時期と考えられている。現在は宅地化が進み、遺構の状態は不明であるが、塔心礎と思われる礎石が遺存している（図1）。この京所廃寺からは、「多寺」と刻印された文字瓦が出土しており、茨城廃寺出土墨書土器などの事例から考えると、「多寺」は「多磨寺」の省略と考えられ、多磨郡の郡名寺院であった可能性が高い。[19]また近接する武蔵国府関連遺跡からは、「多研」という文字のある墨書土器が出土しており、現府中市の東部に多磨郡家が置かれていた可能性が指摘されている。郡司層の寺院の付近に郡衙が置かれる例は多く、また郡名寺院が郡司によって建立されたことは、『霊異記』上巻七縁、下巻二十六縁でも明らかであり、京所廃寺が大伴赤麻呂の建立した寺院である可能性は高い。

最後に下巻七縁であるが、まず「大真山継」は、「武蔵の国多磨の郡小河の郷の人」とある。ここでは妻が蝦夷征討の無事帰還を祈って観音像を造り、そのお陰で無事帰還した後に仲麻呂の乱に遭遇する、とある。『続日本紀』には蝦夷征討の記事が散見するが、山継が参加したとすると、天平宝字二年（七五八）に坂東の兵士を徴発して桃生城・小勝柵を造営したのに参加したことを指すのが最も妥当であろう。また『続日本紀』天平宝字八年（七六四）十二月二十八日条には、仲麻呂の乱に連座した死刑囚が罪一等減じられているので、この説話と関係する可能性が高い。またこの説話の「多磨郡小河郷」の郡郷里制は、天平十二年（七四〇）以降の行政制度であるから、年代的にも合っており、したがってこれらの歴史事実から考えると説話の内容もあながち創作ではなく、氏族伝承をもとに創作された可能性もあろう。

ところで「大真」という氏族名は他には見られず、前田家本では「丈直山継」、国立国会図書館本では「丈部山継」とあり、書写の際の誤りとする。しかし「真」を「直」の誤写とすれば「大直」で「大伴直」であり、前田家本・国立国会図書館本のように「丈直」とすれば「丈部直」氏を指すことになる。多磨郡の郡司は大伴氏であり（中巻九縁）、山継は信濃国に配流されてのちに多磨郡の少領に任ぜられているので、大伴氏の可能性もあろう。

一方「丈部直」は、「正倉院調庸布銘」に「（武蔵国横見郡ヵ）郷戸主五百井部古猪庸布壱段〈主当国司史生従八位下佐味朝臣比奈麿郡司少領外正八位下勲十二等丈部直□〉とあり、[20] 武蔵国の郡司に存在したことが知られる。また「丈部直」氏は足立郡司であり、『続日本紀』神護景雲元年（七六七）十二月壬午条には、「武蔵国足立郡人外従五位下丈部直不破麻呂等六人賜㆓姓武蔵宿禰㆒」とあって、[21] とくに丈部直不破麻呂は藤原仲麻呂の乱に参加して功績があり、武蔵宿禰を賜姓されて武蔵国造に任命されている。山継も正七位上を賜っており、また仲麻呂の乱に関係していながらも最後は多磨郡の少領に任命されていることから、この「大真」は「丈部直」氏の可能性も否定できない。ただし足立郡の丈部直不破麻呂等はこの乱で功績があったのに対し、山継は反乱軍側に属していたことになり、同族同士が相反する立場にいたという不自然さが残る。それゆえここでは、「大伴直山継」と考えたい。

「小河郷」は「小川郷」で、あきる野市小川に地名が残る。『和名抄』によれば多磨郡には十郷あり、「小川・川口・小楊《オヤギ》・小野・新田《ニフタ》・小嶋・海田《アマタ》・石津・狛江・勢多」とある。[22] この内、武蔵国分寺跡から出土する文字瓦には、「小川」「川口」「小野」「玉尓太《ニフタ》」「石津」「狛江」とあって、これらの郷が奈良時代に存在したことは確実である。また『延喜式』左右馬寮御牧条には、「武蔵国〈石川牧・小川牧・由比牧・立野牧〉」とあり、[23] 小川郷の周辺に牧が存在したことが知られる。さてこれらの郷名であるが、小川郷は国分寺文字瓦にも見え、現在のあきる野市小川周

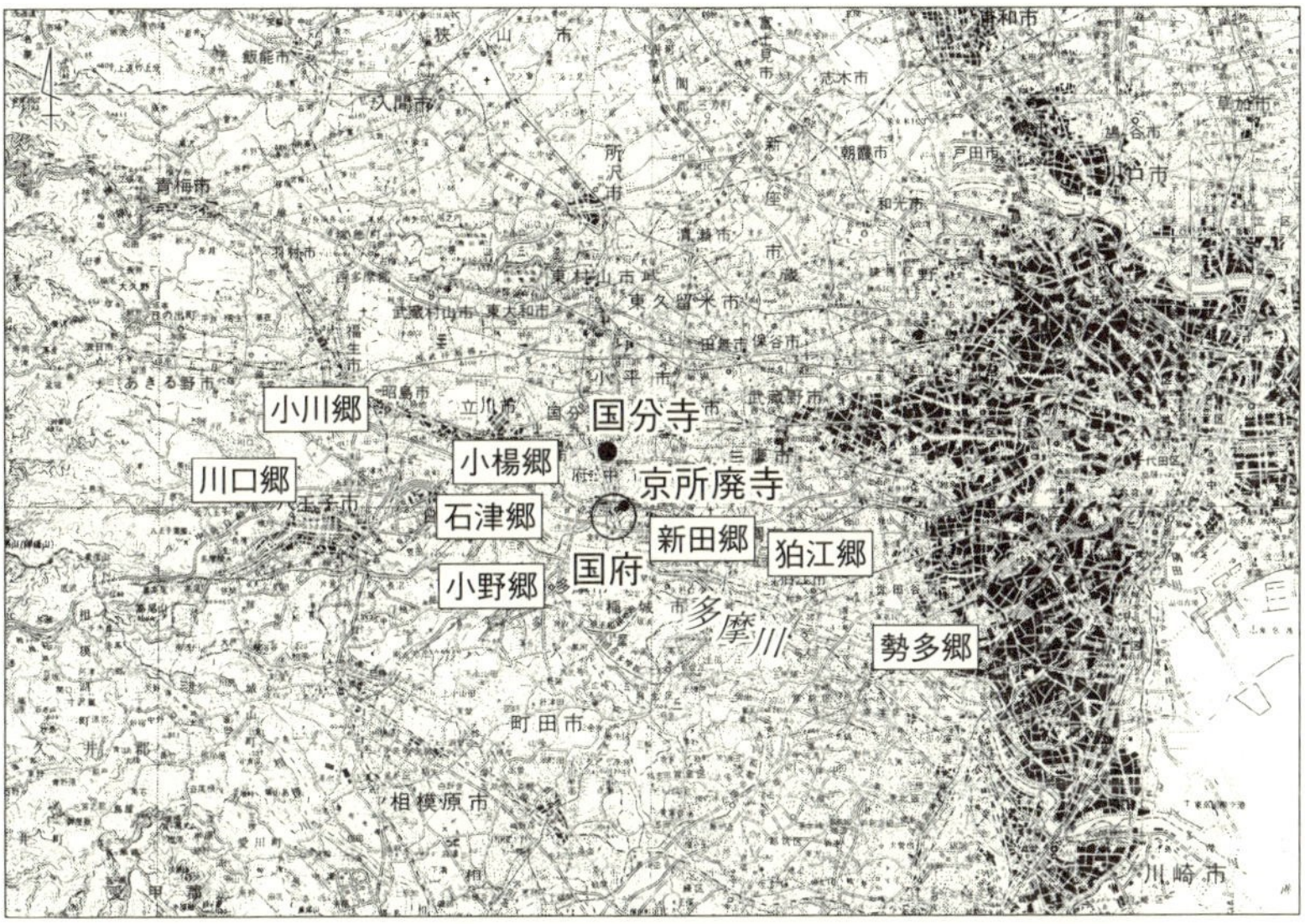

図２　武蔵国多摩郡全体図

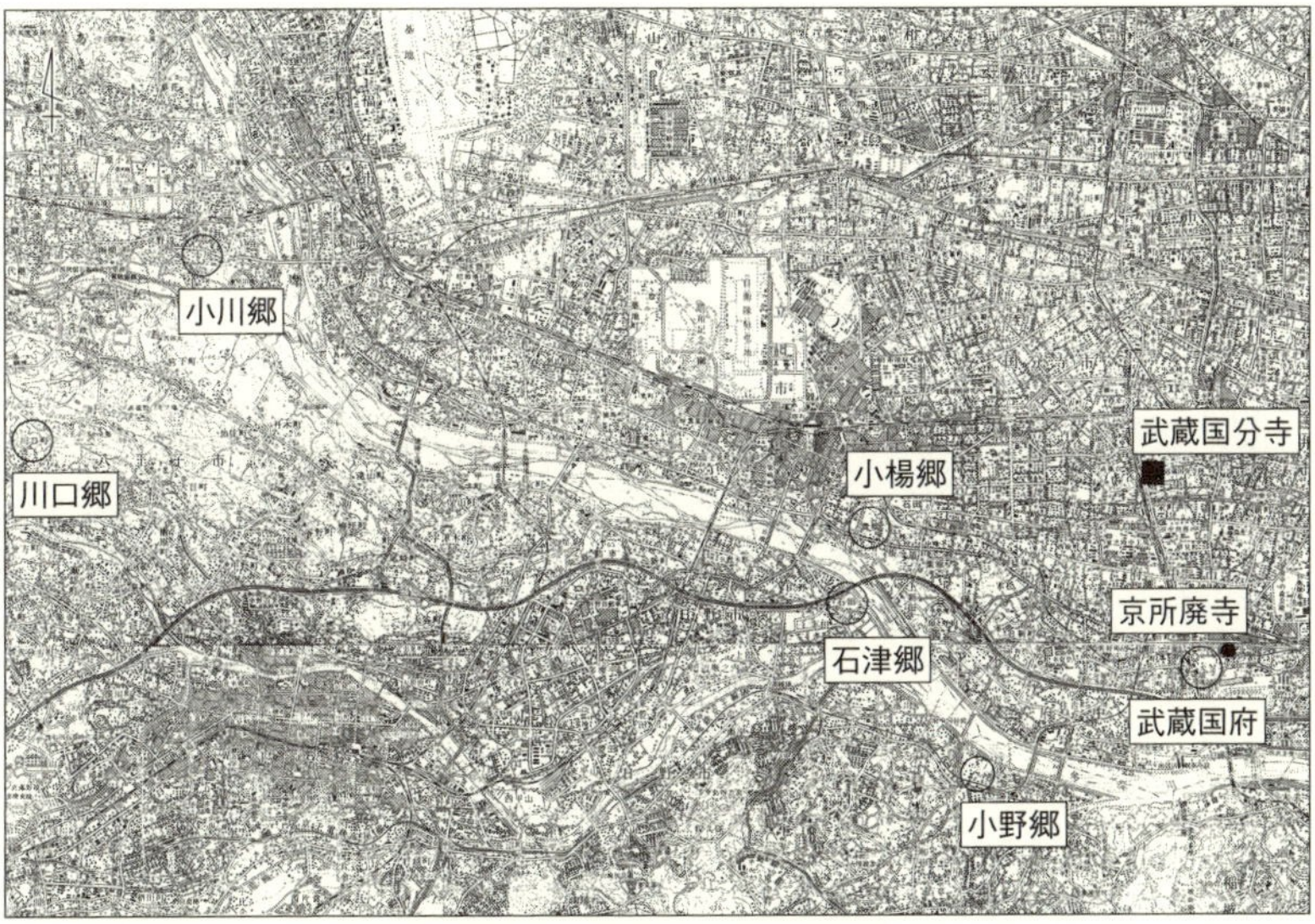

図３　多摩郡西部郷分布図

辺と考えられる。川口郷も国分寺文字瓦に見え、現在の八王子市川口町、小楊郷は国立市青柳付近が推定されている。小野郷は『延喜式』神名上条に見える小野神社のある多摩市付近、新田郷も国分寺文字瓦では「玉尓太《ニフタ》」とあり、『延喜式』神名上条に見える布多天神社のあった調布市布田の「古天神」周辺と考えられる。(24)「石津」も国分寺文字瓦・『和名抄』の両方に見え、日野市石田周辺に推測される。狛江郷も国分寺文字瓦・『和名抄』の両方に見え、現在の狛江市周辺と推測される。勢多郷は世田谷区瀬田周辺であろう(図2)。

これらの郷分布から言えることは、多摩郡の郷は多摩川流域に所在し、しかも『和名抄』では、多摩川の上流から郷が配置されていることである。中巻三縁の鴨里はあきる野市加茂原周辺、下巻七縁の小河郷があきる野市小川周辺で、中巻九縁が府中市周辺を舞台にしていると推測すると、これらの説話に共通するのは、説話の舞台が多摩川流域の限定された地域であるということになる(図3)。この三話は内容の共通性はないものの、多摩川に沿った交通ルートで伝承されたことが共通点として挙げられるであろう。

以上、武蔵国に関する伝承を取り上げて検討した結果、これらの説話の内容が全くの創作ではなく、その内容はともかく、舞台となった地域や登場人物については、ある程度の事実に基づいているようである。そこでこれが武蔵国以外でもあてはまるか、検討してみたい。

三　信濃国に関する説話(下巻二十二・二十三縁)

信濃国に関する説話は二例あるが、どちらも下巻に並んで収録されており、その内容も大変似ていることが指摘出来る。その説話をまず取り上げてみよう。

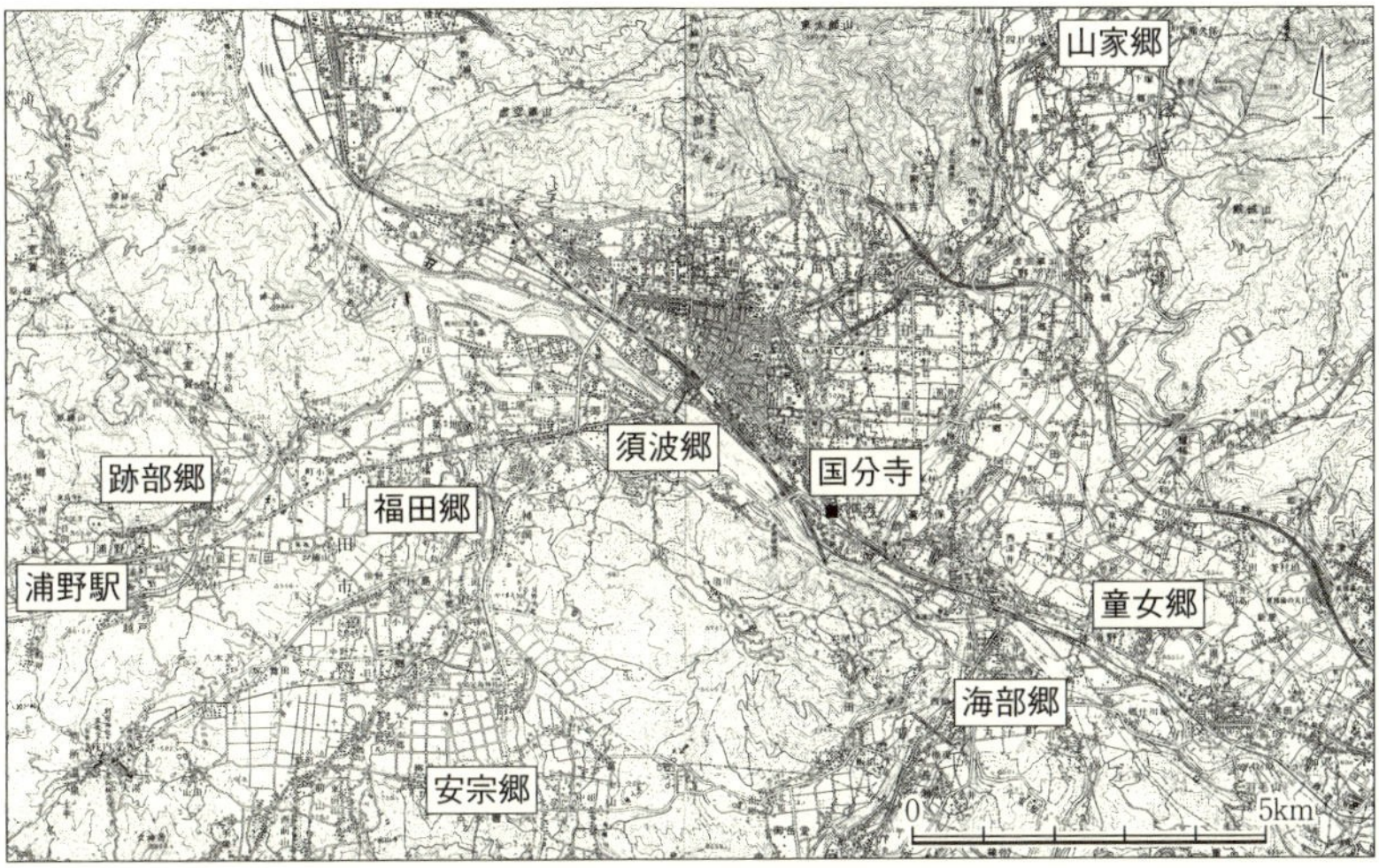

図4　小県郡郷図

まず下巻二十二縁「重き斤もて人の物を取り、また法花経を写して、現に善悪の報を得る縁」の説話の舞台となる信濃国小県郡は、信濃国府・国分寺の所在する郡で、現在の上田市周辺に想定される（図4）。『和名抄』の郷名には、「童女・山家・須波・跡部・安宗・福田・海部」などが認められる。[25]『延喜式』神名下条には「山家神社」があり、[26]現在の真田町山家神社付近が「山家郷」と考えられる。また『延喜式』兵部省条では、「浦野・日理《わたり》」の駅家がある。浦野は現在の上田市浦野町付近と考えられ、馬脊神社がある。「跡目里」（跡部郷）は現在地名が残ってはいないが、浦野町周辺の上田市上室賀に、中世の「跡部城」という城郭跡が残っているので、この付近に想定されている。[27]

また氏族では「他田舎人蝦夷」の他田舎人氏は信濃国の伝統豪族であり、[28]小県郡の譜第郡司である。他田舎人氏は敏達天皇の名代で、『万葉集』巻二十—四四〇一には「擬少領外従七位下他田舎人大嶋」が国造丁として見えるところから、[29]科野国造の系譜を引く在地豪族と考えられる。『日本三代実録』にも貞観四年（八六二）三月二十日条に、小県郡の郡司として「権少領外正八位下他田舎人藤雄」が外従五位下に叙位された記事が見え[30]、他田舎人氏が在地有力豪族として小県郡の郡司を務めていたことが知られる。「多く財宝に富み、銭・稲を出挙す」とあり、『霊異記』の説話では、郡司層が出挙の利息を不正に徴収して地獄に堕ちる話が下巻二十六縁などに見えるところから、この「他田舎人蝦夷」も郡司層級の在地豪族であった可能性が高い。

一方、下巻二十三縁「寺の物を用ゐ、また大般若を写さむとして願を建てて、現に善悪の報を得る縁」では、「嬢里」（童女郷）も現在地名が残らないが、上田市東部町（現東御市）海野付近が推定地となっている[31]。大伴氏は『霊異記』には多く登場するので、その関係で収録された可能性があると言われている。信濃国では他田舎人氏ほどの在地有力豪族ではないが、『延喜式』神名下条には佐久郡に大伴神社が存在する。「心を同じくして」という表現は仏教信仰上の結合を強めることを意味し、『上宮聖徳法王帝説』にも同様な表現が見える。「其の里の中に堂を作り、氏の寺とせり」とあるところから、この寺が大伴氏の氏寺であり、忍勝と檀越が同族であるのも理解できる。

さてこの下巻二十二・二十三縁であるが、舞台が信濃国小県郡であるという以外にも共通点が多い。まず説話の構成の類似性が認められる。そこで次にこの二つの説話を、①説話の舞台（地名）、②仏教的行為、③死因と地獄に召される理由、④地獄への経路、⑤地獄の様相に分類し比較してみよう[32]（下線部筆者）。

表1　下巻二十二縁と二十三縁の比較

下巻二十二縁	下巻二十三縁
①他田の舎人蝦夷は、信濃の国小県の郡跡目の里の人なり	①大伴の連忍勝は、信濃の国小県の郡嬢の里の人なりき。

き。	
②蝦夷、法花経を二遍写したてまつり、遍ごとに会を設けて、講読することすでにをはりぬ。後また思議するに、なほし心に足らずして、さらに敬みて繕写せり。ただしいまだ供養せざりき。	②大伴の連ら、心を同じくして、その里の中に堂を作り、氏の寺とせり。忍勝、大般若経を写さむとおもひしがために、願を発して物を集め、鬢髪を剃除り、袈裟を着、戒を受けて道を修し、常にその堂に住めり。
③宝亀四年の癸丑の夏の四月下旬に、蝦夷、忽率かに死ぬ。妻子量ひていはく、「丙の年の人なり。そゑに焼き失はじ」といひて、地を点めて塚を作り、殯して置きき。死にて七日を経て、甦りて告げていはく、	③宝亀五年の甲寅の春の三月に、たちまちに人に讒ぢられて、堂の檀越に打ち損はれて死にき〈檀越はすなはち忍勝の同じ属なり〉。眷属議りていはく、「人を殺す罪に断らしめむがゆゑに、輙く焼き失はじ」といひて、地を点して冢を作り、殯し収めて置きき。しかして五日を歴て、すなはち甦りて親属に語りていはく、
④使四人ありき。ともに副ひて、広き野を将て往く。つぎに卒しき坂あり。坂の上に登りて、観れば大きなる観あり。ここに、峙ちて前の路を視れば、多に数の人ありて、箒をもて路を掃ひていはく、「法花経を写したてまつりし人、この路より往くがゆゑに、われら掃ひ浄む」といふ。すなはち至れば待ちて礼む。前に深き河あり。広さ一町ばかりなり。その河に椅を度せり。あまたの人衆ありて、その椅を修理していはく、「法花を写したてまつりし人、この椅	④召の使五人、ともに副ひて疾く往きき。往く道の頭にはなはだ峻しき坂あり。坂の上に登りて、躊躇ひて見れば、

より度る。そゑに、われら修理す」といふ。到ればすなはち待ちて礼む。椅の彼方に到れば、黄金の宮あり。その宮に王有せり。椅の本に三つの衢あり。一つの道は広く平らかなり。一つの道は草小し生ひたり。一つの道は藪をもて塞がる。蝦夷をその衢に立てて、ひとり宮に入りてまうさく、「召しつ」とまうす。

王見てのたまはく、「こは法花経を写したてまつりし人なり」とのたまひて、すなはち草小し生ひたる道を示してのたまはく、「この道より将て来む」とのたまふ。

⑤四人副ひて、熱き鉄の柱のところに至りて、その柱を抱かしむ。鉄を編みて熱く焼き、背に着けて押す。三日夜を歴て、銅の柱を抱かしむ。銅を編みてはなはだ熱し。背に着けて押す。また三日を逕るに、きはめて熱きこと熘の如し。鉄・銅熱しといへども、熱きにあらず、安きにあらず。編める鉄重しといへども、重きにあらず、軽きにあらず。悪業の引くところ、ただ抱き荷はむとねがふ。合ら六日を歴たり。

すなはち出づれば、三の僧、蝦夷を問ひていはく、「汝、此の意を知るやいなや」といふ。答ふらく、「知らず」といふ。

三つの大きなる道あり。一つの道は平らかにして広し。一つの道は草生ひ荒れたり。一つの道は藪をもて塞がる。衢の中に王有り。使まうしていはく、「召しつ」とまうす。

王、平らかなる道を示してのたまはく、「この道より将よ」とのたまふ。五の使衛み往く。

⑤道の末に大きなる釜あり。釜の湯の気焔のごとし。涌き沸ること波のごとし。吼え鳴ること雷のごとし。すなはち生きながら忍勝を取りて、井とその釜に投ぐ。釜冷しくして破裂けて、四つとなりて破れぬ。

ここに、三の僧出で来て、忍勝を問ひていはく、「汝、なにの善をかなせる」といふ。

僧また問ひていはく、「汝、なにの善をかなせる」といふ。

答ふらく、「われ法華経を三部写したてまつる。ただし一部はいまだ供養せず」といふ。

杙を三枚出すに、二枚は金の杙なり。一枚は鉄の杙なり。また斤二枝を出すに、一枝は重くして稲を一把を倍す。一枝は軽くして稲を一把減す。時に、僧いはく、「杙を挍ふれば、まことに汝がいひしがごとし。敬みて三部の法花大乗を写しまつれり。大乗を写したりといへども、重き罪を作れり。ゆゑはいかにとならば、汝斤を二用ゐて、出挙の時には、軽き斤を用ゐ、債を徴る日には、重き斤を用ゐたり。そゑに汝を召しつらくのみ。今は急やかに還れ」といふ。

還り来れば、前のごとくあまたの人箒をもて道を掃ひ、椅を作りていはく、「法花経を写したてまつりし人、閻羅王の宮より還り来る」といふ。その椅を度りをはりて、纔見れば甦還れり」といふ。(以下略)。


答ふらく、「われ善をなさず。ただ大般若経六百巻を写さむとおもひき。そゑに先に願を発して、いまだ書き写さず」といふ。

時に、三つの鉄の杙を出して、挍ふるにまうすがごとし。僧告げていはく、「汝まことに願を発し、家を出でて道を修せり。この善ありといへども、多に住める堂の物を用ゐたり。そゑに汝の身を摧けり。今還りて願をへ、また堂の物を償へ」といふ。

纔放されて還り来り、三つの大きなる衢を過ぎ、坂よりして下る。すなはち見れば、甦返りぬ」といふ。(以下略)。


以上のように、この二つの説話は内容を比較すると非常によく類似しており、とくに下線部の内容・表記を比較すると、よりその類似点が明確になると思う。まず①説話の舞台(地名)は、同じ小県郡を舞台にしていること、

②仏教的行為では、『法花経』と『大般若経』の相違はあるが、同じく写経を志していること、③死因は不明であるが、宝亀四年（七七三）と同五年の近い時期に亡くなり、遺体を焼かず「地を点めて塚を作り、殯して置く」という点が共通し、その後生き返って地獄の様子を語る。④地獄への経路では、「峻しき坂あり」とあるように、坂を上ってさらに見ると三本の道があり、その衢に閻羅王がいて、生前の罪によって裁いて地獄の三本のコースの一つを示す点、⑤地獄の様相は若干異なるが、どちらも灼熱地獄であり、やがて三人の僧が出てきて三枚の札を出し、さらに生前の罪業を調べて写経を志す点を評価して現世に帰らせるという点が共通する。

すなわち、この二つの説話は、ある原型となるモチーフがあって[33]、それをその舞台となる地域で、登場人物をその在地豪族にあててアレンジして、在地の法会で講説されたことが想定出来るのではなかろうか[34]。

四　在地伝承の形成と流布

さて、前節まで武蔵国と信濃国の『霊異記』の説話の検証を行ってきたが、その結果、防人制度をはじめ、登場する人名や地名など、その在地の人間でなければ知り得ないような部分が存在することが指摘出来よう。もしこれらの説話が、モチーフは別として、在地の伝承などの知識を用いて作られたとするならば、どのような形成過程を経るのであろうか。

『霊異記』の全説話について見てみると、景戒が一書にまとめたとしても僧侶の登場回数は非常に多く、地方に関するこれらの説話は、やはり僧侶や寺院関係者の手によると考えるのが自然であろう[35]。しかし一方では、これらの説話が大伴氏を介在して記録されて、それらが景戒に伝わったという指摘も存在する[36]。原田行造氏は、説話の形成者が大伴氏で、他田舎人氏の下巻二十二縁をもとにして説話内容を整備したのが下巻二十三縁であることを指摘し、ともに大伴氏が記録して景戒の手に渡ったとする。原田氏は『霊異記』の類話を考察して、その発生基盤を類話の発想者→説話の伝承者・管理者→大伴氏関係者の手を経て、景戒に渡ったと指摘する。(37)一方黒沢幸三氏は、『霊異記』の口承性を重視し、類話性が見られる理由は口承に支えられた伝承期間を持っているからとして、『霊異記』が説話文学であると同時に、自度僧たちの説教の書という二重の性格を持つと指摘している。(38)

確かに武蔵国の説話中二話と信濃国の下巻二十三縁は、大伴氏が登場し関係の深いことを示している。武蔵国の下巻七縁の「大真山継」を「大（伴）直山継」とした場合はもちろん、大伴氏内部の伝承を利用したことになるであろう。しかし信濃国の下巻二十二縁は、他田舎人氏の伝承であり、必ずしも大伴氏との関係を推測することは出来ない。まず第一に、景戒が大伴氏の出身であるかどうかは確実な史料はなく、また仮に景戒が紀伊国の大伴氏の出身であるとしても、中央本流の大伴氏や武蔵国・信濃国の大伴氏と同じ血縁ではなく、関係があったかどうかを推測することは出来ない。したがって、これらの地方伝承が大伴氏によるものと理解することは困難である。

一方、下巻二十二・二十三縁のような類話が成立した背景について、小島瓔礼氏は同じ類話がいくつも収められていることはこれらの説話が独立して分布したことを意味し、もとは一つの話がそれぞれ個性をもって語られるようになったとし、『霊異記』成立以前に広範な唱導が行われていたとする。(39)また後藤良雄氏は、『冥報記』の影響を受けた『霊異記』の説話を地域的に分類して考察し、信濃の類話は『冥報記』下巻の影響が強いことを指摘し、このように地域によって共通する巻があることは、『冥報記』がそのまま民衆に伝わったのではなく、僧侶や唱導師のような人たちによって語り伝えられたためで、その場合テキストの『冥報記』は講説で語るに適するよう、ある程度解体されたのではないか、と指摘する。(40)武蔵国の説話も中巻三縁は『雑宝蔵経』、中巻九縁は『冥報記』、下巻七縁は『続高僧伝』の影響が指摘され、中央との交渉を持った僧侶や地方寺院の住僧によって形成された可能性も指摘されている(41)。

すなわち、これらの見解を採れば、『霊異記』の地域伝承は景戒の創作ではなく、それ以前に在地で一次伝承(原説話)が形成されて、そこで形成された説話がその後自度僧や唱導師などの二次伝承者によって流布されていき、やがて景戒の手に渡り編纂されたと推測されている(42)。下巻二十二・二十三縁の信濃国説話や下巻十七・二十八縁の紀伊国説話の類話の比較から考えると、『霊異記』の説話は一次伝承者が存在してその地域で説話が形成され、さらに唱導者などの二次伝承者が流布し、その後景戒のもとに伝わり『霊異記』に編集された可能性があると思われる。では武蔵・信濃国の場合、この二次伝承者には、どのような人間が想定されるであろうか。

下巻二十二縁と二十三縁の説話が類型化しているのは、ある共通のモチーフを用いて同じ郡内の地域共同体内でその場に即した形に改められて、説法の場に用いられたと思われる。このような同類異話の例は、紀伊国に関係する説話で那賀郡と名草郡に関係する説話(下巻十七・二十八縁)にも見出すことが出来る(43)。しかしこれらの説話は『冥報記』などの中国の説話の影響も受け、また内容もある程度整備されているところから推測すると、ある程度の知識がなければ、これらのモチーフを生み出すことは不可能であろう。とすれば、自度僧や唱導師などがこれらの説話を果たして構成出来たか、疑問も生ずる。

下巻十六縁では、「能応寺」が所在する紀伊国名草郡能応里の寂林法師が修行のため、越前国加賀郡大野郷畝田村に止住していた例もあるから、この当時自度僧はもちろん、僧侶の往来もかなり頻繁であったと思われる。しかし『霊異記』の説話が仏教説話であり、中国の『冥報記』などの影響を受けているところから、これらの説話の創作者は自度僧や唱導師のような単なる仏教伝道者ではなく、仏教的因果応報の理論や『冥報記』などの中国説話を理解出来るほどの僧侶であった可能性は高い。例えば、上巻七縁の三谷寺創立に関する亀の報恩譚は『捜神記』などにも見えるところから、三谷郡の大領の祖先が連れ帰った百済僧弘済などから伝わった可能性もある。『霊異記』の説話では、郡司のような在地有力豪族や、その建立による寺院に関係する説話が少なからず存在する。武蔵国・信濃国関係説話でも、郡司や在地有力豪族に関する説話が圧倒的に多い。中巻二縁の血沼県主倭麻呂のような出家例は特別にしても、郡司層が仏教活動の当事者であり支援者でもあったことは、『霊異記』以外の史料や郡名寺院などの存在でも推測出来る。しかし、先述したように彼らが『冥報記』などの知識を持って説話を形成したとは考えにくく、それはやはり僧侶階級の可能性が高いであろう。

上巻十一縁の播磨国飾磨郡の「濃於寺」では、地方寺院の法会に中央から元興寺僧慈応が来ていることが明らかである。また下巻十九縁では、肥前国佐賀郡大領正七位上佐賀君児公が安居会を設け、その当時筑紫国の国師であった大安寺僧戒明法師を招いていたことが知られる。下巻十九縁ではその講説の場に高名な知識僧がいたとあるから、このように地方寺院の法会にさまざまな僧侶が参加していたことは明らかであり、その中で中央からの僧侶によって説話のモチーフがもたらされ、それに地域の事情が加わって地域説話が形成され、法会の中で語られたのではなかろうか。

そこで『霊異記』の武蔵・信濃国の在地伝承をもう一度見直すと、武蔵国の三話の舞台はいずれも多磨郡であり、また信濃国の二話も小県郡を舞台にしている。この二つの地域に共通するのは、両方とも国府・国分寺が存在する郡であることである。『霊異記』が仏教説話であり、僧侶が布教の際に用いたテキストであるという性格を考慮するならば[44]、国師や国分寺僧など国分寺を拠点とする僧侶の存在が、これらの説話の形成に大きな役割を果たしたことが推測されよう。武蔵国の『霊異記』説話の分布地域が多摩川流域であることを考えれば、この武蔵国の説話を形成したのは、大伴氏の氏寺（「多磨寺」の可能性のある京所廃寺）に関係する僧侶の可能性も考えられるが、中巻九縁のように郡司の罪業をテーマにしているところを見ると、身内の犯罪を題材にすることは考えられない。下巻七縁は氏族伝承を基にして一次伝承となっていることが考えられるが、寺川眞知夫氏も武蔵国関係の説話が『雑宝蔵経』・『冥報記』・『続高僧伝』などのモチーフを用いていることから、説話の創作者はこうした書物の知識を得ることの出来る人物であり、三話とも武蔵国の寺院で形成され保持されて、都にも伝播しことを指摘しているが(45)、二次伝承者がこれらの説話を創作・整備することが出来る人物であるならば、同じ郡内の国師や国分寺僧など国分寺を拠点とする僧侶が最も妥当であろう。

同じことは、信濃国の例でも言えよう。嬢里と跡目里の推定地は、方角こそ反対であるが、国分寺からわずか数キロメートル離れているに過ぎない。二つとも「国郡里」の地名であるが、宝亀年間は国郡郷制であるから、説話の創作者は地方行政制度に関係していない人物の可能性も考えられる。また説話の内容も他田舎人氏・大伴氏の両方とも、出挙の不正と寺物盗用に関する説話である。どちらとも当事者にとって名誉なことではなく、これらの説話をそれぞれの氏族が記録していたとは思われない。しかし不正を行ったとしても、写経を行う（行おうとする）ことによって罪が許されるとするならば、この説話の聴き手は郡司層であるとも考えられる。むしろこれらの氏族以外で、『冥報記』や因果応報の原理を理解していて説話を創作したとすれば、この地域で考えられるのはやはり国師や国分寺僧が最も妥当ではなかろうか。

もちろん地域伝承の創作に中央の僧侶や諸国を修行する僧侶が関係したことも十分考えられるし、また郡司の不正を題材にする点などは、自度僧などの関与も想定出来よう。しかし近年では、官大寺僧が地方に布教に赴いていることも指摘され(46)、国分寺を中核として在地における僧侶の交通が盛んであったことが考えられる。また『万葉集』には、越中国司として赴任した大伴家持が催した宴に国師やその従僧が登場しており[47]、とくに巻十八―四〇七〇の歌は、家持が国師の従僧清見の京に向かう際に贈ったものであり、国師や国分寺僧が京と在地を往復し、幅広い文化活動を行っていたことが知られる。『霊異記』の地域説話の形成に国師や国分寺僧など国分寺を拠点とする僧侶が関係したことは、十分推測されよう。地域説話の形成がすべて国師や国分寺僧など国分寺を拠点とする僧侶の手によるものかどうかは、それぞれの地域で検討していかなければならないが、少なくとも武蔵・信濃国の地域説話の場合は、ともに国分寺が所在する郡が舞台になっていること、とくに信濃国では同一郡内の異なる里を舞台にしているにもかかわらず同じ類話であることを重視すれば、ここでの地域説話は国師や国分寺僧など在地の国分寺を拠点とする僧侶たちによって形成されたと考えるのが妥当であろう。そしてその説話は在地に流布し、やがて中央にもたらされた説話を景戒が『霊異記』に収録したと考えられる[48]。

五　おわりに

『霊異記』の地域説話は、十三話もある紀伊国を除いて次に多いのは、三話が採録された武蔵と讃岐国であり、二話が採録された信濃国などが続く。東国の地域はこの他に遠江と陸奥国があって、総計で八話が採録されている。武蔵国と信濃国は（武蔵国は宝亀十年まで）東山道に属していたから、その関係も今後視野に入れる必要があるかもしれない。『霊異記』の東国地域説話は、それぞれ古代の東国社会の状況を示唆する説話であるが、まずこれらの説話がどこで作成され、どのようにして伝承し採録されたかを明らかにしなければ、地域説話としての『霊異記』は、『風土記』などの史料と並んで活用されないであろう。

以上、『霊異記』の東国説話について、その形成過程を中心に述べてきたが、これらの説話が国師や国分寺僧など在地の国分寺を拠点とする僧侶たちによって地域で創作・伝承された説話であり、登場人物や舞台となった地名、歴史的事実は、ある程度事実を反映していることが明らかに出来たかと思う。

最後に『霊異記』に見える東国社会であるが、寺院を建立した中巻九縁の大伴赤麻呂、防人を命ぜられた中巻三縁の吉志火麻呂、蝦夷征討に加わり、さらに仲麻呂の乱にも参加した下巻七縁の「大真山継」たちは、この時期の東国豪族の姿をよく表している。彼らは、大化前代から続く大和王権の軍事基盤としての東国の伝統を受け継ぎ、蝦夷征討・仲麻呂の乱に参加し、彼らの運命が中央政府の方針に左右される点は「東国」の宿命とも言える。とくに仲麻呂の乱では、丈部直不破麻呂のように功績を上げて出世する東国豪族もいれば、「大真山継」のように反乱軍に加担して処罰され没落する東国豪族もいたと思われる。『霊異記』に見える東国豪族の姿については、機会を改めて触れたい。

註

（1）益田勝実『説話文学と絵巻』三一書房　一九六〇年
（2）黒沢幸三『日本古代の伝承文学の研究』塙書房　一九七六年、原田行造『日本霊異記の新研究』桜楓社　一九八四年、丸山顯徳『日本霊異記説話の研究』桜楓社　一九九二年
（3）守屋俊彦『日本霊異記の研究』三弥井書店　一九七四年など
（4）植松茂「日本霊異記における伝承者の問題」（『国語と国文学』三三―七　一九五六年）、寺川眞知夫「日本霊異記の原撰年時について」（『国文神戸』二　一九七二年）
（5）中村史『日本霊異記と唱導』三弥井書店　一九九五年
（6）出雲路修「日本国現報善悪霊異記の編纂」（『説話集の世界』岩波書店　一九八八年）

(7) 藤本誠「『日本霊異記』の史料的特質と可能性―『日本霊異記』の化牛説話を中心として―」・北条勝貴「説話の可能態―『日本霊異記』堕牛譚のナラティヴ―」(『歴史評論』六六八　二〇〇五年)

(8) 青木和夫『日本古代の政治と人物』吉川弘文館　一九七七年、平野邦雄編・東京女子大学古代史研究会『日本霊異記の原像』角川書店　一九九一年、吉田一彦「史料としての『日本霊異記』」(『新日本古典文学大系　月報』七三　岩波書店　一九九六年)、吉田一彦「『日本霊異記』の史料的価値」(小峯和明・篠川賢編『日本霊異記を読む』吉川弘文館　二〇〇四年)

(9) 『日本古代人名辞典』三巻　六〇四頁(吉川弘文館　一九六一年)では、「吉志大麻呂」とする。

(10) 日本古典文学全集『日本霊異記』中巻三縁頭注五　一五〇頁　小学館　一九七五年

(11) 新日本古典文学大系『続日本紀』二　天平二年九月己卯条　二三九頁　岩波書店　一九九〇年

(12) 新日本古典文学大系『続日本紀』二　天平九年九月癸巳条　三三九頁　岩波書店　一九九〇年

(13) 日本思想大系『律令』軍防令　三二六・三三六頁　岩波書店　一九七六年

(14) 新訂増補国史大系『令義解』軍防令　一九八頁

(15) 益田勝実「日本霊異記に見える母殺し未遂防人の身分について」(『日本文学史研究』二〇　一九五三年)、寺川眞知夫「『日本霊異記』中巻三縁の形成」(『花園大学国文学論究』七　一九七九年、のち『日本国現報善悪霊異記』の研究』和泉書院　一九九六年所収)

(16) 松嶋順正編『正倉院寳物銘文集成』三二五頁　吉川弘文館　一九七八年

(17) 新日本古典文学大系『続日本紀』五　四三頁　岩波書店　一九九八年

(18) 新訂増補国史大系『日本後紀』弘仁二年九月一日条

(19) 深澤靖幸「国府のなかの多磨寺と多磨郡家」(『国史学』一五六　一九九五年)

(20) 松嶋順正編『正倉院寳物銘文集成』三二四頁　吉川弘文館　一九七八年

(21) 新日本古典文学大系『続日本紀』四　神護景雲元年十二月壬午条　一八七頁　岩波書店

(22) 池邊彌『和名類聚抄郡郷里驛名考證』三五二～三五三頁　吉川弘文館　一九八一年

(23) 新訂増補国史大系『延喜式』左右馬寮　九七三頁

(24) 新訂増補国史大系『延喜式』神祇　神名上　一二三五頁
(25) 池邊彌『和名類聚抄郡郷里驛名考證』　四四七～四四八頁　吉川弘文館　一九八一年
(26) 新訂増補国史大系『延喜式』神祇　神名上　一二五三頁
(27) 「平安朝初期の小県郡の地方組織」（上田小県誌刊行会編『上田小県誌』第一巻　歴史編上（二）　一一二九頁　小県上田教育会　一九八〇年）
(28) 『続日本紀』神護景雲二年六月乙未条では、信濃国伊那郡の人他田舎人千世売の加爵記事が見える。
(29) 新日本古典文学大系『万葉集』四　四二九頁　岩波書店　二〇〇三年
(30) 新訂増補国史大系『日本三代実録』　八九頁
(31) 守屋前掲註（3）著書
(32) 新潮日本古典集成『日本霊異記』　二五六～二六二頁　新潮社　一九八四年
(33) 黒沢幸三「霊異記における類話の考察」（『同志社国文学』五・六合併号　一九七〇年、のち『日本古代の伝承文学の研究』　塙書房　一九七六年所収）
(34) 中村史氏はこの説話が法華経悔過の場における『普賢観経』の例証話であり、『霊異記』に集大成される以前の原説話の姿であったと考えられる、と指摘している（「『日本霊異記』法華経説話と法会唱導」『日本霊異記と唱導』三弥井書店　一九九五年）。
(35) 植松前掲註（4）論文
(36) 鹿苑大慈「「日本霊異記」の成立過程」（『龍谷史壇』四二　一九五七年）
(37) 原田行造「霊異記説話の成立をめぐる諸問題―類話の発生と伝承・伝播についての研究―」（『金沢大学教育学部紀要』一八　一九六九年）、同「霊異記説話における書承性と口承性―説話の整備度から眺めた編成過程の研究―」（『金沢大学教育学部紀要』一九　一九七〇年、いずれものち『日本霊異記の新研究』　桜楓社　一九八四年所収）
(38) 黒沢前掲註（33）論文
(39) 小島瓔礼「日本霊異記と唱導文芸」（『國學院雑誌』五九―六　一九五八年）
(40) 後藤良雄「冥報記の唱導性と霊異記」（『国文学研究』二五　一九六二年）

(41) 寺川前掲註(15)論文
(42) 稲田浩二「日本霊異記話型の一考察」(『親和女子大学研究論叢』一　一九六八年)
(43) 第一篇第一章「『日本霊異記』に見える「堂」と「寺」」
(44) 黒沢幸三「霊異記説話の成立事情」(『同志社国文学』二　一九六六年、のち『日本古代の伝承文学の研究』塙書房　一九七六年所収)
(45) 寺川眞知夫「武蔵国における外来伝承の受容」(註(15)著書)
(46) 鈴木景二「都鄙間交通と在地秩序—奈良・平安初期の仏教を素材として—」(『日本史研究』三七九　一九九四年)
(47) 新日本古典文学大系『万葉集』四　巻十八—四〇七〇、巻十九—四二〇四　二〇七頁・三〇八頁　岩波書店　二〇〇三年
(48) 説話の伝達者を交易従事者と想定する説が存在するが(塩入秀敏「『日本霊異記』説話の伝達について」『上田女子短期大学紀要』三〇　二〇〇七年)、『霊異記』説話が官道を利用し、国府・国分寺や駅家の存在する地域を舞台にしていることを考えれば、ある程度そのような公的交通機関を利用しうる人物を考えるべきと思われる。

第二章　『日本霊異記』地域関係説話形成の背景——備後国を中心として

一　はじめに——備後国関係説話の問題点

『日本霊異記』（以下『霊異記』）は因果応報を原理とし、景戒の自土意識による日本での仏教霊験を強調したため、中国の『冥報記』などの仏教説話の翻案であるなどとして、古代史史料としての価値は高くないとされてきた。しかし最近ではそれを見直す傾向にあり、吉田一彦氏が飛鳥池遺跡出土木簡などに見える僧侶名から、その史料性が高いことを指摘しているが、(1) それでも個別の説話を史料として利用するには、実際かなりの考証が必要であるのも事実である。『霊異記』の説話を史料として用いているのは、古代史では主に仏教史と社会経済史の分野であるが、『霊異記』の説話はそれぞれの個別研究に利用され、説話から歴史的事実を抜き出している研究の現状も指摘されている。(2) それゆえ『霊異記』の史料性については、十分検討されないまま用いられている点も否定できない。そもそも『霊異記』の説話が誰の手によって創作されたのか、という問題の検討はまだ十分ではなく、とくに地域関係の説話については未着手の状態であると言っても過言ではない。そこでここでは備後国に関する説話を取り上げて、説話の史料性について、その歴史的背景などを考証することを試みる。

備後国を舞台とする説話は、上巻七縁と下巻二十七縁である。上巻七縁の説話は、郡司が建立した「郡名寺院」の例として取り上げられ、[3] また下巻二十七縁は「枯骨報恩譚」として、上巻十二縁の山背国宇治橋の道登法師の説話と関連づけて考察されるとともに、「深津の市」を中心とする地方の流通経済や水上交通の実態を示すものとして、それぞれ研究対象とされてきた。[4] しかし、備後国に関係する二つの説話を結びつけて、どのようにして形成されたかを論じた研究は少ない。説話の舞台となる地域は、上巻七縁は海辺が舞台であるのに伝承地の三谷郡は備後北部の山間の盆地であり、下巻二十七縁は深津郡から葦田郡一帯の広範な備後南部である。なぜこの離れた地域の二話が『霊異記』に収録されたのかを検討して、地域関係説話の成立を考察したい。

二　上巻七縁説話の成立の背景

『霊異記』上巻七縁は、備後国三谷郡の郡司大領の先祖が白村江の戦いに参加し、百済僧弘済を連れて無事に帰還して三谷寺を建立し、弘済が放生した亀の報恩で難を逃れたという内容である。その説話をまず、以下に挙げる。[5]

（段落ごとの数字は筆者による）

禅師弘済は、百済の国の人なりき。百済の乱れし時に当りて、備後国三谷の郡の大領の先祖、百済を救はむがために遣はされて旅《いくさ》に運《めぐ》りき。時に誓願を発してまうさく、「もし平らかに還りをはらば、諸の神祇のために伽藍を造り立て、多に諸の寺を起しまつらむ」とまうす。つひに災難を免れき。

すなはち禅師を請けて、相ともに還り来る。三谷寺は、その禅師の造り立てまつりしところの伽藍なり。道

俗これを観て、ともに欽敬をなす。(①)

禅師、尊像を造らむがために、京に上りて財を売り、すでに金・丹等の物を買ひ得たり。還りて難破の津に到る。時に海辺の人、大きなる亀を四口売る。禅師、人に勧めて買ひて放たしむ。すなはち人の舟を借り、童子を二人将て、ともに乗りて海を度る。日晩れ夜深けぬ。舟人欲を起し、備前の骨嶋のあたりに行き到り、童子らを取りて、海の中に擲げ入る。しかして後に、禅師に告げていはく、「すみやかに海に入るべし」といふ。師、教化すといへども、賊なほし許さず。ここに願を発して海の中に入る。水、腰に及ぶ時に、石の脚に当れるをもちて、その暁にこれを見れば、亀の負へるなり。その備中の海の浦の海辺にして、その亀、三つ領て去りぬ。疑はくは、これ放ちし亀の恩を報ゆるならむかと。(②)

時に、賊ども六人、その寺に金・丹を売る。檀越先に過りて価を量り、禅師後より出でて見る。賊ども慌然に退進を知らず。禅師、憐愍れびて刑罰を加へず。仏を造り塔を厳りて、供養することすでに了りぬ。後には海辺に住み、往来へる人を化せり。春秋八十有余にして卒りき。(③)

畜生すらなほし恩を忘れずして返りて恩を報ゆ。いかに況むや、義人にして恩を忘れむや。(④)

この説話は、郡司が寺院を建立し寺名と郡名が一致するという「郡名寺院」の例として、地方寺院研究ではよく登場する説話である。説話の内容から見ると、上巻七縁の構成は、①三谷寺の寺院縁起、②亀報恩譚、③百済僧弘済の卒伝、④結語(撰述者の主張)に分類することが可能である。すなわち上巻七縁は、いくつか原型となる説話が存在したことが想像できる。説話の意図からすれば②の亀の報恩譚が重要であるが、そのために①三谷寺の縁起と③百済僧弘済の卒伝が用いられ、主人公が弘済であるように構成されている。

さて①の部分は三谷寺を建立した内容の寺院縁起と考えられ、地方寺院の伝承(「三谷寺縁起」と呼ぶことが可能な伝承）であると考えられる。三谷寺を建立した理由は三谷郡大領の先祖が白村江の戦いに従軍し、その無事帰還を諸々の神祇に誓願した結果、無事に帰還できたことによる。誓願した対象が神祇である点が問題であるが、このような例は群馬県金井沢碑文などにも見え、地方豪族の仏教信仰の実態と矛盾しない。

また同様な説話には上巻十七縁があり、伊予国越智郡大領の先祖が白村江の戦いに従軍し唐軍の捕虜となるが観音信仰のもとに脱走し、航海の果てに無事に帰還して朝廷に仕えて郡を建て寺を造り、その観音像を子孫が今に至るまで帰依した、という内容である。白村江の戦いに従軍した例は、他に『備中国風土記』逸文（『三善清行意見封事』）の備中国下道郡邇磨郷の地名説話にも見える。また弘済のような百済からの亡命僧の例には、上巻十四縁の僧義覚などがおり、上巻七縁の歴史的内容はその時代的背景に反していない。(6)

説話の舞台となる三谷郡は『和名類聚抄』（以下『和名抄』）には「三谿郡」とあり、三谷・松部・江田・額田・刑部の五郷から成る小郡である。(7)「三谷寺」は郡名で呼ばれていた寺院で、このような郡名寺院の例は『霊異記』の中では、「三木寺」（下巻二十六縁）・「磐田寺」（中巻三十一縁）などの例があり、最近では文字瓦や墨書土器などの出土遺物からも郡名寺院の例が報告されている。(8)

三谷寺は三谿郡三谷郷に所在したと思われるが、三谷寺に比定されているのが三次市向江田町寺町に所在する寺町廃寺である（図1）。寺町廃寺は一九七九～八一年に発掘調査が行われ、法起寺式伽藍配置であることが確認された。(9)出土した創建瓦は百済系の素弁八葉蓮花文軒丸瓦で、白村江への出兵が行われた天智朝と創建瓦の年代観は矛盾しない。また軒丸瓦の文様だけでなく、朝鮮半島からの寺院造営技術と考えられる瓦積基壇などの存在から、説話の内容のように百済僧弘済が造営に関与していた可能性が高い。(10)

次に②の亀の恩返しであるが、これについてはすでに寺川眞知夫氏の詳細な研究がある。(11)それによれば、上巻七

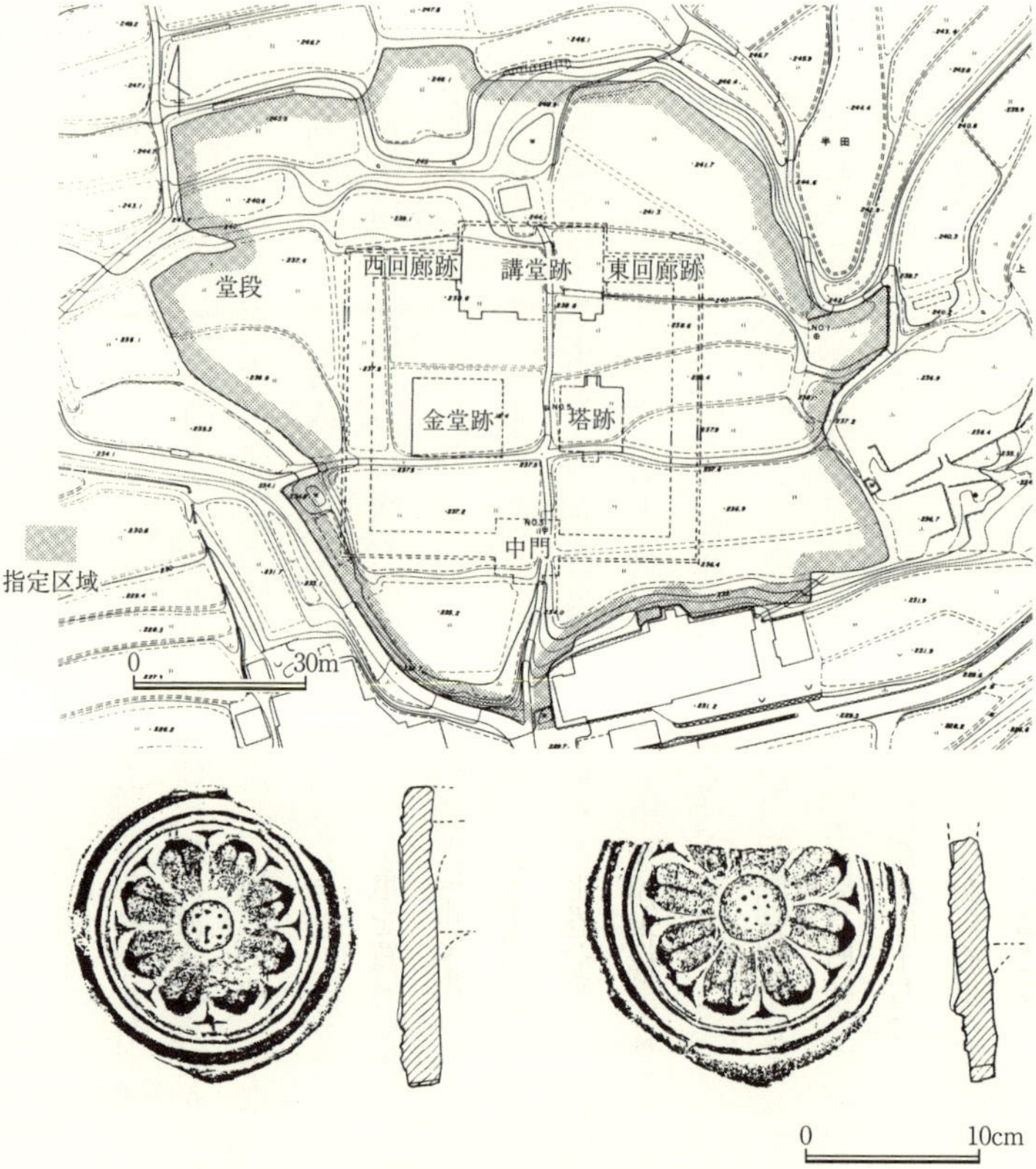

図１　寺町廃寺伽藍配置図・出土軒丸瓦

縁の亀報恩譚は中国の「毛宝白亀」伝承を祖としているが、その中で最も古いのが『捜神記』である。しかし『捜神記』で亀に助けられたはずの毛宝は、事実では溺死しており（『晋書』第八十一「毛宝伝」）、そのためかこれ以降の伝承では主人公を毛宝の部下の一軍人に替えている。それが『幽明録』『捜神後記』である。この内『捜神後記』に採録された「毛宝白亀」伝承は、以下の通りである。[12]

　晋の咸康中、予州刺史の毛宝邾城を戍る。一の軍人有り、武昌の市に於いて人の白亀子を売るを見る。長さ四・五寸、潔白にして愛す可し。便ち買ひ取りて持し帰り、甕中に著けて之を養ふ。七日にして漸く大きく、近く尺許りたらんとす。其の人之を憐れみ、持して江辺に至り、江水中に放ち、其の去るを視る。後に邾城石季龍の攻むるに遭ひて陥ち、毛宝予州を棄つ。江に赴く者沈溺死せざる莫し。時に於て亀を養ふ所の人、鎧を被て刀を持し、亦同に自ら投ず。既に水中に入り、一石上に堕つるが如しと覚ゆるに、水裁して腰に至る。須臾にして、游ぎ出で、中流にて之を視る。乃ち是先に放せし所の白亀にして、甲は六七尺あり。既に東岸に抵り、頭を出して此の人を視、徐に游ぎて去る。中江にて猶ほ首を回らし、此の人を視て没す。

この説話と上巻七縁のモチーフの共通する点は、①亀を買って放生する、②放生者の危難、③放生した亀の報恩、であろう。この内『捜神後記』「毛宝白亀」の説話では市で亀を買う点や落城によって長江に身を投じる点が、上巻七縁では弘済の善行と海賊による危難に替わっているものの、『捜神記』などには見えない「一石上に堕つるが如しと覚ゆるに、水裁して腰に至る」という表現は、上巻七縁とほぼ類似すると言ってよいと思われる。したがって上巻七縁の亀の報恩譚に影響を与えたのは、寺川氏が指摘するように『捜神後記』「毛宝白亀」説話であると考えられる[13]。

近年兵庫県神戸市の深江北町遺跡の調査で、「咒願師□朝臣□成／亀智識」という木簡が出土している（図2）。裏面には「天平十□〔九ヵ〕年八月一日□」とあり、奈良時代のものであることが明らかである。深江北町遺跡は、その他に「駅長」関係の木簡や「駅」などの墨書土器が出土しており、山陽道の「葦屋駅家」関連遺跡であることが判明している[14]。この木簡は「咒願師」とあるところから放生木簡であると思われ、中巻八縁の摂津国兎原郡画問邇麻呂の蟹の放生との関係が想定される。兎原郡は芦屋郡に隣接するので、このような放生がこの地域に存在していたことを裏付ける。また「亀智識」とあることからも、亀の放生が行われていたことが想定され、弘済による難

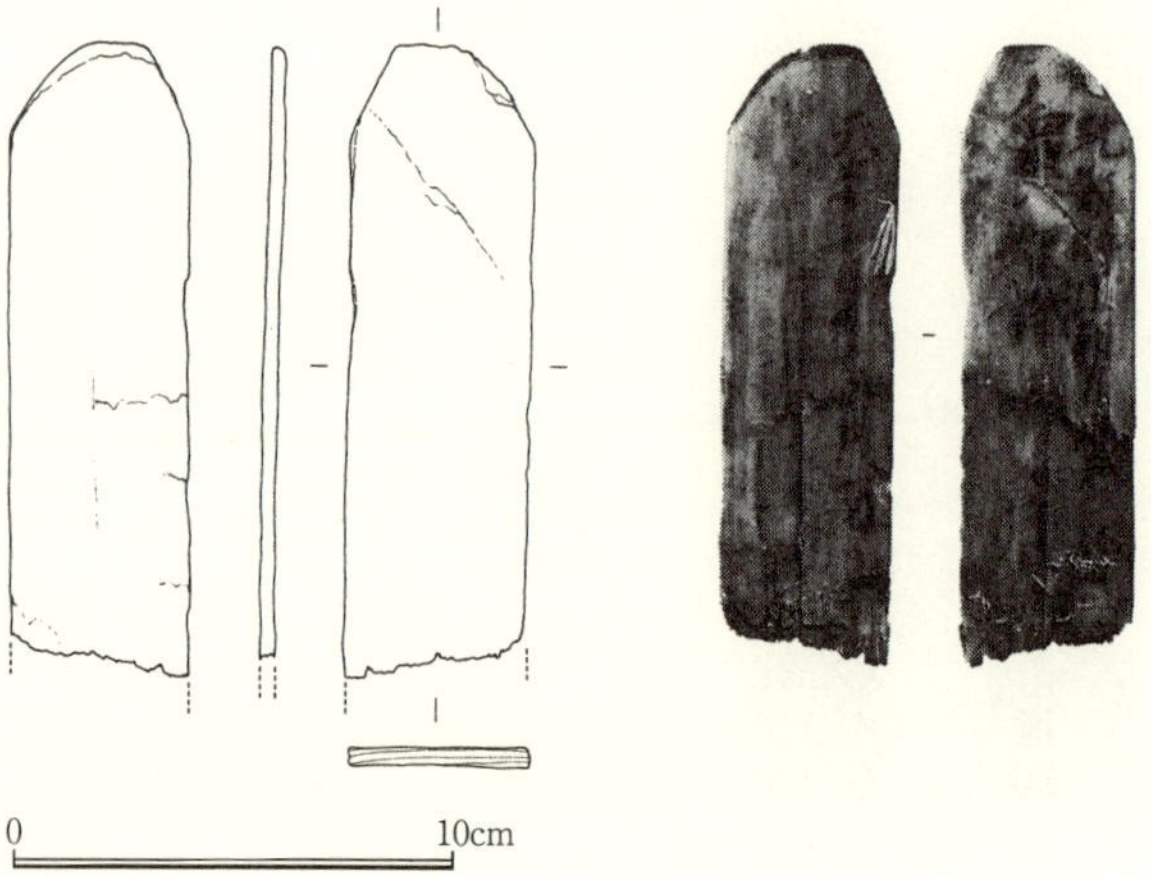

・「咒願師□朝臣□成
　亀智識

・「天平十□〔九カ〕年八月一日□　(130)×(38)×3　081

図2　深江北町遺跡出土木簡

波津での亀の放生も、このような放生の事実に基づいた可能性がある。

上巻七縁は、三谷寺の寺院縁起や亀の報恩譚を混ぜながらも、その説話の主人公は百済僧弘済である。③の部分は、三谷寺建立後は海辺に住んで往来の人を教化して八十余歳で没したことを述べ、全体として弘済の卒伝という形にまとめている。ところでこの弘済が往来の人を教化した海辺とは、いったいどの辺であろうか。

弘済は難を逃れた後、「備中の海の浦の海辺」に上陸するが、ここでは「備中」と記し、一方布教して没した「海辺」には国名は記されていないから、この「海辺」とは当然備後国である。とすれば後述するように、この「海辺」は同じ備後国を舞台とした下巻二十七縁に登場する深津郡の深津の市付近が想定されるのではなかろうか。したがって、弘済は備後北部から南部に移動して布教したことが推測される。

僧侶の布教の拠点が寺院であるとすると、深津郡深津市の推定地には宮の前廃寺が存在する。宮の前廃寺は福山市蔵王町に所在し、発掘調査の結果金堂・塔跡の瓦積基壇が検出され、法起寺式伽藍配置をとることが判明した[15]。また「紀臣石女」「紀臣和古女」

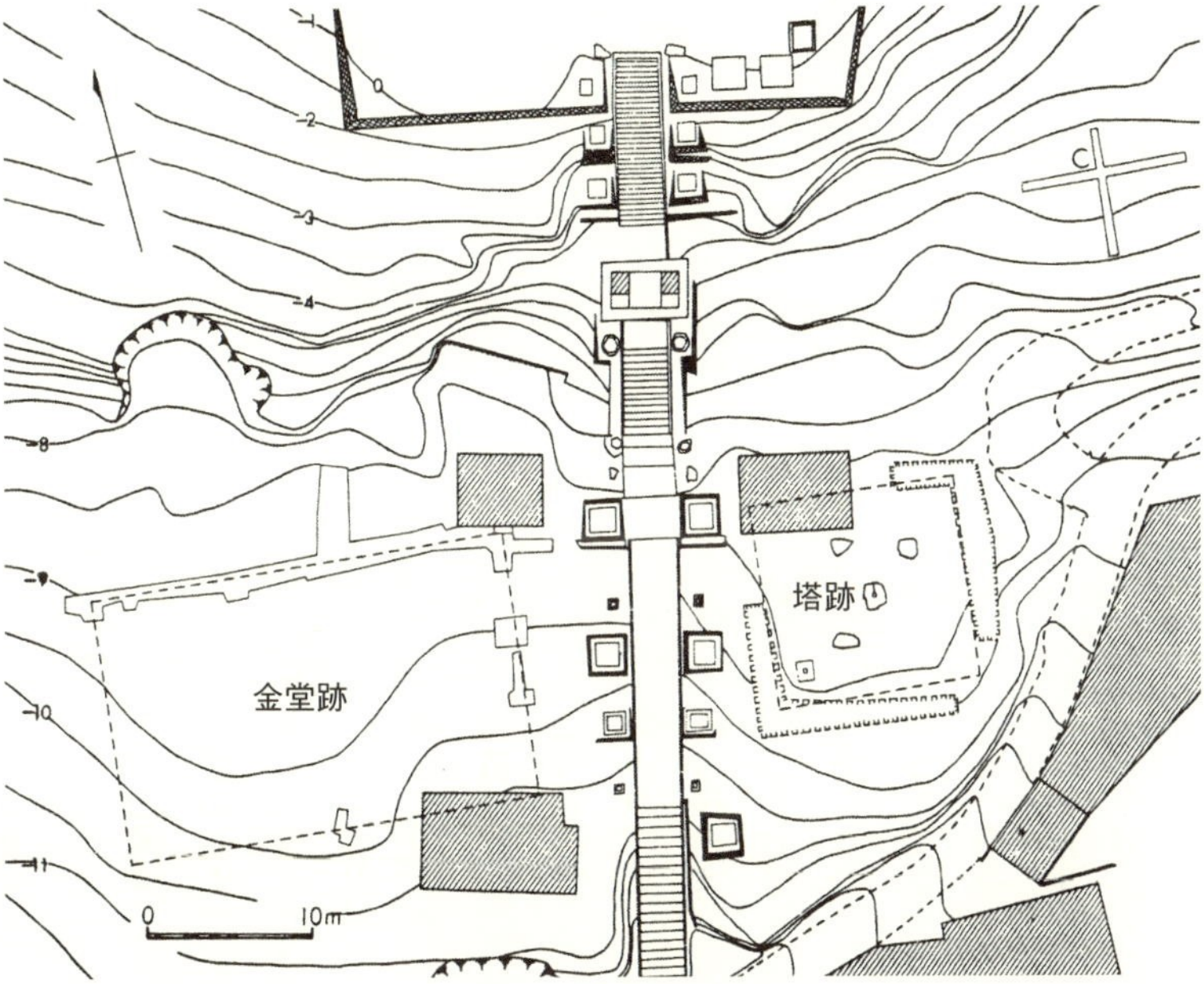

宮の前廃寺跡地形図

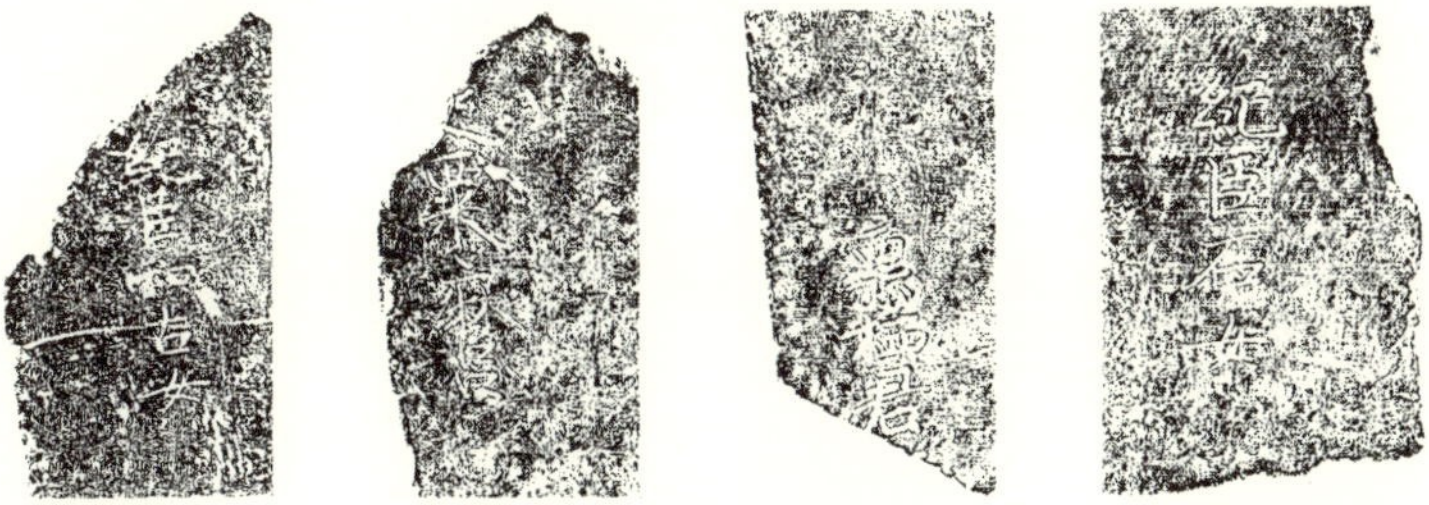

「紀臣和古女」　「粟麻呂」　「粟栖君」　「紀臣石女」

図3　宮の前廃寺出土文字瓦

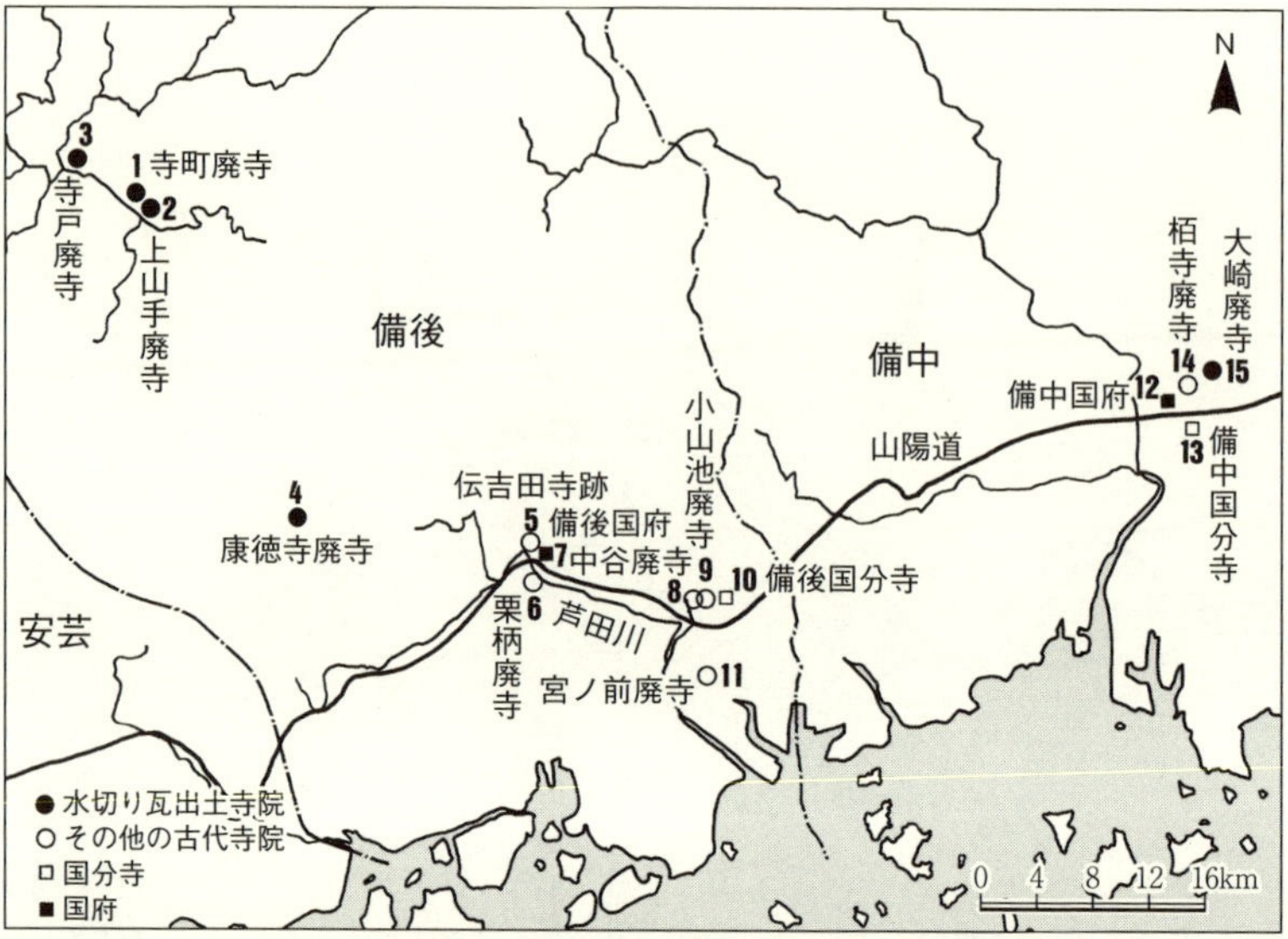

図4　「水切り瓦」の分布

「軽部君黒女」「栗栖君」「小椅君廣濱」「水取連」「部弟虫女」「造飯依女」などの人名を記した文字瓦が出土し、寺院造営を考える上でも重要な資料が発見されている（図3）。東野治之氏はこれらの人名を在地豪族層と考え、また女性名が多いところからも、それらの人々からの寄進と想定している。[16] このような文字瓦の例には大野寺土塔の例があり、それからすれば宮の前廃寺には弘済のような布教僧がいて、それを中心に知識を形成していたと想定される。[17]「後には海辺に住み、往来へる人を化せり」とあるところから、弘済が宮の前廃寺にいた可能性は高いのではなかろうか。

しかし三谷寺のある三谷郡は中国山地の山間部にあり、直接海浜部と関係のある土地ではない。なぜ、そのような地域にある三谷寺縁起や弘済卒伝に、「毛宝白亀」説話をモチーフとする亀の報恩譚が加わって、上巻七縁の伝承が形成されたのであろうか。

寺町廃寺の軒丸瓦の特徴は、瓦当部の下端に「水切り」と呼称される三角状の突起が付くことである。[18] この

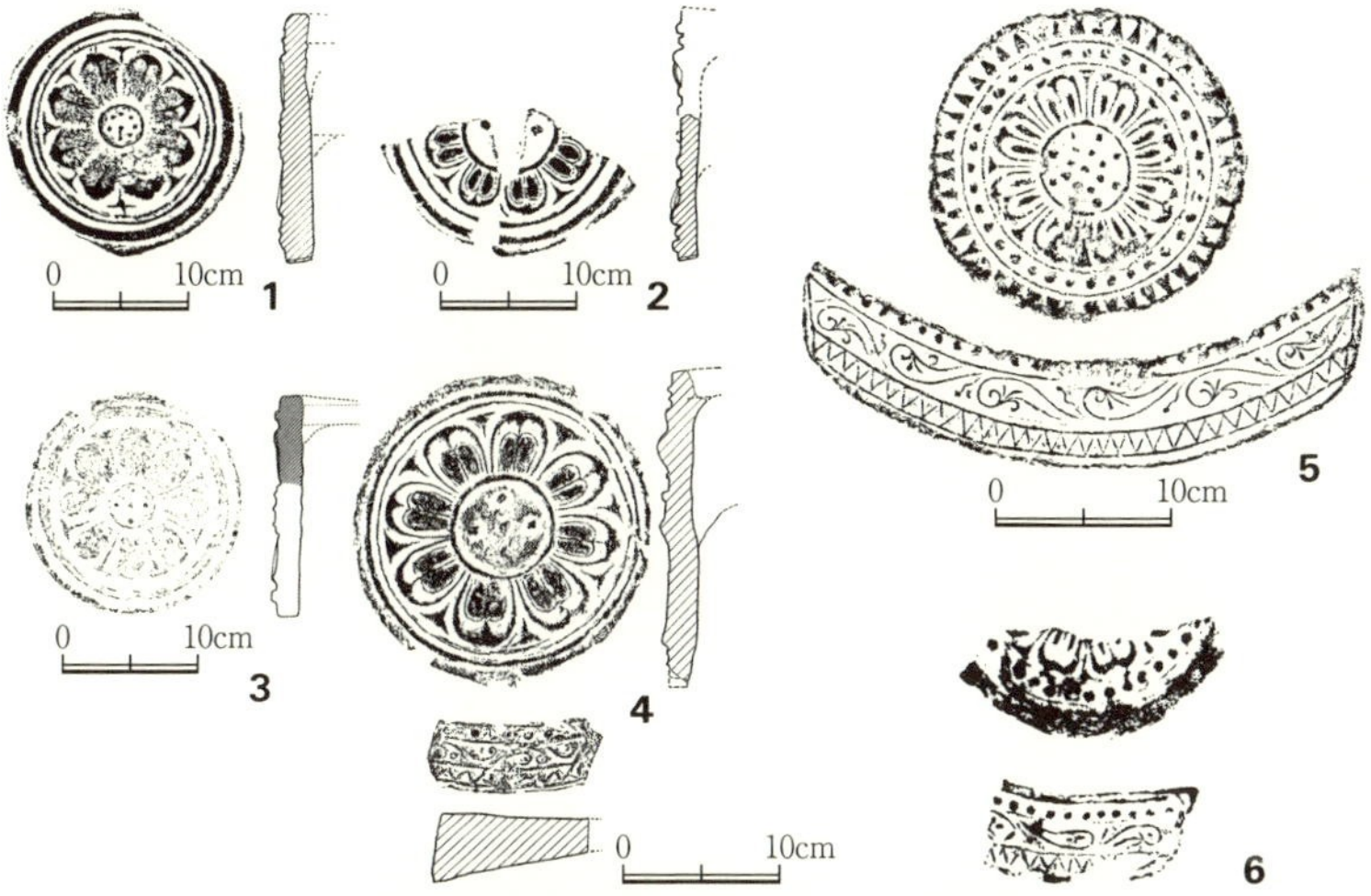

図５　主要寺院跡出土軒丸・軒平瓦

１・２寺町廃寺軒丸瓦　３栢寺廃寺軒丸瓦　４康徳寺廃寺軒丸・軒平瓦
５伝吉田寺跡軒丸・軒平瓦　６宮の前廃寺軒丸・軒平瓦

「水切り瓦」の分布は広範で、広島県では三谷郡寺町廃寺を中心に上山手廃寺、三次郡寺戸廃寺・三上郡伝神福寺跡・世羅郡康徳寺廃寺に分布する。西部では安芸国高宮郡明官寺廃寺に、東部では備中国大崎廃寺に分布し、さらに出雲国神門郡神門寺廃寺にまで分布している（図４）。妹尾周三氏によれば、寺町廃寺創建瓦をさらに改変した軒丸瓦（SⅡ類）が複弁化されて笵型が製作され周辺の寺院に伝播していくという[19]。このような「水切り瓦」の分布圏が、「多に諸の寺を起しまつらむ」という誓願を反映していると見ることも出来るのではなかろうか。この分布圏は三谷郡を本拠とする在地豪族の影響力が及ぶ地域であり、あるいは弘済の布教の範囲と考えることも出来よう。

また寺町廃寺の素弁蓮花文軒丸瓦は、岡山県総社市栢寺廃寺から出土した素弁蓮花文軒丸瓦と同笵で、笵傷から栢寺廃寺の方が寺町廃寺に先行することが指摘されている[20]（図５）。栢寺廃寺周辺の大崎廃寺からは「水切り瓦」も出土しており、備後北部と備中とでも瓦の交流があったことが知られる。上巻七縁では、弘済が亀に助けられて上陸したのが備後ではなく、「備中の海の浦の海辺」であった。弘済はここから三谷寺に向かうわけであるが、たまたま備中にたどり着いたのではなく、備中と三谷寺のルートが存在していたから、その海辺にたどり着いたのではないか。『今昔物語集』巻十九―三〇では、「備中」では不自然と考えて「備後」としているが、それは誤りである。このように考えると、寺町廃寺を中心とする軒丸瓦の分布圏と、弘済の行動した範囲はほぼ重複する。これが事実ならば、備後北部と備中南部は、「水切り瓦」の分布に代表されるような、地方寺院間のネットワークが存在していたことを示しているが、その背景には弘済のような僧侶の交通もあったのであろう。

以上のように、上巻七縁はすでに在地で成立していた①三谷寺縁起と③百済僧弘済卒伝の一次伝承をベースに、②亀報恩譚がその後挿入されて説話として整備された、と考えることが出来る。その時期は、弘済の没年齢から見ても八世紀前半代と考えるのが妥当で、後述する下巻二十七縁の整備度から見て、それより以前に成立していたと思われる。

三　下巻二十七縁「枯骨報恩譚」説話の成立の背景

次に、下巻二十七縁は「枯骨報恩譚」である。それを以下に挙げる。

白壁の天皇のみ世の宝亀九年の戊午の冬の十二月下旬に、備後の国葦田の郡大山の里の人、品知牧人は、正月の物を買はむがために、同じ国の深津の郡深津の市に向ひて往きき。中路にして日晩れ、葦田の郡の葦田の竹原に次りき。

宿れるところに、呻ふ音ありていはく、「目痛し」といふ。牧人聞きて、竟夜寝ねずして踞りをり。明くる日に見れば、ひとつの髑髏あり。笋、目の穴に生ひて串かる。竹を掲きて解き免し、みづから食へる餉を饗していはく、「われに福を得しめよ」といふ。市に到り物を買ふに、買ふ毎に意のごとし。疑はくは、「その髑髏、祈ひによりて恩を報いるか」と。

市より還り来りて、同じ竹原に次る。時にその髑髏、反りて生ける形を現して、語りていはく、「われは葦田の郡屋穴の国の郷の穴の君の弟公なり。賊の伯父の秋丸に殺されし、これなり。風吹きて動く毎に、わが目はなはだ痛し。仁者の慈しびを蒙りて、痛み苦しぶことすでに除かる。今し飽くまでに慶びを得たり。その恩を忘れじ。幸の心に勝へず。仁者の恩みに酬いむとおもふ。わが父母の家は、屋穴の国の里にあり。今月の晦の夕に、わが家に臻れ。その宵にあらずは、恩を報いむによしなし」といふ。牧人聞きて、増怪しびて他人に告げず。

期りし晦の暮に、その家に至る。霊、牧人の手を操りて、屋の内に控き入れ、具へたる饌を譲りて、饗してともに食ふ。残れるはみな裹み、あはせて財物を授く。良久にありてその霊たちまちに現れず。

父母、諸の霊を拝せむがために、その屋の裏に入る。牧人を見て驚き、入り来れる縁を問ふ。牧人、ここに、先のごとくにつぶさに述べたり。よりて秋丸を捉へ、殺せるゆゑを問ふ。「汝が先の言のごとくは、汝、わが子とともに市に向ふ。時に汝、他の物を負ひて、いまだその債を償はず。中路に遇ひて徴り乞はれ、弟公を捨てて来つといふ。『もしは来るやいなや』といひき。われ汝に答へていはく、『いまだ来らず、視ず』といひき。今聞くところは、なにぞ先の語に違ふ」といふ。

賊盗秋丸、惣意に悸然り、事を隠すこと得ず。すなはち答へていはく、「去年の十二月下旬、元日の物を買はむがために、われ弟公と市に率て往く。持てる物は馬・布・綿・塩なり。路中にして日晩れ、竹原に宿り、ひそかに弟公を殺して、その物を掠る。深津の市に到りて、馬は讃岐の国の人に売り、自余の物等は、今に出して用ゐる」といふ。父母聞きて嗟きて言はく、「噫呼、わが愛子、汝に殺さる。他の賊にはあらぬなりけり」といふ。父母を同じくする弟は、葦蘆の璅るがごとし。そゑに匿せり。内にその過失を償はしめ、出して外に見さずありき。

すなはち牧人を礼し、さらに飲食を饗す。牧人還り来りて、状を転へ語りき。

夫れ、日に曝りたる髑髏すら、なほしかくのごとし。食を施せば福を報い、恩を与ふれば恩を報ゆ。いかに況むや、現の人、豈恩を忘れむや。涅槃経に説きたまへるがごとし。「恩を受くれば恩を報ず」とのたまへるは、それこれをいふなり。

まずこの説話は、上巻十二縁と同類異話である。上巻十二縁の内容は、元興寺僧の道登が宇治橋をかけようとして往来したときに、奈良山の谷間で往来の人や獣に踏まれていた髑髏を発見し、従者の万侶に命じて髑髏を拾わせた。その髑髏が万侶に報恩するという内容で、これは敦煌出土の句道興撰『捜神記』所収の候光周兄弟の説話と、極めてよく類似することが指摘されている(21)。そしてそれは、上巻十二縁の方が『捜神記』に近く(22)、道登が元興寺僧であることから、元興寺僧が創作に関与していた可能性がある。黒沢幸三氏はこの二つの類話の関係について、一方を原拠として他方が年時と場所を替えて作られたとし、このような類話の関係にある説話(中巻八・十二縁、上巻十縁と中巻十五縁)では大和の説話が先に作られ、それをもとに地方の説話が作られた、と指摘する(23)。

下巻二十七縁の主人公は、備後国葦田郡大山里の品知牧人である。品知(品遅・品治)氏は、備後国品治郡品治郷に居住した伝統的な在地豪族と考えられる。品治郡は葦田郡に隣接し、芦品郡新市町を中心とする地域であり、

『和名抄』には駅家・品治・狩道・佐我・石茂（石成か）・神田・服織の七郷が見られる[24]。『国造本紀』には「吉備品治国造」の名が見え[25]、『日本書紀』（以下『書紀』）仁徳天皇四十年春二月条に「吉備品遅部雄鯽」の名が[26]、『古事記』開化天皇段に「吉備品遅君」の名が見え[27]、さらに『日本三代実録』貞観六年（八六四）十一月十日条に「備後国品治郡人、左史生従八位上品治公宮雄」の名が見え[28]、伝統的な在地豪族であることが知られる。

また、備後国葦田郡は現在の広島県府中市周辺で、『和名抄』には佐味・広谿・葦浦・都祢・葦田・駅家という郷名が見られるが[29]、大山里は『和名抄』には見えず、所在地は未詳である。また「葦田の郡屋穴国の郷の穴君の弟公」であるが、「屋穴国の郷」も『和名抄』には見えない。「屋穴国」は「アナノクニ」と読むべきで、本説話では「穴君（あなのきみ）」・「痛目（あなめ）」の「アナ」という音がキーワードになっており、唱導に用いられていたと考えられるが、本来は「屋穴国」の地名由来説話が原型であろう。

『書紀』安閑天皇二年五月条には「婀娜《あな》国」とあり[30]、『先代旧事本紀』の『国造本紀』には「吉備穴国」とあって、吉備穴国造が存在したことが知られる[31]。この地域は現在の福山市神辺町周辺にあたり、『書紀』景行天皇二十七年十二月条に「吉備に到りて穴海を渡る」、同二十八年春二月条に「吉備の穴済」とある地域は[32]、芦田川の河口の深津市周辺の海辺と思われる。また『続日本紀』養老三年（七一九）十二月戊戌条に「安那郡」が見え[33]、『日本三代実録』貞観十四年（八七二）八月八日条に「備後国安那郡人安那豊吉売」の名が見えるところから[34]、律令制下ではこの地域は安那郡で、「穴君弟公」も伝統的な在地豪族である吉備穴国造の一族であると考えられる。それゆえこの説話に登場する人物たちは、在地の有力豪族であると考えてよい。

備後の国造は「吉備穴国造」「吉備品治国造」であり、大化前代では「吉備国」という巨大な伝統的な在地大豪族の勢力下にあったが、『書紀』を見ると天武天皇十一年（六八二）七月の段階ではまだ吉備国が見え[35]、その後文武天皇元年（六九七）閏十二月には「備前・備中国」の名称が見えるところから、[36]少なくともその後吉備国が解体し、令制下の備後国の成立に伴ってこの頃独立したものと考えられる。しかし、令制の成立によって国郡里制が施行されてもこの両地域は緊密な関係にあり、吉備穴国造・吉備品治国造は同祖関係を結び、在地支配を強化したと思われる。[37]吉備穴国造の領域は安那郡となり、養老五年（七二一）にさらに深津郡が分割される。[38]同様に吉備品治国造の領域も品治郡となるが、恐らく国造の支配下の新興豪族が勃興して葦田郡を建郡したものと思われる。古墳群の分布から見ると、品治郡には有力な後期古墳が存在するが、国府が所在する葦田郡には存在せず、前代の有力古墳群の所在する地域から離れて国府が設置されることは珍しくない。[39]葦田郡はその後北部から甲奴郡を分割し、その代わりに三里を品治郡から編入したので、品治郡はさらに縮小されたことになる。

また、深津の市は芦田川の河口にあり、現在広島県福山市蔵王町・東深津町一帯に所在したと思われる。「深津」が良港であったことは、中世に草戸千軒が存在したことでも明らかで、下巻二十七縁では讃岐国から馬を買いに来た人がいることでも、瀬戸内海の海上交通交易圏で重要な交易市であったことでも理解できる。深津市は備後国内においても重要な市であり、下巻二十七縁は芦田川の流域である深津・安那・品治・葦田郡を結んだ地域を背景としていて、律令制の国郡制よりも旧国造圏を舞台とした説話であると理解した方がよい。

したがって、登場人物が在地豪族であることや複数の郡名などの地名が登場することを考えれば、吉備穴・品治国造の旧領域を舞台とした地名由来説話（一次伝承）を原型とし、『捜神記』などに見える「枯骨報恩譚」で脚色された仏教説話であると考えられる。宝亀年間は郡郷里制であり、「葦田郡大山里」では年代が合わないのは一次伝承が基となっている可能性もあるが、一方「屋穴郷」の方は郡郷里制と一致しており、この点は説話という性格のためか、厳密ではない。

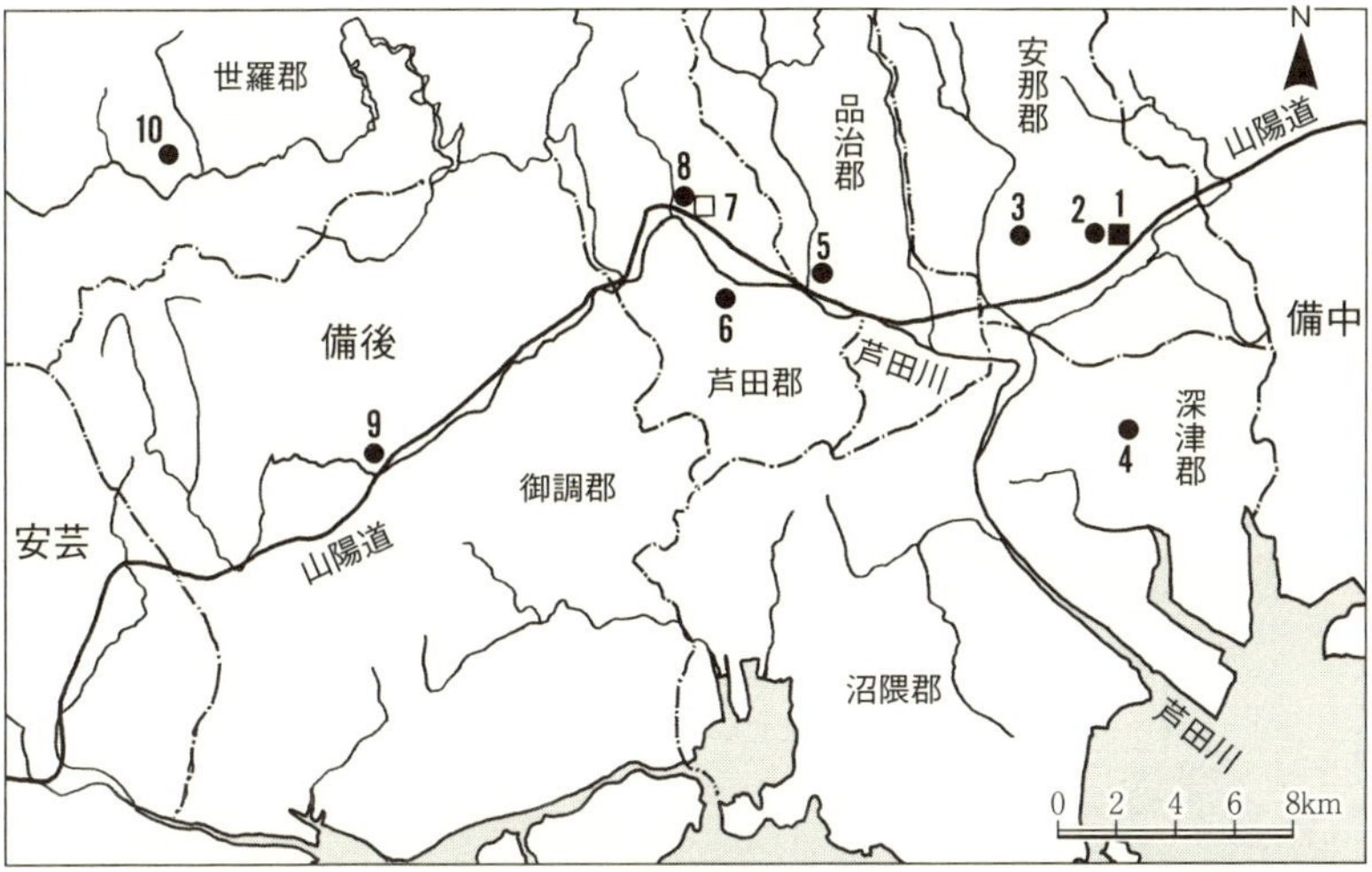

図6　備後南部の古代寺院

1 備後国分寺　2 小山池廃寺　3 中谷廃寺　4 宮の前廃寺　5 廃最明寺跡
6 栗柄廃寺　7 備後国府　8 伝吉田寺跡　9 本郷平廃寺　10康徳寺廃寺

舞台となった備後南部の古代寺院には（図6）、深津郡宮の前廃寺の他に葦田郡伝吉田寺跡・栗柄廃寺、品治郡廃最明寺跡、安那郡小山池廃寺・中谷廃寺が存在する[40]。この内初期に造営されたのが伝吉田寺跡で、調査の結果法起寺式伽藍配置をとることが明らかになっている。出土する軒丸瓦は川原寺式軒丸瓦で、その後藤原宮式軒丸瓦が導入されている[41]。伝吉田寺跡に続くのが小山池廃寺であり、軒平瓦の製作技法が類似するところから、瓦工の移動が推測されている[42]。府中市栗柄町に所在する栗柄廃寺の出土軒丸瓦Ｉ類は、伝吉田寺跡Ｉｂ類と同笵であるところから、伝吉田寺跡・小山池廃寺に造営が遅れることは明らかである。宮の前廃寺からも藤原宮式軒丸瓦が出土し、栗柄廃寺ⅡＡ／ⅡＢと類似するところから、八世紀第Ｉ四半期の造営と考えられる。すなわち備後南部地域の古代寺院は、「藤原宮式軒丸瓦」を用いて割合短い期間で次々と寺院を造営していったことがわかる（図7）。とくに深津郡の建郡と宮の前廃寺の造営は、時期的に重複する。

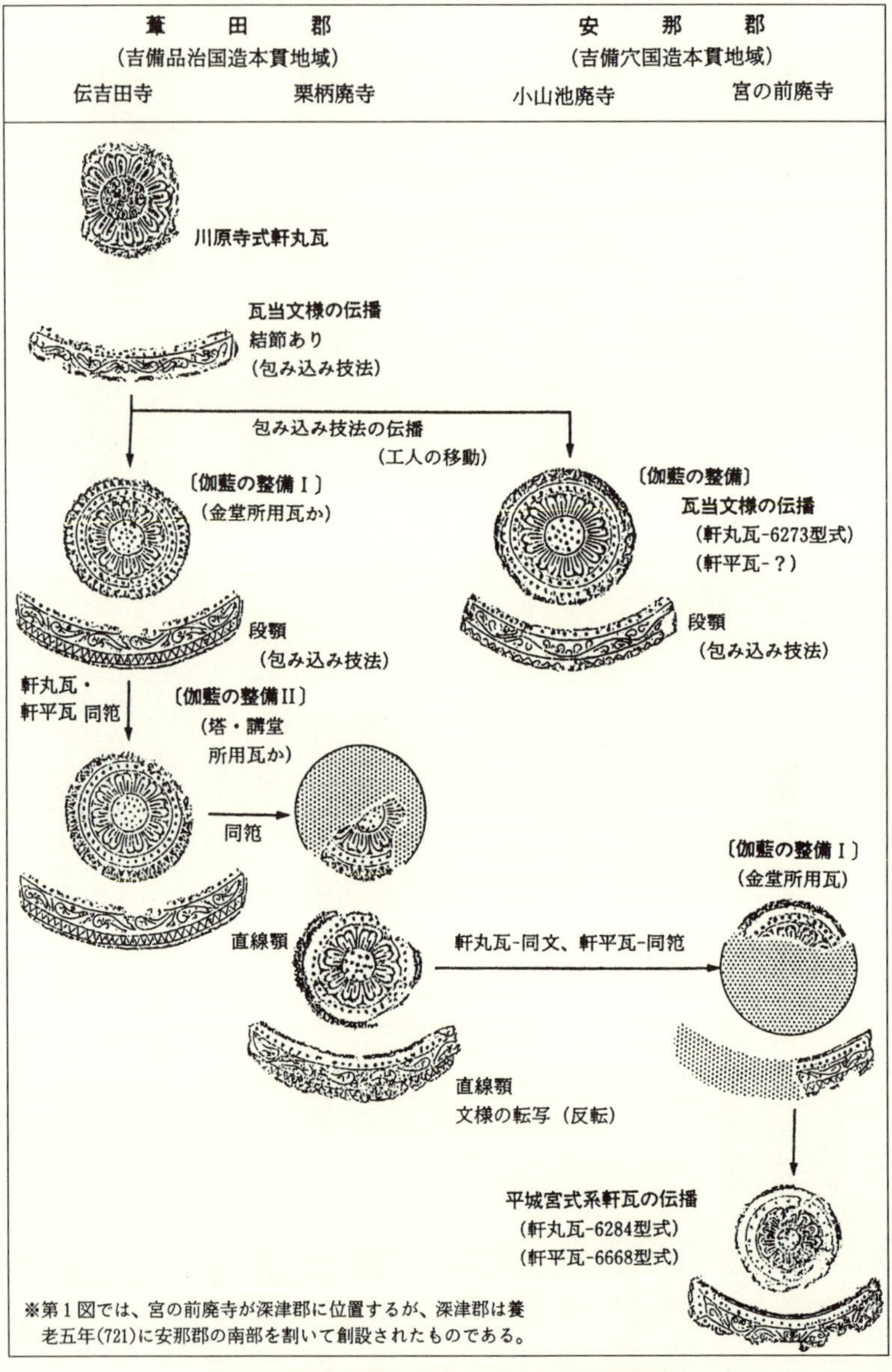

図７　備後南部古代寺院の造瓦技術関係図

妹尾周三氏は、伝吉田寺跡・小山池廃寺・栗柄廃寺・宮の前廃寺では藤原宮式の軒瓦の同笵関係や技法の類似が認められるので、広範な瓦工人の移動や協力関係がうかがえるとする。さらにその背景には、吉備穴国造の安那氏と吉備品治国造の品治氏との同族関係が存在したとし、伝吉田寺跡と小山池廃寺、栗柄廃寺と宮の前廃寺はそれぞれの同族内で新たに造営されたもの、と指摘する。(43) すなわち備後国南部は、造瓦体制に代表されるように、律令制成立後も密接な同族関係を保持していたものと思われる。

このように考えると、下巻二十七縁の登場人物が、吉備穴国造家の一族である穴君弟公と吉備品治国造一族の品知牧人であるということも意味がある。すなわちこの説話は在地の旧国造家の関係を中心とする、備後南部地域の地名由来説話をよく周知していた人物でなければ創作できないと思われる。

四　上巻七縁と下巻二十七縁の説話創作者

では、備後北部を舞台とした上巻七縁と備後南部を舞台とした下巻二十七縁は、どのようにして一次伝承として二次創作者の手に渡ったのであろうか。上巻七縁と下巻二十七縁の共通点は、備後北部の弘済も南部の旧国造の在地豪族たちも、国府・国分寺が所在した葦田・安那郡や深津郡を中心とするルート上を移動していることである。また上巻七縁の説話の二次創作者は、少なくとも弘済の業績と三谷寺の寺院縁起を知る人物である。

弘済が三谷郡などの備後北部を中心として活動し、さらに南部に行き、また備中とも交通があったことは説話からも明らかである。実際には、備中南部の栢寺廃寺や大崎廃寺と寺町廃寺への交通も、まず山陽道を利用して備中から備後国安那郡に入り、さらに品治郡・葦田郡を通って三谷郡に向かわざるを得ない。そして弘済はその後、芦田川に沿って海辺の深津郡に出て布教を行ったと考えられる。そうすると弘済の卒伝は、命終した深津郡の宮の前廃寺で成立した可能性が高い。

だが、三谷寺縁起のような備後北部の伝承が、備後南部に伝播することは可能なのであろうか。葦田郡から三谷寺のある備後北部に向かう古代の交通路は不明であるが、近世では石州街道が整備されており、この地域の山間部にも古墳が多く分布して三谷郡まで続くから、古代でもそれ以前の交通路が存在して三谷郡まで行くことは可能であったと思われる。

そこで注目したいのは、世羅郡世羅町大字寺町に所在する康徳寺廃寺である。康徳寺廃寺は一九九一～九三年にかけて発掘調査が行われ、基壇建物などが検出されて法起寺式伽藍配置が想定されている。出土する軒丸瓦は二系統あり、一つは複弁蓮花文軒丸瓦（Ⅰ類）で寺町廃寺を中心とした備後北部に分布する「水切り瓦」で、七世紀末から八世紀初頭の時期である。もう一つは、備後南部に分布する藤原宮式の偏行唐草文軒平瓦も出土している[44]。すなわち康徳寺廃寺は、伽藍配置や軒丸瓦は備後北部の寺町廃寺の影響を受け、同時に軒平瓦は備後南部の藤原宮式の影響を受けているという、備後北部と南部の両地域の接点とも言える寺院であった。それゆえ、瓦工人だけでなく僧侶もこのような地方寺院のネットワークで、距離的に離れた地域である備後北部と南部の各寺院を往来したことも想定出来よう。弘済のような地方僧や国師・国分寺僧も、このような地方寺院間のネットワークを利用して、国内を布教、または唱導していた可能性は十分考えられる。

一方、下巻二十七縁も山陽道が通る交通の要地である葦田・品治・安那郡、そして深津の市のある深津郡を舞台とする。登場人物は穴国造・品治国造に関係する在地豪族が中心であり、また舞台となった地名や市など、これらも在地に深く関係した人物でないと知り得ない内容である。これらの内容を盛り込んで下巻二十七縁は創作されており、内容的には上巻七縁のように亀の報恩譚を後から挿入した形跡はなく、説話の創作段階から「枯骨報恩」のモチーフに一次伝承の在地の人物を登場させて創作したと考えられる。それゆえ上巻七縁より時代的に後で創作された可能性があり、『捜神記』や上巻十二縁などの「枯骨報恩譚」を知る人物によって、備後南部の地名由来説話をベースに下巻二十七縁が創作されたと考えられる。

上巻七縁と下巻二十七縁のもう一つの共通点は、まず在地伝承をベースにしながら、内容に中国の『捜神記』や『捜神後記』の影響が見られる点である。上巻七縁と下巻二十七縁の二次創作者は、在地の氏族や人物・伝承（一次伝承）に詳しく、かつ『捜神記』などの説話の内容を知る人物であることが想定される。

ところが亀の報恩譚も枯骨報恩譚も、『捜神記』『捜神後記』や上巻十二縁の知識がなければ、創作することはできない。そのような書物や知識を、在地の地方寺院の僧侶たちが直接入手出来るであろうか。それは、困難なことであると思われる。『捜神記』については、『霊異記』下巻三十九縁にも登場する善珠の『因明論疏明灯抄』が、「捜神記曰く」という形で『捜神記』を引用していることが明らかである[45]。河野貴美子氏は奈良末・平安初期の日本の寺院において、『捜神記』という書物を利用できる環境があったとし、『法苑珠林』を媒介として摂取した可能性を指摘する[46]。

一方、鈴木景二氏は官大寺僧が在地の法会において説話を語ることがあり、その文例テキストが『東大寺諷誦文稿』であり、在地で説かれた説話を編纂したのが『霊異記』であると指摘している[47]。官大寺僧は『捜神記』などを見られる環境にあったから、備後国に『捜神記』『捜神後記』のモチーフを運んだのは、鈴木氏が指摘するような、国師・講読師に任ぜられた官大寺僧である可能性は高い。とくに上巻七縁と下巻二十七縁は山陽道が利用されていた可能性は高く、上巻七縁の亀の放生の例も摂津国芦屋郡の深江北町遺跡出土木簡から判明するので、山陽道を交通する僧侶によって、これらの事例が伝えられ形成されたと考えることが出来よう。

その他の例では、『万葉集』巻十九—四二〇四に見える「講師僧恵行」が東大寺関係の僧であることを推測され[48]、また上巻十一縁にも、元興寺僧慈応が夏安居のために播磨の濃於寺を訪れていることが見える。このように中央の官大寺僧が地方に来ている例は、『霊異記』には数多く見られるところから、備後の場合も『捜神記』『捜神後記』や上巻十二縁の知識をもたらしたのは、国師・講読師に任ぜられた官大寺僧などと思われる。その知識を得て、在地の僧が一次伝承を基にして創作したか、またはその官大僧たちが創作したのではなかろうか。

在地の伝承が中央に届けられ、景戒などの官大寺僧によって整備されたと考えることも可能であるが、『霊異記』の説話が布教のテキストや例証話として用いられている性格を考えれば、整備された説話として必要されるのは在地の方であろう[49]。なぜならば、在地の人物が登場することによってその奇事に説得力が増すのは、やはりその在地だからである。また、備後国の二つの説話の内容が報恩譚で共通することも、二次創作者（布教者）が同一であり、その意図するところが在地での布教にあったと思われる。

そして弘済のような布教僧が備後国内を布教で巡る時、交通路としては国府・国分寺の所在する葦田・安那郡を通らざるを得ない。また国師・講読師などの中央の官大寺僧も国分寺を中心に拠点としていたから、布教のために在地の一次伝承と『捜神記』などの知識を同時に入手して整備できる二次創作者は、先述した備後国内の地理的環境を重視すれば、備後国分寺を拠点とする国師や国分寺などの僧侶と考えるのが最も妥当ではなかろうか。

五　おわりに

備後国を舞台とした異なる内容の上巻七縁と下巻二十七縁の一次伝承が、在地伝承として地方寺院を結ぶルートで備後国分寺を拠点とする僧に伝えられ、さらに中央から得た『捜神記』などの知識によって、布教のための報恩譚説話として整備された可能性を地域史の視点から実証を試みた。上巻七縁と下巻二十七縁は、一見すると全く関係がないように見えるが、実は備後国を舞台とする、同じ報恩譚の説話である。

『霊異記』の地域関係説話が、国分寺が所在する郡に分布する例は他にもあるが[50]、在地の国分寺僧や地方僧だけでなく、中央の官大寺僧の動きも含めて、今後同様な検討の蓄積を図っていくことによって、『霊異記』の地域関係説話の創作者が明らかになっていくと思われる。このような地域関係説話がどのようにして創作されたかという問題解明のためには、他の地域関係説話の形成過程も明らかにしていく必要があると思う。

註

（1）吉田一彦「『日本霊異記』の史料的価値」（小峯和明・篠川賢編『日本霊異記を読む』吉川弘文館　二〇〇四年）

（2）最近の研究の現状は、亀谷弘明「なぜいま、『日本霊異記』なのか」（『歴史評論』六六八　二〇〇五年）に詳しい。

（3）田中重久「郡名寺院の性格」（『学海』三―八　一九四六年）など

（4）栄原永遠男「深津の市」（『奈良時代流通経済史の研究』塙書房　一九九二年）など

（5）以下『霊異記』の引用は、小泉道校注『日本霊異記』（新潮日本古典集成　新潮社　一九八四年）による。参考に本郷真紹監修・山本崇編集『考証日本霊異記』上（法藏館　二〇一五年）を用いた。
（6）拙稿「『日本霊異記』上巻一七縁の「建郡造寺」について」（『日本古代の王権と寺院』名著刊行会　二〇一三年）
（7）池邊彌『和名類聚抄郡郷里驛名考證』六三二頁　吉川弘文館　一九八一年
（8）奈良文化財研究所編『地方官衙と寺院―郡衙周辺寺院を中心として―』二三二頁　二〇〇五年
（9）広島県草戸千軒町遺跡調査研究所編『備後寺町廃寺―推定三谷寺跡第一～三次発掘調査概報―』三次市教育委員会　一九八〇～八二年
（10）松下正司・亀田修一・島田朋之「寺町廃寺は三谷寺か」（『広島県立歴史民俗資料館研究紀要』二　一九九九年）、菱田哲郎「古代日本における仏教の普及―仏法僧の交易をめぐって―」（『考古学研究』五二―三　二〇〇五年）
（11）寺川眞知夫「亀報恩譚の土着」（『日本国現報善悪霊異記の研究』和泉書院　一九九六年）
（12）先坊幸子・森野繁夫編『捜神後記』巻一〇　一九六頁　白帝社　二〇〇八年
（13）『捜神後記』は『日本国見在書目録』に見られるところから、少なくとも寛平年間（八八九～八九八）には日本に存在していたことは明らかである。
（14）『深江北町遺跡　第一二・一四次調査埋蔵文化財発掘調査報告書』神戸市教育委員会文化財課　二〇一四年
（15）福山市教育委員会編『史跡宮の前廃寺跡―調査と整備―』一九七七年
（16）東野治之「備後宮の前廃寺出土の文字瓦」（『日本古代木簡の研究』塙書房　一九八三年）
（17）近藤康司「古代知識の考古学的考察」（『行基と知識集団の考古学』清文堂　二〇一四年）
（18）松下正司「備後北部の古瓦―いわゆる「水切り瓦」の様相―」（『考古学雑誌』五五―一　一九六九年）
（19）妹尾周三「安芸・備後の古瓦（その二）」（『古文化談叢』二六　一九九一年）
（20）岡本寛久「「水切り瓦」の起源と伝播の意義―飛鳥・白鳳寺院出土の古瓦をめぐって―」（近藤義郎編『吉備の考古学的研究』下　山陽新聞社　一九九二年）
（21）今野達「〈枯骨報恩〉の伝承と文芸　上」（『言語と文芸』八―四　一九六六年）、原田敦子「日本霊異記にみる骨肉の倫理―枯骨報恩譚の伝播と形成―」（日本霊異記研究会編『日本霊異記の世界』三弥井書店　一九八二年）、

丸山顕徳「奈良山枯骨報恩説話」(『日本霊異記説話の研究』　桜楓社　一九九二年)
(22)　原田前掲註(21)論文
(23)　黒沢幸三「『霊異記』における類話」(『日本古代の伝承文学の研究』　塙書房　一九七六年)
(24)　池邊彌『和名類聚抄郡郷里驛名考證』　六二七頁　吉川弘文館　一九八一年
(25)　新訂増補国史大系『先代旧事本紀』「国造本紀」　一五一頁
(26)　日本古典文学大系『日本書紀』上　四〇六頁　岩波書店　一九六七年
(27)　日本思想大系『古事記』　一四七頁　岩波書店　一九八二年
(28)　新訂増補国史大系『日本三代実録』　一四二頁
(29)　池邊彌『和名類聚抄郡郷里驛名考證』　六二八頁　吉川弘文館　一九八一年
(30)　日本古典文学大系『日本書紀』下　五四頁　岩波書店　一九六五年
(31)　新訂増補国史大系『先代旧事本紀』「国造本紀」　一五一頁
(32)　日本古典文学大系『日本書紀』上　三〇〇頁　岩波書店　一九六七年
(33)　新日本古典文学大系『続日本紀』二　六五頁　岩波書店　一九九〇年
(34)　新訂増補国史大系『日本三代実録』　三二一頁
(35)　日本古典文学大系『日本書紀』下　天武天皇十一年七月戊午条　四五三頁　岩波書店　一九六五年
(36)　新日本古典文学大系『続日本紀』一　七頁　岩波書店　一九八九年
(37)　『国造本紀』によれば、吉備穴国造は和邇臣と同祖、吉備品治国造は多遅麻君と同祖とあるが、『古事記』開化天皇段には多遅摩国造の祖は息長宿禰王とあり、また息長日子王は吉備品遅君の祖とある。したがって『古事記』成立時には、吉備穴国造と吉備品治国造は同祖関係にある。
(38)　新日本古典文学大系『続日本紀』二　養老五年四月丙申条　九三頁　岩波書店　一九九〇年
(39)　品治郡には、新市町二子塚古墳(前方後円墳・横穴式石室、六世紀末)などの有力古墳群が存在する。一方、葦田郡では七世紀末になって尾市一号墳(八角墳、横口式石槨)が出現する(脇坂光彦「広島県の終末期古墳の特色」『芸備』三四　二〇〇七年)。

(40) 妹尾周三「広島の古瓦」(脇坂光彦・小都隆編『考古学から見た地域文化―瀬戸内の歴史復元―』溪水社　一九九九年)
(41) 岡田容子「備後伝吉田寺跡について―近年の発掘調査から―」(『考古論集―河瀬正利先生退官記念論文集―』河瀬正利先生退官記念事業会　二〇〇四年
(42) 妹尾周三「備後南部地域の「藤原宮式」軒瓦について」(『文化財論究』一　財団法人東広島市教育文化振興事業団　一九九八年)
(43) 妹尾周三「古瓦から見た古代寺院」(『芸備』三〇　二〇〇二年)
(44)『備後康徳寺廃寺―発掘調査報告書―』世羅町教育委員会　一九九五年
(45) 粕谷興紀「捜神記の受容―佚文をめぐって―」(『萬葉』七七　一九七一年)
(46) 河野貴美子「『捜神記』と中国古代の伝説をめぐる一考察」(『説話文学研究』四一　二〇〇六年)、同「『捜神記』と『日本霊異記』の類話をめぐる考察―『法苑珠林』を媒介とした摂取の可能性―」(早稲田大学古代文学比較文学研究所編『交錯する古代』勉誠出版　二〇〇四年)
(47) 鈴木景二「都鄙間交通と在地秩序―奈良・平安初期の仏教を素材として―」(『日本史研究』三七九　一九九四年)
(48) 川崎晃「古代北陸の宗教的諸相―越中を中心として―」(高岡市万葉歴史館編『越の万葉集』高岡市万葉歴史館論集六　笠間書院　二〇〇三年)
(49) 小泉道氏は舶載説話のモチーフを、説教僧が唱導地に応じて地名・人名を適宜加えたものと推察している(『日本霊異記』新潮日本古典集成　三四四頁)。同様な論考に植松茂「日本霊異記における伝承者の問題」(『国語と国文学』三三―七　一九五六年)、松原弘宣「古代の情報伝達と交通」(『日本古代の交通と情報伝達』汲古書院　二〇〇九年)などがある。
(50) 第二篇第一章「『日本霊異記』における東国関係説話――武蔵・信濃国を中心として」

第三章　『日本霊異記』地獄冥界説話の形成——讃岐国の説話を中心として

一　はじめに

『日本霊異記』（以下『霊異記』）に収録された説話は上中下三巻で百十六話を数え、その説話の舞台は東は陸奥国から西は肥後国まで全国に及ぶが、紀伊国の十三話を除くと、次に多い武蔵・讃岐国関係説話がそれぞれ三話収録されている。このような地域関係説話がどのように形成されたかを考察するには、複数の説話が残る地域を検討して、共通点や相違点を抽出することが有効であると思われる。すでに下巻二十二・二十三縁の同類異話が、信濃国小県郡を舞台に唱導が行われた結果、在地で一次伝承（原説話）が成立したことを指摘したが[1]、しかし『霊異記』の地域説話がどのように成立したかを論じた論考はまだ少なく、説話の形成過程を考証するには東国だけでは不十分であると思われる。その中で讃岐国の説話は武蔵国と同様に三話が存在するので、本章ではまず『霊異記』に収録されている讃岐国関係の説話を個々に分析して、その形成過程について考察を試みたい。

二　『日本霊異記』における讃岐国関係説話

(1) 中巻十六縁

中巻十六縁は香川郡坂田里の綾君の使用人が、老人に布施をしないことと牡蠣を買い取って放生するという善悪二つの行為によって、それぞれ善報と悪報をもたらされるという、因果応報の原理を示す説話である。

はじめに「聖武天皇の御代に、讃岐の国香川の郡坂田の里に、ひとりの富める人ありき。夫と妻と同じ姓にして綾の君なりき」とあるように、舞台は讃岐国香川郡坂田里である。ただし国郡里制は霊亀三年（七一七）以前の行政区分であるから、聖武朝とは合わない。『和名類聚抄』（以下『和名抄』）によれば、讃岐国は大内・寒川・三木・山田・香川・阿野・鵜足・那珂・多度・三野・苅田の十一郡からなり、香川郡は大野・井原・多配・大田・笑原・坂田・成相・河辺・中間・飯田・百相・笠居郷からなる。(2)このほか「正倉院丹裏文書」に「幡羅里」(3)、平城宮跡出土木簡に「原里」(4)などが見られるが、『和名抄』の段階では見えない。香川郡は現在の高松市西部の地域に当たり、天平七年（七三五）十二月十五日の「弘福寺領讃岐国山田郡田地図」に「山田香河二郡境」とあるのが、史料上の初見である。(5)また坂田郷は、高松市西部の上天神町・田村町・西春日町などの西部に比定される。

『続日本紀』延暦十年（七九一）九月戊寅条によれば、「讃岐国阿野郡人正六位上綾公菅麻呂等」の先祖が庚午年（天智天皇九年＝六七〇）の後、己亥年（文武天皇三年＝六九九）に朝臣の姓を賜りその後の戸籍でも朝臣であったのに、養老五年（七二一）の戸籍作成の段階で庚午年籍と付き合わされた結果、朝臣の姓を除かれてしまったので、もとの朝臣に復して欲しいという訴えを上申している。(6)これによれば綾君氏は文武天皇三年以前は君姓であり、阿

櫻井義秀、川又俊則編

人口減少社会と寺院

ソーシャル・キャピタルの視座から

三、〇〇〇円＋税

主要宗派の宗勢調査、実地での聞き取り調査などから見えてきた地域寺院のリアルを活写。刮目すべき最新のお寺事情満載。

中村佳睦著

煌《きらめき》 中村佳睦の世界

【仏画・工芸】

五、〇〇〇円＋税

日本で唯一、立体と平面の両方を修得した手による緻密な截金文様を施した曼荼羅等仏画と、巧緻を極めた截金の工芸作品を初公開する作品集。

高木訷元著

新装版 白隠入門

地獄を悟る

白隠禅師遠忌二五〇年記念復刊

一、八〇〇円＋税

「日本臨済禅中興の祖」と称えられる傑僧・白隠。その生涯と思想を、遺された法語から解き明かした入門書。

西村恵信著

新装版 空海入門

本源への回帰

高野山開創一二〇〇年記念復刊

一、八〇〇円＋税

「人間空海」の生き様と思想を、遺された著作と書簡から浮き彫りにした、オリジナリティー溢れる入門書。

大久保良峻編著

天台学探尋

日本の文化・思想の核心を探る

三、六〇〇円＋税

日本仏教の母胎をなす天台学諸分野の基本と今日的成果を、初学者、近接領域の研究者も視野に総合的に論じる。

宮家　準著

修験道

その伝播と定着

三、三〇〇円＋税

吉野・熊野・児島五流等の山伏や比丘尼の唱導、勧進活動を通して行われた各地の霊山、地方への修験の伝播と定着を解明。

仏教の諸相　ロングセラー

上横手雅敬著

権力と仏教の中世史

文化と政治的状況

【2刷】

東大寺復興をはじめ、文学、思想などを政治史的視点から考察。

九、五〇〇円＋税

伊藤　聡著

中世天照大神信仰の研究

【2刷】

■第34回角川源義賞　受賞

伊勢や天照大神信仰をめぐる言説に焦点を絞り、密教が醸成した中世神道説の核心に迫る大著。

一二、〇〇〇円＋税

舩田淳一著

神仏と儀礼の中世

【2刷】

■第6回日本思想史学会奨励賞　受賞

儀礼資料を読み解き、神仏習合が常に仏教儀礼を画期として中世社会に定着していったことを明らかにする。七、五〇〇円＋税

伊吹　敦著

禅の歴史

【5刷】

野郡（現綾歌郡）を本拠とする伝統的な在地有力豪族であったことが知られる。『日本書紀』（以下『書紀』）景行天皇五十一年八月条によれば、日本武尊の妃「吉備武彦之女吉備穴戸武媛、生三武卵王与二十城別王一。其兄武卵王、是讃岐綾君之始祖也。弟十城別王、是伊予別君之始祖也」とあり[7]、また『書紀』天武天皇十三年（六八四）十一月戊申条の八色の姓では朝臣の姓を賜っているので[8]、菅麻呂らはこれに漏れた一族であると思われる。「君」姓は天平宝字三年（七五九）十月辛丑条に「公」姓に改めさせられたが[9]、説話では時代設定が聖武天皇の御代となっており、「綾君」というのは時代背景と異なっていない。

『和名抄』によれば讃岐国の国府は阿野郡に置かれたから、大化前代までの国造で寒川郡を本拠地とする凡直氏に替わって[10]、奈良時代では綾公氏が勢力を伸ばしたと思われる。『続日本後紀』嘉祥二年（八四九）二月戊申条には、「讃岐国阿野郡人内膳・掌膳外従五位下綾公姑継、主計少属従八位上綾公武主等」とあり[11]、その後も綾公氏は阿野郡で発展し、平安時代には在庁官人としてその勢力を依然として維持している。

時代は下るが、香川郡に綾公が存在したことを示す史料は、本説話の他に天暦十一年（九五七）二月二十六日太政官符案「応得度東寺当分度者四人事」に「綾公元包年五十三〈讃岐国香河郡笠郷戸主、同姓久法戸口〉」の名が見える[12]。また「讃岐国山田郡司牒案」には天平宝字五年（七六一）頃の山田郡大領として「綾公人足」という人物が見られ[13]、長岡京出土木簡八五六号にも「池田綾公川主白□□」とあって[14]、綾公氏は山田郡にも分布し阿野・香川・山田郡を中心として勢力を伸ばしていた伝統的在地有力豪族であった。説話に登場する綾君が在地有力豪族であることは、夫妻が「家長・家室」と呼ばれ、多数の家口を農業経営に使用していることからも明らかである。以上に述べたような伝統的在地有力豪族であるから、「ひとりの富める人ありき」という文言とも相違せず、この説話には在地の実情が反映されていると思われる。

しかし説話の主人公は前半こそ綾君であるが、後半ではその使用人である。地獄冥界から甦った際に妻子に語ったとあるから家族がいたと考えられ、文意からすれば綾君の使用人の代表的存在であったとも思われる。それだからこそ、「使人の分を欠きて、耆嫗を育ふがゆゑに、噉ふ飯尠少しくして、飢ゑ疲れたる者、農営ることあたはず、産業を懈らしむ」と言って、老人に布施を行って扶養するのが労働に影響する、と家長の綾君に意見をしたのであろう。その結果使用人は老人を扶養せず、それが因果となって悪報を招くのである。

ところがある日、使用人は釣り人とともに海へ行き、そこで釣り上げた牡蠣を放生するよう説得する。渋る釣り人を「能き人は寺を作る。なにぞはなはだ脱さざる」と説得し、さらには「十貝の直に充つるに、米五斗をねがふ」という要求に従って牡蠣を米五斗という値で買い取り、法師を勧請して海に放生するという善報を行う。その後使用人は薪を拾うために山に入り、木に登ったところその松の木が枯れていたために木から落ちて死んでしまう。後半部の説話のモチーフは、『霊異記』によく見られる地獄冥界説話で、その部分を以下に挙げる。(15)

（前略）放生せる人、使人とともに山に入り薪を拾ふ。枯れたる松に登り、脱りて落ち死にき。卜者に託ひていはく、「わが身を焼くことなかれ。七日置け」といふ。卜者の語に随ひ、山より荷ひ出して、外に置き、ただ期りし日を待つ。

七日にしてすなはち蘇る。妻子に語りていはく、

「法師五人、前にありて行き、優婆塞五人、後にありて行く。行く路広く平らかに、直きこと墨縄のごとし。その路の左右に、宝幡を立て列ねたり。前に金の宮あり。問ふ『なにの宮ぞ』といふ。優婆塞、睇せて譠に嗲きていはく、『こは汝が家主の生れむとする宮なり。耆嫗を養ふ。この功徳によりて、この宮を為作る。汝、われを知るか』といふ。答ふ『知らず』といふ。教へていはく、『まさに知るべし、十人の法師と優婆塞とは、

汝が贖ひ放ちし蝀十貝なり』といふ。

宮の門の左右に、額に角ひとつ生ひたる人あり。大刀を捧げて、わが頸を殺らむとす。法師・優婆塞、諫めて戮らしめず。門の左右に蘭しき餚饌を備けて、諸人楽しび食ふ。われ中に居ること七日、飢ゑ渇きて、口より焰を出す。しかるにいはく、『汝飢ゑたる耆嫗に施さずして、厭ひし罪の報なり』といふ。法師・優婆塞、われを将て還りぬ。纔見ればすなはち蘇れるなりけり」

といふ。

この人、涼の状を観て、施を好み生を放ちき。（以下略）

説話の中で「法師五人、前にありて行き、優婆塞五人、後にありて行く。行く路広く平らかに、直きこと墨縄のごとし」という箇所は下巻二十二・二十三縁に類似し、「金の宮」も上巻三十縁、中巻七縁に類似する。また地獄冥界で善悪の二報を受けたという点については、中巻五縁と同じである。中巻十六縁も含めこれらの地獄冥界説話が『冥報記』の影響を受けたのは間違いなく、後藤良雄氏は『冥報記』下巻の影響であることを指摘している(16)。

説話の創作については、中巻十六縁の前半部は香川郡の綾君氏に関係する説話であり、綾君氏の社会福祉行為を善行とし、綾君氏が地獄の「金の宮」に生まれ変わる功徳のある人物としてとくに描かれている。それに対し後半では、老人の扶養に反対した使用人が悪報として地獄に招かれるという展開なので、綾君氏に配慮する人物が綾氏を顕彰する目的で、一次伝承（原説話）を創作したと考えられる。香川郡の立地は海に面しているから、牡蠣の放生も説得力を持つので、この説話は香川郡で成立し、そこで唱導に用いられていた可能性が高い。主人公が前半は綾君氏でありながら後半部は使用人になっている点からも、一次伝承（原説話）が後に再整備されて中巻十六縁になったと思われる。

(2) 中巻二十五縁

中巻二十五縁も地獄冥界説話である。まずはじめに「讃岐の国山田の郡に、布敷の臣衣女といふひとありき」とあるところから、説話の前半の舞台は山田郡で、現在の高松市東部に当たる。『和名抄』によれば、山田郡は殖田・池田・坂本・蘇甲・三谷・拝師・田中・本山・高松・宮所・喜多の十一郷からなる。(17)『書紀』天智天皇六年(六六七)十一月是月条には「讃吉国山田郡屋嶋城」を築くとあり、(18)和銅二年(七〇九)七月二十五日の「弘福寺領田畠流記」に「讃岐国山田郡田二十町」とある。(19)一方、後半部の舞台である鵜垂(鵜足)郡は、現在の丸亀市と坂出市・綾歌郡の一部にまたがり、『和名抄』では長尾・小川・井上・栗隈・坂本・川津・二村・津野の八郷からなる。(20)

説話の主人公である布敷臣氏は布師氏ともあり、武内宿禰の後裔氏族の一つで葛城襲津彦命の子孫といわれる。『新撰姓氏録』によれば、左京・摂津・河内・和泉国に分布し、摂津国兎原郡に布敷郷が存在する。讃岐国では、寛弘元年(一〇〇四)の讃岐国大内郡入野郷の戸籍に「布師弘信」の名が見え、また長岡京出土木簡には「□(金カ)倉郷□□(布師カ)□□」とあって、(21)讃岐国那珂郡金倉郷に布師氏が存在したことが知られるので、本説話とあわせて、讃岐国には広く布師氏が分布していたことが知られる。

さてこの説話は、内容的には従来から中巻二十四縁と同類異話とされる。二十四縁は、諾楽の左京の楢磐嶋が大安寺から借りた銭で越前の敦賀で交易した帰りに急病に罹るが、閻羅王の使いの鬼に牛を御馳走したお陰で、同じ年齢の替え玉が地獄冥界に連れて行かれ、収賄罪の鬼のために『金剛般若経』百巻を読んで、ついに鬼を救って長生きをした、という内容である。二十五縁の本説話も替え玉が地獄冥界に行くという設定は同様で、

(前略)閻羅王の使の鬼、来りて衣女を召す。その鬼、走り疲れにて、祭の食を見て腼り、就きて受く。鬼、

衣女に語りていはく、「われ汝の饗を受けたり。それに汝の恩を報いむ。もし同じ姓・同じ名の人ありや」といふ。衣女、答へていはく、「同じ国の鵜垂の郡に、同じ姓の衣女あり」といふ。鬼、衣女を率て、鵜垂の郡の衣女の家に往きて面を対す。すなはち緋の嚢より一尺の鑿を出して、額に打ち立て、すなはち召し将て去りぬ。その山田の郡の衣女は、偲れて家に帰りぬ。（以下略）

とあるが、[22]次のように二十四縁と異なる点もある。

本説話では、「聖武天皇のみ代に、衣女忽かに病ひを得たり。時に、偉しく百味を備けて、門の左右に祭り、疫神に賂ひて饗しぬ」とあるように、家の門の所に御馳走を置いて地獄冥界から来た疫神に饗応して病気を防ごうとするが、二十四縁と違って替え玉がばれ、饗応をしたにもかかわらず地獄冥界へ連れて行かれてしまう。迷惑なのは同姓同名の鵜垂郡の布敷臣衣女で、人違いとわかったときにはその身はすでに焼かれてしまっていて、霊魂が還る身がなかった。仕方なく山田郡の方の布敷臣衣女の身体を借りて蘇生することになったが、結局最後には二つの家の財産を相続出来た、というめでたい結末になる。

二十四縁は、その結語の部分にもあるように、『金剛般若経集験記』巻上の竇徳玄説話の直接的な影響を受けているが、二十五縁は『冥報記』の影響を受けていることが指摘されており、[23]人違いで鬼が地獄に連れて行く話は、『冥報記』中巻十九話などや下巻十五話に見える。[24]また『捜神記』には、一尺もある鑿を額に打ち立てる話や、[25]人違いで冥界に行った者が還って来る話だけでなく、疫病神が来て疫病が流行した際、冥界の父からもらった丸薬を門の戸に塗って災厄から逃れたという内容が見える。[26]二十五縁が『冥報記』や『捜神記』の影響を受けていることは明らかであるが、『冥報記』に全く同じモチーフが見えないことから、直接的な翻刻ではなくいくつかの説話を参考にして説話のモチーフとしたものと思われる。

ところが、『冥報記』や『捜神記』の影響だけで成立したとは思われない部分もある。例えば家の門の所に御馳走を置いて地獄冥界から来た疫神に饗応して病気を防ごうとするところであるが、このように門の左右で実際に祭祀を行った例として兵庫県朝来市柴遺跡があり、中でも出土した第四号木簡は羽子板状の形状をした呪符木簡で、「〔符籙〕□急如律令／左方門立」の文字が残っている。墨痕は失われているが、字画部の盛り上がりがあるところから、一定期間屋外に立てられていたと考えられ、平川南氏は『霊異記』の中巻二十五縁との関係を指摘し、実際に在地で行われた祭祀の例としている(27)。

また、二つの家の財産を相続できたという結末について、説話では、

（前略）時に王問ひてのたまはく、「山田の郡の衣女が体ありや」とのたまふ。答へてまうさく、「あり」とまうす。王のたまはく、「そを得て汝が身とせよ」とのたまふ。よりて鵜垂の郡の衣女の身となして、甦りたり。すなはちいはく、「こはわが家にあらず。わが家は鵜垂の郡にあり」といふ。父母のいはく、「汝はわが子なり。なにのゆゑにかしかいふ」といふ。衣女なほし聴かずして、鵜垂の郡の衣女が家に往きていはく、「まさにこはわが家なり」といふ。その父母いはく、「汝はわが子にあらず。我が子は焼き滅しつ」といふ。ここに、衣女つぶさに閻羅王の詔の状を陳ぶ。

時に、その二つの郡の父母聞きて、「諾なり」と信けて、二つの家の財を許可し付嘱けぬ。そゑに、現在の衣女は、四の父母を得、二つの家の宝を得たり。（以下略）

とあるが、同じように四人の父母に仕えた話は上巻十八縁にある。内容は『法花経』霊験譚で、大和国葛木郡の丹治比氏が『法花経』の一字を暗誦できず観音菩薩に悔過したところ、夢で前世では伊予国和気郡の日下部猴の子であると告げられ、伊予国に向かいその事実を知ることによって、前世と現世の四人の父母に孝養を尽くすことが出

来たという物語である。「賛」で日下部氏を称えている点から、在地で唱導されていた説話と思われる。[28]

上巻十八縁の舞台は伊予国和気郡であるが、『和気系図』（円珍系図）によれば、讃岐国那珂郡の因支首氏の祖は伊予国御村別君と同族であるとし、また和気公忍尾という人物は伊予国から讃岐へ来て因支首長の女を娶ったとあり、貞観九年（八六七）二月十六日の「讃岐国司解」にも伊予の別公と同宗であるとある。[29] また『園城寺文書』天長十年（八三三）の「僧円珍度牒」には、「沙弥円珍、年十九〈讃岐国那珂郡金倉郷戸主因支首宅／成戸口同姓広雄、□□□眉根□□」とあり、円珍の本名が因支首広雄で那珂郡金倉郷に因支首氏が居住していることが知られる。『日本三代実録』貞観八年（八六六）十月二十七日条にも、「讃岐国那珂郡人因支首秋主・同姓道麿・宅主、多度郡人因支首純雄・同姓国益・巨足・男縄・文武・陶道等九人、賜㆓姓和気公㆒。其先、武国凝別皇子之苗裔也」とある。[30] よって上巻十八縁の四人の父母のモチーフは、伊予国和気郡から和気氏によって姻戚関係にある那珂郡金倉郷の因支首氏に伝えられ、同じ郷内に居た布師氏を介して鵜足郡に伝わり、二十五縁の地獄冥界説話の形成に影響したのではなかろうか。

説示の部分では「饗を備け鬼に賂ふに、こは功虚しきにあらず。おほよそに物あるひとは、なほし賂ひて饗すべし。これもまた奇異しきことなり」と言いながら、鬼に饗応したのは山田郡の衣女の方だから、本来こちらが主人公で鬼に饗応した功徳を受けるべきなのに、饗応をしていないのに同姓同名であったために、鵜足郡の衣女が最後に福を得るという、矛盾する不自然な内容となっている。説話の結末が辻褄が合わないのは、この説話が書承ではなく口承によったために生じた誤りであり、説話の主人公が最終的には鵜垂（鵜足）郡の衣女に変わって四人の父母の財産を得ていることから、この説話が鵜足郡で成立し唱導されていたことを示している。したがって、中巻十六縁の説話が綾氏を中心とした説話であるのに対し、本説話は鵜足郡の布師氏を中心とした説話であるということができる。

(3) 下巻二十六縁

下巻二十六縁は、美貴郡大領の妻が極悪非道を行い、かつ寺物盗用を行ったので地獄に堕ち、牛となったという化牛説話であるが、その罪の償いのために寄進を行ったのが「三木寺」であったところから、郡司によって寺院が建立された郡名寺院の例としてよく取り上げられる。説話の舞台は美貴（三木）郡で、現在の木田郡三木町を中心とする地域である。『和名抄』によれば、井閇・高岡・氷上・田中・井上・池辺・武例・幡羅の八郷からなり[31]、主人公の田中真人広虫女は、この田中郷の出身であると思われる。『書紀』持統天皇三年（六八九）八月辛丑条には、伊予総領の田中朝臣法麻呂が「讃吉国御城郡」で捕らえた白燕を放養することを命ぜられているが[32]、田中真人氏との関係はわからない。夫の美貴郡大領の小屋県主宮手も在地豪族であると思われるが、他には見えない。

説話では非道を行ったのは夫の郡司ではなく妻の広虫女であるが、その罪状は「「閻羅王の闕に召されて、三種の罪を示さる。一つには、三宝の物を多く用ゐて報いずありし罪なり。二つには、酒を沽るにあまたの水を加へ、多くの直を取りし罪なり。三つには、斗の升と斤とに両種用ゐて、他に与ふる時には七目を用ゐ、乞め徴る時には十二目を用ゐて収めしことなり。『この罪によりて召す。汝、現報を得べし。今し汝に示すのみ』とのたまひき」といひて、夢の状を伝へ語り、即日に死に亡す」とあるように、①寺物盗用の罪、②酒に水を混入して誤魔化して売った罪、③出挙の際の不正の罪、である。

このうち①の罪については、中巻九縁に同じ寺物盗用による郡司の化牛説話があり、②については中巻三十二縁にも紀伊国名草郡薬王寺の檀越の妹が酒造を行って出挙をしていたという記述があるから、古代では女性が酒造を行っていたことを示しており、また広虫女自身が「富貴にして宝多し。馬牛・奴婢・稲銭・田畠等あり」とあって、不正な酒を売りまた出挙を行っていたところから、夫とは別の家産経営を行っていたことが知られる。③の罪については、下巻二十二・二十三縁に信濃国の在地有力豪族が同様な出挙の不正をした結果、地獄冥界を遊行するという同じような内容の説話がある。

しかし説話の重要なところは、本来それぞれ独立するはずの地獄冥界説話と化牛説話が結合した物語となっている点である。広虫女は閻羅王に三つの罪によって地獄冥界に召されているが、宝亀七年（七七六）七月二十日に亡くなり、その後七日間火葬にしないで置くと、

（前略）七日を逕るまで、焼かずして置き、禅師・優婆塞三十二人を請け集め、九日のあひだ、願を発して福を修す。その七日の夕に、さらに甦還りて、棺の蓋おのづからに開く。ここに、棺を望きて見れば、はなはだ臭きこと比なし。腰より上の方は、すでに牛となり、額に角生ふること、長さ四寸ばかりなり。二つの手は牛の足となり、爪皴けて牛の足の甲に似たり。腰より下の方は、人の形をなす。飯を嫌ひて草を噉み、食みをはれば齝齝む。裸衣にして着ず、糞の土に臥す。（以下略）

とあって[33]、広虫女が牛に生まれ変わる様を衝撃的に示している。

さて、説話に登場する「三木寺」であるが、三木郡に所在する古代寺院跡は、高岡郷に所在すると考えられる上高岡廃寺、氷上郷に所在する長楽寺廃寺、井上郷に所在する始覚寺跡の三寺院跡がある[34]。この内、上高岡廃寺は礎石が残存し細弁十二葉蓮花文軒丸瓦が出土したが香川用水工事で消滅し、伽藍配置などの詳細は不明である。長楽寺廃寺も藤原宮式軒丸瓦と偏向忍冬文軒平瓦が出土しているが、寺跡としての詳細は不明である。一方始覚寺跡は塔心礎が残存し、平成七年度に圃場整備に伴う試掘調査が行われ、築地・回廊跡と付設の瓦窯跡が検出され、法隆

寺式伽藍配置が推定されている。細弁十二葉蓮花文軒丸瓦・藤原宮式軒丸瓦や讃岐国分尼寺と同文の細弁十六葉蓮花文軒丸瓦をはじめ、藤原宮式の偏向唐草文軒平瓦などが出土しており、この内細弁十二葉蓮花文軒丸瓦は、隣接する山田郡の宝寿寺跡出土のものと同笵である。出土する瓦の形式が上高岡廃寺や長楽寺廃寺に比べ多いところから、複数の堂塔があり存続年代も長いと考えられる。

以上の三木郡の三寺院を見ると、出土した軒丸・軒平瓦から各寺院の創建期は七世紀末から八世紀初頭の時期と考えられる。伽藍配置などが判明しているのが始覚寺跡のみであるため詳細を比較することは難しいが、この内のいずれかの寺院が「三木寺」に該当すると考えられる。郡名寺院の例では、上巻七縁の備後国三谷郡の「三谷寺」が有名であるが、「三谷寺」に比定される広島県三次市寺町廃寺の伽藍配置や規模からすれば、三寺院跡の中では始覚寺跡が「三木寺」である可能性が最も高いと思われる。

また「大領と男女と、愧恥ぢ戚へ慟みて、五体を地に投げ、願を発すこと量なし。罪報を贖はむがために、三木の寺に家の内の雑種の財物を進り入れ、東大寺に牛七十頭、馬三十疋、治田二十町、稲四千束を進り入れ、他人に負せたる物は、みな既く免しぬ」とあるように、牛に化した妻の罪業を償うために東大寺に財物を献納していることが見えるが、三木郡には東大寺関係の所領はなく、東大寺と三木郡の関係は史料上うかがうことは出来ない。天平勝宝四年（七五二）十月二十五日の「造東寺司牒」によれば、隣接する讃岐国山田郡宮処郷には東大寺に施入された封戸百五十戸の内五十戸が置かれている。(35) 宮処郷には、「三木寺」の可能性のある始覚寺跡と同笵瓦が出土している宝寿寺跡があり、(36) 同笵関係の存在から山田郡と三木郡の地方寺院間に瓦工人の交流に代表されるネットワークが存在しており、伝承の際に山田郡の東大寺関係の事実が混入されたのではなかろうか。

本来は三木郡を舞台にした説話なのに、そこに山田郡の東大寺関係の事実が混入されたと考えると、説話の一次伝承（原説話）の創作者は三木郡から離れた地域にいて、事実関係を不正確に把握した可能性が高い。また「国の司と郡の司と見て、官に送解せむとする比頃、五日を経て死ぬ。国郡を挙り惣郡、見聞く人、唱然き慄然へき」とあり、国司が中央に報告しようとし、国中がその事件に騒然としたとあるところから、讃岐国全体で説得力を持たせようとしたとも思われる。下巻二十六縁は、郡司の不正を材料として一次伝承（原説話）が形成されたと考えられるが、主人公の郡司大領の妻田中真人広虫女の罪を責めている点からも、説話の創作者は横暴な郡司層に対して批判的な立場にいた者であろう。

地獄冥界説話は上巻三十縁をはじめ、中巻五・七・十六・十九・二十五縁、下巻九・二十二・二十三・三十五・三十六・三十七縁など、多くの説話のモチーフとなっている。また化牛説話も『霊異記』では類例が多く、上巻十・二十縁、中巻九・十五・三十二縁などに見られ、『冥報記』の影響を受けていることが指摘されてきたが[37]、最近では『冥報記』だけでなく、『諸経要集』や『法苑珠林』などの影響も見られることが指摘されている[38]。一般的な化牛説話は、他人から借りたものを返すことが出来ずに死んでしまい、牛に生まれ変わって労働して返済するという物語であるが、中巻九縁は寺物盗用を行った多磨郡大領の大伴赤麻呂が牛に生まれ変わるという内容で、労役がない点が本説話と類似する[39]。

したがって本説話の本来の一次伝承（原説話）は、中巻九縁のような寺物盗用によって牛になるという内容であった可能性が高く、その創作者は三木寺の関係者ではない仏教関係者であったと思われる。そして三木郡の大領の妻の不正を題材にした化牛説話は、山田郡を経てある程度伝承された結果、事実関係に不正確なものが混入し、最終的には讃岐国のどこかで整備されて、化牛説話に地獄冥界説話が結合した内容になったと考えられる。中巻十六縁や二十五縁のように、氏族間の伝承が素材である可能性は想定出来ず、小峯和明氏が指摘するように法会を媒介として語られたと考えられ[40]、内容から見て寺院での悔過の法会で用いられたものであろう。

三　地獄冥界説話成立の背景

以上、『霊異記』の讃岐国関係の三説話を分析したが、その結果各説話の舞台となる地域や登場人物などについては、在地の実情が反映されているものと考えられる。また一見異なる説話に見えても、類似する表現が使われている部分もある。中巻十六縁では、閻羅王の宮では「門の左右に蘭しき餚饌を備けて、諸人楽しび食ふ」とあるが、中巻二十五縁では「時に、偉しく百味を備けて、門の左右に祭り、疫神に賂ひて饗しぬ」とあって、目的は異なるが門の左右に御馳走を設けることは同じである。中巻二十五縁は中巻二十四縁とモチーフが共通するので、今まで二十四縁の同類異話とされてきたが、門の左右に食物を供えて祀ることは二十四縁の方には見られない。むしろ中巻十六縁と二十五縁でこの門の左右の食物の饗応が説話に記されていることは、在地での祭祀を反映したものであり、この二つの説話が相互に関係して讃岐国で成立していたことを示している。

また下巻二十六縁にしても、広虫女が地獄冥界から甦った姿が牛であり、一般的な化牛説話のように生前の負債を牛に生まれ変わって労役を行って返済するというストーリーは見られない。このように地獄冥界説話と結合した化牛説話は、『霊異記』の他の化牛説話や地獄冥界説話とは異なっている[41]。

したがって三説話とも在地性が強いことを考慮すると、三説話は讃岐国で成立したと思われる。そこで讃岐国の地理を見てみると、香川郡を舞台とする中巻十六縁と山田・鵜足郡を中心とする中巻二十五縁は地域的には近接しており、説話の形成についても相互的な関係が生じる可能性は大きい。中巻二十五縁にしても、山田郡と鵜足郡の

郵便はがき

料金受取人払郵便

京都中央局
承　　認

3063

差出有効期間
平成30年5月
13日まで

(切手をはらずに
お出し下さい)

6008790

110

京都市下京区
正面通烏丸東入

法藏館 **営業部** 行

愛読者カード

本書をお買い上げいただきまして、まことにありがとうございました。
このハガキを、小社へのご意見またはご注文にご利用下さい。

お買上 **書名**

＊本書に関するご感想、ご意見をお聞かせ下さい。

＊出版してほしいテーマ・執筆者名をお聞かせ下さい。

お買上 **書店名**	区市町	**書店**

◆新刊情報はホームページで　http://www.hozokan.co.jp
◆ご注文、ご意見については　info@hozokan.co.jp

16.5.50000

ご氏名《ふりがな》	年齢　　歳　男・女
〒□□□-□□□□　ご住所	電話
ご職業（ご宗派）	所属学会等
ご購読の新聞・雑誌名（ＰＲ誌を含む）	

ご希望の方に「法藏館・図書目録」をお送りいたします。
送付をご希望の方は右の□の中に✓をご記入下さい。　□

注文書

月　　日

書　　名	定　価	部　数
	円	部
	円	部
	円	部
	円	部
	円	部

配本は、○印を付けた方法にして下さい。

イ. **下記書店へ配本して下さい。**
（直接書店にお渡し下さい）

（書店・取次帖合印）

書店様へ＝書店帖合印を捺印の上ご投函下さい。

ロ. **直接送本して下さい。**
代金（書籍代＋送料・手数料）は、お届けの際に現金と引換えにお支払下さい。送料・手数料は、書籍代 計5,000円 未満630円、5,000円以上840円です（いずれも税込）。

＊お急ぎのご注文には電話、ＦＡＸもご利用ください。
電話 075-343-0458
FAX 075-371-0458

（個人情報は『個人情報保護法』に基づいてお取扱い致します。）

間には香川・阿野郡が存在し、これらの郡は南海道沿いに位置している。とすれば、中巻十六縁と中巻二十五縁の説話の形成には、南海道という交通路の存在が重要であると考えられる。とくに『霊異記』が唱導僧による布教のテキストであるという性格を考えると、説話の移動は僧侶による可能性は高く、南海道という交通路が布教のためのルートであったことは十分想定出来よう。

そしてその僧侶の活動拠点や法会の場として、寺院の存在も考慮する必要がある。例えば中巻十一縁では、紀伊国伊刀郡の狭屋寺では薬師寺僧題恵禅師によって十一面観音悔過が行われていたが、妻の法会の参加を知った文忌寸は寺へ行き題恵禅師を罵倒したばかりでなく、家に戻って斎戒中の妻を邪淫した罪によって悪死を被る、という内容である。狭屋寺は和歌山県伊都郡かつらぎ町佐野《さや》に所在する佐野廃寺に比定され、佐野廃寺は発掘調査の結果、七世紀後半に創建された法起寺式伽藍配置の寺院跡であったことが判明しているが、地方寺院ではこのように中央の官大寺僧が招かれて法会が行われていたことが知られる。文忌寸の妻は狭屋寺で行われていた観音悔過の法会に参加しており、題恵禅師は罵倒する文忌寸に対し「義を宣べて教化す」とあるように仏の教えを説いていたから、このような寺院の法会の場で『霊異記』の一次伝承（原説話）が唱導されていた可能性は高く、中巻十一縁は戒律を守ることを説くために、実際の法会で用いられたのであろう[43]。

また上巻七縁では備後国三谷郡の「三谷寺」では、三谷郡大領の先祖が白村江の戦いから無事帰還した際に、弘済という百済僧とともに帰国して「三谷寺」を建立したとある。弘済は三谷寺建立のための資材を京まで調達に行っており、また晩年は備後国の海辺で人々を教化したとあり、海辺に面する深津郡には宮の前廃寺が存在するから、僧侶が寺院を拠点として国内外を往来していたことは明らかである。とくに「三谷寺」は「水切り瓦」が出土することで有名な備後・寺町廃寺に比定され、その軒丸瓦は備中・栢寺廃寺から出土した素弁蓮花文軒丸瓦と同笵で、

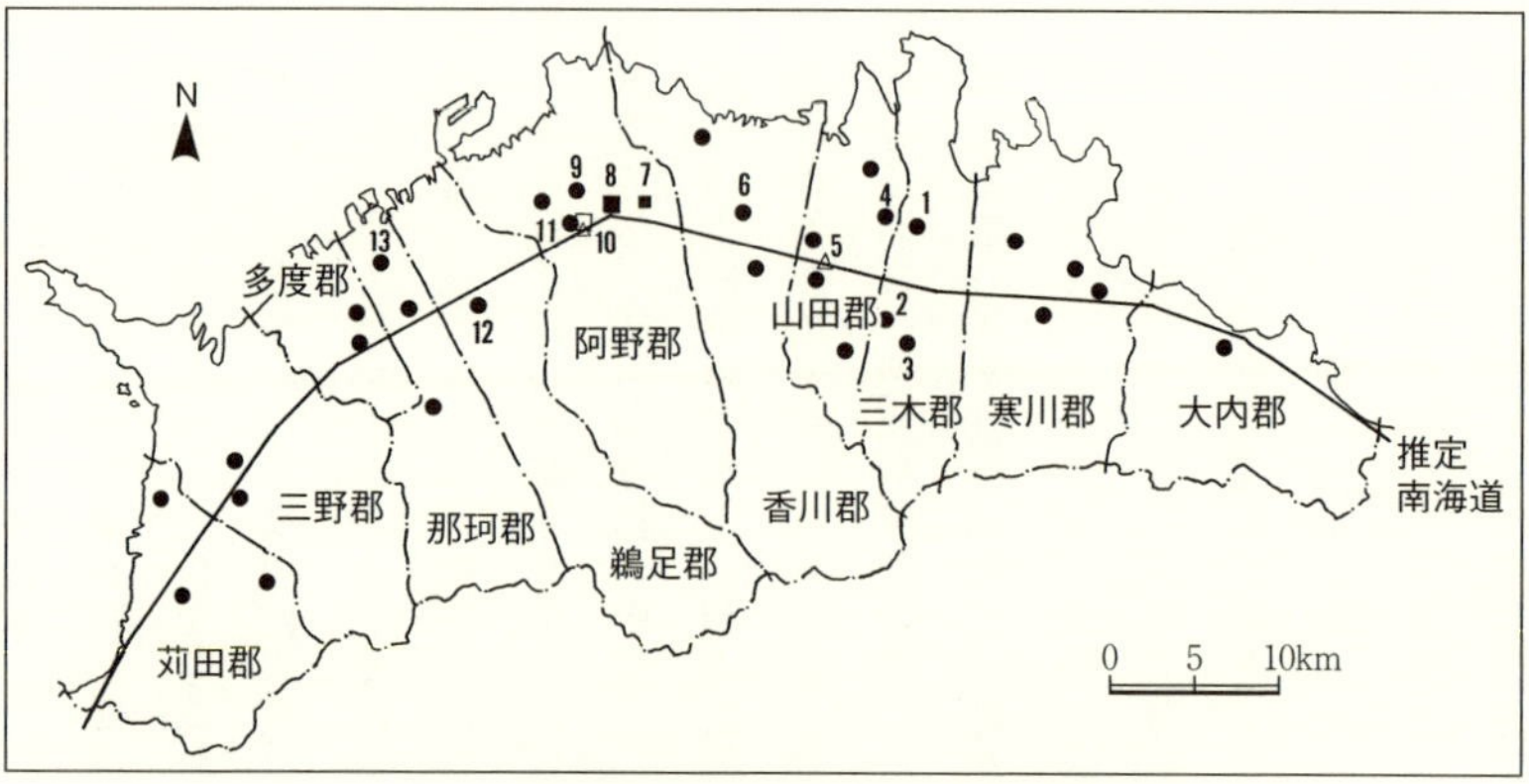

図1　讃岐国古代寺院の分布と南海道

1始覚寺跡　2長楽寺廃寺　3上高岡廃寺　4宝寿寺跡　5三谷駅(推定)
6坂田廃寺　7讃岐国分尼寺跡　8讃岐国分寺跡　9鴨廃寺
10讃岐国府・河内駅(推定)　11開法寺跡　12法勲寺跡　13田村廃寺

笵傷から栢寺廃寺の方が寺町廃寺に先行することが指摘されている(44)。弘済は都から船で戻る途中に海賊に襲われるが、難波津で放生した亀の報恩により助けられて無事備中に上陸する。備後ではなく備中に上陸した背景には、寺町廃寺と栢寺廃寺の間にすでに有機的関係が存在していたからである(45)。

このように上巻七縁や中巻十一縁などの例から考えると、地方において唱導が行われた場や僧侶の活動の拠点は、やはり寺院と考えるのが最も妥当であろう。讃岐国においても、説話の形成の背景には同様に寺院の僧侶が関係した可能性が考えられる。『菅家文草』によれば、讃岐国の古代寺院の数は「部内二十八寺」とあり(46)、平安時代までに二十八寺の古代寺院が存在していたことが明らかであり、古瓦の出土する廃寺跡もほぼ同数であることが判明している(47)(図1)。讃岐国の郡数が十一郡であることを考慮すれば、寺院の数は郡数の割に多いと言える。ちなみに瀬戸内海諸国の七世紀後半から八世紀前半の寺院数は、備前十六カ寺、備中十五カ寺、備後十二カ寺、伊予十九カ寺を数えるが(48)、この比較からも讃岐国の寺院数は多く、積極的に仏教を受容していたと考えられる。

寺院数ばかりでなく、天平十六年（七四四）の『瑜伽師地論』巻七十奥書には「讃岐国山田郡舎人国足」の名前が見えるから、[49]讃岐国では早くから仏教信仰が広まっていて、このような仏教説話を受容する土壌が存在していたと考えられる。[50]

さて三説話の内、寺院名が判明しているのは下巻二十六縁の「三木寺」であるが、この寺院は三木郡大領の建立した寺院であるので、すでに述べたように三木郡内の古代寺院跡の内、伽藍の規模などから始覚寺跡が最も有力であると考えられる。また始覚寺跡からは讃岐国分尼寺と同系の軒平瓦が出土しているので、奈良時代中期には三木郡と阿野郡との間に技術交流関係が存在していたことは明らかであり、ここでも南海道を中心とした交通路が背景に存在する。

一方、中巻十六縁の舞台の香川郡坂田里には坂田廃寺が存在し、昭和三十九年に金銅製釈迦誕生仏が出土し、その後の調査で基壇や礎石が検出され、七世紀代から室町時代にかけての大量の古瓦が出土した。創建期の軒丸瓦は川原寺式の複弁八葉蓮花文軒丸瓦で、四重弧文軒平瓦が組み合うと考えられる。坂田廃寺の川原寺式軒丸瓦と同文の軒丸瓦は、阿野郡の開法寺跡と鴨廃寺からも出土しており、とくに開法寺跡は讃岐国司として赴任した菅原道真の『菅家文草』によれば「開法寺在府衙之西」と記され、[51]国府の西側に所在していたことが知られる。昭和四十五年に坂出市教育委員会によって発掘調査が行われ、塔跡が検出された。[52]出土した軒丸瓦は弁間に珠文を置く高句麗様式の素弁十葉蓮花文軒丸瓦で、その後に川原寺式の複弁八葉蓮花文軒丸瓦が続き、同笵の瓦が近接する鴨廃寺からも出土している。

また中巻二十五縁の舞台となる鵜足郡には、井上郷に法勲寺跡が存在する。法勲寺は、『綾氏系図』には「以是霊公於此浦陸地創造一宇精舎。安置件像。号法勲寺」とあって、[53]綾公氏の氏寺と考えられる。法勲寺跡は丸亀市飯

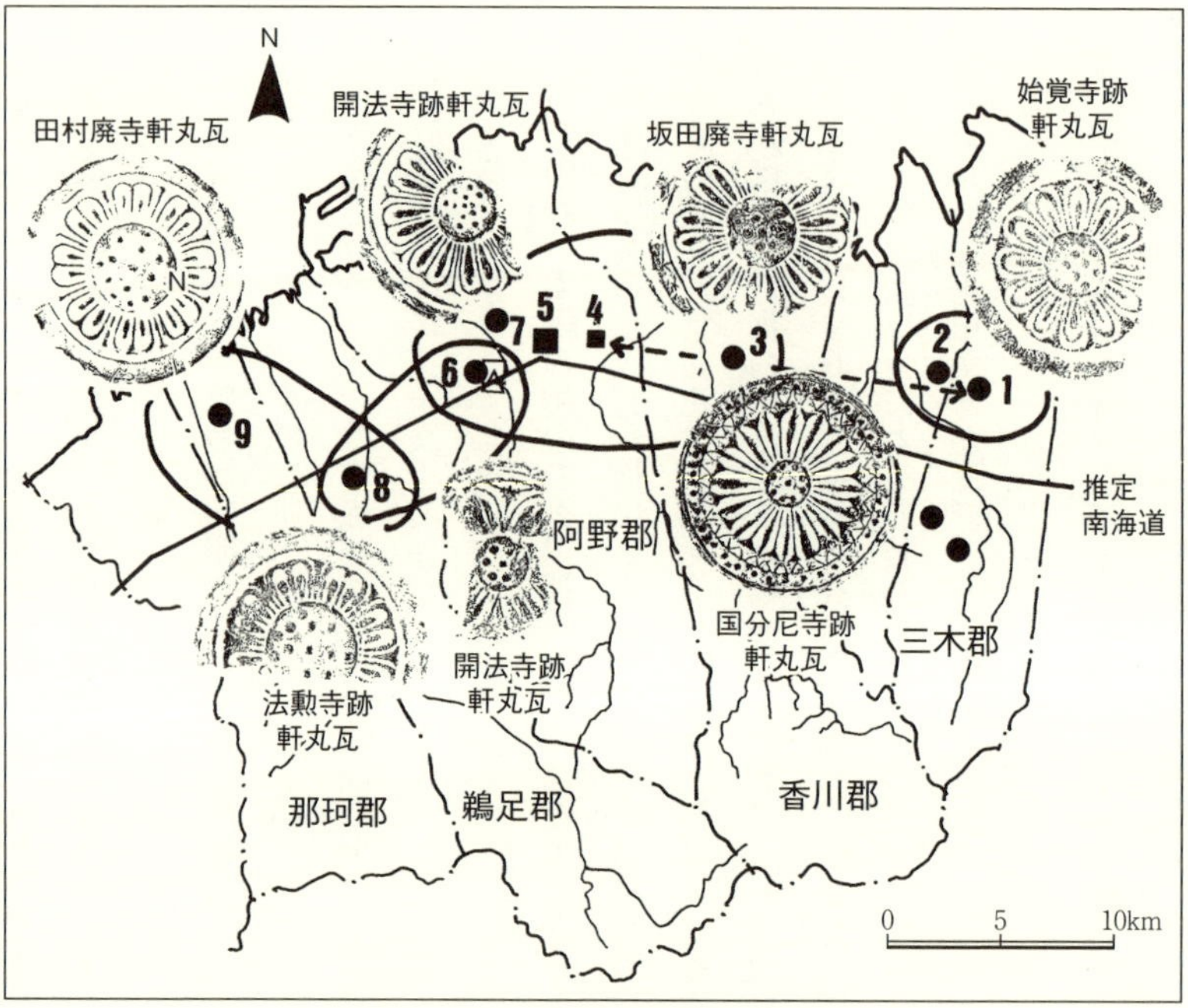

図2　同笵・同文軒丸瓦の分布

1 始覚寺跡　2 宝寿寺跡　3 坂田廃寺　4 讃岐国分尼寺跡　5 讃岐国分寺跡
6 開法寺跡　7 鴨廃寺　8 法勲寺跡　9 田村廃寺

山町下法軍寺に所在し、現法勲寺境内には塔心礎の破片があり礎石が残存する。出土する軒丸瓦は多種あるが、創建瓦は高句麗様式の素弁八葉蓮花文軒丸瓦で、その後川原寺式の複弁八葉蓮花文軒丸瓦が続き、これに三重弧文軒平瓦が組み合うと考えられる。また、阿野郡開法寺跡出土の単弁六葉蓮花文軒丸瓦も出土しており、阿野郡の綾氏との関係が推測される。

以上から、綾君氏が居住する香川郡坂田里に所在する坂田廃寺と、綾氏の本貫地と考えられる阿野郡の開法寺跡は同じ川原寺式軒丸瓦のグループであり、(54)また『綾氏系図』に見える綾氏の氏寺である鵜足郡法勲寺からも、開法寺跡から出土した軒丸瓦と同文の軒丸瓦が出土しているので、綾氏の同族内での寺院造営に瓦工人が移動・交流していたことが推測される。(55)このような瓦工人の移動・交流の背景には、香川・阿野・鵜足の三郡が綾氏の勢力圏下にあって、阿野郡の開法寺跡を中心とする地方寺院間のネットワークが存在していたことを示している（図2）。

また那珂郡には田村廃寺が所在し、鵜足郡法勲寺跡と同じ川原寺式軒丸瓦のグループだから、ここでも郡域を超えた地方寺院のネットワークによる瓦工人の移動・交流関係が存在している。中巻二十五縁の四人の父母のモチーフは、伊予国和気郡の和気氏と姻戚関係にあった那珂郡の因支首氏から、同じ郡郷内の布師氏を介して鵜足郡の布師氏に伝えられたと考えられるが、背景にはこのような地方寺院間のネットワークによる交流の存在も考えられる。綾氏は阿野郡を中心に山田・香川・鵜足郡に展開し、布師氏も山田・鵜足・那珂郡に展開しているので、それゆえ香川・阿野・鵜足・山田・三木郡にまたがる氏族間の寺院造営技術の移動・伝播ルートと、法会唱導の場を寺院とする説話の伝承ルートとはおおよそ重なることが指摘出来る。

そして各地の法会で唱導を行った僧侶は、中巻十一縁のような中央から招かれた官大寺僧もいれば、上巻七縁の弘済のような地方寺院の僧侶、さらには上巻十縁や中巻十五縁に登場するような自度僧もいたことが『霊異記』には示されており、各地域間の僧侶の移動は活発であったと思われる。『霊異記』の讃岐国関係の三説話は、本来別々の一次伝承（原説話）であったものが、このような僧侶間の移動・布教に伴って相互に影響して形成され、最終的に讃岐国内のどこかで編集されたものと考えられる。

四　おわりに――『日本霊異記』の讃岐国関係説話の創作者

以上、讃岐国関係説話の形成過程を整理すると、『霊異記』の讃岐国関係説話の内、中巻十六縁と中巻二十五縁はそれぞれ綾氏と布師氏の氏族間伝承をベースとした一次伝承（原説話）で、それぞれ在地で唱導に用いられていたと思われる。とくに中巻二十五縁の一次伝承（原説話）は、山田郡と鵜足郡間を交通する唱導僧によって鵜足郡で創作されたと思われる。また下巻二十六縁は、当初は三木寺関係者ではない仏教者によって創作された化牛説話で、寺院の法会で語られていたと思われるが、すでにある程度の伝承を経たため事実関係には不正確な点がある。結果として三説話とも地獄冥界説話の内容にまとめられているから、在地で唱導されていた一次伝承（原説話）がある時期一カ所に集められ、地獄冥界説話を用いて同一人物によって再整備（二次伝承化）されたものと考えられる。内容から見て、懺悔悔過の法会で用いられたものであろう。

このような地獄冥界説話を用いた点については、中巻十六縁では老人に対し布施を行わない悪報と放生の善報が地獄の様子とともに示され、下巻二十六縁では寺物盗用と出挙の不正などによって牛と化す罪報が示され、中巻二十五縁では説話のストーリーに矛盾はあるものの、最終的には悔過による布施の功徳を説いているから、在地社会で貧富の二極分化が社会問題となっている背景が浮かび上がる。

『霊異記』の地獄冥界説話は全説話の約一割を占めるが、地獄冥界説話が上巻三十縁の豊前国や下巻三十五縁の肥前国、三十七縁の筑前国の九州から、下巻二十二・二十三縁の信濃国まで広範に分布していることからも、当時の社会で広く唱導されていることを示している。[56]『霊異記』が現報善悪を強調するのが目的であることを考えれば、悪行の結果地獄冥界に行き、蘇生してその地獄の恐ろしさを語らしめるという手法は、聴衆に最も説得力を持つ(57)。説話の内容から見ても、『霊異記』説話が在地社会の広い階層を対象にしているから、悔過の法会の場で貧富の両方の階層に説得力を持たせるとしたら、悪行による因果応報の結果による厳しい現報を衝撃的に示す必要があったと思われる。

讃岐国関係の『霊異記』説話は、三話とも主人公が冥界での見聞を報告するという形をとっている点が共通しており、三説話の内容が在地の事情に詳しく、かつそれが唱導を目的としていたことを考えれば、それを再整備したのは讃岐国の在地の僧侶で、しかも『冥報記』や『諸経要集』・『法苑珠林』などの説話のモチーフを知っている者であったと思われる。しかしそれらの書物が讃岐国に存在していたとは考えられないから、これらの説話のモチーフを知る者がそれを伝えたと考える方が自然であろう。河野貴美子氏によれば、奈良末・平安初期の日本の寺院においては『捜神記』が利用出来る環境であったとし、それは『法苑珠林』などを通じて知り得た可能性を指摘している(58)。近年の研究では官大寺僧の地方への交通を指摘する説も示されており(59)、官僧や自度僧は自由な交通が保証されていたと考えられるので(60)、僧侶間の交流の中で説話も形成された可能性は高い。

『霊異記』下巻十七縁でも、紀伊国那賀郡弥気里にある「弥気山室堂」に、自度僧の沙弥信行とともに元興寺僧豊慶が常住していることが記されている。この説話はいわゆる「声を出す仏像」の一例であるが、「今に弥気の堂に安置して、弥勒の脇士に居きまつる菩薩、これなり」とあるところから、実際に在地で創作され唱導された説話である可能性が高い。国師だけにとどまらず、豊慶のような官大寺僧によっても『冥報記』や『諸経要集』・『法苑珠林』などの説話のモチーフが伝わった可能性があり、唱導に用いられた一次伝承（原説話）は、このような官大寺僧と在地の僧のネットワークから生じた事例もあろう(61)。

しかし三説話とも在地の法会で語られた可能性が高いとすれば、その場はやはり中巻十一縁のように寺院であり、説話の形成・移動には鵜足・阿野・香川・山田・三木郡の地方寺院間のネットワークが背景にあると思われる。とくに三説話の成立にはこれらの郡が南海道で結ばれていることが重要で、『延喜式』兵部省条によれば山田郡に三谿駅、阿野郡に河内駅が置かれているので、山田・阿野郡は南海道の交通の要地であった。河内駅は『菅家文草』に依れば国府公館に隣接することが明らかであるから(62)、国府付近にあったのであろう。それゆえ三説話が最終的に整備された地は、最大公約数的に考えれば、綾氏の本拠地で南海道の駅家が存在する要地であり、国府・国分寺が所在する阿野郡を想定するのが最も妥当であろう。交通路から見て情報伝達の中心地は国府・国分寺であることは相違なく、『霊異記』の地域関係説話の形成に大きな役割を果たしたと思われる(63)。

とすれば、讃岐国の在地で伝承されていた一次伝承（原説話）を、『冥報記』や『諸経要集』・『法苑珠林』などの説話のモチーフを利用して、最終的に地獄冥界説話に編集することができたのは、やはり地理的な面から言えば阿野郡に所在した讃岐国分寺に在住した僧侶ではなかろうか。

天平十年（七三八）の『周防国正税帳』には、「筑紫国師僧算泰、従僧二人、沙弥二人、童子三人、合八人」が京から筑前へ下向しており(64)、同様に『駿河国正税帳』には「巡行部内国師明喩〈上一口、沙弥一口、童子一口〉、六郡別一日食為単壱拾捌日〈上十二口従六口〉」とあって(65)、国師が駿河国部内を巡行し、その食料が六郡から供給されていることが記されている。下巻十九縁でも「筑紫の国師」である大安寺僧戒明が、在地有力豪族と考えられる「肥前の国佐賀の郡の大領正七位上佐賀の君児公」が開催した安居会の講師として肥前国佐賀郡に来ていたから(66)、このような中央の官大寺僧が、国師として地方に赴いて仏教教化を行っていたことが知られ、説話の創作者としては国師の可能性もあろう。

国師は大宝二年（七〇二）に諸国に設置され、部内の僧尼の統轄や寺院の資財などの検校や国分寺の造営に関わっており、国分寺造営後は国分寺に「国師所」「国師務所」などが置かれたとされるから、[67]国師が国分寺僧に仏教教化を行った可能性は高い。延暦十四年（七九五）に国師が「講師」に改称され、講説に優れたる者を挙げることを命じられているが、読師には国分寺僧を充てているから、国師と国分寺僧は共同して法会の運営に当たっている。延暦二年（七八三）四月二十八日官符では、国分寺僧が死闕した場合には「宜㆚当土僧之中擢㆘堪㆑為㆓法師㆒者㆖補㆙之」とあり、[68]国分寺僧は在地の僧で資格のある僧を任命するのを原則としているから、在地の国分寺僧が中央から派遣された国師に、経典の講説などの指導を受けていた可能性も十分に想像できる。[69]説話の在地性を考慮すれば、説話の創作者として国分寺僧の可能性もあると思われる。また反対に、国分寺僧が在地一次伝承（原説話）を国師に提供した可能性も否定できない。

讃岐国の『霊異記』説話は地理的な分布から国分寺との関係が推測されるが、このように『霊異記』の地域関係説話が残る地域（郡域）に国分寺が存在している例には武蔵・信濃国があり、また備後国の例（上巻七縁、下巻二十七縁）は、讃岐国と同様に国分寺の存在する郡を中心に地方寺院間のネットワークが存在し、そして山陽道を説話の主人公たちが移動し、異なる内容でありながら報恩譚として整備されている。[70]『霊異記』の地域関係説話において地理的に説話の舞台が国分寺を中心とする位置にあるという事実は、国師などの官大寺僧が伝えた『冥報記』などのモチーフを用いて、在地の寺院で唱導されていた一次伝承（原説話）をもとに、国師や国分寺僧などが整備して唱導に用いたと考えられる。

『霊異記』の説話研究において、同類異話などの分析はすでに行われてきたが、一見異なる説話に見えてもその地域で総括してみると、説話の内容やモチーフに共通点が見出されることが判明する。讃岐国の説話は、題材は異なるものの地獄冥界説話である点が共通し、国分寺と地方寺院間のネットワークから『霊異記』の地域関係説話が形成されたと考えられる。

註

（1）第二篇第一章「『日本霊異記』における東国関係説話——武蔵・信濃国を中心として」
（2）池邊彌『和名類聚抄郡郷里驛名考證』六七六〜六七七頁　吉川弘文館　一九八一年
（3）『大日本古文書』二五　一六四頁
（4）『木簡研究』二四　一六〇頁　二〇〇二年
（5）『大日本古文書』七　四四頁
（6）新日本古典文学大系『続日本紀』五　延暦十年九月戊寅条　五〇九頁　岩波書店　一九九八年
（7）日本古典文学大系『日本書紀』上　三一三頁　岩波書店　一九六七年
（8）日本古典文学大系『日本書紀』下　四六五頁　岩波書店　一九六五年
（9）新日本古典文学大系『続日本紀』三　三三一頁　岩波書店　一九九二年
（10）『続日本紀』延暦十年（七九一）九月丙子条に、「寒川郡人正六位上凡直千継等」が敏達朝に国造を継いだ時に紗抜大押直の姓を賜ったのに、庚午年籍制定時に大押直を凡直に改めたので、子孫が讃岐直や凡直と称することになったとし、讃岐公への改姓を願っている（新日本古典文学大系『続日本紀』五　五〇七・五〇九頁）。
（11）新訂増補国史大系『続日本後紀』嘉祥二年二月戊申条　二二一頁
（12）『東宝記』（『香川県史』第八巻　資料編　古代・中世史料　六一五頁　一九八六年）
（13）『東寺百合文書』ル—1　京都府立総合資料館
（14）「池田」は讃岐国山田郡池田郷と推定される（『長岡京木簡二』一一〇頁　向日市教育委員会　一九九三年）。
（15）新潮日本古典集成『日本霊異記』一四六頁　新潮社　一九八四年
（16）後藤良雄「冥報記の唱導性と霊異記」（『国文学研究』二五　一九六二年）

(17) 池邊彌『和名類聚抄郡郷里驛名考證』六七五〜六七六頁　吉川弘文館　一九八一年
(18) 日本古典文学大系『日本書紀』下　天智天皇六年十一月是月条　三六六頁　岩波書店　一九六五年
(19) 「弘福寺領田畠流記」（『大日本古文書』七　二頁）
(20) 池邊彌『和名類聚抄郡郷里驛名考證』六七八〜六七九頁　吉川弘文館　一九八一年
(21) 『長岡京木簡二』一〇六号木簡　向日市教育委員会　一九八四年
(22) 新潮日本古典集成『日本霊異記』一六八〜一六九頁　新潮社　一九八四年
(23) 小泉道「説話の享受―霊異記の衣女の話をめぐって―」（『国語国文』三八―二　一九六九年）
(24) 説話研究会編『冥報記の研究』第一巻　三〇八頁　勉誠出版　一九九九年
(25) 竹田晃訳『捜神記』三七九話　二九四頁　東洋文庫一〇　平凡社　一九六四年
(26) 前掲註（25）『捜神記』三六二話　二八一頁
(27) 兵庫県立考古博物館編『柴遺跡』六七〜七三頁　兵庫県教育委員会　二〇〇九年
(28) 上巻十八縁も『冥報記』『弘賛法華伝』などからの影響が指摘されている（上田設夫「日本霊異記説話と仏典」『国語国文』五四―八　一九八五年など）。
(29) 佐伯有清「和気公氏の系図」（『古代氏族の系図』学生社　一九七五年）
(30) 新訂増補国史大系『日本三代実録』貞観八年十月二十七日条　二〇二頁
(31) 池邊彌『和名類聚抄郡郷里驛名考證』六七四頁　吉川弘文館　一九八一年
(32) 日本古典文学大系『日本書紀』下　持統天皇三年八月辛丑条　四九八〜四九九頁　岩波書店　一九六五年
(33) 新潮日本古典集成『日本霊異記』二七〇頁　新潮社　一九八四年
(34) 高松市歴史資料館編『讃岐の古瓦展』第一一回特別展図録　二〇〜二五頁　一九九六年
(35) 『大日本古文書』三　五八七〜五八九頁
(36) 前掲註（34）『讃岐の古瓦展』一〇〇頁
(37) 渥美かをる「『日本霊異記』説話の発想と趣向―主として『冥報記』との関係において―」（『説林』一八　一九六九年）

(38) 藤本誠「「日本霊異記」の史料的特質と可能性―「日本霊異記」の化牛説話を中心として―」(『歴史評論』六六八　二〇〇五年)
(39) 寺川眞知夫氏は、中巻九縁は武蔵国で形成されたと指摘する(「武蔵国における外来伝承の受容」『日本国現報善悪霊異記の研究』　二三七頁　和泉書院　一九九六年)。
(40) 小峯和明「牛になる人―『日本霊異記』と法会唱導―」(『中世法会文芸論』　一一一頁　笠間書院　二〇〇九年)
(41) 丸山顯徳「冥界説話の分類と特色」(『日本霊異記説話の研究』　一七五頁　桜楓社　一九九二年)
(42) 新潮日本古典集成『日本霊異記』　一三六頁　新潮社　一九八四年
(43) 中村史「『日本霊異記』観音説話と唱導」(『日本霊異記と唱導』　八〇頁　三弥井書店　一九九五年)
(44) 岡本寛久「「水切り瓦」の起源と伝播の意義―飛鳥・白鳳寺院出土の古瓦をめぐって―」(近藤義郎編『吉備の考古学的研究』下　山陽新聞社　一九九二年)
(45) 松下正司・亀田修一・島田朋之「寺町廃寺は三谷寺か」(『広島県立歴史民俗資料館研究紀要』二　一九九九年)、菱田哲郎「古代日本における仏教の普及―仏法僧の交易をめぐって―」(『考古学研究』五二―三　二〇〇五年)
(46) 「菅家文草」(日本古典文学大系『菅家文草　菅家後集』　三〇九頁　岩波書店　一九六六年)
(47) 藤井直正「讃岐国古代寺院跡の研究」(古代を考える会藤沢一夫先生古稀記念論集刊行会編『古文化論叢―藤澤一夫先生古稀記念―』古代を考える会藤澤一夫先生古稀記念論集刊行会　一九八三年)、前掲註(34)『讃岐の古瓦展』
(48) 亀田修一「瀬戸内海沿岸地域の古代寺院と瓦」(松原弘宣編『瀬戸内海地域における交流の展開』　名著出版　一九九五年)
(49) 『大日本古文書』二四(補遺一)　二六〇頁
(50) 石上英一「讃岐国山田郡田図の史料学的分析」(『古代荘園史料の基礎的研究』上　一一四頁　塙書房　一九九七年)
(51) 前掲註(46)「菅家文草」　二六五頁
(52) 藤井直正「讃岐開法寺考―国府と古代寺院―」(『史迹と美術』　四八―五　一九七八年)

(53)「綾氏系図」(『続群書類従』第七輯上　系図部　三四九頁)
(54)蓮本和博「讃岐における白鳳寺院出土瓦の研究—川原寺式軒丸瓦の系譜の作成を通して—」(『香川県自然科学館研究報告』一五　一九九三年)、「山田寺式・川原寺式・法隆寺式の展開」(前掲註(34)『讃岐の古瓦展』)
(55)前掲註(34)『讃岐の古瓦展』九四頁
(56)原田行造氏は中巻二十五縁に『法華験記』上巻三十一縁と『霊異記』上巻十八縁を加えて、伊予・讃岐・播磨の瀬戸内海沿岸に大きな唱導団の存在を想定している(「霊異記説話の成立をめぐる諸問題—類話の発生と伝承・伝播についての研究—」『日本霊異記の新研究』桜楓社　一九八四年)。
(57)長野一雄「説教話としての資質」(黒沢幸三編『日本霊異記—土着と外来—』三弥井書店　一九八六年)
(58)河野貴美子「『捜神記』と『日本霊異記』の類話をめぐる考察—『法苑珠林』を媒介とした摂取の可能性—」(早稲田大学古代文学比較文学研究所編『交錯する古代』勉誠出版　二〇〇四年)
(59)鈴木景二「都鄙間交通と在地秩序—奈良・平安初期仏教を素材として—」(『日本史研究』三七九　一九九四年)
(60)堅田理「八世紀における僧尼の交通と地域社会」(『日本の古代社会と僧尼』法藏館　二〇〇七年)
(61)高取正男「奈良・平安初期における官寺の教団と民間仏教」(『日本宗教史研究』一　一九六七年、のち『民間信仰史の研究』法藏館　一九八二年所収)
(62)「駅亭楼上三通鼓　公館窓中一点灯」(前掲註(46)「菅家文草」二七三頁)
(63)霧林宏道「『日本霊異記』における遠隔地説話の研究—伝播者を中心として—」(『國學院雑誌』九六—六　一九九五年)
(64)「周防国正税帳」(『大日本古文書』二　一三四頁)
(65)「駿河国正税帳」(『大日本古文書』二　一〇九～一二〇頁)
(66)戒明は讃岐国の在地有力豪族の凡直氏の出身で、大安寺の慶俊に師事し、宝亀八年(七七七)の遣唐使に加わって唐に渡り、翌九年に遣唐使とともに帰国したらしい。
(67)井上薫「国分寺の成立」(『奈良朝仏教史の研究』三二一～三二八頁　吉川弘文館　一九六六年)、難波俊成「古代地方僧官制度について」(『南都仏教』二八　一九七二年)、柴田博子「国師制度の展開と律令国家」(『ヒストリ

ア』一一二五　一九八九年）

(68)　新訂増補国史大系『類聚三代格』一一二頁

(69)　『続日本紀』宝亀十年（七七九）八月癸亥条には、「国分僧尼、住ㇾ京者多」という問題が起きているから、受戒後京で説話のモチーフなどの知識を得た国分寺僧もいた可能性もあろう（新日本古典文学大系『続日本紀』五　一〇五頁）。

(70)　第二篇第二章「『日本霊異記』地域関係説話形成の背景——備後国を例として」

第四章　『日本霊異記』九州関係説話の成立

一　はじめに

『日本霊異記』（以下『霊異記』）の九州関係説話では、上巻三十縁の豊前国をはじめ、下巻三十五縁の肥前国、三十七縁の筑前国と下巻十九縁の肥後国の四話が残るが、上巻三十縁や下巻三十五・三十七縁は冥界説話であるなど、内容的にも共通点が多く、とくに下巻三十五・三十七縁は同類異話である。一方、下巻十九縁は肥後国八代郡を舞台とする異常出生譚であるが、説話には豊前国宇佐郡の宇佐八幡宮の神宮寺僧・肥後国託磨郡の国分寺僧が登場し、なおかつ主人公の尼は肥前国佐賀郡まで行って大安寺僧の安居会に参加するなど、僧尼の広範な地域間活動が見られる。本章ではこれらの九州関係説話を考証し、一次伝承（原説話）が大宰府を中心とする交通路の存在から大宰府を中心に収集され、そこで整備されたものが景戒のもとに伝わった可能性を考察したい。

二　上巻三十縁の冥界説話

上巻三十縁は地獄冥界説話の範疇に入る内容で、京都郡少領の膳臣広国が文武天皇の慶雲二年（七〇五）九月十五日に亡くなったが、その三日後に生き返り、広国が見聞した冥界の様子を報告する話である。

まず舞台となった豊前国は福岡県東部と大分県北部にまたがる地域で、『和名類聚抄』（以下『和名抄』）によれば、京都郡は諫山・本田（山）・刈田・高来郷からなり[1]、現在の行橋市北西部と京都郡苅田《かんだ》町・みやこ町の地域に当たる（図1）。『和名抄』には「国府在京都郡」とあるが、奈良時代の国府跡は発掘調査の結果、みやこ町豊津地区（仲津郡）の豊前国府跡に比定されている。また『延喜式』兵部省条によれば、豊前国の駅馬は「社埼・到津」に十五疋、「田河・多米・刈田・築城・下毛・宇佐・安覆」にそれぞれ五疋が置かれていた[2]。この内の「刈田駅」は京都郡刈田郷に所在し、現在の京都郡苅田町に比定される[3]。「多米（『和名抄』は久米）駅」も京都郡にあったと思われるが、所在地は明らかでない。前後の駅の位置からすれば、豊後に向かう豊後道と田河駅を通って、大宰府に向かう豊前道とに分岐する地点（みやこ町勝山）にあったと思われる。

主人公の膳臣氏は膳大伴部を管掌する氏族であり、『日本書紀』景行天皇十二年九月条によれば、景行天皇が豊前国京都郡に行宮を立てたとあり[4]、大宝二年（七〇二）の「豊前国戸籍」には、上三毛郡塔里と加自久也里などに膳大伴部の人名が見える[5]。天平十二年（七四〇）の藤原広嗣の乱にも「仲津郡擬少領无位膳東人」の名が見えるから[6]、膳氏は豊前国に広く分布していたと考えられ、上巻三十縁の主人公である京都郡少領の膳臣広国は、郡領級の在地有力豪族である。

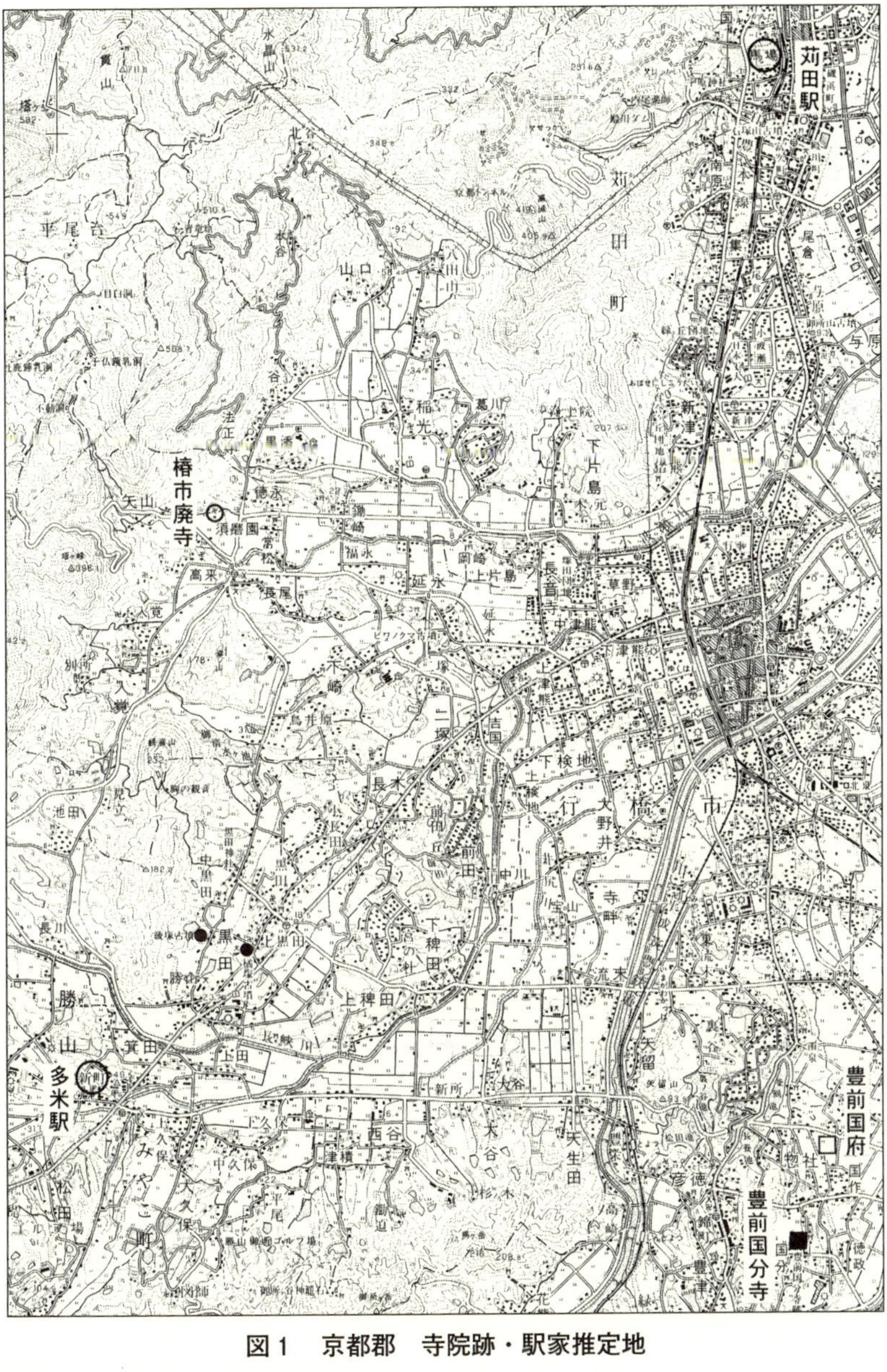

図１　京都郡　寺院跡・駅家推定地

さて広国は、文武天皇の慶雲二年乙巳の秋九月十五日庚申に急死し、戊の日の申の時に甦り、地獄の様子を以下のように語っている。(7)

「使ふたりありき。ひとりは頂髪《たきふさ》に挙げて束ねたり。ひとりは少子なりき。伴はれて副ひ往く程に、二つの駅《うまや》度るばかりに、路中に大河ありき。椅を度し、金をもて塗り厳れり。その椅より行きて彼方に至れば、はなはだ譏き国あり。使人に向ひて、『こはいづれの国ぞ』といへば、『度南の国なり』と答ふ。その京に至る時に、八の官人ありて、兵を佩びて追ひ往く。前に金の宮あり。宮の門に入りて見れば王有して、黄金の坐に坐せり。(以下略)」

この地獄冥界への行き方は、『霊異記』の説話の中では下巻二十二・二十三縁などに類似した表現が見られ、地獄へ行くのに使いが同行するのは、中巻五・七・十六縁、下巻九・二十二・二十三縁があり、その他地獄への道中で河を渡る説話には、下巻九縁がある。

また広国が向かったのは「度南の国」であるが、これは『霊異記』のその他の説話では登場しない。「度南の国」については、「図南」と理解して道教との関係が指摘されているが、(8)「度南の国」も「南に度れる国」と読むべきで、南方の観音浄土と考える説もある。(9) いずれにせよ南方に「度南の国」がある、という意識があったことには相違ない。

同様に金の宮に王(閻羅王)がいる説話では、下巻二十二縁の他には中巻七縁などがあり、(10)中巻五縁や下巻二十三縁では「金の宮」とは記されてはいないが、それぞれ「閻羅の闕」「地獄」と明記されているから同じモチーフで、それぞれ地獄の閻羅王の宮を意味すると考えてよい。

また地獄での刑罰では、中巻七縁や下巻二十二・三十六縁では熱い銅柱や火柱を抱かされる点が上巻三十縁と類似し、鉄の釘を打たれるのは中巻二十五縁、刑罰として打たれるのは下巻三十七縁と類似する。そして地獄からの迎えの使者については、広国を現世に戻す時に黄金の宮の門を開けた少子は、実は広国が幼少の時写経した『観世音経』であったが、このように経典が人に化身する例では中巻十九縁がある。また説示部分の「現在の甘露は未来の鉄丸なり」は中巻九縁にも同じ文言が見えるので、上巻三十縁は一般的な地獄冥界説話に加えて、下巻九縁の妻の死、中巻七・九縁などのさまざまな説話と共通すると思われる。

上巻三十縁では、広国が地獄に召されたのは亡き妻の恨みによるものだが、これと類似するのは下巻九縁である。下巻九縁では、主人公の藤原朝臣広足の妻が妊娠のために命を落とすが、『法華経』を写経し講読することを地獄の亡き妻に約束して、広足は現世に戻る内容であり、上巻三十縁とモチーフの点で類似している。

上巻三十縁でとくに注目すべき点は、「二つの駅《うまや》度るばかりに」という箇所であろう。「厩牧令」によれば「凡諸道須ㇾ置ㇾ駅者、毎二卅里一置二一駅一」とあって[11]、「卅里」は約十六キロメートルである。ここでは「二つの駅度るばかり」とあり、京都郡には多米・苅田の二駅が存在したから、郡内を通過して隣の郡に行くぐらいの感覚であったと思われ、少なくとも駅家を利用したことのある者でなければ、この表現を用いることはできないであろう。『東大寺諷誦文稿』にも「駅路大道之辺、物毎に便有り」とあるから[12]、東大寺などの官大寺僧の中にはこのように在地での法会に行く際、駅路を利用した者もあったと思われ、宝亀元年（七七〇）には国師が朝集する際、駅馬の使用が認められている[13]。

僧侶の交通に関しては、天平十年（七三八）の『周防国正税帳』には「十二月一日下伝使〈筑紫国師僧算泰、従僧二人、沙弥二人、童子三人、合八人四日食稲十一束六把、酒二斗、塩六合四勺〉」とあって[14]、京から筑前へ国師が下向する際伝馬を利用している。同様に『駿河国正税帳』には「巡行部内国師明喩〈上一口、沙弥一口、童子一口〉、六郡別一日食為単壱拾捌日〈上十二口従六口〉」とあって、[15]国師が駿河国部内を巡行し、その食料が六郡から供給されていることが記されており、少なくとも国師などの官僧の交通は官人と同様の待遇であったと思われる。

いずれにせよ、この説話の創作者は官道を往来していた者であり、駅が官人以上でなければ利用できないことを考えれば、創作者の階層を推測することができよう。また「広国、黄泉に至りて善悪の報を見き。顕し録して流布せり」とあることから、この一次伝承（原説話）が記録されて在地の法会で唱導されていたと思われる。

三　下巻三十五・三十七縁の同類異話

下巻三十五縁では、肥前国松浦郡の火の君の氏が急死して地獄に行くが、死期に合わなかったので現世に戻される途中に、遠江国榛原郡の物部古丸が百姓の物を非理に徴収した罪で、地獄で苦を受けている姿に出会う。

主人公の火君は在地有力豪族で、『肥前国風土記』の総説には崇神天皇の御代に肥後国益城郡朝来名峰に立て籠もる土蜘蛛を討伐した際、「火君」の姓を賜った記事と火国の地名由来説話が見える。また登場人物の遠江国榛原郡の物部古丸であるが、『万葉集』巻二十―四三二七に遠江国の防人歌として「長下郡物部古麻呂」の一首を載せるが、[16]天平勝宝七歳（七五五）二月に派遣された防人であり、郡名の異なるところから同一人物とは考えられない。

また「白米の綱丁」あるが、[17]白米の輸送先は都であって、大宰府に遠江国から白米を輸送することはない。以上から、古丸の人物を特定することは困難と思われる。

説話で注目すべき点は、火の君の氏が物部古丸の様子を「解」という上申文書にして大宰府に送っている点である。西海道諸国は大宰府という広域行政区の管轄下にあり、肥前国から大宰府に解状を送ったことは、この説話の創作者が九州における大宰府の政治的位置を知っており、「公式令」を理解し行政に関係していたことが推測される。主人公が火君氏という在地有力豪族であるところからも、九州で創作された説話であると思われる[18]。

また下巻三十五縁と類似した地獄冥界説話が大宰府周辺に存在したことを示す説話が、さらにもう一話ある。下巻三十七縁は、「時に、京の中の人、筑前に下り、病ひを得てたちまちに死にて、閻羅王の闕に至りき」とあって、そこで従四位上佐伯宿禰伊太知が地獄で生前の罪を問われて打たれている姿を目撃して、甦った際にその黄泉の様子を書き、大宰府に解状を送るが信じてもらえず、さらに上京して家族に伝える、という内容である。

佐伯宿禰伊太知は伊多智などとも作り、『続日本紀』では天平宝字八年（七六四）の恵美押勝の乱で、藤原仲麻呂の子で越前国守の辛加知を斬るなど活躍し[19]、その後左衛士督に任ぜられ、宝亀二年（七七一）閏三月には従四位上で中衛中将のまま下野守に任ぜられている[20]。地獄冥界では「生前の罪」が問われているが、『正倉院文書』の「仏事捧物歴名」にも「右衛士督従四位上佐伯宿禰伊多智」の名前が見えることから[21]、仏教迫害などの罪ではなく、恵美押勝の乱などで藤原氏の命を絶ったことによるものであろうか。とすればこの説話の創作者は、藤原氏に関係する寺院の僧侶とも考えられる。同類異話である下巻三十五縁に登場する善珠や施暁が法相宗であることも、関係するのではなかろうか。

ところで説話の内容は、下巻三十五縁と三十七縁はモチーフが共通する。それを比較すると、登場人物やその罪状などは異なり、下巻三十五縁には桓武天皇による都での法会が行われたことが付加されているものの、説話のモチーフや大宰府に解状を送ったこと、写経した経典が『法花経』で文字数も同数記述され、最後に死者の追善供養が目的である点など、下巻三十五縁と三十七縁は多くの点で共通し同類異話である（**表1**）。

ここでもう一度上巻三十縁を加えて検討してみると、主人公が地獄冥界に行き、冥界を「黄泉」と称していると

表1　下巻三十五・三十七縁の比較

	下巻三十五縁	下巻三十七縁
主人公	肥前国松浦郡火君氏	京の人
地獄対象者	遠江国榛原郡物部古丸	従四位上佐伯宿禰伊太知
地獄（冥界名）	琰魔の国（黄泉）	閻羅王の闕（黄泉）
受ける刑罰	大海の中の釜	打たるる
生前の罪	百姓の物を非理に徴収	不明
解状	肥前国から大宰府、朝廷へ	筑前国から大宰府
経典	『法花経』六万九千三百八十四字	『法花経』六万九千三百八十四字
追善供養	『法花経』写経・講読	『法花経』写経

ころや、死者の罪状を知ってその様子を伝え、追善供養を行って死者の罪を贖罪するという内容は三話とも同じで、(22)上巻三十縁は他とは同類異話ではないが、モチーフは共通していると言える。地獄に行って見聞した人物に、罪がないのも特徴であろう。このように冤罪で地獄冥界に行き甦る説話は『冥報記』下巻二十三話などにも見られ、とくに『霊異記』下巻三十七縁は『冥報記』中巻の影響が指摘されている。(23)すなわち、これらの説話の範囲は筑前・肥前・豊前であるから、九州北部の大宰府を中心とする地域に、このような地獄冥界説話が広く分布していたことが知られる。

四　下巻十九縁の僧侶の交通

下巻十九縁は異常出生譚で、肥後国八代郡豊服郷の豊服広公の女の子が出家し、さまざまな迫害に対抗して仏法を修めて人々を教化したため、人々は尼を「舎利菩薩」と呼んだ、という内容である。

『和名抄』によれば、八代郡は木行・高田・小川・肥伊・豊福の五郷からなり[24]、説話の舞台となる豊服郷は、現在の熊本県宇城市松橋町豊福が比定されている（図2）。『延喜式』兵部省条には豊向駅・片野駅が見え[25]、このうち豊向駅が豊福郷に置かれたと考えられる[26]。説話の舞台となる「肥後の国八代の郡豊服の郷」は、『日本書紀』景行天皇十八年五月壬辰朔条に「天皇、問其光之処曰、何謂邑也。国人対曰、是八代県豊村」とあって[27]、火国の地名由来の物語を載せるが、この「八代県豊村」も豊福郷と考えるのが妥当であろう[28]。豊服の広公は地名を冠する氏であるところから、在地有力豪族と見られる。

下巻十九縁の説話の内容は異常出生譚であるが、主人公の尼は七歳になるまでに『法華経』と八十巻の『華厳経』を転読したとある。「猴聖」と蔑まれたのにはその容姿や障害だけでなく、自ら出家して自度僧となったことも要因としてあると思われる。その尼に対して「汝はこれ外道なり」と非難して神罰で死んだのが、肥後国託磨郡に所在した肥後国分寺の僧と豊前国宇佐郡宇佐八幡宮の神宮寺である弥勒寺の僧である。説話では尼を罵った場所を記していないが、尼が豊福郷の出身であるから、その場は交通路の関係から肥後国分寺か、または豊向駅のある尼の出身地の地方寺院と考えられ、とすれば国分寺僧や宇佐の弥勒寺僧が在地を巡行していたことが推測される。

また「肥前の国佐賀の郡の大領正七位上佐賀の君児公」は在地有力豪族と考えられ、その安居会の講師として肥

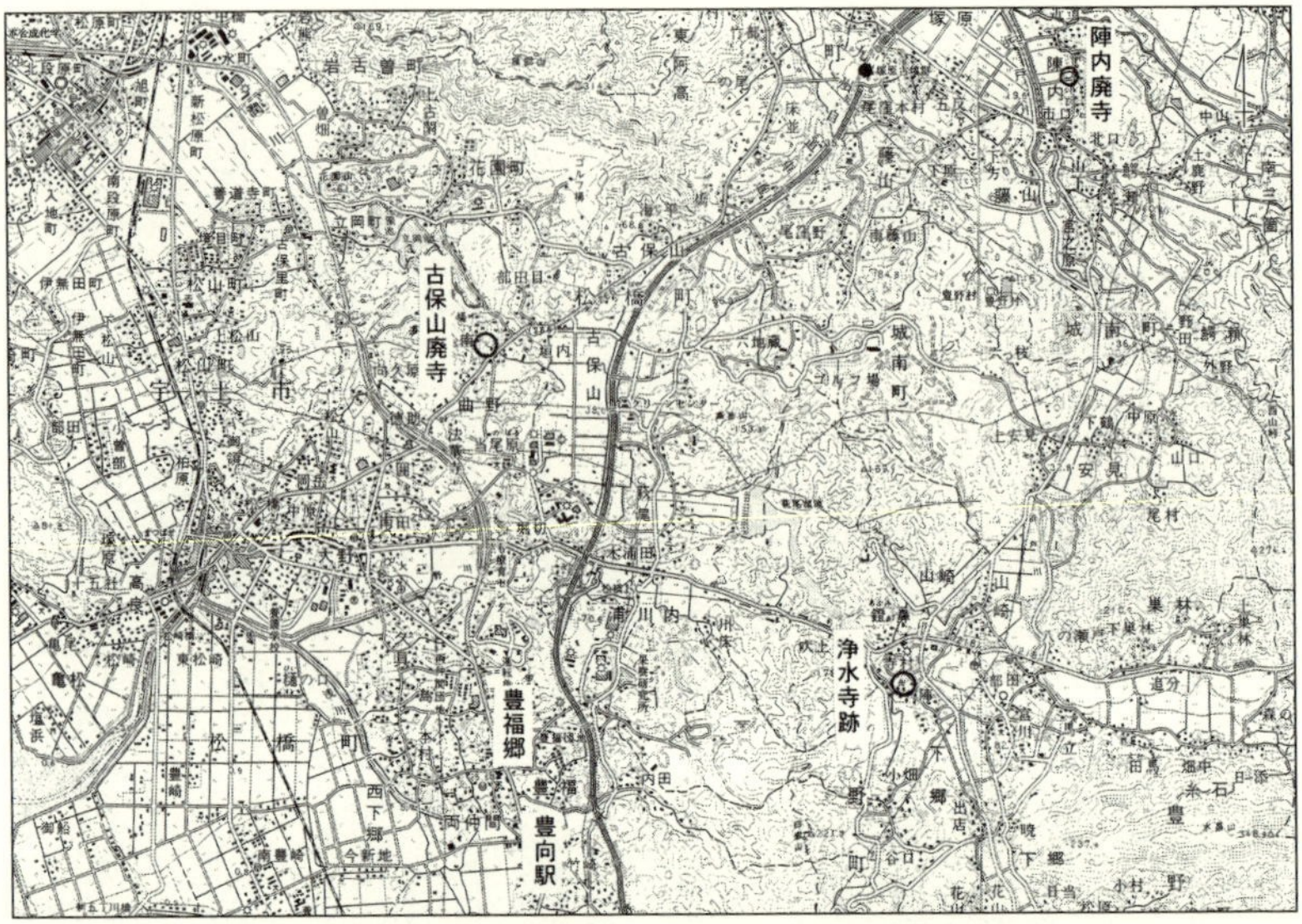

図2　豊福郷周辺　寺院跡・駅家推定地

前国佐賀郡に来た大安寺僧の戒明は、筑前の国師となって大宰府に来ていた。同様な例には、上巻十一縁の播磨国飾磨郡濃於寺の元興寺僧慈応や中巻十一縁の紀伊国伊都郡狭屋寺の薬師寺僧題恵の例があり、中央の官大寺僧が在地豪族の氏寺で行われた法会に講師として招かれていることが知られる。

　大安寺僧戒明は、讃岐国の在地有力豪族の凡直氏の出身で大安寺の慶俊に師事し、宝亀八年（七七七）の遣唐使に加わって唐に渡り、翌九年に遣唐使とともに帰国したらしい。説話では「宝亀の七八箇年の比頃」とするから、渡唐の直前の時期であった。それほどの学識を持つ有名な僧侶でありながら、尼の偈による質問に答えられなかった、とある。この背景について大安寺内部における宗教対立を想定する説もあるが[29]、むしろ在地の自度僧への蔑視に対抗する意図があったと思われ、一次伝承（原説話）の創作者を推定させる。尼は『法華経』と『華厳経』八十巻本を七歳までに転読していたとあるが、これは大安寺僧の戒明に対抗するために設定したものであろう。『大安寺伽藍縁起幷流記資財帳』に見える繡仏像三帳の中には、道慈によって制作された『華厳経』変相図があるから、戒明が安居会で『華厳経』八十巻本を講説した可能性は高く、その戒明の叱責に対し「仏は平等大悲」であると反論したのは、『法華経』の功徳を強調し対抗したものと思われる。この官僧たちに対抗している点に加え、「猴聖」の「サル」が、舎利菩薩の「シャリ」と音が通ずるのは本説話が法会で唱導されていたことを示しており、下巻十九縁は在地の自度僧によって法会で唱導されていた一次伝承（原説話）をもとにしていると想定される。

五　九州関係説話の成立の背景

以上、前節までに九州関係説話の考証を行ったが、その結果、上巻三十縁や下巻三十五・三十七縁の説話が大宰府を中心とする在地で成立した説話であること、下巻十九縁が肥後国を中心とする地域で成立したことが判明した。そこで、これらの九州関係説話がどのようにして、薬師寺の景戒のもとに伝えられたかを考察してみたい。

まず、上巻三十縁の大宰府と豊前国京都郡の交通路については、京都郡には大宰府から豊前国府を経由して豊後国府に向かう西海道豊前路が通り、多米・苅田の二駅が存在する。したがって京都郡は、大宰府に向かう交通路と豊後に向かう交通路の分岐点にあり、交通の要地であったことが知られる。

次に下巻三十五縁は、肥前国松浦郡の火君が主人公であり、冥界の様子を大宰府に報告し、その解状が都に送られている。大宰府から肥前国松浦郡に向かうには、水城正門から出て鴻臚館に向かい、筑前西部から海岸沿いに肥前国松浦郡に向かうルートと、西海道西路から分かれて佐賀郡の肥前国府に向かい、小城郡高来駅から松浦郡に向かうルートがある。下巻三十七縁も三十五縁と同類異話で、平城京に住んでいた人が筑前に下向し、地獄の様子を見聞して大宰府に報告したが信じてもらえず、自ら都に戻って佐伯宿禰伊太知の妻子に伝えたとあるから、筑前国が舞台で平城京と大宰府の交通が示されており、とくに三十七縁では京との交通に船を使用していたことが知られる。

『延喜式』民部下国司赴任条では、「凡山陽・南海・西海道等府国、新任官人赴レ任、皆取二海路一」とあり、[30]国司の赴任には海路をとることが規定されている。また西海道の国司の帰任については、『令集解』賦役令雑徭条所収古記説が所引する和銅五年（七一二）五月十六日格には、国司の帰任について「其取二海路一者、水手准二陸夫一数」とあるので、[31]海路で帰任する場合があったことがわかる。[32]これからすれば、京から筑前に下向し船で京に戻った「その人」は、国司かその従者であった可能性が高い。

また下巻十九縁では「筑紫の国府の大国師」とあり、「筑紫の国府」は大宰府と見られるので、筑紫国師は大宰府に所属して九州全域の諸寺・僧尼を管轄するものと思われる。下巻十九縁の大安寺僧戒明が地方で安居会の講師を務めたことは、国師の宗教的職務の一つであろう。戒明が佐賀国佐賀郡に向かうには、大宰府を発ち基肄郡基肄駅を通って佐嘉郡に入ったと思われ、佐賀郡は国府・国分寺の他に佐嘉駅があるから、交通の要地である。さらに興味深いのは、佐嘉駅の次に位置する高来駅を北上すると、下巻三十五縁の舞台となる肥前国松浦郡に達し、下巻三十五縁も三十七縁も説話の内容の範囲は、大宰府を中心とした範囲であると考えられる。

一方、下巻十九縁の舞台は肥後国八代郡豊福郷であるが、『延喜式』兵部省条では豊向駅が置かれたと考えられ、豊福郷は大宰府から日向国に向かう肥後・日向路のルート上にある。尼は出身地の八代郡豊福郷から同じ部内の託磨郡に向かい、さらに肥前国佐賀郡の安居会にも参加する。少なくとも下巻十九縁の創作者は、肥後国八代郡豊福郷から託磨郡、肥前国佐賀郡まで広範に行動したことが考えられる。
また説話では、託磨郡の肥後国分寺僧と豊前国宇佐郡宇佐八幡宮の神宮寺（弥勒寺）が登場するから、弥勒寺の僧は豊前国宇佐郡から豊後国を経由して豊後・肥後連絡路で肥後国坂本駅・蛟槀駅を経て託磨郡に入る経路か、または豊前路に出て大宰府に行き、そこから筑後を経て大隅路で肥後に向かう経路が考えられる。豊前道から大宰府に向かい、そこから南下して肥前を通って肥後に向かったと考えれば、『霊異記』の九州関係説話は、大宰府を中心とする交通路で結ばれていると考えられる（図3）。ではこれらの説話が唱導された場は、どのような場であろうか。

上巻三十縁に見える「二つの駅度るばかりに」とは多米・苅田の駅家を指すものと思われ、説話の中では京都郡以外の地域は述べられていないので、京都郡を中心とする地域で唱導されていた可能性が高い。京都郡内で説話が成立した年代までに造営されたと考えられる古代寺院は、行橋市福丸に所在する椿市廃寺しかないから、そこで唱導されていた可能性が高い。下巻十九縁の安居会も、佐賀君の児公が郡領級の豪族と考えられるから、自らの氏寺で行った可能性が高く、肥前国佐賀郡の古代寺院には国府・国分寺や佐嘉駅に近接して大願寺廃寺が存在する。

また下巻十九縁の肥後国に関連する寺院遺跡では、熊本県宇城市松橋町古保山廃寺があり、付近には宇城市豊野町下郷に所在し、延暦九年（七九〇）などの石碑で有名な浄水寺跡や、熊本市南区城南町陣内に所在する陣内廃寺が存在する。これらの三寺院跡は距離にしても約五キロメートルで近接しており、八代郡豊福郷周辺には古代寺院跡が集中している様相が見られ、豊福郷周辺には豊向駅家が置かれているところからも、下巻十九縁はこのような在地の仏教信仰や交通路の環境の中で成立したものと考えられる。

このように見ると、上巻三十縁や下巻十九縁では、説話の舞台となった地域には古代の地方寺院や駅家が存在し

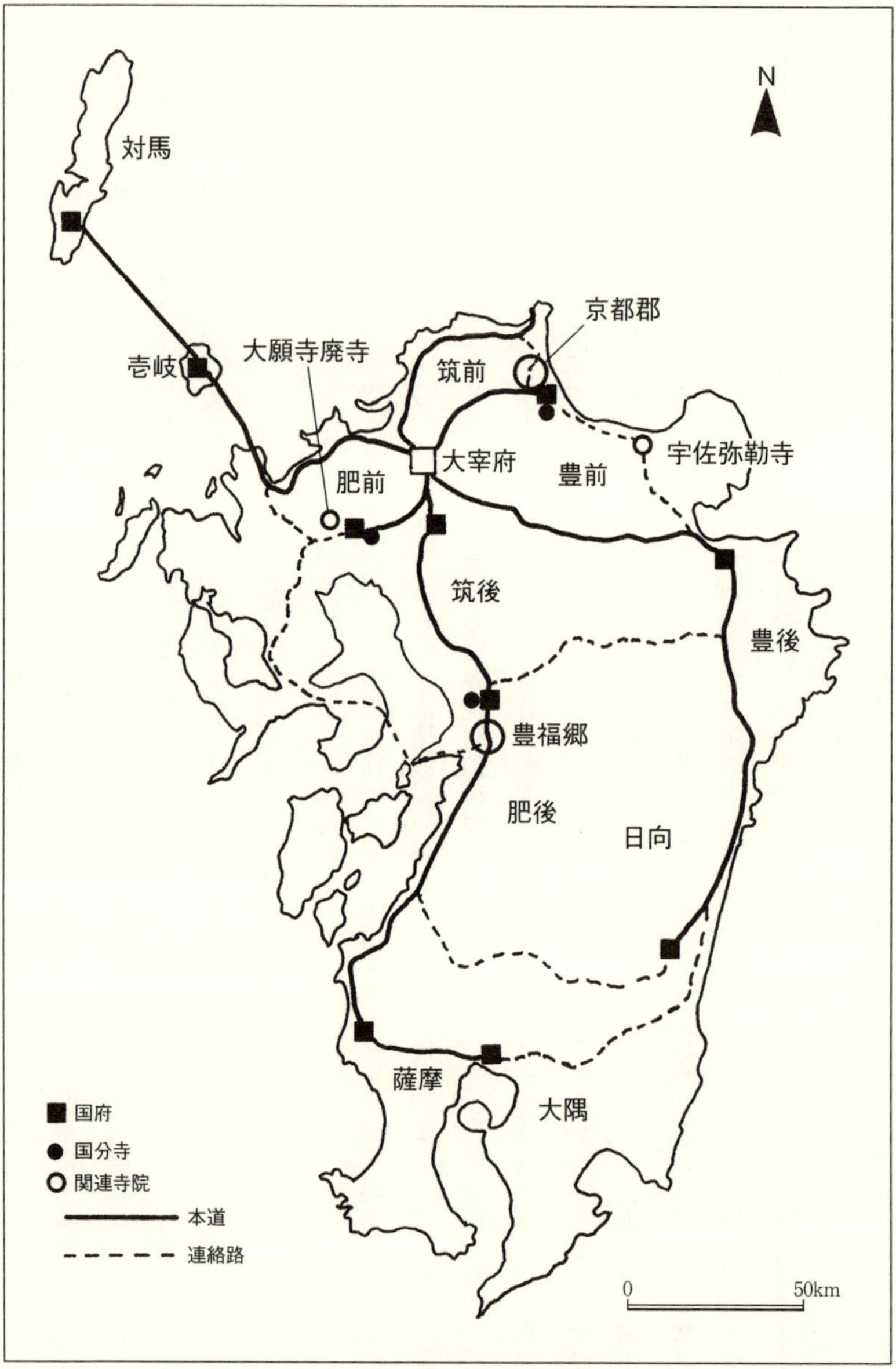

図3　九州地方の古代交通路

ている。それぞれ両国の国分寺は説話の舞台の隣郡にあり、大宰府を中心とする交通路上にある点など、説話の成立する地理的環境は共通している。[33]『霊異記』には、上巻十一縁や中巻十一縁などでは地方寺院で法会を行い、中央の官大寺僧を講師として呼んでいることが見える。それから考えるとこれらの一次伝承（原説話）は、地方寺院での法会で講説されていたのではなかろうか。

守屋俊彦氏は、卵生神話をもとにした下巻十九縁が大安寺で仏教説話に変容し、それに景戒が手を入れて完全なものに仕上げたと指摘する。[34]しかしこの説話では、国師である大安寺僧戒明が尼の質問に答えられなかったという不名誉を記しているから、大安寺で創作されたとは考えにくい。[35]説話の内容は自度僧の尼を称えて、国分寺僧・弥勒寺僧、国師の大安寺僧を非難しているのだから、説話の創作者は在地の自度僧の可能性が高い。やはり、肥後国八代郡を中心として唱導されていた一次伝承（原説話）が採取されたと考えるべきであろう。

また上巻三十縁と下巻三十五・三十七縁は、地獄冥界説話のモチーフや『法華経』が登場する点は一緒だから、大宰府を中心とする同じグループと考えられ、在地で創作された一次伝承（原説話）をもとにして整備された可能性が高い。下巻三十五縁の菅野真道や施暁の官位や僧位が不正確なのは、説話の創作者が都から離れていた可能性を示している。[36]下巻十九縁も主人公の尼が『華厳経』・『法華経』に通じており、内容からも『法華経』の影響が見られる。上巻三十縁でも、広国が幼少の時写経したのが『観世音経』であると記されており、下巻三十五・三十七縁は写経した経典が『法華経』であるから、四話とも『法華経』の影響下にあると言ってよい。

とすれば、この『霊異記』の九州関係説話の四話は、『法華経』という経典が共通する関連説話である。一見するとそれぞれ別の説話のように見えるが、上巻三十縁、下巻三十五・三十七縁の説話の創作者は、在地の交通に駅路を利用しており、同時に大宰府と京との交通に船を利用していたことを知る者で、一次伝承（原説話）を最終的に『法華経』で整備したものと思われる。また下巻十九縁は、在地の自度僧が唱導していた説話であろう。『霊異記』の説話が在地での唱導のためのテキストという性格から考えれば、これらの説話は大宰府を中心に行動していた官僧が在地の一次伝承（原説話）を採取して『法華経』を用いて整備し、さらに唱導に利用したものと思われる。自度僧の尼が大安寺僧戒明を論破している点や、恵美押勝の乱で活躍した佐伯宿禰伊太知が地獄で責苦を受けている点などから推測すれば、藤原氏に縁のある興福寺などや法相宗関係の僧侶が関係した可能性があろう。

六　おわりに

以上、論旨が多岐にわたったので、最後に要点をまとめたい。

『霊異記』九州関係説話からは僧侶の活発な地域間交通がうかがわれ、上巻三十縁と下巻三十五・三十七縁は地獄冥界説話で、大宰府を中心とした地域で唱導されていた。とくに下巻十九縁に登場する大安寺僧戒明や、『周防国正税帳』に見える筑紫国師僧算泰などのような僧が平城京から大宰府に下向していることから、地獄冥界説話のモチーフをもたらしたのは、このような京から下向した国師などの官僧が考えられる。国師は諸寺・僧尼の監督が職務であり、また法会などの講師として各地の地方寺院を巡行したと思われ、下巻十九縁のような、在地の地方寺院などで唱導されていた説話が採取される契機となったと思われる。

そして『霊異記』九州関係説話の一次伝承（原説話）は、『冥報記』などの説話のモチーフや『法華経』などを理解し、かつ在地での仏教活動に従事した官僧によって収集または創作・整備されたものと思われる。在地の法会で唱導されていた一次伝承（原説話）は最終的に大宰府に集約されて整備され、それが京に伝わり、さらに景戒が入手して『霊異記』に編集したものと考えられる。

註

(1) 池邊彌『和名類聚抄郡郷里驛名考證』七一七〜七一八頁　吉川弘文館　一九八一年
(2) 新訂増補国史大系『延喜式』七一六頁
(3) 藤岡謙二郎編『古代日本の交通路』Ⅳ　三六頁　大明堂　一九七九年、木下良『事典　日本古代の道と駅』三一〇頁　吉川弘文館　二〇〇九年
(4) 日本古典文学大系『日本書紀』上　二八八頁　岩波書店　一九六七年
(5) 『大日本古文書』二　一五三頁および一五七頁
(6) 新日本古典文学大系『続日本紀』二　三六九頁　岩波書店　一九九〇年
(7) 新潮日本古典集成『日本霊異記』上巻三十縁　八七頁　新潮社　一九八四年
(8) 新日本古典文学大系『日本霊異記』四四頁　岩波書店　一九九六年
(9) 増尾伸一郎「我、現身にして補陀落山へ帰参せん―〈補陀落渡海〉のシンクレティズム―」（金永晃編『仏教の死生観と基層信仰』勉誠出版　二〇〇八年）
(10) 丸山顯徳「日本霊異記における冥界説話」（日本霊異記研究会編『日本霊異記の世界』三弥井書店　一九八二年）、同「冥界説話の分類と特色」（『日本霊異記説話の研究』桜楓社　一九九二年）
(11) 日本思想大系『律令』四一六頁　岩波書店　一九七六年
(12) 中田祝夫解説『東大寺諷誦文稿』七一頁　勉誠社文庫一二　勉誠社　一九七六年
(13) 新日本古典文学大系『続日本紀』四　宝亀元年五月乙丑条　二八一頁　岩波書店　一九九五年
(14) 「周防国正税帳」（『大日本古文書』二　一三四頁）
(15) 「駿河国正税帳」（『大日本古文書』二　一〇九〜一一〇頁）
(16) 新日本古典文学大系『万葉集』四　三九一頁　岩波書店　二〇〇三年

(17) 新潮日本古典集成『日本霊異記』 二九一頁 新潮社 一九八四年
(18) 寺川眞知夫「説話と事実」(『日本国現報善悪霊異記の研究』 三四三頁 和泉書院 一九九六年)
(19) 新日本古典文学大系『続日本紀』四 二九頁 岩波書店 一九九五年
(20) 新日本古典文学大系『続日本紀』四 三八一頁 岩波書店 一九九五年
(21)「仏事捧物歴名」(『大日本古文書』五 七〇六頁)
(22) 丸山前掲註(10)著書「冥界説話の分類と特色」『日本霊異記説話の研究』 一六八頁
(23) 後藤良雄「冥報記の唱導性と霊異記」(『国文学研究』二五 一九六二年)
(24) 池邊彌『和名類聚抄郡郷里驛名考證』 七四四頁 吉川弘文館 一九八一年
(25) 新訂増補国史大系『延喜式』兵部省 七一六頁
(26) 最近では宇城市豊野町に所在する浄水寺の第二碑に「肥公馬長」の名があることや付近の馬籠などの地名から、こちらを比定地とする説もある(木下良『事典 日本古代の道と駅』 三三七頁 吉川弘文館 二〇〇九年)。
(27) 日本古典文学大系『日本書紀』上 二九四頁 岩波書店 一九六七年。
(28)『平安遺文』四七一九号「肥後国司解案」には「豊福保」が見られ、平安時代まで続いていることが知られる。
(29) 寺川前掲註(18)著書「大安寺関係説話」 二七三頁
(30) 新訂増補国史大系『延喜式』民部下 五八三頁
(31) 新訂増補国史大系『令集解』賦役令雑徭条 四三七頁
(32) 松原弘宣「地方官の交通と伝馬制」『古代交通研究』一一 八木書店 二〇〇一年
(33) 備後国の例(上巻七縁、下巻二十七縁)でも同様な状況が指摘できる(第二篇第二章「『日本霊異記』地域関係説話形成の背景――備後国を中心として」)。
(34) 守屋俊彦「日本霊異記下巻第十九縁考」(日本霊異記研究会編『日本霊異記の世界』 三弥井書店 一九八二年)
(35) 山口敦史氏は、大安寺の中で戒明に対する学識への疑念、人格に対する反発が存在したことの反映を指摘している(「『日本霊異記』の筑紫説話―下巻十九縁をめぐって―」『日本霊異記と東アジアの仏教』 笠間書院 二〇一三年)。

(36) 舘江順子氏は『霊異記』にみえる日付と暦を詳細に検証し、下巻三十五縁の不正確さを指摘する(「『霊異記』にみえる日付と古代の暦知識」平野邦雄編・東京女子大学古代史研究会『日本霊異記の原像』角川書店　一九九一年)。舘江氏は日付のある説話について、ある程度符合するものが存在し、景戒がそれらの資料を参照出来た立場にあるとするが、郡司階級やその氏寺の記録も存在することに言及している。氏の考察は暦の普及度に関心が置かれているが、在地の記録の存在は重要な視点と思われる。

第五章　古代東北地方への仏教伝播――『日本霊異記』下巻四縁を中心に

一　はじめに

東北地方への仏教伝播については、律令制国家の蝦夷政策が征討事業による服属と朝貢を目的としたという観念から、あたかも蝦夷社会が未開社会であり、仏教のような先進文化が伝播するのは、東北地方が律令体制の中に組み込まれてからというイメージが未だに強い。戦後の発掘調査の増加によって、東北地方の古代寺院跡も調査されてその姿が明らかになってきたが、寺院の性格は「城柵附属寺院」という、支配拠点に附属し蝦夷の教化を行うものと理解され、公的な性質が伴うと考えられている。そのような理解の背景には、『日本書紀』や『続日本紀』などの蝦夷観があるものと思われる。

ところが戦後の多賀城跡などの城柵官衙遺跡の発掘調査の成果からは、城柵遺跡が必ずしも軍事的拠点だけでなく、むしろ一般的な郡衙遺跡との共通点も見出されるようになってきている。また寺院遺跡については多賀城跡を中心とする出土瓦の研究が進み、古瓦研究や寺院遺跡研究は進展したが、東北地方の初期の仏教信仰の実態については関心が薄く、それに言及した研究は少ない。本章では、『日本霊異記』下巻四縁などの説話や木簡などの出土史料から、古代東北地方の仏教信仰の姿を明らかにしたい。

二　東北地方の古代寺院の成立と仏教の伝播

（1）文献に見える東北地方への仏教の伝播

東北地方への仏教の伝播については、『日本書紀』（以下『書紀』）に以下のような記事が見える。

①持統天皇三年（六八九）正月丙辰条(1)

務大肆陸奥国優嗜曇郡城養蝦夷脂利古男、麻呂与二鉄折一、請下剔二鬢髪一為中沙門上。詔曰、麻呂等、少而閑雅寡レ欲。遂至二於此一、蔬食持レ戒。可下随二所請一、出家脩道上。

②同年同月壬戌条(2)

是日、賜二越蝦夷沙門道信、仏像一軀、灌頂幡・鍾鉢各一口、五色綵各五尺、綿五屯、布一十端、鍬一十枚、鞍一具一。

③同年七月壬子朔条(3)

付二賜陸奥蝦夷沙門自得、所請金銅薬師仏像・観世音菩薩像、各一軀、鍾・娑羅・宝帳・香炉・幡等物一。

以上の三つの史料の内、①は後の出羽国置賜郡地方の蝦夷であり、②は越蝦夷沙門道信とあるところから、大化三年（六四七）以降の渟足・磐舟柵設置に関して、日本海側の蝦夷に出家を認め、仏具などを授けたものと思われる。しかし③については、この陸奥がどの地域を指すか不明であるが、賜与された仏像が薬師仏像と観世音菩薩像であったことは興味深い。
同じ『書紀』持統天皇六年（六九二）閏五月己酉条には「詔二筑紫大宰率河内王等一曰、宜遣三沙門於大隅与二阿多一、可レ伝二仏教一」とあって、[4]一般にこれらの史料は、蝦夷や隼人に仏教を伝え教化を行うとした記事であると解釈されている。しかし陸奥国の蝦夷は積極的に出家して上京し仏像や仏具を賜っているが、一方の隼人の方は積極的な仏教受容の記事は七世紀後半には見られないので、蝦夷と隼人では仏教受容への積極性に相違があるのではなかろうか。

その結果、陸奥国では早くから寺院造営が始まっているのに対し、大隅や薩摩国には七世紀後半に遡る寺院は造営されていない。蝦夷と隼人への仏教受容の要請は中央国家としては教化の目的があったとは思われるが、受容する側に仏教信仰の意志がなければ、仏教が広まることはない。ここでは、陸奥国の在地の蝦夷側にも仏教受容への積極的な意志があったと思われ、次に述べる大崎平野の古代寺院跡も、その結果造営されたと考えるのが妥当であろう。

(2) 東北地方の初期寺院の成立

東北地方の初期寺院については文献史料に残るものはほとんどないため、考古学的成果から判断せざるを得ない。その中でも有効的な方法と思われるのが、古瓦の分布である。陸奥国の範囲は広く、そのためいくつかの瓦群に分類することが出来、それを初めて概括的にまとめたのが辻秀人氏の研究で、[5]その後眞保昌弘氏がそれをさらに諸段階に分類している。[6]

眞保氏の分類によれば、①素弁系蓮花文軒丸瓦は宮城県大崎市伏見廃寺・福島県双葉町郡山五番遺跡から出土し、この素弁に稜線や鎬を持つものが福島県福島市腰浜廃寺、相馬市黒木田遺跡から出土している。しかし腰浜廃寺と黒木田遺跡は両者の間に共通性は見出せないので、それぞれ独自の系譜ルートがあったことが考えられる。

②単弁系は伏見廃寺の他に、城柵官衙遺跡と考えられる宮城県大崎市名生館遺跡、仙台市郡山遺跡から出土し、瓦窯跡としては仙台市大連寺瓦窯跡、福島県郡山市麓山瓦窯跡から出土している。この内郡山遺跡は、後で詳述する。③複弁系蓮花文軒丸瓦は、群馬県山王廃寺系の複弁系軒丸瓦が、陸奥南部の福島県いわき市夏井廃寺と磐城郡衙跡である根岸遺跡、相馬市黒木田遺跡、茨城県北茨城市大津廃寺、また相馬市善光寺遺跡や宮城県白石市兀山遺跡などの瓦窯跡から出土している。

一方、下野薬師寺系の複弁六葉蓮花文軒丸瓦が、宮城県角田市角田郡山遺跡、福島県清水台遺跡、須賀川市上人壇廃寺、白河市借宿廃寺や白河郡衙に関連する官衙遺跡である西白河郡泉崎村関和久官衙遺跡や関和久上町遺跡、さらにいわき市夏井廃寺や茨城県大津廃寺などから出土している。

この中でもとくに興味深いのは、大崎平野の寺院群である（図1）。最近の城柵官衙遺跡の発掘調査から新たな知見が得られており、大崎市名生館遺跡や宮沢遺跡、加美町城生遺跡・東山官衙遺跡などが相次いで発見され、『続日本紀』の天平九年（七三七）に見える多賀柵（多賀城）他の、牡鹿・新田・色麻・玉造柵などの城柵に比定される可能性が高まった。この内牡鹿柵は宮城県東松島市赤井遺跡が比定されているので、名生館遺跡などは新田・色麻・玉造柵のどれかに比定される可能性が高い。ただ文献には見えない大崎市宮沢遺跡などの城柵官衙遺跡も存在するので確定は困難であり、また東山官衙遺跡などはむしろ加美郡衙跡の可能性が指摘されている。上記の城柵官衙遺跡についても、「城柵」という軍事施設よりも、郡衙に近い官衙遺跡の可能性も考えられている。

このうち名生館遺跡には伏見廃寺、城生遺跡には菜切谷廃寺などが近接し、また付近には一の関廃寺も存在する

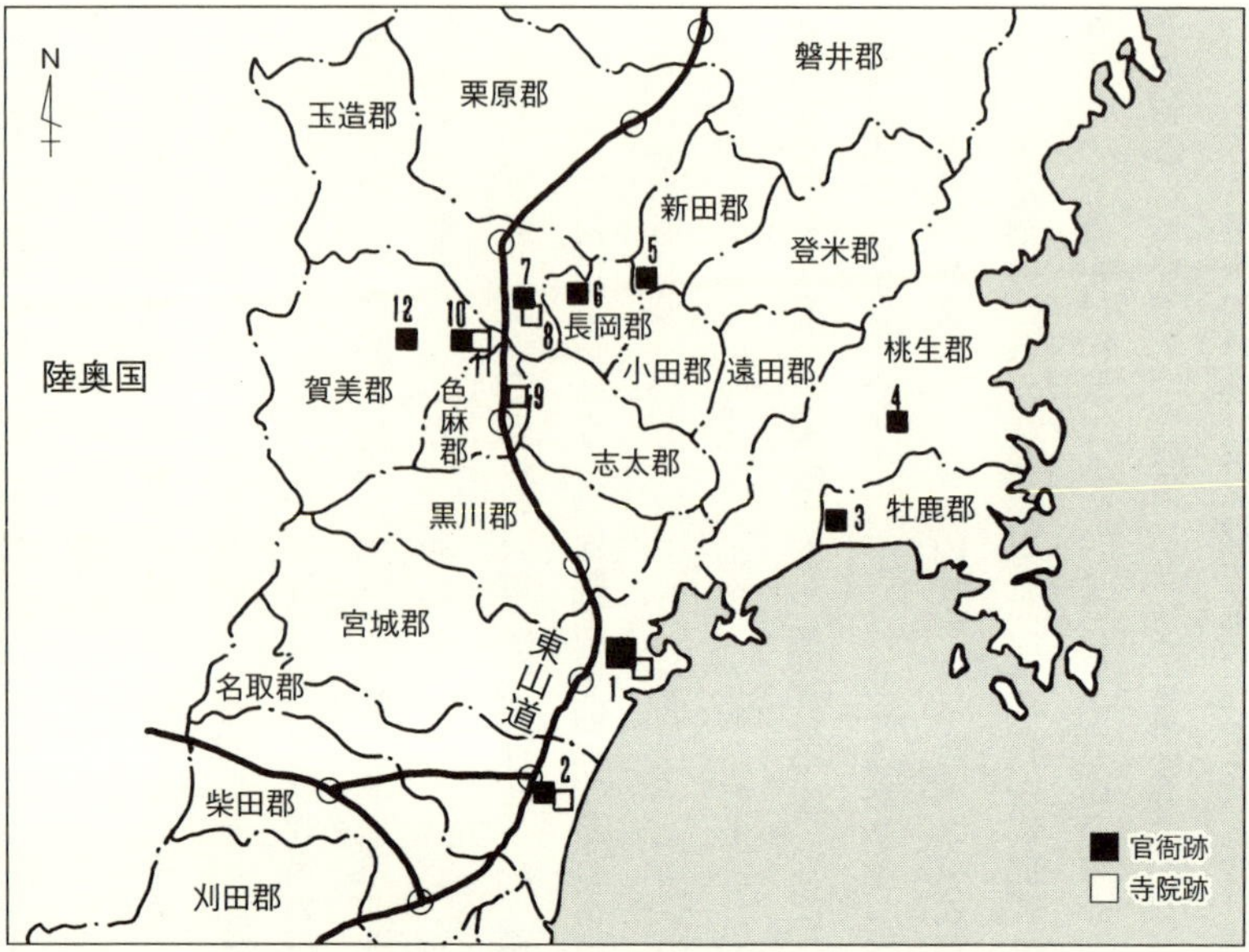

図１　多賀城跡周辺の古代城柵・官衙・寺院跡と駅路

１多賀城跡・多賀城廃寺　２郡山遺跡・郡山廃寺　３赤井遺跡　４桃生域跡
５新田遺跡　６宮沢遺跡　７名生館遺跡　８伏見廃寺　９一の関遺跡
10城生遺跡　11菜切谷廃寺　12東山官衙遺跡

ので、城柵官衙遺跡と寺院跡がセット関係になっていると考え、これらの寺院を「城柵附属寺院」と見る説もある。[7] しかし樋口知志氏も指摘するように、この三寺院はそれぞれ単堂程度の寺院で、伽藍を持つほどの規模とは考えられず[8]、多賀城廃寺のような寺院と同列に扱うことが出来るかどうか疑問である。また伏見廃寺などは、出土した軒丸瓦を見る限り城柵官衙遺跡よりも年代的に古く、城柵官衙遺跡の周辺にあるという立地だけから、「城柵附属寺院」という概念で寺院の性格を決定することにも検討の余地はあろう。大崎平野のこれらの寺院跡は、多賀城創建以前に存在しているので、「城柵附属寺院」とは別の性格で考えていく必要があると思われる。

　東北地方の軒丸瓦の瓦当文様の系譜を大まかに求めれば、素弁系は埼玉県寺谷廃寺や栃木県浄法寺廃寺、単弁系は上野上植木廃寺、複弁系は群馬県山王廃寺、栃木県下野薬師寺などを祖型とすると考えられている。この分布を見ると、素弁・単弁系は東山道ルート、山王廃寺系の複七・八弁は海道ルート、下野薬師寺系の複弁六葉は陸奥国南部という、ある程度のまとまりを持つことが明らかで、これらの分布の背景には律令制国家の意図というよりは、関東と東北の旧来の在地的同族関係によって分布したことが指摘されている(9)。そして眞保氏は、これらの氏族関係の背後には上・下毛野氏による陸奥経営が影響していると指摘している(10)。軒瓦の瓦当文様からは、東北地方へのその系譜が伝播したルートが明らかであるが、それでは次に仏教信仰自体の伝播経路を見ていきたい。

三　仏教伝播の経路

(1) 海上ルート

東北地方への仏教信仰の伝播ルートについては、古瓦の瓦当文様から東山道ルートと海道ルートがあり、『続日本紀』養老三年（七一九）七月丁丑条には石城国に十駅を設置し駅路を開いたとある。この駅路は『日本後紀』弘仁二年（八一一）四月乙丑条に廃止された「陸奥国海道十駅」に該当することが明らかであるが、その他に海上ルートが存在したことを裏付ける説話がある。『日本霊異記』（以下『霊異記』）下巻四縁には、以下のような説話が収録されている(11)。

諾楽の京にひとりの大僧ありき。名詳らかならず。僧つねに方広経典を誦じ、俗に即きて銭を貸し、妻子を蓄養へり。ひとりの女子嫁ぎて、別に夫の家に住む。

帝姫阿倍の天皇のみ代の時に、聟、奥の国の掾に任けらる。すなはち舅の僧に銭を二十貫傭へて、装束をつくり、任けられし国に向かふ。歳余を歴て、傭ふる銭一倍して、わづかに本の銭を償ひ、いまだ利の銭を償はず。いよいよ年月を逕て、なほし徴り乞ふ。聟ひそかに懐に嫌みて、この念ひをなし、便りを求めて舅を殺さむとす。舅は知らず。なほし平らかなる心にして乞ふ。聟、舅に語りていはく、「奥に共せむとす」といふ。舅聞きて往き、船に乗りて奥に度る。

聟、船人と、心を同じくして悪を謀り、僧の四つの枝を縛り、海の中に擲げ陥れて、往きて妻に語りていはく、「汝が父の僧、汝の面を瞻むとおもひ、率て共に度り来りき。たちまちに荒き浪に値ひ、駅船海に沈み、大徳溺れ流れて、救ひ取らむに便なし。つひに漂ひ沈みて亡りぬ。ただしわれわづかに活くらくのみ」といふ。その女聞きて、大きに哀しび哭きていはく、「幸なくして父を亡へり。何に図りてか宝を失ふ。われ別に知りぬ。能く父の儀を見むや。寧ぞ底の玉を視むや。また父の骨を得むや。哀しきかな。痛きかな」といふ。

僧海に沈み、心を至して方広経を読誦するに、海の水凹み開き、底に踞りて溺れず。二日二夜を逕たり。後に、他の船人、奥の国に向ひて度る。見れば縄の端泛びて、海にありて漂ひ留まる。船人縄を取りて牽けば、たちまちに僧上る。形色つねのごとし。

ここに、船人大きに怪しび問ひて、「汝は誰ぞ」といへば、答ふらく、「われは某なり。われ賊盗に遭ひ、繋縛れて海に陥れられぬ」といふ。また問ふ、「師、なにの要術ありてのゆゑに、水に沈めども死せぬ」といふ。答ふ、「われつねに方広大乗を誦持す。その威神の力を、なにぞさらに疑はむ」といふ。ただし聟の姓名は、他に向ひて顕さず、「われを具して奥に泊てよ」といふ。船人冀ひに随ひて、奥に送る。

その聟、奥の国にして、陥れし舅のために、いささかに斎食を備けて、三宝に供ふ。舅の僧、展転りて乞食し、たまさかに法事に値ふ。自度の例にあり、面を匿して居て、その供養を受く。聟の掾、みづから布施を捧げて、衆の僧に献る。ここに、海の中に捨てられし僧、手を申べて施行を受く。掾見て、目漂青かに、面赫然して、驚き恐りて隠る。法師咲みを含み、瞋らずして忍び、つひに後までその悪事を顕さざりき。

これ、海に沈めども水汚みて溺れず、毒ある魚も呑まず。身も命も亡びず。誠に知る、大乗の威験と、諸仏の加護となることを。

賛にいはく、

美しきかな、その悪を挙げず、なほし能く忍ぶること。

まことにこの法師、鴻きに忍辱の高行を立つ。

といふ。

このゆゑに、長阿含経にのたまはく、「怨をもて怨に報ゆるは、草をもて火を滅すがごとし。慈しびをもて怨に報ゆるは、水をもて火を滅すがごとし」とのたまへるは、それこれをいふか。

まずこの下巻四縁は陸奥国を舞台とした説話であるが、出雲路修氏はこの国を隠岐国とする(12)。陸奥国に向かう一般的な海路が存在したことに疑問を呈しているが、隠岐国は外国であるから国司に「掾」は置かれておらず、本説話の内容とは一致しない。また『左経記』長元五年（一〇三二）四月十日条には、藤原正兼が父の陸奥守兼貞に随って陸奥国に下向する際、「下向奥国」と記されているから、「奥国」は陸奥国を示すものと考えられる。本説話の「奥国」を隠岐国と考える出雲路説は成り立ちがたく、やはり「陸奥国」と考えるのが妥当であろう。

次にこの説話の年代は、「帝姫阿倍の天皇のみ代の時」とあるから、孝謙（または称徳）天皇であるが、『霊異記』の説話収録は年代順であり、中巻三十九・四十一・四十二縁が淳仁天皇の頃、とあるから、配列順からすると称徳天皇の時代と考えられていたと思われる。

説話の内容では、主人公の僧侶は「俗に即きて銭を貸し、妻子を蓄養へり。ひとりの女子嫁ぎて、別に夫の家に住む」とある。「沙門」「大僧」と称されているから出家した高僧でありながら、実際は自度僧と同様な生活を行っている。娘婿は大国の掾であるから、「職員令」によれば正七位下か従七位上ぐらいの官人であろう。銭二十貫を娘婿に貸し付け、「歳余を歴て、償ふる銭一倍して」とあるから、一年あまりで借金が倍になったことを示している。「雑令」によれば、財物出挙は最長四百八十日で一倍（十割）となっているので[13]、法定利息に違反しない程度の高利で貸し付けていたことがわかる。『正倉院文書』に残る天平勝宝二年（七五〇）五月二十六日の「謹解　申請出挙銭事」などを見ると、月別の利息は十五文程度という[14]。いずれにせよ、高利で娘婿に貸し付けていたことになるが、説話ではそれを非難の対象としていないので、当時では批判される行為ではなかったことになる。

ただし「僧尼令」では「凡僧尼、不レ得下私蓄二園宅財物一、及興販出息上」とあって[15]、僧尼が財産を持ち出挙することも禁止しているから、この僧の行為は「僧尼令」に抵触するであろう。下巻三十縁でも「俗に即」いた自度僧を「沙門」と呼んでいるところから、この僧も自度僧であったと思われる。

またこの娘婿の国司であるが、陸奥国は『延喜式』によれば「大国」であるから、国司は守・介・大掾・少掾・大目・少目からなる。先述したように、一般的には大国の掾は正七位下か従七位上ぐらいの官人であるが、陸奥国の場合は蝦夷征討と関係した重要地域であったため、重要な氏族が任命されている。

『続日本紀』を見ると、神護景雲元年（七六七）十月十五日の伊治城の築城の際、従四位下田中朝臣多太麻呂に正四位下、正五位下石川朝臣名足・大伴宿禰益立に正五位下が、従五位下上毛野朝臣稲人・大野朝臣石本にそれぞれ従五位上が授けられている。このうち田中朝臣多太麻呂は、天平宝字六年（七六二）四月一日条では従五位上を授けられ、さらに天平宝字八年（七六四）九月二十九日には従四位下とあって、鎮守府将軍を兼任している。同じように大伴宿禰益立も鎮守府副将軍であったが、天平宝字六年に陸奥介を兼任している。また神護景雲元年条では四名の名が挙がって、その内、田中朝臣多太麻呂と大伴宿禰益立はそれぞれ守・介と明記されているから、残る上毛野朝臣稲人・大野朝臣石本が「掾」であった可能性が高い。

一方、道嶋宿禰三山は陸奥国の在地豪族で、同族の道嶋宿禰嶋足が仲麻呂の乱の功績によって加階・昇叙し、神護景雲元年に陸奥大国造に任ぜられると、三山も陸奥国造に任ぜられた。天平神護三年（七六七）七月には陸奥少掾に任ぜられ、神護景雲二年（七六八）二月には陸奥大掾とあるから、この間に任ぜられたと考えられる。

また大野氏に関しては、東人は神亀元年（七二四）の海道蝦夷の反乱を征討し、天平元年（七二九）には鎮守将軍に任ぜられている。このうち大野朝臣横刀は鎮守判官で陸奥の産金に功績があり、石本も恐らく伊治城を築いた功績によって、神護景雲二年閏六月に左大舎人頭に任ぜられている。

上毛野朝臣氏は大化前代から蝦夷征討に関わっており、奈良時代では養老四年（七二〇）には蝦夷の反乱によって按察使であった上毛野朝臣広人が殺害されている。その他上毛野朝臣安麻呂は和銅元年（七〇八）二月、小足は三月にそれぞれ陸奥守に任ぜられ、馬長が宝亀七年（七七六）七月に出羽守に任ぜられている。上毛野朝臣氏も大野朝臣氏も豊城入彦命の後裔氏族で、どちらも東北経営に関係が深い伝統的な氏族で、本貫を京に移して中央貴族となっていたから、上毛野朝臣氏や大野朝臣氏が以前から東北経営に関係したという歴史的事実が一般に知られ、それが本説話の背景に存在していると思われる。

以上から、本説話の大僧の婿が上毛野朝臣氏や大野朝臣氏であるとは直ちに断定することは簡単には出来ないが、両氏族の事情に明るい者が説話の創作者であることは否定できない。

もっとも説話のモチーフは、『冥報記』などの海難（水難）説話の影響が大であり、『冥報記』中巻十話に「唐の中書令の岑文本が法華経の功徳で水死を免れたこと」という説話がある。以下にその説話を挙げると、

中書令の岑文本は江陵の人ナリ。少きヨリ仏法を信じて常に法花経普門品を念ず。嘗シ船に乗りて呉江ノ中流にして、船壊れテ船人尽く死ぬ。文本沈みテ水中に在り。聞くに人有りて言はく「但に仏を念ぜよ　必ず死な不るなり」といふ。是の如く三たび言へり。既にして波に随ひ涌り出でテ既に北岸に着き遂に免る。後に江陵にして斎を設け僧徒其の家に集まる　一の客僧有りて独リ後ニ去る。文本に謂ひて曰はく「天下方に乱れむ　君幸ひニ其の災ひに預から不レ　終に大平に逢ひ富貴に到らむ」といふ。言ひ畢りて移り出づ。既にして文本自ら食す。椀中ニ舎利二枚を得たり　果たして其の言の如し。〈文本自ら臨に向かひて説けり。〉

とあって[16]、『法苑珠林』巻五十六富貴篇第六十三感応縁にも同じ説話が見える。また同様な内容は、同じく『冥報記』中巻九話にも、

武徳中に都水使者蘇長を以て巴州の刺史と為す　蘇家口を将テ任に趣く　嘉陵江ヲ渡ルニ中流ニして風を起こし舩没みテ男女六十余人一時に溺死す。唯一の妾有り　常に法花経を読む　船中に水の入ルニ妾頭ニ経函を戴きて倶に没まむコトヲ誓ふ。既にしテ舩没ス　妾独り沈ま不　波に随ひて汎濫しテ頃之アリテ岸に着きヌ　経函を沈むることを遂めて出しテ其の戴きたる経を開き視るニ了ニ湿汗るるコト无し。（以下略）。

とあって[17]、これも『法苑珠林』巻十八敬法篇感応縁や『太平広記』巻百九蘇長に、さらに『今昔物語集』「震旦都水使者蘇長妻持法花免難語第二十九」に見える。どちらも『法華経』によって水難を免れた説話で、確かに『法華経』観世音菩薩普門品には「念彼観音力　波浪不能没」とあるから、これらの説話はこの観音信仰に基づくものと考えられる。

そう考えると、『霊異記』でも上巻十七縁は、白村江の戦いで唐軍に捕虜になった伊予国越智郡大領の先祖が、観音信仰によって唐を脱出して帰国し、天皇に仕えて郡を建て寺を造った説話であるが、これなどはまさしくこの『法華経』観世音菩薩普門品による、観音信仰の影響と考えることができる。

だが下巻四縁には『法華経』も観音信仰も登場せず、登場する経典は『方広経』である。『方広経』とは『大通方広経』のことで、正式には『大通方広懺悔滅罪荘厳成仏経』といい、仏名懺悔に用いられる経典で、中国で成立した擬経である。[18]『正倉院文書』の「優婆塞貢進解」などにも見えるから、奈良時代に流布していたことは間違いない。また寺川眞知夫氏が指摘するように、『東大寺諷誦文稿』にも引用されている。[19]『政事要略』巻二十八には、宝亀五年（七七四）十二月に宮中で方広悔過が行われたことが見えるが、以後方広会は十二月の悔過行事として定例化していく。『霊異記』では、上巻八縁に病気で耳が聞こえなくなった人が、禅師を呼んで『方広経』を唱えてもらったところ聞こえるようになったという説話と、上巻十縁の化牛説話などに登場するが、それぞれ前世の罪と亡父の罪を懺悔する内容である。ところが下巻四縁では、『方広経』読誦の功徳による「威神の力」を示しており、本来の仏名懺悔的な内容は見られない。むしろ海難については、『法華経』観世音菩薩普門品に「或漂流巨海、龍魚諸鬼難、念彼観音力、波浪不能没」とあるので、観音信仰の影響も考えるべきであろう。

近年多賀城跡の周辺遺跡の発掘調査が進み、東西大路や国守館跡などが検出され、古代都市が存在していたことが判明している（図2）。昭和五十八年（一九八三）山王遺跡東町浦地区で幅一二メートルの東西大路が検出されたが、その北一〇メートルの土坑から二〇〇点以上の土器が出土した。その土器の内面には油煙状の付着物が認められ、さらにその中に「観音寺」と墨書された土器が発見された（図3―1）。またこの「観音寺」は、多賀城跡の周辺に所在する多賀城廃寺の可能性が高い。[20]多賀城廃寺からは「花会」と書かれた墨書土器も出土しており（図3

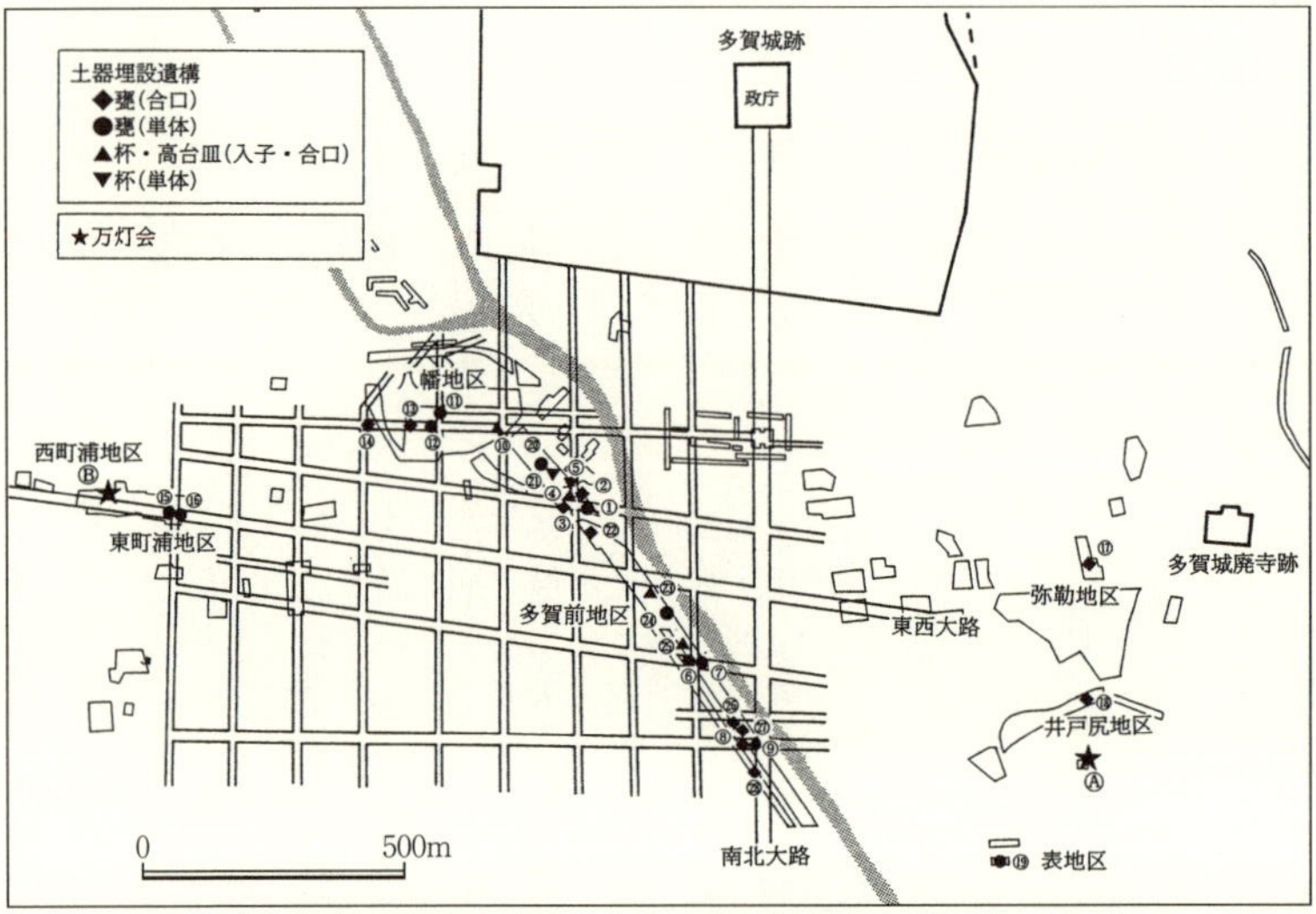

図2　多賀城跡　万灯会と土器埋設遺構

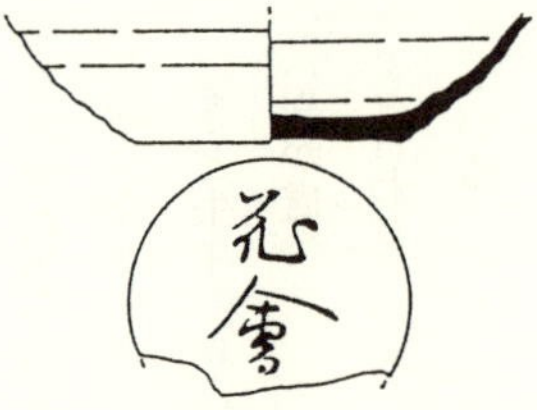

図3－2
多賀城廃寺出土墨書土器「花会」

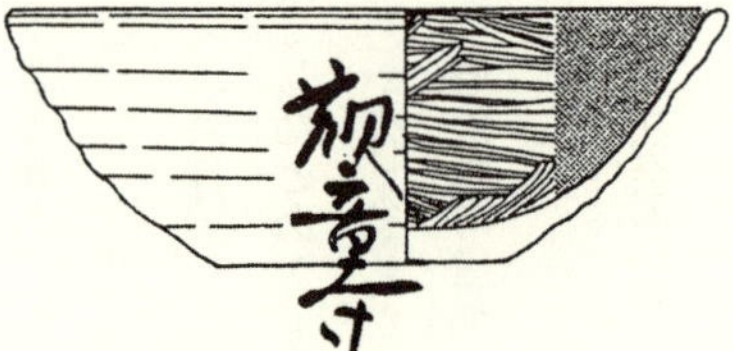

図3－1
山王遺跡出土墨書土器「観音寺」

―2)、この「花会」は「法華会」を指す可能性が高い(21)。先述したように観音信仰は法華信仰と併行して流布するから、少なくとも多賀城廃寺では観音信仰と法華信仰の二つの仏教信仰が存在していたことは確かであろう。持統天皇三年(六八九)七月壬子朔条では、観世音菩薩像一軀が賜与されていることからも、陸奥国には早くから観音信仰が存在したことは想定出来る。そのような仏教信仰上の背景があって、『霊異記』下巻四縁の説話も観音信仰的な内容になったのではなかろうか。

また油煙状の付着物がついた土器は高崎遺跡井戸尻地区から

も大量に出土し、[22]灯明器として使用されたと考えられている。出土した土器の年代は十世紀前半と考えられ、万灯会に用いられたと推測される。万灯会は多くの灯明を燃やして仏の供養を行う法会で、[23]白雉二年（六五一）十二月に味経宮で二千七百余の灯を燃やして、『安宅経』・『土側経』などを読んだことが見られ、その後翌白雉三年は内裏で行っている。天平十六年（七四四）十二月八日に金鐘寺と朱雀大路で一万坏を燃やして燃灯供養を行ったとあり、天平十八年（七四六）十月にも金鐘寺で同様な燃灯供養が盧舎那大仏の前で行われている。

このような万灯会は東大寺ばかりでなく地方の寺院でも行われ、『霊異記』下巻五縁では、河内国安宿郡の信天原山寺の妙見菩薩に毎年燃灯を奉っていることが記されている。また最近では、八世紀中頃の寺院遺跡と推定される京都府馬場南遺跡から、「神雄寺」などと書かれた墨書土器とともに多数の灯明皿が出土して燃灯供養が行われていたことが判明しており、燃灯供養が広く行われていたことを示している。山王遺跡や高崎遺跡は多賀城の周辺遺跡で方格地割内にあり、付近に多賀城廃寺が存在することから、少なくとも十世紀前半までにこのような法会が行われていたことが判明していることは興味深い。

燃灯供養は仏を祀る儀式であるが、朱鳥元年（六八六）六月丁亥条には、「勅之、遣二百官人等於川原寺一、為二燃燈供養一。仍大斎悔過也」とあり、[23]燃灯供養を行って悔過したとあるところから、同時に悔過も行われていたことを示している。『正倉院文書』でも「香山薬師寺三綱牒」（『大日本古文書』十四―二一七）などにも千灯悔過の例が見え、燃灯供養は広く行われていた。「悔過」は自己の罪過を懺悔する法会だから、これには『方広経』の仏名懺悔も関係していたと思われる。

以上から、時期は明らかではないが、懺悔を行う悔過の法会と関係する燃灯供養が行われていたことが遺物からも判明しており、『霊異記』下巻四縁の説話は陸奥国に早くから伝わった観音信仰・法華信仰と、在地で行われていた悔過の儀式が背景にあって説話が形成されたのではなかろうか。説話の内容からすれば法華信仰の影響が強いが、速水侑氏によれば奈良朝の悔過は祖霊追善と招福除災的現世利益な性格が共通すると指摘しており[25]、陸奥国でも行われていた悔過法会も法華信仰と方広悔過も共通な性格を持つので、下巻四縁の経典が『方広経』として想定されたのではなかろうか。

さらに婿の国司が法会を行った際に、『方広経』の加護で助かった大僧が参加することが記されているが、同時にそこには多数の自度僧が参加していることから、陸奥国でも仏教信仰が広まり、多数の自度僧を輩出している状況がうかがえる。陸奥国府は多賀城に置かれていたのだから、もしこの法会が事実とすれば、「観音寺」と推定される多賀城廃寺か、多賀城周辺遺跡で灯明土器が多数出土し国司の館が所在した山王遺跡周辺で、法会が行われたと推測される。すなわち多賀城と多賀城廃寺、さらにその周辺は、近年の発掘調査の結果、東西大路から条坊的区割りが存在したこと明らかになり、多賀城を中心とする都市が形成されていたと考えられているから、このような都市にも自度僧が流入してきているのであろう。

また「賛にいはく」とあるところから、説話の登場人物である僧に関する文章が存在した可能性がある。『霊異記』には「賛」は十五例存在するが、例えば上巻六縁の行善についても「賛」が存在し、『続日本紀』には養老五年（七二一）六月戊戌条にも行善の功績が称えられているから、こういう僧侶の人物伝が存在した可能性は高い。同じく『霊異記』上巻七縁の百済僧弘済は地方寺院の僧であるが、地方の僧侶でも同様に人物伝は存在するので、下巻四縁の説話の主人公にも、そのような僧伝が存在したのではないか[26]。

さて陸奥国への海上ルートであるが、いくつかの可能性が考えられる。仙台市太白区郡山に所在する郡山遺跡からは多賀城創建以前の古瓦が出土し、発掘調査の結果二期の官衙遺跡が存在し、I期官衙は七世紀中頃に設置された城柵遺跡的な存在（名取柵）、Ⅱ期官衙は七世紀末の時期で多賀城設置以前の陸奥国府と推定されている。(27)郡山遺跡の立地は広瀬川と名取川の合流点がⅠ期官衙の正面であるから、郡山遺跡は当初は河川や海上交通を意識した配置になっていることが知られ、下巻四縁にあるような海上交通が存在していたことを裏付けている。また多賀城においても、東門は塩竈街道に向いていることが発掘調査の結果判明しており、宮城洋一郎氏は海上ルートから塩竈の津に上陸し、さらにそこから多賀城に入るようなルートの存在を想定している。(28)

郡山遺跡は、Ⅱ期官衙の段階で寺院（郡山廃寺）が造営される。発掘調査の結果、郡山廃寺は多賀城廃寺と同じ伽藍配置であり、多賀城廃寺の前身寺院であると想定されている。また大宰府の観世音寺とも共通する伽藍配置であるところから、郡山廃寺も大宰府観世音寺と対になる東北辺境経営の拠点寺院である、という見解が存在する。(29)また出土した単弁蓮花文軒丸瓦の瓦当文様が多賀城系の軒丸瓦の瓦当文様に継承されていくところからも、郡山廃寺が多賀城廃寺の先駆的な役割を果たすとされている。

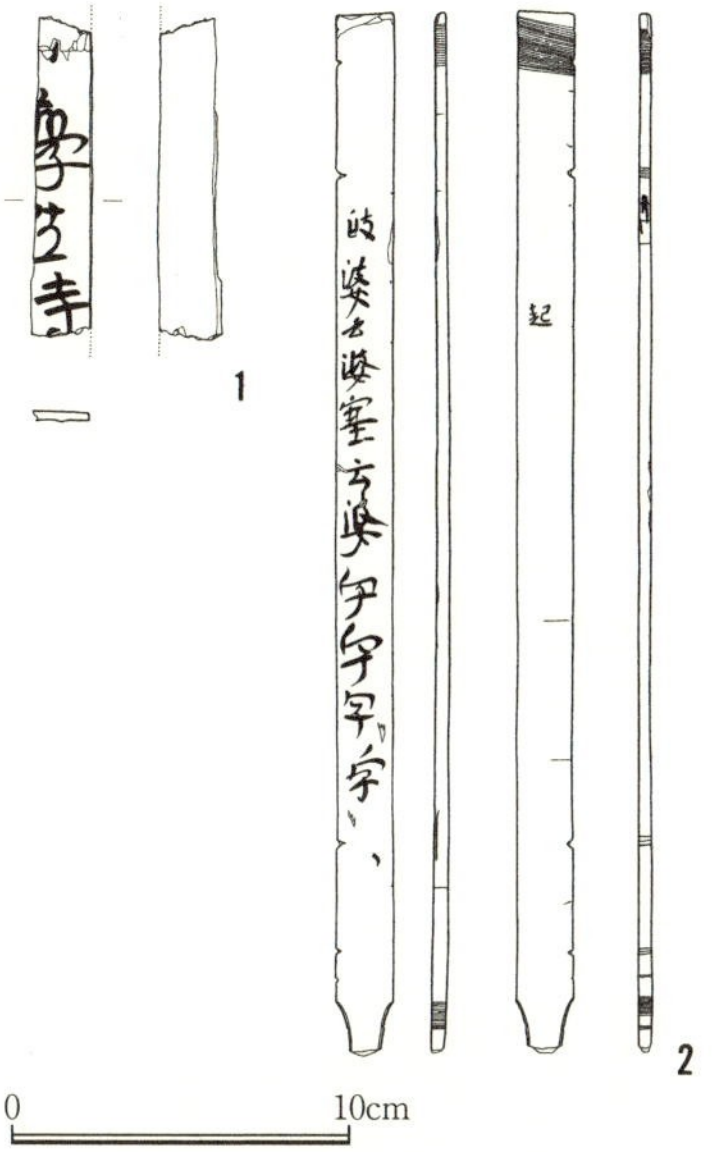

図4　郡山遺跡出土木簡

その郡山廃寺からは、寺院東の井戸跡から「学生寺」と読める木簡が出土している（図4－1）。「学生」とは文字通り仏教を学ぶ学僧のことであり、また第三号木簡は優婆塞の習書木簡で、修行中の在家僧である優婆塞の存在が推定され（図4－1）、少なくとも郡山廃寺が在地で仏教的な機能を果たしていたことを示しており、郡山遺跡の位置から考えると、海上ルートにおける仏教伝播の可能性も考えられる。

『常陸国風土記』香島郡条には、大船が難破して海岸に埋まっている記事が見られるが、その注に「謂下淡海之世、擬レ遣レ覔レ国、令三陸奥国石城船造二、作二大船一、至二于此一着レ岸、即破之上」とあって、(30)陸奥国石城郡に「長一十五丈、濶一丈余」の大船を造らせているから、陸奥から常陸を航行する海路があったことが想定される。(31)ただし、説話文中には「駅船」とあって海上ルートが存在したことは推測できるが、これについては他の史料には見えず、それが制度として存在したかどうかは不明である。

律令制国家の調庸物の運京は、原則として陸路・人担方式であったが、『続日本紀』霊亀元年（七一五）五月甲午条では調庸物貢納の海運を禁止している。そのことは裏を返せば、調庸物の貢納において海運が存在していたことを示している。しかし「職員令」兵部省主船司条によれば、「正一人〈掌二公私舟檝及舟具事一〉」とあって、(32)全国に存在する公私の船の最終的な掌握官司が、兵部省主船司であったことがわかる。「営繕令」官私船条では「官私船」とあるが、この場合「公船」も「官船」も同じ意味であろう。兵部省が管轄しているところから、軍事的性格が強いと思われる。(33)

陸奥国への海上交通についても、『続日本紀』宝亀七年（七七六）七月己亥条には、「和三市安房・上総・下総・常陸四国船五十隻二。置二陸奥国一、以備二不虞一」とあり、(34)また同じく天応元年（七八一）二月己未条には、「穀一十万斛仰二相模・武蔵・安房・上総・下総・常陸等国一、令レ漕二送陸奥軍所一」とあって、(35)陸奥国への海上交通の存在を示すとともに、それが軍事的行動の一環であることを示している。(36)

しかし陸奥国への海上交通は、必ずしも征討事業ばかりではないことが、福島県いわき市荒田目条里遺跡出土木簡から推測される。遺跡は夏井川が太平洋に注ぐ河口付近に立地し、付近には磐城郡衙跡と推定される根岸遺跡や、その郡領氏族の氏寺と推定される夏井廃寺が存在する。遺跡からは、古墳時代から平安時代の土師器・須恵器などの土器類や多数の木製品も出土し、荒田目条里遺跡が郡家の津としての機能を持っていたことを示している。[37]出土した一号木簡には「郡符　立屋津長伴マ福麿　可□召×／右為客料充遣召如件長宣承×」とあって（図5）、磐城郡司が立屋津長の「伴マ（大伴部）福麿」に差し出した郡符木簡で、立屋津に来客があって、津長が郡司の命令を受けて周辺の人々を徴発したと考えられる。磐城郡家の付近に津〈港〉があり、「津長」という港湾管理者が存在していたことは注目に値する。木簡文中の「客」が陸奥国から来たのかまた陸奥国へ向かうのかは不明であるが、陸奥国の太平洋沿岸に海上交通の津があり、木簡の文面の「客」は征討事業以外の使者であった可能性もあろう。

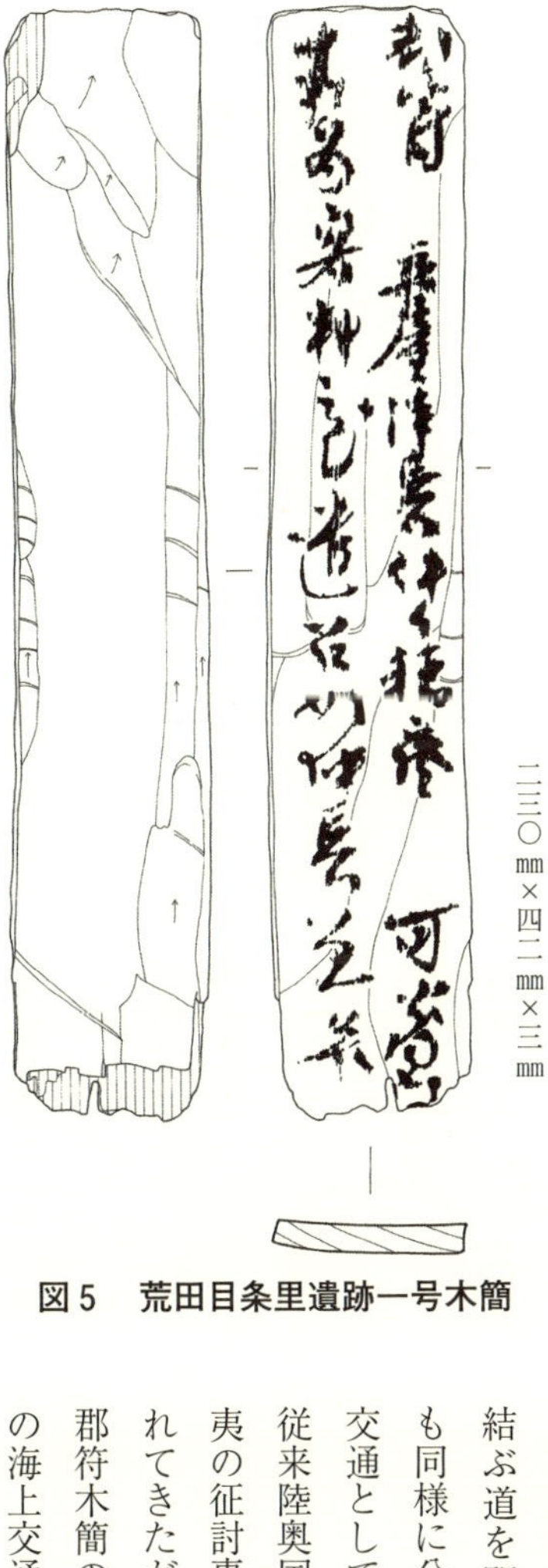

図5　荒田目条里遺跡一号木簡

律令制の交通制度では、七道を中心に陸路の交通路に一定の距離ごとに駅家が設置され、公用の駅使に乗り換え用の馬や食料などが支給された。これが駅制であるが、この駅を結ぶ道を駅路と呼ぶ。「駅船」も同様に公用の使者を運ぶ海上交通として理解すべきであろう。従来陸奥国への海上交通は、蝦夷の征討事業と関連して説明されてきたが、荒田目条里遺跡の郡符木簡のように征討事業以外の海上交通の存在も考えられる。

いずれにせよ陸奥国への海上交通の存在は明らかであり、『霊異記』下巻四縁の「駅船」が必ずしも荒唐無稽な創作ではないと思われる。

(2) 東山道ルート

一方、東山道ルートであるが、『霊異記』下巻七縁には、蝦夷征討に参加した東国豪族の観音信仰が示されている。それを挙げると、[38]

正六位上丈の直山継は、武蔵の国多磨の郡小河の郷の人なりき。その妻は、白髪部の氏の女なりき。山継征人となり、賊の地に毛人を打ちに遣はさる。賊の地を廻りし頃に、その妻、賊の難を脱れしめむがために、観音の木像を作り、慇ろに懃めて敬ひ供へまつる。夫、災難なくして、賊の地より還り来り、観喜の心を発し、妻と相供へまつれり。

経ること数の年、帝姫阿倍の天皇の御世の天平宝字の八年の甲辰の十二月に、山継、賊臣仲麿の乱に遭ひて、殺罪の例に羅り、十三人の類に入る。十二人の頸を誅りをはる時に、山継心迷惑ふ。その作りたてまつり敬ひ供ふる観音の木像、呵嘖してのたまはく、「咄、汝、なにぞこの穢き地に居る」とのたまひ、足を挙げ項より踰み通して、行縢とす。

すなはち、見しその頸を張り曳べ、打ち殺されむとせし時に、勅使馳せ来りていはく、「もし、丈の直山継、この類にありや」といふ。答へていはく、「あり。今し誅り殺さむとす」といふ。使諫めて、「殺すことなかれ。ただまさに信濃の国に流罪せよ」といひて、流されき。しかして後に、久しくあらずして召し上げられ、官せしめて、多磨の郡の少領に任けられき。

難に逢ひて張り曳べられたるその眼なほし残れり。山継殺さるることを脱れて命を全くせしは、観音の助救けなり。そゑに、おのが作善の功徳の於に、信を発し心を至さば、すなはち大きに歓喜し、助を被りて災故を脱れむ。

この説話でまず「丈の直山継」は、「武蔵の国多磨の郡小河の郷の人」とある。底本には「大真山継」とあり、これを「丈部直」という東国に多い豪族名とする説もあるが、ここでは「大直」、すなわち「大伴直」と考えたい(39)。『続日本紀』の天平宝字八年（七六四）十二月庚寅条には、仲麻呂の乱に連座した死刑囚が罪一等減じられているので、この説話と関係する可能性が高く、説話の内容もあながち創作ではないだろう。ここでは妻が蝦夷征討の無事帰還を祈って観音像を造り、そのお陰で無事帰還した、とある。『続日本紀』には蝦夷征討の記事が散見するが、山継が参加した蝦夷征討は、説話の時期から見て天平宝字二年（七五八）に坂東の兵士を徴発して桃生城・小勝柵を造営した征討事業の可能性が最も高い。

もっとも古代における観音信仰は一般的であるから、この説話だけでは関東地方から東北地方へ伝播した可能性を示すことは出来ず、先述したように東北地方では早くから観音信仰が成立していたと思われる。そのルートは郡山廃寺などの事例からすると海上ルートも想定されるが、ここでは東北地方の仏教も関東地方と同質であることを強調しておきたい。

また最近では、福島県江平遺跡から『最勝王経』読誦木簡が出土している（図6）。江平遺跡は福島県石川郡玉川村大字小高字江平に所在し、古代では白河郡に所在したと思われる。

出土した木簡には、

最勝ヵ□□仏説大□（弁ヵ）功徳四天王経千巻　又大般ヵ□百巻

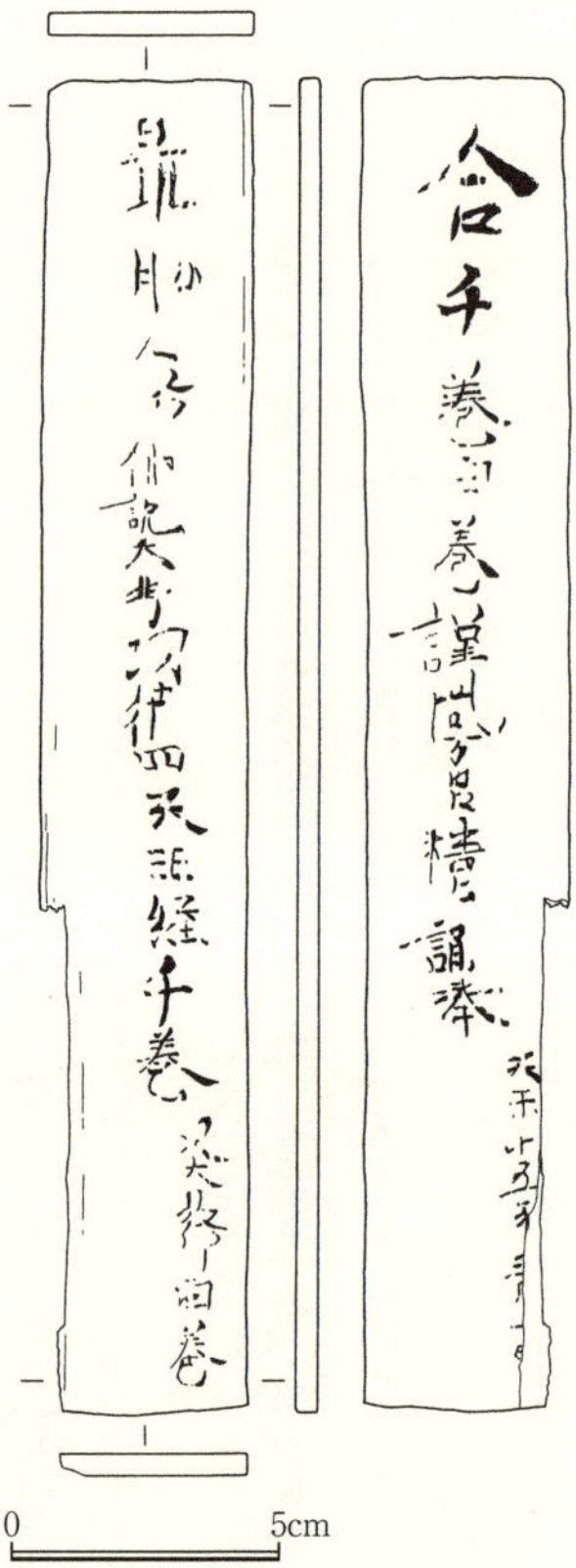

図6　江平遺跡出土木簡

合千巻百巻謹呰万呂精誦奉
天平十五年三月三ヵ日

とあり、『金光明経』四巻本の大弁品・功徳品・四天王品の三品を合わせた千巻と『大般若経』の「百巻」を、在地の有力者層と思われる呰万呂なる人物が「精誦」したことを記録したものと見られる。[40]『続日本紀』の天平十五年（七四三）正月癸丑条によれば、聖武天皇によって『大乗金光明最勝王経』の転読の法会の実施を諸国に命じているから、それに応じて呰万呂が『金光明経』を誦読したことを示している。木簡の日付が三月三日だとすると、正月十四日から行われた「七七日」（四十九日）の法会の終了日に当たり、この法会が全国的に行われたことを示している。

ただし江平遺跡は官衙に附属するような寺院遺跡ではなく、八世紀中頃の竪穴住居四十軒や八世紀後半から九世紀前半の掘立柱建物八十棟等が検出された集落遺跡である。遺跡からは、九世紀初頭と推定される四面廂付建物の周辺から「寺」字の墨書土器も出土しており、また灯明器も出土しているところから「村落寺院」の可能性が指摘されている。[41]

『金光明経』が転読されている例は「正税帳」などに国衙の例が見えるが、江平遺跡は集落遺跡であり、大弁品・功徳品・四天王品の三品は「金光明経四巻本」の巻二に当たり、最新の『金光明最勝王経』ではない。また

『大般若経』も用いられ、経典としての一貫性は失われている点などを考えれば、これが聖武天皇による『大乗金光明最勝王経』の転読の詞に応じたものとしても、この転読は国家主導のものではなく、呰万呂なる人物の自発的行為と見るべきである。この人物は在地有力者ではあるが僧侶ではないので、『霊異記』に登場するような自度僧の可能性もあろう。

「呰万呂」なる人物がどのようにして『金光明経』などの経典を入手したかは不明であるが、江平遺跡の所在する白河郡には郡衙関連遺跡と推定される関和久遺跡の他に借宿廃寺が存在するから、東山道を中心とする仏教活動を背景に推測することが出来よう。八世紀には各地の国衙で『金光明経』の転読を行った例が正税帳などで見られるから、陸奥国でも国衙で行われていたことは十分考えられる。その場合、陸奥国への主たる交通路は東山道であるから、僧侶や『金光明経』は東山道を利用して移動した可能性が高い。

四　おわりに

以上、東北地方の仏教信仰について、『霊異記』下巻四縁などの文献史料や最近の考古学的成果から、その具体像を明らかにしようと試みた。『霊異記』の説話については、編者景戒の意図が加味され、また『冥報記』などの中国の文献の影響も強く、下巻四縁も『冥報記』の影響は否定できない。しかし内容とその背景をよく検討してみると、近年多賀城跡の周辺から出土した仏教関係の遺物との関係も少なからず見ることが出来、在地の仏教活動が下巻四縁にも反映されていると考えられる。下巻四縁の成立過程については、陸奥国において「大僧」の「賛」のような伝承が存在していて、在地で一次伝承が創作されたと思われる。

『霊異記』と並んで僧侶の布教に使用された草案と推定されているのが『東大寺諷誦文稿』であるが、その中には「東国方言」「飛騨方言」と並んで「毛人方言」が挙げられており、また寺院の立地条件を称賛する語の中に「若城辺附レ城云」とある。[42]「山辺」や「林河」にある場合は、それについて言及せよとあるから、この場合は「城」について言及することになるであろう。方言が東国や飛騨と並んで毛人方言があるのだから、この場合の「城」はやはり東北地方の城柵を指すものと考える。

この『東大寺諷誦文稿』は東大寺関係の僧侶からなる草稿と推測されるから、少なくとも東大寺レベルの官僧でも、東北地方に布教に行ったことが想定される。先述したように、『東大寺諷誦文稿』には「方広経云」という文言もあり、『方広経』と対応していることが指摘されている。[43]『霊異記』下巻四縁に『方広経』が登場することは偶然ではなく、実際にこのような僧侶の交通が背景にあって、『霊異記』下巻四縁が成立した可能性が高い。すなわち下巻四縁の創作者は、古代東北地方に赴き布教して実情を知っている官大寺僧か、それらの僧侶と接する機会が多いであろう多賀城廃寺（「観音寺」）の僧などである可能性が高い。そして陸奥国へ交通したこのような官大寺僧から、説話を景戒が入手したと考えられる。また江平遺跡の木簡に表れる経典も、そのような僧侶の交通から入手したと考えるのが、最も妥当なのではなかろうか。

このように東北地方への仏教伝播のルートは、海上・海道ルートと東山道ルートの双方が存在していたことが想定出来た。従来古瓦の研究を中心として東北地方への仏教伝播が論ぜられてきたが、それ以外にも『霊異記』などの説話や木簡などの文字史料からも、東北地方の仏教信仰を考えることは可能であることを述べた。ただそれらの仏教信仰は、観音信仰や仏名悔過などの信仰で、必ずしも鎮護国家的な仏教信仰ではない。江平遺跡の『金光明経』の読誦も、聖武天皇の命に応じたものであって、蝦夷征討が目的ではない。東北地方に展開する仏教信仰を、蝦夷征討における鎮護国家仏教的性格というような一面だけから論ずる視点からは、もはや脱却すべきであろう。

したがって、本章で明らかにした東北地方の仏教信仰の性格は東北地方独自のものではなく、当時の一般的な仏教信仰と考えられる。東北地方における古代寺院の成立が七世紀後半に遡るという事実は、関東地方と同様に蝦夷社会は仏教を受容する基盤が存在していたことを示している。そして陸奥国への僧侶の交通は活発であり、下巻四縁もそのような状況のもとで形成されたと思われる。

註

（1）日本古典文学大系『日本書紀』下　持統天皇三年正月丙辰条　四九四頁　岩波書店　一九六五年

（2）日本古典文学大系『日本書紀』下　持統天皇三年正月壬戌条　四九四頁　岩波書店　一九六五年

（3）日本古典文学大系『日本書紀』下　持統天皇三年七月壬子朔条　四九八頁　岩波書店　一九六五年

（4）日本古典文学大系『日本書紀』下　持統天皇六年閏五月己酉条　五一六頁　岩波書店　一九六五年

（5）辻秀人「陸奥の古瓦の系譜」（『福島県立博物館紀要』六　一九九二年）、同「陸奥国における雷文縁複弁四弁、単弁八弁蓮華文軒丸瓦の展開について」（『古代』九七　一九九四年）

（6）眞保昌弘「古代陸奥国初期寺院建立の初段階―素弁、単弁、複弁系鐙瓦の分布とその歴史的意義―」（『大川清博士古稀記念論文集　王朝の考古学』　雄山閣出版　一九九五年）

（7）今泉隆雄「多賀城の創建―郡山遺跡から多賀城へ―」（『条里制古代都市研究』一七　二〇〇一年）

（8）樋口知志「仏教の発展と寺院」（須藤隆他編『新版　古代の日本』第九巻　東北・北海道　角川書店　一九九二年）

（9）岡本東三「東国の畿内系瓦当の変容と独自性」（『東国の古代寺院と瓦』　吉川弘文館　一九九六年）

（10）前掲眞保註（6）論文

（11）新潮日本古典集成『日本霊異記』下巻四縁　二一八～二二二頁　新潮社　一九八四年

(12)新日本古典文学大系『日本霊異記』一三四頁注四　岩波書店　一九九六年
(13)日本思想大系『律令』四七九頁　岩波書店　一九七六年
(14)日本思想大系『律令』補注19ａ（雑令）六九八頁　岩波書店　一九七六年
(15)日本思想大系『律令』二二一頁　岩波書店　一九七六年
(16)説話研究会編『冥報記の研究』第一巻　二五八～二五九頁　勉誠出版　一九九九年
(17)説話研究会編『冥報記の研究』第一巻　二五四頁　勉誠出版　一九九九年
(18)新川登亀男「日本古代の「方広経」受容前史」（平井後榮博士古稀記念論文集刊行会編『三論教学と仏教諸思想』春秋社　二〇〇〇年）、増尾伸一郎「奈良時代における仏典の伝写と読誦―『日本霊異記』中巻第十九縁を手がかりとして―」（河野貴美子・王勇編『東アジアの漢籍遺産―奈良を中心として―』勉誠出版　二〇一二年）
(19)寺川眞知夫「方広経の霊験」（『日本国現報善悪霊異記の研究』和泉書院　一九九六年）
(20)多賀城市史編纂委員会編『多賀城市史』第一巻　原始・古代・中世　多賀城市　一九九七年、同第四巻　考古資料　多賀城市　一九九一年
(21)前掲註(20)文献。ただしこの「花会」を釈迦誕生の四月八日の仏誕会と解釈する説もある（堀裕「多賀城廃寺小考：尊像と塔から」『東北アジア研究センター報告』一〇　二〇一三年）。
(22)多賀城市埋蔵文化財調査センター編『高崎遺跡―第一一次調査報告書―』多賀城市文化財調査報告書第三七集　多賀城市教育委員会　一九九五年
(23)平松良雄「八世紀の燃灯供養と灯明器」（大和を歩く会編『古代中世史の探究』法藏館　二〇〇七年）
(24)日本古典文学大系『日本書紀』下　朱鳥元年六月丁亥条　四七八頁　岩波書店　一九六五年
(25)速水侑「密教的観音信仰の成立と展開」（『観音信仰』塙書房　一九七〇年）
(26)『霊異記』下巻三十縁にも、自度僧の観規の「賛」が存在する。また下巻十九縁も尼僧の伝がベースとなっている可能性がある。
(27)『郡山遺跡発掘調査報告書―総括編（一）―』三〇八頁　仙台市教育委員会　二〇〇五年、長島榮一『郡山遺跡』同成社　二〇〇九年

(28) 宮城洋一郎「『日本霊異記』下巻第四縁の一考察」（根本誠二・宮城洋一郎編『奈良仏教の地方的展開』　五二頁　岩田書院　二〇〇二年）
(29) 前掲註 (27) 仙台市教育委員会報告集
(30)「常陸国風土記」（日本古典文学大系『風土記』香島郡条　七三頁　岩波書店　一九五八年）
(31) 佐々木慶一「古代東国の交通路」（『古代東国社会と交通』　校倉書房　一九九五年）、中村太一「東国と陸奥地域の水上交通」『（日本古代国家と計画道路』　吉川弘文館　一九九六年）、川尻秋生「古代東国の海洋交通」（『古代東国史の基礎的研究』　塙書房　二〇〇三年）
(32) 日本思想大系『律令』　一七三頁　岩波書店　一九七六年
(33) 松原弘宣「律令制下における船」（『日本古代水上交通史の研究』　一四七頁　吉川弘文館　一九八五年）
(34) 新日本古典文学大系『続日本紀』五　一七頁　岩波書店　一九九八年
(35) 新日本古典文学大系『続日本紀』五　一七三頁　岩波書店　一九九八年
(36) 佐々木・中村前掲註 (31) 著書
(37) いわき市教育文化事業団編『荒田目条里制遺構・砂畑遺跡』　いわき市埋蔵文化財調査報告第八四冊　いわき市教育委員会　二〇〇二年
(38) 新潮日本古典集成『日本霊異記』下巻七縁　二二五〜二二七頁　新潮社　一九八四年
(39) その根拠は、『霊異記』の武蔵国関係の説話である中巻三縁や九縁に郡司として大伴氏が登場すること、「大伴直」も『続日本紀』宝亀八年（七七七）六月乙酉条などに見えることによる（第二篇第一章「『日本霊異記』における東国関係説話——武蔵・信濃国を中心として」）。
(40) 福田秀生・平川南「江平遺跡」（『木簡研究』二二　一二六〜一二八頁　二〇〇〇年）、福島県文化振興事業団編『江平遺跡　第一分冊』福島県文化財調査報告書第三九四集、福島空港・あぶくま南道路遺跡発掘調査報告一二　三五一頁　福島県教育委員会　二〇〇二年
(41) 前掲註 (40) 福島県教育委員会報告書
(42) 中田祝夫解説『東大寺諷誦文稿』　七一頁　勉誠社文庫一二　勉誠社　一九七六年

(43) 寺川前掲註(19)著書

第六章　道場法師系説話群の成立——美濃・尾張国の交通網

一　はじめに

『日本霊異記』（以下『霊異記』）は日本最古の仏教説話であるが、一見すると仏教と関係のない説話もいくつか収録されている。それらの中でも尾張国を舞台とした道場法師系説話は、上巻三縁では雷神と道場法師の誕生、そして飛鳥元興寺での道場法師の活躍が描かれているものの、中巻二十七縁はその孫娘の力女としての活躍となる説話を中核とし、中巻四縁ではそれが美濃国の少川の市を支配する三野の狐直の四継の孫娘との対決となり、その狐直の四継の孫娘の系譜説話として上巻二縁が位置する。この美濃・尾張国を舞台とした四話のグループを、一般に「道場法師系説話」と総称している。またこれらの力女伝は、因果応報の論理として描かれているものの直接仏教とは関係なく、極めて在地色の強い説話群である。そのためこの道場法師系説話については、すでにさまざまな角度からの研究が多数存在している。さらに尾張元興寺という古代寺院の存在から、飛鳥元興寺との関係を重視する説も多い(1)。

しかし尾張国を中心として成立した道場法師系説話に、なぜ美濃国の説話群が結びついていったのかを論じた論考は少ない。そこで本章では道場法師系説話を中心に、背景となる尾張国と美濃国の交通路について考察を加えたい。

二　尾張国の道場法師伝

(1) 上巻三縁「雷の憙を得て生ましめし子の強き力ある縁」

昔、敏達天皇〈こは、磐余の訳語田の宮に国食しし、渟名倉太玉敷の命ぞ。〉の御世に、尾張の国阿育知の郡片蕝の里に、ひとりの農夫ありき。作田に水を引く時に、小細雨降るがゆゑに、木の本に隠れて、金の杖を撠きて立てり。時に雷鳴る。すなはち恐り驚きて、金の杖を擎げて立てり。

すなはち、雷、その人の前に堕ちて、小子となる。しかるにその人、金の杖を持ちて撞かむとす。時に、雷いはく、「われを害ふことなかれ。われ汝の恩に報いむ」といふ。その人問ひていはく、「汝、なにをか報いむ」といふ。雷答へていはく「汝に寄りて、子を胎ましめて報いむ。そゑに、わがために楠の船を作り、水を入れ、竹の葉を泛べて賜へ」といふ。すなはち、雷のいひしがごとくに作り備けて与へつ。時に、雷いはく、「近よることなかれ」といひて、遠く避らしむれば、すなはち、愛り霧らひて天に登りぬ。(①)

しかして後に、産れし児の頭は、蛇を二遍纏ひ、首と尾と後に垂れて生まれたり。

長大りて、年十有余の頃、「朝庭に力人あり」と聞きて、「試みむ」とおもひ、来りて大宮のあたりに居りき。ここに、時に臨みて王ありて、力秀れたり。当時、大宮の東北の角の別院に住む。その東北の角に、方八尺の石あり。力ある王、住める家より出でて、その石を取りて投ぐ。すなはち住処に入りて門を閉ぢ、他人を出で入りせしめず。少子視ておもはく、「名の聞えたる力人はこれなりけり」とおもふ。

夜に、人に見られずしてその石を取りて、一尺投げ益れり。力ある王見て、手を拍ち攅みて、石を取りて投ぐ。常より投げ益ること得ず。小子、また二尺投げ益れり。王見て、二たび投ぐれども、なほし益ること得ず。小子の立ちて石を投げし処は、小子の跡の深さ三寸践み入り、その石もまた三尺投げ益れり。

王、跡を見て、「ここに居る小子の石を投げたるなりけり」とおもひ、捉へむとして依れば、すなはち少子逃ぐ。王追へば少子逃ぐ。王追へば、少子墻より通りて逃ぐ。小子また返るに、王、墻の上より踰えて追へば、通りしところよりまた通りて、外に走る。力ある王、終に捉ふること得ず、「われより力益れり」とおもひて、さらに追はず。（②）

しかして後に、少子、元興寺の童子となりき。

時に、その寺の鐘堂にして、撞く子、夜別に死ぬ。その童子見て、衆の僧にまうしていはく、「われ、この死ぬる災ひを止めむ」といふ。衆の僧聴許しつ。童子、鐘堂の四の角に四つの燈を置き、儲けたる四人にいひ教ふらく、「われ鬼を捉ふる時には、ともに燈の覆へる蓋を開け」といふ。しかして鐘堂の戸の本に居り。鬼、半夜ばかりに来れり。童子を佇きて視て退く。鬼また後夜の時に来り入る。すなはち鬼の頭髪を捉へて別に引く。鬼は外より引き、童子は内より引く。かの儲けし四人は、慌れ迷ひて蓋を開くこと得ず。童子、四角に鬼を引きて依り、燈の蓋を開く。晨朝の時に至りて、鬼、おのが頭髪を引き剝たれて逃げたり。

明くる日に、その鬼の血を尋ねて求め往けば、その寺の悪しき奴を埋め立てし衢に至りぬ。すなはち知りぬ、その悪しき奴の霊鬼なりといふことを。頭髪は、今に元興寺にありて財とす。（③）

しかして後に、その童子、優婆塞となり、なほし元興寺に住む。その寺の作田に水を引く。諸の王たち、妨げて水を入れず、田焼くる時に、優婆塞のいはく、「われ田の水を引かむ」といふ。衆の僧聴し、故に十人して荷つべき鋤柄を作りて持たしむ。優婆塞、その鋤柄を持ち、杖に撞きて往き、水門の口に立てて居う。諸の王たち、鋤柄を引き棄て、水門の口を塞ぎて、寺の田に入れず。優婆塞、また百余引きの石を取り、水門を塞ぎて、寺の田に入る。王たち、優婆塞の力を恐りてつひに犯さず。そゑに、寺の田渇れずしてよく得たり。このゆゑに、寺の衆の僧聴して、得度し出家せしめ、名は道場法師と号けき。（④）

後の世の人の伝へていはく、「元興寺の道場法師、強き力多あり」といふは、これなり。

まさに知れ、まことに先の世に強くよき縁を修めて感ぜる力なりといふことを。これ、日本国の奇しき事なり。(2) （①〜④は筆者）

上巻三縁は敏達天皇の代のこととし、上巻一縁の雷神を捕らえる少子部栖軽を主人公とした説話と結託している。説話の配置としては、その間に欽明天皇の代の説話として美濃国の狐直の氏族伝承的な説話が挟まれ、仏教伝来からその受容まで、仏教とはあまり関係のない説話が配置され、次の四縁では聖徳太子が登場し、日本に仏教が受容されていくという説話の年代的な配置になっている。したがって上巻二縁も三縁も、景戒とすれば仏教受容以前の説話として把握していたと考えてよい。

まず上巻三縁は、四つの部分（①〜④）からなる。第一段（①）は尾張国愛知郡片蕝（輪）里を舞台とした雷神報恩譚で、在地の固有信仰と思われる。そして第二段（②）は、雷神の申し子である小子の力比べの説話であり、第三段（③）は飛鳥元興寺の鬼退治の説話で、第四段（④）も飛鳥元興寺と王族との寺田の水争いの説話で、四段とも相関関係が薄く、とくに第二～四段は、飛鳥元興寺で創作された可能性が高い。

この上巻三縁の道場法師説話については先行研究が多く、主な研究としては、高取正男氏は尾張国鳴海郡の出身である元興寺僧賢璟が関与していて、尾張国の在地性の強い説話群が中央にもたらされたと指摘している(3)。黒沢幸三氏は飛鳥元興寺と尾張元興寺との関係を指摘し、飛鳥元興寺を拠点とする民間遊行僧によって、尾張国の民間伝承と元興寺の自伝が結びついて形成されたとする(4)。丸山顕徳氏は愛知郡が海辺に近いことや、熱田が雷神信仰に強い地であることから、地方の呪術的な民間宗教的な団体があり、道場法師が龍蛇信仰と関係があることを指摘している(5)。また原田行造氏は、道場法師を尾張氏の流れをくむ人物とし、この雷神信仰と関係する説話を、百済大寺への対抗意識を持つ飛鳥元興寺が導入したとしている(6)。さらに寺川眞知夫氏は道場法師が飛鳥元興寺の守護者として形成された説話で、飛鳥元興寺の衆僧によって形成されたとする(7)。

研究史の上でも指摘される問題点は、①雷神信仰との関係、②尾張国を舞台とした在地性の強い説話、③飛鳥元興寺との関係に集約されるであろう。先述したように上巻三縁は四つの段から構成され、その内第二～四段は飛鳥での話であるから、ここではとくに取り上げることはしない。尾張国愛知郡には、尾張元興寺という古代寺院が存在するので、飛鳥元興寺との関係を指摘する説もあるが(8)、その関係を実証することは困難である。とすれば、ここで検討しなければならないのは、①雷神信仰との関係と、②尾張国を舞台とした在地性の強い説話であるかどうか、であろう。

雷神信仰との関係については、『日本書紀』の壬申の乱に尾張国司守の小子部連鉏鉤が、二万の衆を率いて大海人皇子方に付いたことが記されているが、同時に尾張宿禰大隅や尾張連馬耳も壬申の乱で功績があったことが知られており、この時に小子部氏の持つ雷神信仰を尾張氏が入手した可能性はないであろうか。原田行造氏は雷神信仰を持つ小子部連氏と子部氏が融合し、さらに尾張氏から分流した伊福部氏も雷神信仰を持ったと、その伝承との関連を指摘している。(9)

一方上巻三縁は、尾張国を舞台とした在地性の強い説話であることが指摘されているが、『和名類聚抄』(以下『和名抄』)によれば愛知郡は中村・千竈・日部・太毛・物部・熱田・作良・成海・駅家・神戸郷からなる。(10)しかし『和名抄』段階では、片輪里は見えない。愛知郡は尾張国造尾張氏の本拠地であり、六世紀初頭の築造で東海地方最大の前方後円墳である断夫山古墳が存在し、『日本書紀』神代や景行天皇五十一年条に見える熱田神宮が存在する。本郡郡司も尾張氏で、『続日本紀』和銅二年(七〇九)五月庚申条に、「愛知郡大領外従六位上尾張宿禰乎己志」の名が見える。(11)また交通の要地でもあり、愛知郡駅家郷には新溝駅が置かれ、現在の名古屋市中区古渡付近に比定されている。

従来から片輪里の比定地については、名古屋市中区古渡町に比定する説が有力であるが、福岡猛志氏はさらに詳細に検討して名古屋市中村区日比津町から稲葉地町付近とし、萱津との日常的交流の範囲を広げれば、古渡町に当てることも出来るとしている。(12)片輪里については、中巻二十七縁にも登場するので、改めて検討したい。

また愛知郡で重要な遺跡は、尾張元興寺跡の存在である。研究史でもこの元興寺について、飛鳥元興寺と尾張元興寺の関係を指摘する説もあるが、結論から言えば、直接的な関係は認められないであろう。尾張元興寺跡は名古屋市中区に所在し、宅地化したため遺構はほとんど残らないが、白鳳期の軒瓦などの遺物が出土している。(13)『日本紀略』元慶八年(八八四)八月二十六日条では、「勅下二令、尾張国愛智郡定額願興寺一為中国分金光明寺上。縁二本金光明寺灾火焼損一也」とあり、(14)この「願興寺」が尾張元興寺のこととされている。

尾張元興寺跡から出土する軒丸瓦は、弁内にパルメットを配する重圏文縁単弁六弁蓮花文軒丸瓦で、大阪府の野

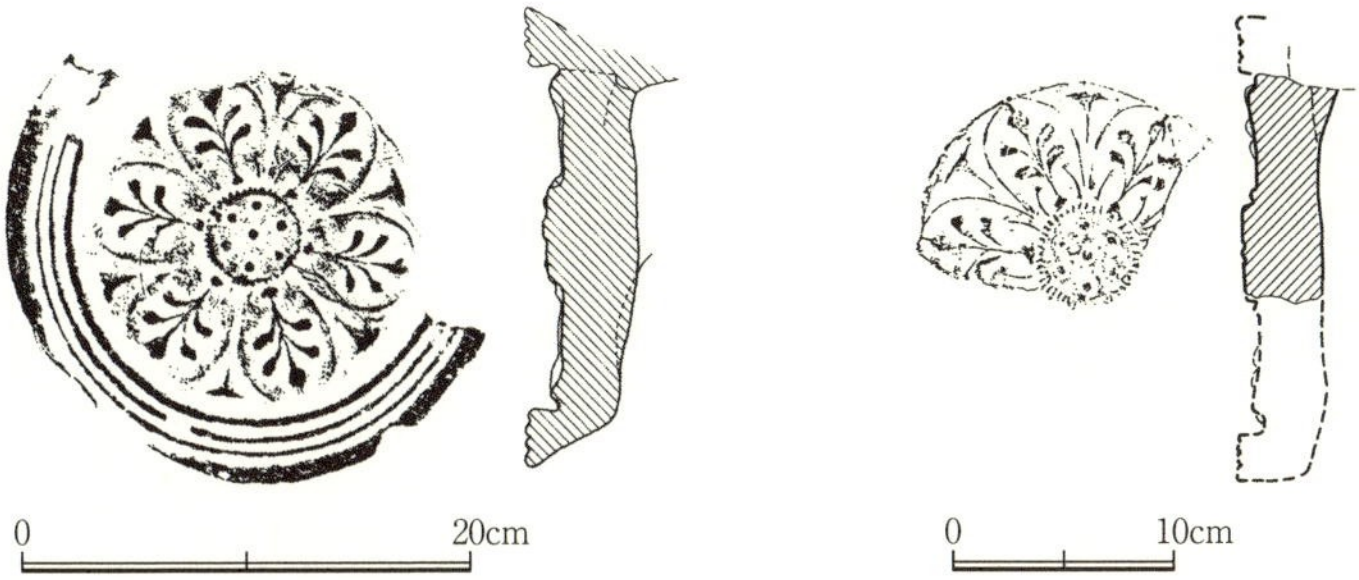

図１　尾張元興寺跡・野中寺出土忍冬文軒丸瓦

中寺跡から出土するものと同笵である（図１）。梶山勝氏は、野中寺が存在する河内国丹比郡に尾張連氏が存在することや道昭の存在、さらに道昭が野中寺の造営氏族である船連氏の出身であることから、尾張元興寺の造営にはそれらが介在して同笵瓦がもたらされたとする。(15) この寺院跡が尾張国でも最古の寺院の一つであり、尾張国造尾張氏の本拠地に所在することは重要ではあるが、道昭が元興寺を訪れたことは文献では明らかではなく、道昭や船連氏と簡単に結びつけるのは難しいであろう。次にこの道場法師の孫娘となる説話について、考察を加えたい。

（2）中巻二十七縁「力ある女、強き力を示す縁」

尾張の宿禰久玖利は、尾張の国中嶋の郡の大領なりき。聖武天皇国食しし時の人なり。久玖利が妻は、同じ国愛知の郡片蕝の里にありし女人なり〈こは昔、元興寺にありし道場法師の孫ぞ〉。夫に随ひ柔かに儒かにして、練りたる糸・綿の如し。麻の細き䌫を織りて、夫の大領に着せたり。䌫の姝しきこと比なし。

時に、その国を行ふ主は、稚桜部の任なりき。国の上、大領に着せたる衣の姝しきを視て、取りていはく、「汝に着すべき衣にあらず」といひて、返さず。妻問ふ、「衣をいかにしつる」といふ。答ふらく、

「国の上取れり」といふ。また問ふ、「その衣を心に惜しとや思ふ」といふ。答へていはく、「はなはだ惜し」といふ。妻すなはち往きて、国の上の前に居て、乞ひていはく、「衣賜へ」といふ。爾に国の上いはく、「いかなる女ぞ、引き捨てよ」といふ。引かしむるに動かず。

女、二つの指をもて、国の上の居る床の端を取り、居ゑながら国府の門の外に持ち出づ。国の上の衣の襴を、条然に捕り粉き、乞ひていはく、「衣賜へ」といふ。国の上惶り煩ひ、その衣を返し与ふ。取りて持ちて家に帰り、洒ぎて浄め、その衣を牒み収む。呉竹を捕り粉くこと練糸のごとし。

大領の父母、見て大きに惶り、その子に告げていはく、「汝この妻によりて、国の司に怨まれむ。行ふ事大きに惶ろし。国の司をすらにも是くするを、事の咎、動もあらば、われらいかにせむ。寝み食ふことあたはず」といふ。そゑに、本の家に送りてまた瞻みず。

しかして後に、この嬢、その里の草津の川の河津に至る。衣洗ふ時に、商人の大船、荷を載せて過ぎ垂とす。船長、嬢を見て、言ひ煩はし嘲し嗎ぶ。女、「黙あれ」といふ。女いはく、「人を犯す者は、頰痛く拍たれむ」といふ。船長聞きて瞋り、船を留めて女を打つ。

女拍たるるを痛しとせず、船の半引き居ゑ、舳下りて水に入る。津のほとりの人を雇ひて、船の物持ち上げ、しかしてさらに船に載す。嬢いはく、「礼なきがゆゑに船を引き居ゑつ。なにのゆゑにか諸人賤しき女を陵がしむる」といふ。船の荷載せながら、また一町ほど引き上げて居う。ここに、船人大きに惶り、長跪きてまうしていはく、「犯せり。服なり」といふ。そゑに女聴許しつ。その船は五百人して引けども動かざりき。そゑに知る、その力は五百人の力より過ぎたることを。

経に説きたまへるがごとし。「餅を作りて三宝を供養すれば、金剛那羅延の力を得む云々」とのたまへり。

ここをもてまさに知れ、先の世に大きなる枚餅を作りて、三宝衆僧を供養し、この強き力を得たりしといふことを。

この説話は二つの段からなり、最初の段は①中嶋郡大領の妻時代で、国司の横暴を大領である夫が受けたことでこの国司を懲らしめる事件で、次の段は②離縁後の片輪里草津川の津で侮辱した船頭を懲らしめる事件である。

まず最初の①中嶋郡大領の妻時代の内容は、道場法師の孫娘が大変柔和な性格で麻を織るのに非常に優れているという女性らしい性格を強調している。麻は『延喜式』主計上条では、調として「練糸二百卌二絇七両二分」、中男作物として「麻一百斤」が貢上されている。[16] 中嶋郡は、『和名抄』では美和・神戸・拝師・小塞・三宅・茜部・石作・日部・川崎郷からなり、[17] このうち国府は中嶋郡にあったとされ、[18] 説話の内容と相違しない。

嫁ぎ先の「尾張国中嶋郡大領尾張宿禰久玖利」は他には見えないが、尾張氏については、天平二年（七三〇）の『尾張国正税帳』には春部郡と推定される郡司に「外正八位上尾張宿禰人足」・「主政外大初位上勲十二等尾張連石弓」の名が見え、[19] 天平六年（七三四）の『尾張国正税帳』にも中嶋郡に「従八位下尾張連」の名が見える。[20] 愛知郡には先述した「愛知郡大領外従六位上尾張宿禰乎己志」が見え、『日本後紀』延暦十八年（七九九）五月二十六日条には「海部郡少領尾張連宮守」の名が見えるので、[21] 海部郡・愛知郡・中嶋郡・春部郡の広範な地域が、尾張氏の勢力圏であったことがわかる。

また尾張氏は火明命を始祖とする氏族で、『先代旧事本紀』では「尾張国造、志賀高穴朝、以㆓天別天火明命十世孫小止与命㆒、定㆓賜国造㆒」とあり、[22] 『新撰姓氏録』では尾張宿禰氏と尾張連氏は同祖であるとされている。[23] 『日本書紀』天武天皇十三年（六八四）十二月己卯条では尾張連氏は宿禰の姓を賜っており、[24] 尾張国を中心とした伝統的な在地有力豪族であったことがわかる。後述するように、道場法師の孫娘の出身地は愛知郡片輪里であり、愛知郡から中嶋郡にわたる通婚圏の背景には、このような尾張氏の同族関係が存在していたものと思われる。

次に国司であった「稚桜部」（若桜部）氏は、『新撰姓氏録』[25]によれば、右京皇別上の「若桜部朝臣」とすると阿倍朝臣氏と同祖で「大彦命孫伊波我牟都加利命之後也」とあり、右京神別上の「若桜部造」とすれば物部系の氏族となる[26]。

さてその国司の横暴に対して道場法師の孫娘は、強力を用いて国司を懲らしめるが、それゆえに嫁ぎ先から離縁される。このような力女の背景には、『続日本紀』天平七年（七三五）五月戊寅条によれば、「諸国所レ貢力婦、自レ今以後、准二仕丁例一、免二其房徭一、幷給二田一町一、以充二養物一」とあり[27]、また『政事要略』巻五十三の延喜十四年（九一四）八月八日官符には「膂力婦女田廿七町三段　尾張国一町（中略）美濃国一町」とあって[28]、尾張・美濃国に「膂力婦女田」が存在しており、尾張国や美濃国から力婦が貢上されていたことが知られる。このような力婦の存在が背景にあって、力女伝の形成に結びついていったのではなかろうか。

次に②離縁後の片輪里草津川の津を舞台とする事件では、草津川は現在の五条川と庄内川を合わせた名称で、現在の愛知県あま市上萱津・中萱津・下萱津一帯に比定されている。『類聚三代格』巻十六の承和二年（八三五）六月二十九日官符の「船瀬幷浮橋布施屋事」には、「尾張国草津渡三艘〈元一艘。今加二二艘一〉」とあり[29]、草津渡には渡舟が配置されていたことがわかる。しかしこの一帯は愛知郡ではなく海部郡であるとし、地名の齟齬を指摘する向きもあるが[30]、福岡猛志氏のように、対岸と考えれば問題はないと思われる[31]。同様に松原弘宣氏も草津川付近を実家の地とし、草津渡が草津川交通と東海道が結合した地点と見る[32]。いずれにせよ、草津川の津を舞台とする設定は、在地性が強いと思われる。

さてそこで道場法師の孫娘は、草津川の河津を行き過ぎる船の船頭から無礼を受け、船を引き上げる怪力を示し、船長を懲らしめる。この背景には、尾張国は水上交通が盛んで草津川の津のように、交易船が行き交う状況が日常的に存在していたことを示している。すなわちこの草津川の津を舞台とする事件は、極めて日常的な状況が背景にあって、女性に対する日常的な暴力も存在していたのであり、その暴力に対して道場法師の孫娘が敢然と立ち向かい懲らしめたことに意義がある。そのことは前段の郡司の弱腰についても同様で、中央から派遣された国司に対し、いかに在地では有力な豪族であっても抵抗出来ない状況があり、それに対し痛快な抵抗をし、なおかつ理不尽な離縁をされた内容についても怒りを覚え、さらに後段の女性に対する暴力を懲らしめた話を聞いて共感を覚えるのは、恐らくは女性であろうと思われる。すなわちこの説話の聞き手は、日常的に立場の弱い在地の女性たちであり、それを意識して形成された説話であると言えよう。

(3) 中巻四縁「力ある女、捔力し試みる縁」

聖武天皇の御世に、三野の国片県の郡少川の市に、ひとりの力ある女ありき。ひととなり大きなり。名をば三野の狐といふ〈こは、昔、三野の国の狐を母として生れし人の四継の孫ぞ〉。力強くして百人の力に当る。少川の市の内に住み、おのが力を恃み、往還の商人を凌弊けて、その物を取るを業とす。

時に、尾張の国愛智の郡片輪の里にも、ひとりの力ある女ありき。ひととなり少し〈こは、昔、元興寺にありし道場法師の孫ぞ〉。それ、「三野の狐、人の物を凌弊けて取る」と聞き、「試みむ」とおもひて、蛤の桶五十斛を船に載せ、その市に泊つ。また、儲け備へて、熊葛の練韃を二十段副へ納む。

時に、狐来りて、その蛤を皆取りて売らしむ。しかして問ひていはく、「いづくより来れる女ぞ」といふ。蛤の主答へず。また問ふ。答へず。重ねて四遍問ふ。すなはち答へていはく、「来し方を知らず」といふ。狐、

「礼なし」とおもひ、打たむとして起ちよれば、すなはち二つの手を持ち捉へて、熊葛の鞕もてひとたび打つ。鞕に肉着く。また一つの鞕を取りてひとたび打つときに、鞕に肉着く。十段の鞕打つに随ひて、みな肉着く。狐まうしていはく「服なり。犯せり。惶し」といふ。ここに、狐の力より益れることを知れり。蛤の主の女いはく、「今よりのちは、この市に在ること得じ。もし強ひて住まば、つひに打ち殺さむ」といふ。狐、打ち戢めらえき。その市に住まず、人の物を奪はず。その市の人、すべてみな安く穏かなることを悦びき。

それ、力人の支は、世を継ぎて絶えず。誠に知る、先の世に大力の因を殖ゑて、今にこの力を得たることを。

この説話では、上巻二縁の三野の狐四世の孫娘が三野国片県郡少川市に棲みつき、往来の商人から略奪を行っていたことが記されている。その非法行為を聞いて尾張国愛知郡片輪里の道場法師の孫娘は、船に蛤の桶五十斛と熊葛の練鞭二十段を載せて少川市に行き、略奪を行った三野の狐を懲らしめ、市から追放したとする内容である。説話の舞台となる少川市は、黒野町古市場（現在の岐阜市古市場）に比定する説が有力であるが[33]、稲葉郡鶉沼町古市場（現在の各務原市鵜沼古市場町）説や合渡一日市場（現在の岐阜市一日市場）説なども存在する。[34]いずれの説も決定打に欠け、断定できない。しかし『霊異記』の説話に見える少川市の実態は、①多数の商人が集い、かなりの賑わいであること、②尾張国から美濃国への水上交通路上に位置すること、③河川に接し船の停泊が可能であること、が確認され、それから考えると「草津川の津」のような河津であることが推測される。

さらに道場法師の孫娘は尾張国から「蛤五十斛」を船に載せたとあり、一斛は十斗、一斗は十升であり、「蛤五十斛」は五千升で相当な量である。この数量が事実であるかは不明であるが、少なくとも大量の蛤を積載した船舶が、これらの河や津を航行して交易を行っていたことは事実であろう。

『和名抄』によれば方県郡には村部・大唐・鶉養・方県・思淡・駅家郷があり[35]、また『延喜式』兵部省条には美濃国には不破・大野・方県駅家があり(36)、そのうち方県郡の駅家については岐阜市河渡周辺（旧合渡村）に比定する説(37)や、岐阜市長良とする説などが存在している(38)。いずれにせよ、この方県郡は水陸の交通要地であることは言えそうである。

ここでは上巻三縁と中巻二十七縁の道場法師とその孫娘の活躍というストーリーと、上巻二縁の狐の直の氏族伝承を持つ三野の狐との対決が語られており、その結果、尾張国の道場法師の孫娘が勝つという結末である。先述した『政事要略』延喜十四年八月八日官符には、「尾張国二町」と並んで「美濃国二町」とあるから(39)、美濃国にも膂力婦女田が存在して力婦が貢上されており、尾張国と同様にこのような背景から三野の狐伝が形成された可能性がある。

しかし物語の結末は、尾張国の道場法師の孫娘が勝って三野の狐を懲らしめるというものであり、三野の狐が悪役となっているのである。このことからこの説話は、尾張国で形成されたか、または尾張国に関係する者の手によって創作された可能性が高い。しかし説話の舞台はあくまでも美濃国であり、もしこれが尾張国で創作されたとするならば、基となる説話自体が広範な地域を移動している可能性があろう。

三　美濃国の狐直伝承の成立

以上、道場法師の孫娘の伝承を中心にして、尾張国で形成された道場法師系説話群が美濃国と関係があることが、中巻四縁から判明した。そこで次にこの中巻四縁の背景にある、美濃国の狐伝承について、触れてみたい。

上巻二縁「狐を妻として子を生ましむる縁」

昔、欽明天皇〈こは、磯城嶋の金刺の宮に国食しし、天国押開広庭の命ぞ〉の御世に、三乃の国大乃の郡の人、妻とすべき好き嬢を覓めて、路に乗りて行きき。時に、曠野の中にして姝しき女遇へり。その女、壮に媚び馴き、壮睇ちていはく、「いづくに行く稚嬢ぞ」といふ。嬢答ふらく、「能き縁を覓めむとして行く女なり」といふ。壮もまた語りていはく、「わが妻と成らむや」といふ。女、「聴さむ」と答へていへば、すなはち家に将て交通ぎぬ。相住める比頃に、懐任みてひとりの男子を生む。時に、その家の犬も、十二月の十五日に子を生む。その犬の子、つねに家室に向ひて、期尅ひ睚み皆み嘷吠ゆ。家室、脅え惶ぢて、家長に告げていはく、「この犬は打ち殺せ」といふ。然患へ告ぐるといへども、猶し殺さず。二月・三月の頃に、設けし年米を舂く。時に、その家室、稲舂女らに間食を充てむとして碓屋に入る。すなはちその犬、家室を咋はむとして追ひて吠ゆ。すなはち驚き躁ぢ恐り、野干と成りて籠の上に登りて居り。家長見ていはく、「汝とわれとの中に子を相生めるがゆゑに、われは汝を忘れじ。毎に来りて相寐よ」といふ。故に、夫の語を誦えて来り寐き。このゆゑに〈名けて支都禰といふぞ〉。時に、その妻、紅の襴染の裳〈今の桃花の裳ぞ〉を着て、窈窕びて、裳襴を引きつつ逝きぬ。夫、去にし容を視て、恋ひて歌にいふ、

（中略）

そゑに、その相生ましめし子の名を岐都禰と号く。また、その子の姓も、狐の直と負す。この人、強き力多ありき。走ることの疾きこと鳥の飛ぶがごとし。三乃の国の狐の直らが根本、これなり。

説話の概要は、美濃国大野郡の男が妻を求めて広野に出て、偶然美しい女と出会い、家に連れて帰り結婚する。やがて二人の間に子どもが生まれるが、同じ頃に生まれた小犬はどうしたわけか、家室には吠えるのである。ある日、家室が雇用していた稲春女らに間食（昼食）を運んでいたところ、その小犬がいきなり吠えかかったため、家室は驚いて本性の「野干」（狐）の正体を現してしまう。それでも男は子どもまで出来た間柄だから、「いつでも来て寝よ」といい、そのため「狐」の語源となった、という話である。その後生まれた子どもは、足が速く飛ぶ鳥のようだとされ、美濃国の「狐直」という氏族の祖先となった、という内容である。

この説話の時代は欽明天皇の時代を設定するが、後述するように疑わしい。説話の舞台は美濃国大野郡で、現在の岐阜県揖斐郡大野町と推定される。『和名抄』によれば、大野郡は楢斐・大神・明見・三桑・上枚・下枚・郡家・志麻・大田・石太・栗田・七埼・駅家郷からなり、(40)この地は東山道が通っているから、「路に乗り」とはこの東山道を通ったことを示すのであろう。『延喜式』兵部省条では、美濃国の駅家には「不破十三疋、大野・方県・各務各六疋」とあり、(41)大野郡に大野駅が見える。

また「家長・家室」とあるところから、この夫婦は在地の有力層であることが知られる。とくに家室は二・三月の頃に春米を行っており、「稲春女らに間食を充てむとして碓屋に入る」とあって、「碓屋」という作業場があり、そこで稲春女らを集めて労働させていたことが知られ、夫婦分業で家室が稲春女らを雇用し、その代価として間食を支給する雇用関係が存在していたことがわかる。(42)『延喜式』民部下条では、「凡諸春米運京者、（中略）、尾張・参河・美濃・若狭・越前・加賀・丹後四月卅日以前」とあり、(43)美濃国は四月三十日までに春米を京に運ぶ規定があり、二・三月の頃に春米を行うことは時期的には適っている。ただしこれは律令制以後の規定であるから、欽明朝の時代とは合わない。

この狐の伝承は異類婚姻譚であり、いわゆる狐女房型の説話としては、最も古い部類に属する。このように狐の女と男の関係に注目し、恋愛文学という評価をする説もあるが[44]、美濃地方の豪族の始祖伝承という形をとっているところから、秦氏の一族との関係を指摘する説もある[45]。しかし「狐の直」なる氏族は存在しないので、むしろ在地の民間の異類婚姻伝承を基層とする説も存在する[46]。

この上巻二縁の特異性は、説話の内容は狐女房型の説話であって、非仏教説話でありながら『霊異記』に収録されている点である。しかし文章の表現などを見ると、「曠野」や「野干」などの語は『法華経』に見える語であるという指摘があり、氏族伝承に仏教的潤色が加わって改編されている可能性も指摘されている[47]。また狐が女性に変化する説話は、『捜神記』や『幽明録』などの志怪小説の影響があり、『幽明録』第十八話「狐の妻」では、男が美しい女と結婚して子どもをもうけるが、都に上る途中犬に襲われて狐の正体を現すという説話がある[48]。

寺川眞知夫氏はこの説話が直接的に導入されたのではなく、中央の僧侶がこれらの説話を教化に利用した可能性を指摘する[49]。同様に丸山顯徳氏も『太平広記』などの狐が女性に変化する説話を挙げ、『続日本紀』和銅八年（七一五）の新羅人の移住による席田郡の建郡と関係して、渡来文化の影響による呪術宗教集団が伝承したものと指摘する[50]。しかし『日本書紀』斉明天皇六年（六六〇）十月条には、百済の鬼室福信らが献上した俘虜が現在の美濃国不破・方県郡の唐人らであることが記されており、必ずしも新羅系の呪術宗教集団だけに限定は出来ない。

以上のように先行研究を整理すると、やはり在地豪族の始祖伝承や民間伝承の色合いが強いものの、説話のモチーフとしては、中国の『芸文類聚』・『太平広記』や『幽明録』などの志怪小説によったものと理解するのが妥当であろう。説話の創作者は『幽明録』などの文献を閲覧できる環境にあるとするならば、美濃国の在地ではそれは不可能と思える。しかしこれは非仏教説話であり、いくら自土の奇事とはいえ、美濃国以外の地で語られても説得力は全くない。すなわちこれは中巻四縁の道場法師の孫娘と三野の狐との対決の物語において、三野の狐の怪力の由来を説明する物語であり、上巻二縁と中巻四縁の二つの説話は、セットでなければそれぞれの説話は完結しないと思われる。推測の域を出ないが、この二つの説話は本来美濃国を舞台とした一つの物語であったが、道場法師の孫娘の活躍を挿入して強調しようとして、煩雑・長文化を避けるために二つの説話に分離され、さらに景戒のもとで『霊異記』が時代別に説話を配置するという編集方針のため、上巻と中巻に分けて配置されたのではなかろうか。

以上のように考えると、やはり上巻二・三縁、中巻四・二十七縁は、先行研究が指摘するように道場法師系説話群と呼ぶにふさわしく、それぞれ相関関係があって形成されたと考えてよいと思われる。とすればこの説話群の創作者・伝承者はどのような人物であるか、次節で考察を加えたい。

四　美濃・尾張国説話群の形成

『霊異記』において、尾張・美濃国を舞台とした説話はこの道場法師系説話群の他に、下巻三十一縁「女人石を産生みて神として斎く縁」という説話が存在する。

美乃の国方県の郡水野の郷楠見の村に、ひとりの女人ありき。姓は県の氏なり。年二十あまりの歳に迄びて、嫁がず、通はずして、身懐妊めり。

逕ること三年にして、山部の天皇のみ世の延暦の元年の癸亥の春の二月下旬に、ふたつの石を産生みき。方にして丈は五寸なり。ひとつは色、青と白の斑にして、ひとつは色、専に青し。年ごとに増長し。

比べる郡に名は淳見といふあり。この郡の部内に大神有す。み名は伊奈婆とまうす。卜者に託ひてのたまはく、「その産めるふたつの石は、これわがみ子なり」とのたまふ。よりて、その女の家の内に、忌籬を立てて斎きまつりき。

往古より今来、かつて見聞かず。これもまたわが聖朝の奇異しき事なり。

説話の内容は、美濃国方県郡水野郷楠見村の適齢期を過ぎていた処女の県主氏の女性が妊娠し、三年後に二つの石を産んだが、その石は年々大きくなった。この郡の隣郡の厚見郡の伊奈波大神が卜者に憑依したところ、その二つの石が大神の子であることがわかり、清浄な場所に安置して祀ったという内容で、これも伊奈波大神の神婚譚で非仏教説話である。(51) 登場する伊奈波大神は、厚見郡の伊奈波神社の神で、『続日本後紀』承和十二年（八四五）七月十六日条に「美濃国厚見郡无位伊奈波神」に従五位下を授けた記事が見え、(52) 現在の岐阜市伊奈波通に所在する伊奈波神社に比定される。

説話の舞台となる美濃国方県郡は、大宝二年（七〇二）の「御野国戸籍」に「肩県郡肩々里」とあり、(53)『和名抄』によれば村部・大唐・方県・鶉養・思淡・駅家の六郷からなる。(54)『和名抄』には水野郷楠見村は見えないが、現在の岐阜市長良付近に比定される。県氏は県主氏であると思われ、「御野国加毛郡半布里戸籍」には県主氏が多数見えており、美濃国の在地豪族であると見てよい。『続日本後紀』嘉祥二年（八四九）八月二十六日条には、「美濃国方県郡前権大領外正八位下美県貞継」とあって、(55) 美濃県主氏が方県郡の郡司級の豪族であることが知られる。『延喜式』神名下条には「方県津明神」とあり、(56) 岐阜県岐阜市にある県神社に比定され、県主氏が祀ったのであろう。

この説話は道場法師系説話群とは内容的には全く関係ないが、重要なのは美濃国方県郡の説話として収録されており、上巻二縁とは異なり極めて在地的な氏族伝承の内容である点である。道場法師系説話群については、飛鳥元興寺の僧による創作という説もあるが、上巻二縁、中巻四縁、下巻三十一縁の美濃国の説話群はやはり在地性が強く、とくに注目したいのは、その説話の舞台を東山道が通っており、かつ駅家が存在する交通の要地である点である。このことにより、美濃国の説話群はこの東山道を往来する者によって、形成・伝承・収録されたに違いないと思われる。

ところがこれを道場法師系説話群と関連づけると、説話の内容からは道場法師の孫娘の活躍を強調しており、残念ながら三野の狐は悪役的存在にしか過ぎず、そう見ると道場法師系説話群は、尾張国を中心として形成されたと考えるのが妥当であろう。しかし題材となる上巻二縁や中巻四縁などは美濃国を舞台にしているのだから、この道場法師系説話群の創作者は、美濃・尾張国の広範な地域を行動した者に違いない。さらに下巻三十一縁のような説話も『霊異記』には収録されているので、美濃・尾張国に関する説話は道場法師系説話群だけではない。そう考えると、従来道場法師系説話群に注目が集まっていたが、交通路から考えて『霊異記』に収録された過程から見れば、道場法師系説話群に下巻三十一縁を加えて「美濃・尾張国説話群」と呼称した方が妥当であると思われる。

また美濃・尾張国は、長良川・木曽川・揖斐川などの河川が多数流れており、説話でも河川を利用した水上交通の盛んな様子が見て取れる。そこで次にこの道場法師系説話群が形成された背景としての、美濃・尾張国の交通路について見ていきたい。

五　美濃・尾張国の交通路

古代の行政区画から言えば、美濃国は東山道、尾張国は東海道にそれぞれ所属するが、陸上交通において、東海道の尾張国と東山道の美濃国の間には陸路が存在したことが、松原弘宣氏によって指摘されている(57)。松原氏は伊場遺跡出土木簡や『万葉集』巻二十の防人歌などから、東海道を通って東山道の美濃国の不破関を通過したことを証明しており、その陸路は不破関から墨俣、墨俣から鳴海に向かう陸路と推定しているが、これが事実とすれば、この陸路は中巻二十七縁の舞台でもある萱津を通過することになる（図2）。すなわち「美濃・尾張国説話群」は、東山道上の美濃国の説話群と尾張国内の説話群の分布から、美濃と尾張国を結ぶ交通路、しかも駅家などが存在する重要な官道を往来した人物によって形成され、景戒のもとに届いた可能性がある。

同時に中巻四縁や二十七縁では、「草津川の津」や「少川市」などの津による水上交通による交易の姿が描かれているので、陸路だけではなく木曽川・長良川・揖斐川の木曽三川による水上交通は重要であり、木曽三川と伊勢湾交通の水・海運が存在した可能性は高い[58]。そしてそれらの津に市が付設されていたことは、中巻四縁や二十七縁だけでなく、下巻二十七縁の備後国「深津市」の存在からも推定できよう。

そこで注目されるのは、岐阜市岩田西遺跡の存在である。岩田西遺跡は岐阜市の長良川沿いに立地する古墳時代後期から近世までの複合遺跡であるが、周辺からは美濃国刻印須恵器が出土し、東一キロメートルに老洞・朝倉須恵器窯跡群が存在するところから、それらの窯跡で生産された須恵器の積み出し地であった可能性が高い。また遺跡からも緑釉陶器や円面硯・転用硯が出土しており、周辺地域には官衙の存在も推定されている[59]。この遺跡の地は対岸の長良川右岸に「古津」という地名が残っており、東山道の通過地点であるという説もあるところから、岩田西遺跡は長良川の水運や東山道の陸上交通の重要地点であり、古墳時代後期の古墳や中世の居館跡も存在しており、ここに居住する有力者が継続して岩田地域を管理していたことが知られる。

とすれば「草津川の津」も「少川市」も、岩田西遺跡のように水上交通・陸路の重要な地点に、在地の有力者によって経営されていた可能性が高い。「美濃・尾張国説話群」では「少川市」や「草津川の津」が登場するが、こ

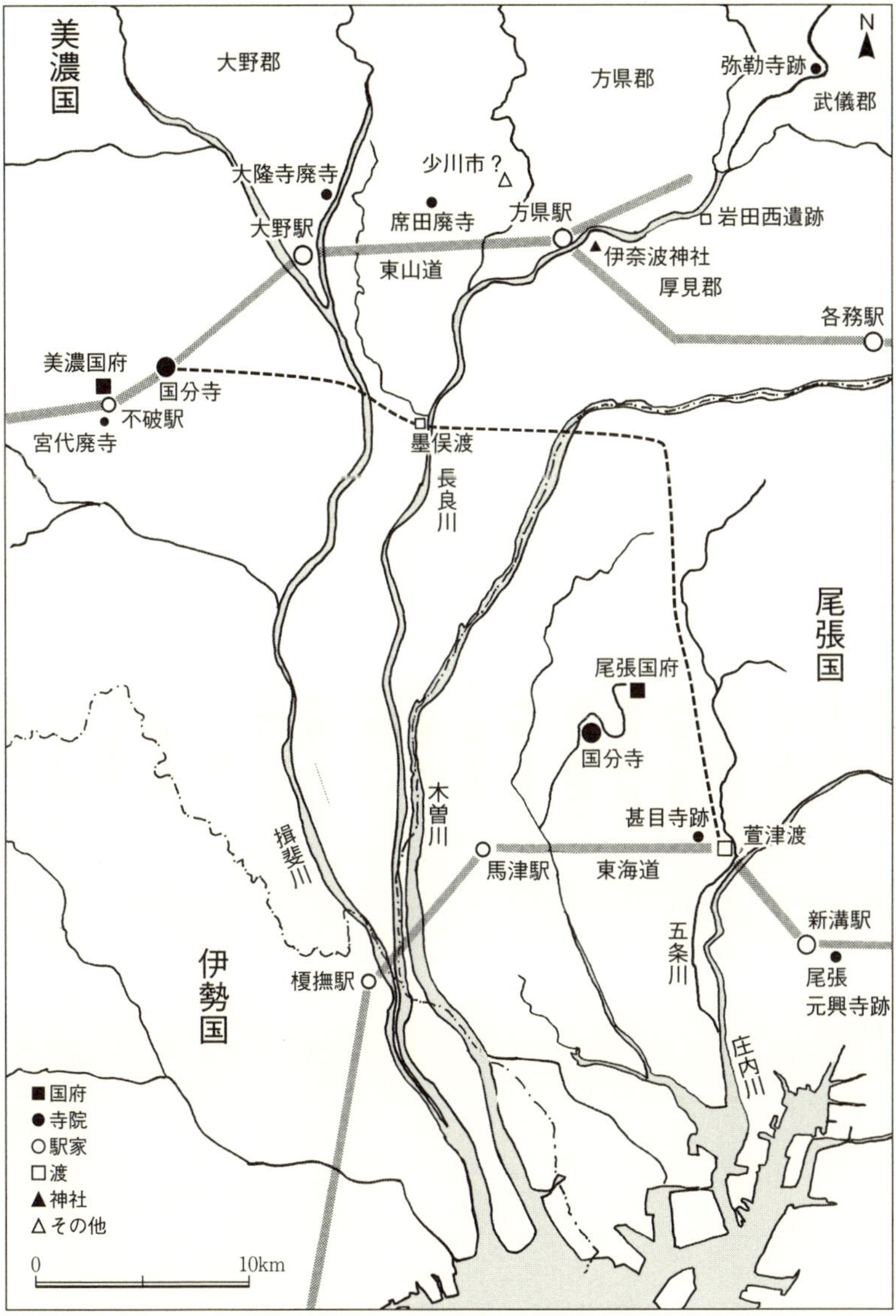

図２　美濃・尾張国の古代交通路

れらの市や津の管理については、栄原永遠男氏のように「国府交易圏」による「国府津」と理解する説もあれば、松原氏のように地方豪族の管理を想定する説もある。しかし官道が通過するならば、管理する在地豪族も行政の末端に位置することも想定しなければならない。岩田西遺跡の背後に推定される官衙遺跡とは、そのような在地豪族の一面を示しているものと思われる。そしてその管理が強圧的であった例として示されているのが、中巻四縁の少川市の「三野の狐」に代表される姿であったのであろう。

中巻四縁や二十七縁は、このような交通の重要地点であった津や市を舞台にした説話であるが、このような交通の重要地点は多数の人が集まる地点でもあった。中巻四縁や二十七縁の主人公である道場法師の孫娘の活躍については、説話の対象者が日常の生活で差別を受けることが多かった女性であった可能性を先に指摘したが、その説話の唱導者は、内容から見て在地の僧侶であったことが想定される。説話の唱導者である僧侶は、美濃・尾張国の交通路を通っていることは、説話に関連する地域から見ても想定できるが、その交通路が官道であったことに加えて、その交通路沿いには地方寺院が存在していることも重要な要素であると思われる。

上巻三縁は尾張国愛知郡片輪里を舞台にしているが、愛知郡片輪里には尾張元興寺跡が存在する。また「草津川の津」は現在愛知県あま市上萱津・中萱津・下萱津一帯に比定されるが、ここには甚目寺廃寺が存在する。また美濃国では東山道沿いに寺院が存在し、上巻二縁の美濃国大野郡には大隆寺廃寺が存在し、方県郡には長良廃寺が存在する。「美濃・尾張国説話群」の形成者・唱導者は、東山道などの官道を利用して往来したものと思われるが、その拠点として地方寺院の存在を見逃すことは出来ないと思われる。すなわち地方寺院間のネットワークの存在もあって、「美濃・尾張国説話群」は形成されたのではなかろうか。

その地方寺院のネットワークは官道だけでなく、軒瓦の同笵関係においても知ることが出来る。例えば、美濃国厚見郡の厚見寺跡出土の単弁八葉蓮花文軒丸瓦は、尾張国中嶋郡東畑廃寺と同笵であり、平瓦の施文文様では尾張国葉栗郡東流廃寺との関係をうかがわせている。また各務郡山田寺跡出土の変形蓮花文軒丸瓦も尾張国中嶋郡神戸廃寺と同笵である。[60] このように寺院の軒瓦においても、美濃国と尾張国では同笵瓦が分布し（図3）、寺院造営技術においても両地域は密接な関係にあり、その背景には行政区画を越える交流が存在していたことを物語っている。

さらに『多度神宮寺伽藍縁起幷資財帳』では、伊勢国桑名郡主帳である水取月足が鐘を鋳造し、美濃国県主新麻

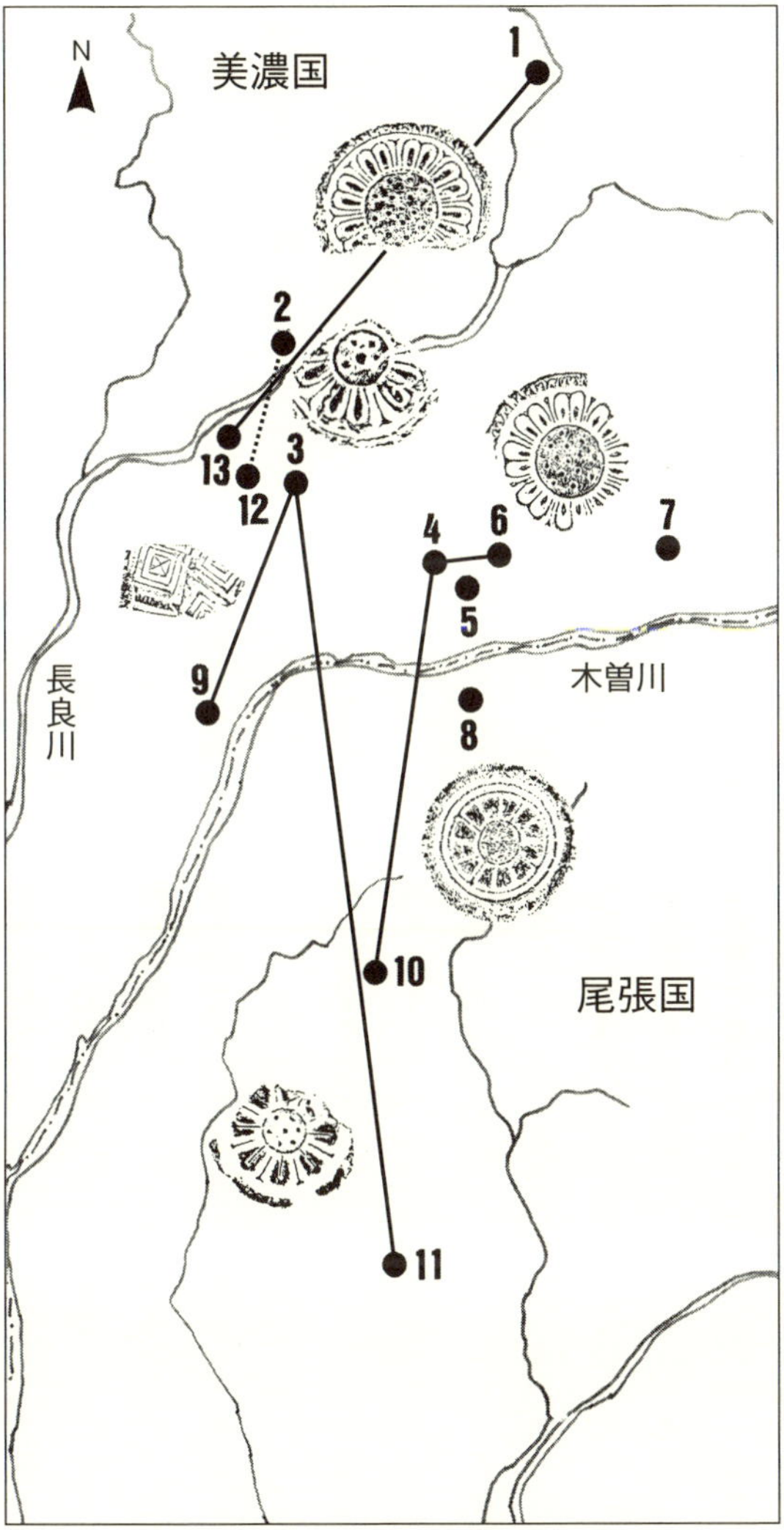

図3　美濃・尾張国の同笵瓦の分布

1弥勒寺跡　2長良廃寺　3厚見寺跡　4山田寺跡
5野口廃寺跡　6平蔵寺跡　7各務廃寺　8黒岩廃寺
9東流廃寺　10神戸廃寺　11東畑廃寺　12大宝廃寺
13鍵屋廃寺

呂が三重塔を造営しており、その資財についても尾張・伊勢国師が検察している。また自度僧である法教が伊勢・美濃・尾張・志摩国の知識を引導して法堂や僧房を造営しているところから、多度神宮寺の造営や経営には、伊勢国ばかりでなく美濃・尾張を含めた広範な地域の豪族や民衆が参加していることが知られる。このことからも在地での仏教信仰が国という領域を越えた広範な地域で活動しており、したがって「美濃・尾張国説話群」もそのような背景のもとに成立したと考えられよう。

六　おわりに

以上のように、美濃・尾張国には水上交通・陸路によってさまざまな交通が存在していたことが明らかであり、「美濃・尾張国説話群」はそのような地域間の交通によって、形成・伝承されたと考えられる。従来道場法師系説話群として注目されてきた四話であったが、実はさらに下巻三十一縁を加えることで、「美濃・尾張国説話群」とも称される説話群であることが判明した。そしてそれらは上巻二縁・中巻四縁・下巻三十一縁からなる東山道を中心とした美濃国の説話群と、上巻三縁・中巻四縁・二十七縁の尾張国愛知郡片輪里を中心とした道場法師系説話群からなることが明らかとなった。その説話形成の背景には、東山道・東海道という官道とそれを結ぶ陸路の存在や水上交通による交通・交易圏が存在し、さらにそれに伴う津や市の存在があり、また尾張元興寺に代表される地方寺院の存在が、二つの説話群を結びつけることになったと考えられる(61)。

とくにそれを結節させる役割の説話は中巻四縁であり、説話の内容から尾張国の道場法師の孫娘が、美濃国の三野の狐を退治するところから、道場法師やその孫娘の関係する上巻三縁、中巻四縁・二十七縁は、明らかに尾張国で形成された説話であり、それは津や市における女性を対象とした唱導のための説話であることは明らかである。その説話に美濃国の説話を導入して中巻四縁が形成されたと考えるが、そこでの交通路は尾張国の草津川の津と美濃国方県郡の少川の市であることを考えると、説話の形成者は河川による水上交通路を往来した可能性もあろう。そして岩田西遺跡のような遺跡の存在や瓦や須恵器などの遺物の存在からも、この二つの地域の交通の盛んな様子を裏付けることが出来る。

「美濃・尾張国説話群」は在地性の強い説話であり、水上交通であれ官道であれ、説話の形成者や唱導者がこれらの交通路の上を頻繁に往来することによって、「美濃・尾張国説話群」も形成されたと考えられる。上巻三縁や下巻三十一縁は在地の雷神信仰や伊奈波杜の縁起などが、また中巻四縁や二十七縁のような力女伝が一次伝承（原説話）として存在し、それが二次伝承として整備された可能性もあろう。

「美濃・尾張国説話群」の舞台となる地域には、官道が通り駅家や地方寺院が存在するが、とくに東山道と東海道を結ぶ陸路上にそれぞれ美濃・尾張国分寺が存在することも見逃せない。したがって「美濃・尾張国説話群」を収録した人物は官道・駅家や寺院を利用する人物であり、また道場法師系説話群を創作した人物も『幽明録』などの文献に明るく、広範な地域を往来し津や市で布教を行った僧侶たちと交流する人物であろう。道場法師系説話群は、一見すると仏教には関係しない説話群に見えるが、実は中国の説話・伝承の影響が強いという指摘がなされている。[62]とすれば、説話の創作者は一次伝承（原説話）を理解しながらも二次伝承として整備する際に、このような中国の説話・伝承を用いた人物であり、尾張国に拠点を持ち国分寺や地方寺院に関係する僧侶であったと思われる。

註

（1）高取正男「奈良・平安初期における官寺の教団と民間仏教」（『日本宗教史研究』一　一九六七年、のち『民間信仰史の研究』　法藏館　一九八二年所収）
（2）以下『霊異記』本文の引用は、小泉道校注『日本霊異記』（新潮日本古典集成　新潮社　一九八四年）による。上巻については、本郷真紹監修・山本崇編集『考証日本霊異記』上（法藏館　二〇一五年）を参考にした。
（3）高取前掲註（1）論文
（4）黒沢幸三「『霊異記』の道場法師系説話」（『日本古代の伝承文学の研究』　塙書房　一九七六年）
（5）丸山顯徳「道場法師説話」（『日本霊異記の研究』　桜楓社　一九九二年）
（6）原田行造「『日本霊異記』所収雷神説話と飛鳥元興寺」・「『霊異記』説話の原態とその形成過程」（『日本霊異記の新研究』　桜楓社　一九八四年）
（7）寺川眞知夫「道場法師伝の形成」（『日本国現報善悪霊異記の研究』　和泉書院　一九九六年）
（8）黒沢前掲註（4）著書
（9）原田前掲註（6）著書　二二七～二二八頁
（10）池邊彌『和名類聚抄郡郷里驛名考證』　三〇八～三一〇頁　吉川弘文館　一九八一年
（11）新日本古典文学大系『続日本紀』一　一四九頁　岩波書店　一九八九年
（12）福岡猛志「尾張元興寺と片輪里—尾張南部の交流拠点—」（梅村喬編『伊勢湾と古代の東海』　古代王権と交流四　名著出版　一九九六年
（13）名古屋市教育委員会編『尾張元興寺跡発掘調査報告書』名古屋市文化財調査報告二八　名古屋市教育委員会　一九九四年
（14）新訂増補国史大系『日本紀略』元慶八年八月二十六日条　五一五頁
（15）梶山勝「尾張・三河の同笵・同系軒瓦—古代寺院と瓦窯を中心として—」（『古代』九七　一九九四年）
（16）新訂増補国史大系『延喜式』主計上　六〇四頁
（17）池邊彌『和名類聚郡郷里驛名考證』　三〇一～三〇二頁　吉川弘文館　一九八一年

(18) 永井邦仁「尾張国府跡の研究（一）」（『愛知県埋蔵文化財センター研究紀要』一四　二〇一三年）
(19) 「尾張国正税帳」（『大日本古文書』一　四一五頁）
(20) 「尾張国正税帳」（『大日本古文書』一　六一四頁）
(21) 新訂増補国史大系『日本後紀』延暦十八年五月己巳条　二一頁
(22) 新訂増補国史大系『先代旧事本紀』「国造本紀」一四一頁
(23) 佐伯有清『新撰姓氏録の研究』本文篇　二二三頁　吉川弘文館　一九六二年
(24) 日本古典文学大系『日本書紀』下　四六六頁　岩波書店　一九六五年
(25) 佐伯有清『新撰姓氏録の研究』本文篇　一七六頁　吉川弘文館　一九六二年
(26) 佐伯有清『新撰姓氏録の研究』本文篇　二二七頁　吉川弘文館　一九六二年
(27) 新日本古典文学大系『続日本紀』二　天平七年五月戊寅条　二九一頁　岩波書店　一九九〇年
(28) 新訂増補国史大系『政事要略』延喜十四年八月八日官符　三一四頁
(29) 新訂増補国史大系『類聚三代格』承和二年六月二十九日官符　四九五頁
(30) 寺川前掲註（7）著書「尾張国の力女伝承」
(31) 福岡前掲註(12) 論文
(32) 松原弘宣「地方市と水上交通」（『日本古代水上交通史の研究』四七三頁　吉川弘文館　一九八五年）
(33) 西村真次「寧楽時代の地方市場」（『日本古代経済』交換篇　第二冊　東京堂　一九三三年）、吉田東伍『大日本地名辞書』六　四五八頁　冨山房　一九七〇年（増補版）
(34) 高取前掲註（1）論文、『岐阜県史』通史編　古代　第十二章第一節　一九七一年、『岐阜市黒野史誌』一九八七年
(35) 池邊彌『和名類聚抄郡郷里驛名考證』四三一頁　吉川弘文館　一九八一年
(36) 新訂増補国史大系『延喜式』兵部省　七一二頁
(37) 吉田東伍『大日本地名辞書』六　四五六頁　冨山房　一九七〇年（増補版）
(38) 寺川前掲註（7）著書「尾張国の力女伝承」

(39) 新訂増補国史大系『政事要略』延喜十四年八月八日官符　三二四頁
(40) 池邊彌『和名類聚郡郷里驛名考證』四二九頁　吉川弘文館　一九八一年
(41) 新訂増補国史大系『延喜式』兵部省　七一二頁
(42) 鬼頭清明「稲春女考―日本霊異記上巻第二を素材に―」(黒沢幸三編『日本霊異記―土着と外来―』三弥井書店　一九八六年)
(43) 新訂増補国史大系『延喜式』民部下　五八五頁
(44) 守屋俊彦「上巻第二縁考」(『続日本霊異記の研究』三弥井書店　一九七八年)
(45) 長野一雄「狐婚姻譚の成立―上巻二縁考―」(『古代説話の文学的研究』井関書店　一九八六年)、長野一雄「狐婚姻譚成立考」(『古代研究』二　一九七二年)
(46) 永田典子「狐女房考―日本霊異記上巻第二縁をめぐって―」(『甲南国文』二七　一九八〇年)、今井昌子「『日本霊異記』の狐伝承」(日本霊異記研究会編『日本霊異記の世界』三弥井書店　一九八二年)
(47) 寺川前掲註(7)著書「氏族伝承の変容」
(48) 前野直彬・尾上兼英他訳『幽明録』第十八話　二三三～二四頁　東洋文庫四三　平凡社　一九六五年
(49) 寺川前掲註(7)著書
(50) 丸山前掲註(5)著書「狐の直説話」
(51) 原田敦子「石を産んだ話―日本霊異記下巻三十一縁の一考察―」(黒沢幸三編『日本霊異記―土着と外来―』三弥井書店　一九八六年)
(52) 新訂増補国史大系『続日本後紀』承和十二年七月十六日条　一七八頁
(53)「御野国戸籍」(『大日本古文書』一　四〇～四八頁)
(54) 池邊彌『和名類聚郡郷里驛名考證』四三一頁　吉川弘文館　一九八一年
(55) 新訂増補国史大系『続日本後紀』嘉祥二年八月二六日条　二二八頁
(56) 新訂増補国史大系『延喜式』神名下　二四九頁
(57) 松原前掲註(32)著書「地域交易圏の形成と交通形態」

（58）松原前掲註（32）著書、栄原永遠男「伊勢湾交通からみた北伊勢の地域的特徴」（『三重大史学』七　二〇〇七年）

（59）岐阜県文化財保護センター編『岩田西遺跡』岐阜県文化財保護センター調査報告書第一二六集　二〇一三年

（60）土山公仁「美濃地方の同笵瓦と複弁蓮華文軒丸瓦」（『古代』九七　一九九四年）

（61）古橋信孝「説話の流通と形成―道場法師の孫娘の説話をめぐって―」（『古代文学』一九　一九七九年）、原田敦子「大力女の原像と変貌―日本霊異記中巻第四縁・第二十七縁考―」（坂本信幸他編『論集　古代の歌と説話』和泉書院　一九九〇年）

（62）河野貴美子『日本霊異記と中国の伝承』勉誠出版　一九九六年、同「『捜神記』と『日本霊異記』の類話をめぐる考察―『法苑珠林』を媒介とした摂取の可能性―」（早稲田大学古代文学比較文学研究所編『交錯する古代』勉誠出版　二〇〇四年）

第七章　『日本霊異記』大和・伊賀国の化牛説話の成立

一　はじめに

『日本霊異記』（以下『霊異記』）上巻十縁と中巻十五縁は、『霊異記』に多く見える典型的な化牛説話で、なおかつ同類異話の関係にある（表1）。従来の研究史では、この説話群については親が子の物を盗んだために死後牛に生まれ変わり、労役を行うことで負債を償うという内容から、家族関係史の分野で取り扱われることが多かった(1)。また牛になって負債を償うという内容は、中国の『冥報記』などにも同様なものがあるため、中国の説話との比較研究も進んでいる(2)。しかしこのような同類異話が、なぜ大和国と伊賀国に分布するのかという視点の研究はない。

本章では、二つの同類異話の歴史地理学的関係から、大和・伊賀国の化牛説話について、『霊異記』の地域関係説話の成立の背景を考察したい。

表1　上巻十縁と中巻十五縁に見る化牛説話の比較

	上巻十縁	中巻十五縁
舞台	大和国添上郡山村里	伊賀国山田郡噉代里
檀主	椋家長公	高橋連東人
経典	方広経	法華経
目的	仏名懺悔	亡き母のため
法会の師	路行僧	第一に逢う路行僧（乞食）
僧の行為	被を盗もうとする	逃走を企てる
牛の身	亡き父	亡き母
親の罪	子の稲を十束、無断借用した罪	子の物を盗んで用いた罪
法会の場所	堂	堂
法会	親族プラス他者	法会の衆
牛への転生の事実	「まことにわが父ならば、この座に就け」→「牛、膝を屈めて座の上に臥す」	「檀主聞きて起ち、座を敷きて牝を喚べば、牝、座に伏す」→「まことにわが母なりけり」
負債の免除	「先の時に用ゐしところは、今しみな免したてまつらむ」	「われかつて知らざりき。今しわれ免したてまつらむ」
牛の運命	「その日の申の時に命終せり」	「法事をはりて後、その牛すなはち死ぬ」
説示	「因果の理、豈信ならずあらむや」	「まことに知る、願主の母の恩を顧みて、至深に信ぜしと、乞者の神呪を誦じて、功を積みし験なりといふことを」

二　上巻「子の物を偸み用ゐ、牛となりて役はれて異しき表を示す　十縁」

『霊異記』上巻十縁の説話をまず挙げる。(3)

大和の国添の上の郡の山村の中の里に、昔、椋の家長の公といふひとありき。十二月に当りて、方広経によりて先の罪を懺いむとねがひき。使人に告げていはく、「ひとりの禅師を請くべし」といふ。その使人問ひて、「いづらの師を請けむ」といへば、答へていはく、「その寺を択ばず。遇ふに随ひて請けよ」といふ。その使、願ひに随ひて、路行くひとりの僧を請け得て家に帰る。家主、信心し供養す。

その夜、礼経すでに訖はりて、僧息まむとする時に、檀主設くるに被をもちて覆ふ。僧すなはち心におもはく、「明日物を得むよりは、被を取るに如かじ」とおもふ。しかして、出づる時に声ありていはく、「その被を盗ることなかれ」といふ。僧大きに驚き疑ひて、顧みて家の中を窺ひ人を覓むるに、ただし一つの牛のみあり。家の倉の下に立てり。僧、牛のあたりに進むときに、語りて言はく、「われはこの家長の父なり。しかるに、われ先の世に人に与へむとおもひしがために、子に告げずして稲十束を取りき。このゆゑに、今し牛の身を受けて、先の債を償ふ。汝はこれ出家なり、なにぞたやすく被を盗む。その事の虚実を知らむとおもはば、わがために座を設けよ。われまさに上り居らむ。その父なりと知るべし」といふ。ここに、僧すなはち大きに愧ぢ、還りて宿れる処に止まる。

明くる朝に、事行すでに訖はりていはく、「他人をして遠く却かしめよ」といふ。しかして後に、親族を召し集へて、つぶさに先の事を陳ぶ。檀越すなはち起ち、悲しびの心にして牛のあたりに就きて、藁を敷きてまうしていはく、「まことにわが父ならば、この座に就け」といふ。牛、膝を屈めて座の上に臥す。諸の親、声を出して大きに啼泣きていはく、「まことにわが父なりけり」といふ。すなはち起ちて礼拝して、牛にまうしていはく、「先の時に用ゐしところは、今しみな免したてまつらむ」といふ。牛聞きて涙を流して大きに息く。その日の申の時に命終せり。

しかして後に、覆ひし被と財物とをもちてその師に施し、さらにその父のために広く功徳を修めき。

因果の理、豈信ならずあらむや。

説話の概要を以下に記すと、舞台は大和国添上郡山村里で、現在の奈良市山町付近に比定されている。『和名類聚抄』（以下『和名抄』）には、大和国添上郡には山村・楢中・山辺・楊生・八嶋・大岡・春日・大宅郷とあり、(4)『霊異記』でも上巻三十二縁に「山村の山」が、中巻二十縁に「山村の里」が見える。椋家長の公は、「家長」は一家の主人の意で、「公」は尊称であるが、椋氏については不詳である。(5)

次に『方広経』とは『大通方広経』のことで、正式には『大通方広懺悔滅罪荘厳成仏経』といい、仏名懺悔に用いられる経典で、中国で成立した疑経である。(6)『正倉院文書』の「優婆塞貢進解」などにも見えるから、奈良時代に流布していたことは間違いない。また寺川眞知夫氏が指摘するように、『東大寺諷誦文稿』にも引用されている。(7)『政事要略』巻二十八には、宝亀五年（七七四）十二月に宮中で方広悔過が行われたことが見えるが、(8)以後方広会は十二月の悔過行事として定例化していく。『霊異記』では他に、上巻八縁に病気で耳が聞こえなくなった人が、禅師を呼んで『方広経』を唱えてもらったところ、聞こえるようになったという説話があるが、前世の罪を懺悔する内容である。速水侑氏によれば、奈良朝の悔過は祖霊追善と招福除災・現世利益的な性格が共通すると指摘しており、(9)ここで『方広経』が用いられたのも、懺悔に加えて追善供養としての性格を持っていたからに違いない。

この説話の中心的な内容の一つは、『方広経』による仏名懺悔を行うとした際、講師を「路行く僧」に依頼したことである。この僧は夜の布団に目がくらみ、次の日の法会を目前にして布団を盗もうとするが、倉の下の牛の「盗むことなかれ」という声に驚き、牛が檀越の父であるということを知るのである。少なくともここでの僧侶の行為からすれば、まともな僧ではないことは明らかである。しかしこの僧が牛の声を聞き、それが檀越の父であるということを明らかにしたということで、「隠身の聖人」と見るのである。

もう一つは、子の物を盗むという父の存在を、当時の家族制度の問題と捉えていく視点である。少なくともこの説話の趣意は、たとえ父であっても子の物ですら盗んではいけない、という点にあるのは明らかで、これが説話の重要なテーマであり、その因果応報は牛の身になって負債を償うという、恐ろしい応報があるということを示そうとするものである。

さらに重要なのは、景戒が自ら『冥報記』や『金剛般若経集験記』に言及しているように、この説話が中国の『冥報記』の影響を受けている点である。稲田浩二氏によれば、とくに『冥報記』下巻十一・十三・十五・二十二話に類似しているという。(10)『冥報記』が『霊異記』に影響を与えていることについては、すでに後藤良雄氏が指摘しており、(11)説話成立の背景を知る手がかりの一つである。そこで次に同類異話である中巻十五縁と比較することによって、この二つの説話の成立の背景を考察していきたい。

三　中巻「法華経を写したてまつりて供養することによりて、母の女牛となりし因を顕す　十五縁」

まず、中巻十五縁の説話を挙げてみよう。

高橋の連東人は、伊賀の国山田の郡噉代の里の人なりき。大きに富み財に饒かなりき。母の奉為に法華経を写して、盟ひていはく、「わが願に有縁の師を請けて、済度せられむことをねがふ」といふ。法会を厳りをはり、明くる日に供せむとして、使に誡めていはく「第一に値ひたるをわれに縁ある師とせむ。修法の状あらば、過さずしてかならず請けむ」といふ。

その使、願に随ひて、門を出でて試みに往く。同じ郡の御谷の里に至るときに、見れば乞者あり。鉢の嚢を肘に懸け、酒に酔ひて路に臥せり。姓名詳らかならず。伎戯する人ありて、髪を剃り縄を懸けて袈裟とす。しかすといへども、なほしかつて覚き知らず。使見て起し礼ひ、勧請して家に帰る。

願主見て、信心敬礼し、一日一夜、家の内に隠し居ゑ、にはかに法服を作りて、施したてまつる。ここに、乞者問ひて、「そのゆゑはなにぞ」といふ。答へていはく、「請けて法花経を講ぜしめむとてなり」といふ。乞者、「われは学ぶるところなし。ただし般若陀羅尼をのみ誦持し、食を乞ひて命を活くるのみ」といふ。願主なほし請ふ。乞者思議すらく、「ひそかに逃るるにしかじ」とおもふ。かねて心に逃れむことを知り、人を副へて守らしむ。

その夜、請けし師、夢に見らく、赤き牸来り至り、告げていはく、「われは、この家長の公の母なり。この家の牛の中に赤き牝牛あり、その児はわれなり。われ、昔、先の世に、子の物を偸み用ゐき。このゆゑに今牛の身を受けて、その債を償ふ。明日わがために大乗を説かむとする師なるがゆゑに、貴びて慇ろに告げ知らすなり。虚実を知らむとおもはば、説法の堂の裏に、わがために座を敷け。われまさに上り居む」といふとみる。請けし師、夢より驚き醒めて、心の内に大きに怪しぶ。

明くる朝に、講座に登りていはく、「われ覚れるところなく、願主の心に随ふ。そゑにこの座に登る。ただし夢の悟しあり」といふ。つぶさに夢の状を陳ぶ。檀主聞きて起ち、座を敷きて牝を喚べば、牝、座に伏す。ここに、檀主大きに哭きていはく、「まことにわが母なりけり。われかつて知らざりき。今しわれ免したてまつらむ」といふ。牛聞きて大きに息く。

法事をはりて後、その牛すなはち死ぬ。法会の衆、ことごとく皆号び哭き、堂の庭に響く。往古よりのちまで、この奇しきに過ぎたるはなし。さらにその母のために、重ねて功徳を修めき。

まことに知る、願主の母の恩を顧みて、至深に信ぜしと、乞者の神呪を誦じて、功を積みし験なりといふことを。

この説話の概要は、まず舞台は伊賀国山田郡噉代里（図1）で、主人公は高橋連東人である。『延喜式』民部上条では、伊賀国は阿拝・山田・伊賀・名張郡からなり、(12) 国府・国分寺・国分尼寺は阿拝郷に所在する。『日本書紀』壬申紀によれば、大海人皇子は伊賀駅・隠（名張）駅を焼いており、(13) 大海人皇子はこの名張駅で夜を明かしてさらに伊賀国の柘植を通り、伊勢国から美濃国に向かっている。これからすると、飛鳥・吉野からは桜井・長谷・榛原・名張を通過して伊賀に入る東国道（東海道）があったことが推測される。また『続日本紀』によれば、和銅四年（七一一）正月に伊賀国阿閇郡新家駅が設置されて、(14) 平城京から木津川沿いの道が開設されており、伊賀国は新旧二つの東海道が通過する交通の要地であった。

さて高橋連氏であるが、高橋連虫麻呂をはじめ、下級官人にいくつか名前が見えるが詳細は不明である。ここでは、経済的に豊かな伊賀国の在地豪族として描かれており、亡き母のために『法華経』を書写し、法会を開こうとする。『法華経』は『霊異記』の中でも登場回数が多い経典で、下巻二十二縁などの地獄冥界説話によく登場する。『和名抄』によれば、山田郡は木代・川原・竹原郷があり、(15) 噉代里はこの内の木代郷に当たり、『霊異記』に御谷

図１　中巻十五縁関係伊賀国郡郷図

里が見える。喰代里に比定される伊賀市喰代周辺には五世紀後半から六世紀前半の高猿古墳群や高座古墳群、横穴石室が残存する中切古墳などが存在する。集落遺跡としては、掘立柱建物跡十四棟・竪穴住居跡十棟、石組み井戸などが検出された蓮池代遺跡が存在し、墨書土器や土馬、製塩土器や緑釉陶器などが出土している(16)。掘立柱建物群はある程度同じ方位を取り、また総柱建物が一棟存在し、倉庫跡と考えられる。掘立柱建物群の存在や墨書土器・緑釉陶器・製塩土器などが出土しているところから、官衙遺跡の可能性も指摘されているが、建物群が何棟かで群在している点は一般集落とも共通するので、高橋連東人のような、在地有力氏族の住居と想定される(図2)。

また天喜四年（一〇五六）藤原実遠所領譲状には、「山田郡一処　喰代村　四至東限高

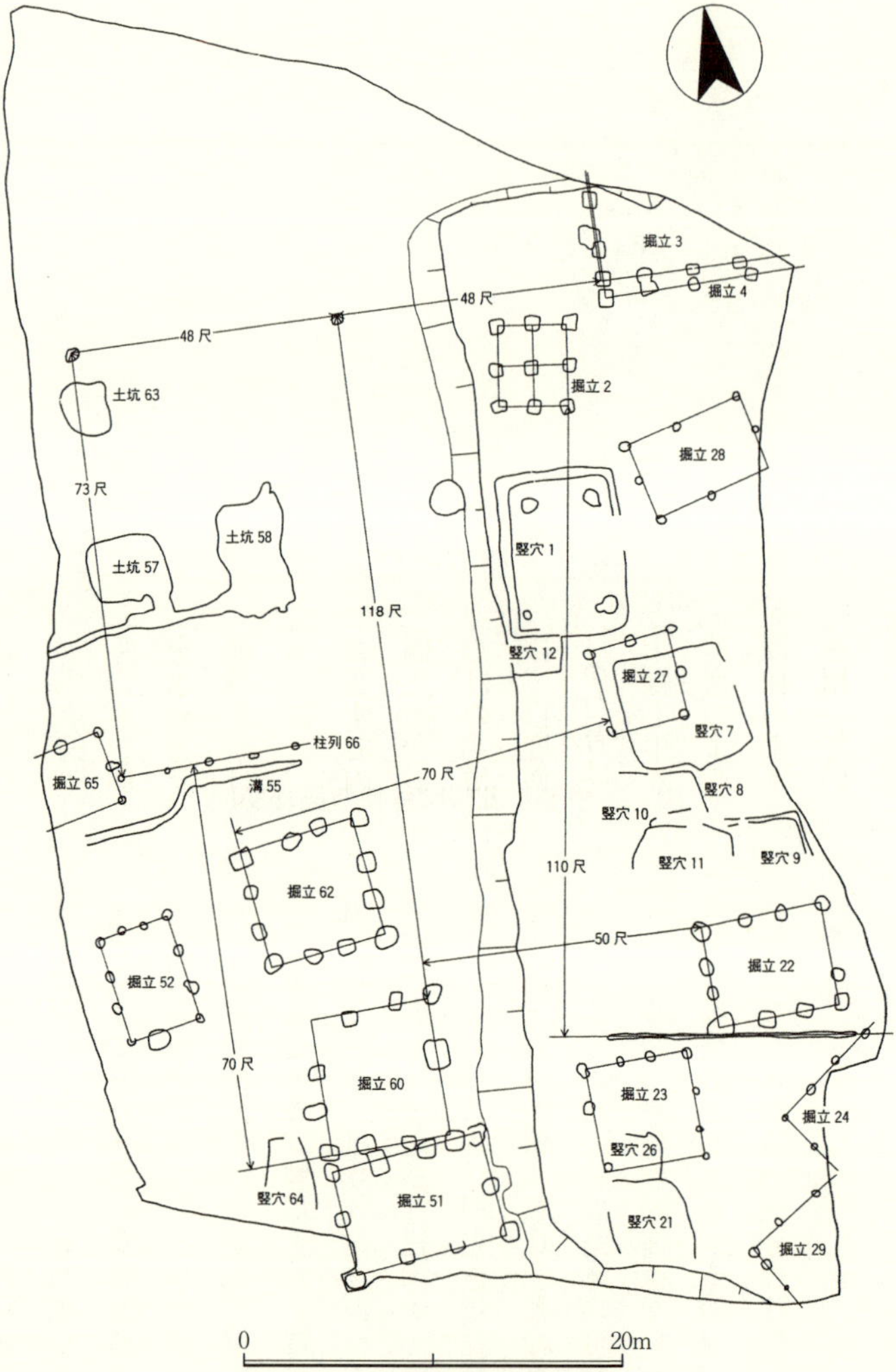
掘立 3
掘立 4
48 尺
48 尺
土坑 63
掘立 2
掘立 28
73 尺
土坑 58
土坑 57
竪穴 1
118 尺
竪穴 12
掘立 27
竪穴 7
柱列 66
掘立 65
溝 55
70 尺
竪穴 8
竪穴 10
竪穴 11
竪穴 9
110 尺
掘立 62
50 尺
掘立 22
掘立 52
70 尺
掘立 60
掘立 23
掘立 24
竪穴 26
竪穴 64
掘立 51
竪穴 21
掘立 29
0
20m

図２　蓮池代遺跡遺構図

山、南限山、西限里山、北限谷口」とあり、(17)十一世紀に存在したことが確認される。中世には伊賀忍者の一族で有名な百地氏の居城が置かれており、中世においても経済的基盤が成立している地であった。

この説話も典型的な化牛説話であり、上巻十縁と同様に子の物を盗んだ母が、牛の身を受けて負債を償うという内容であり、それを自度僧などの身分の仾い僧侶が牛の声を聞いて代弁する、というモチーフである。一人の願主が亡母のために法会を営もうとして、使いに路行僧を求めさせ、使いは僧の形をした路行僧に出会う。請われた路行僧は『法華経』など読めもしないが、願主は信じ期待をかける。その夜牛身を受けたその家主の親が、後報の事実を路行僧に告げる。路行僧は願主にその輪廻を明らかにし、明らかになってその負債を許したところで牛身の親の命が果てるのである。そして最後に、説示部分が存在する内容になっている。

上巻十縁でも、官僧などの位の高い僧ではなく、偶然出会った路行僧が登場する。中巻十五縁の方はさらにそれが強調されていて、乞食を行い般若陀羅尼を念ずるだけの、僧侶とも言えないような自度僧であるが、ここでもこの僧を「隠身の聖人」と見るのである。この背景には、自度僧のような僧侶への迫害が存在して、それへの対抗もあったと思われる。『霊異記』では僧侶への迫害を行った者は、長屋王などの上級貴族から庶民に至るまで、皆非業の最期を遂げる説話が多く収録されている。上巻十縁も中巻十五縁も、そのような自度僧のような僧侶への迫害が背景にあったと考えられる説話であり、たとえ自度僧のような僧でも「聖人」であることを強調している。

これから考えると、この二つの説話の作者は、自度僧のような僧侶を擁護する立場の僧侶であるようにも思える。しかしこれが『冥報記』や『法苑珠林』のモチーフを用いているとするならば、この二つの同類異話の作者は、それらの知識を持ち合わせている僧であることは相違ない。そこで次にこの二つの同類異話が、なぜ大和と伊賀国に分布していたのかを明らかにしたい。

四　大和と伊賀国の交通路

まず上巻十縁の舞台は大和国添上郡山村里であり、中巻十五縁の方は伊賀国山田郡噉代里が舞台である。同類異話でありながら、二つの説話の関係は今まで明らかになっていない。この内上巻十縁に登場する地名は大和国添上郡山村里のみであるが、中巻十五縁の方はもう一つ地名が登場している。それは、檀主の高橋連東人に依頼された使いが初めて僧らしき人物に出会った、同じ郡内の御谷里である。この内伊賀国山田郡噉代里は現在の三重県伊賀市喰代で、御谷里は『和名抄』の段階では見えないが、阿山郡大山田村（現伊賀市広瀬）に「三谷」の字名が残る。[18]距離にすれば三～四キロメートルのところで、伊賀市広瀬には六世紀後半から七世紀前半の広瀬古墳群が展開し、西沖遺跡は奈良時代前半の竪穴住居跡が七十棟と十二世紀の掘立柱建物跡十棟などが検出され、土師器・須恵器の他に鉄製紡錘車などが出土している。また三谷遺跡からは、掘立柱建物跡三棟・竪穴住居跡十一棟が検出され、土師器・須恵器の他に製塩土器や鉄製紡錘車などが出土している（図3）。このことからも、古代の御谷里に奈良・平安時代の集落が存在していたことは明らかである。[19]またこの地は近世の伊賀街道が通り、長野峠を越えて伊勢国に入るルートでもある。三谷の地に流れる服部川を下れば、国分寺・国分尼寺に至ることが出来るので、この「御谷里」は交通の要地でもあった。すなわち中巻十五縁は、山田郡内を中心とした、割合狭い範囲で移動していることが判明する。しかもその関係地は、他の地域との交通の要地でもあった。

一方、大和国添上郡山村里は、現在の奈良市山町付近に比定されるが、中巻二十縁「悪しき夢により、誠の心を至して経を誦ぜしめ、奇しき表を示して、命を全くすること得る縁」も、この山村里を舞台とした説話である。添

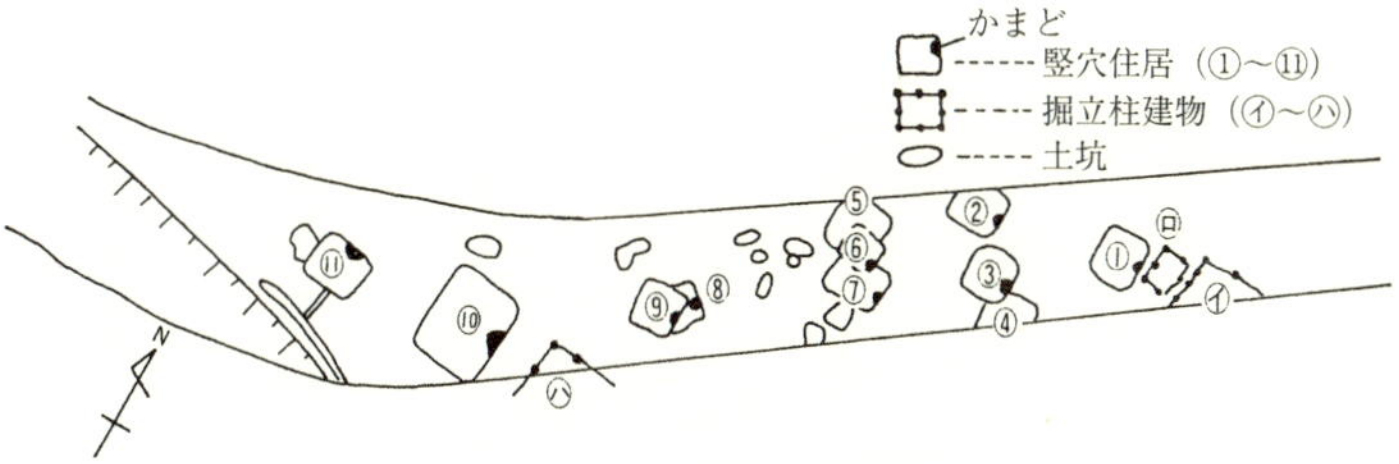

図3　三谷遺跡遺構図

上郡を舞台にした『霊異記』の説話も上巻二十三縁「親不孝悪報譚」にあり、上巻三十二縁でも聖武天皇が添上郡の「山村の山」で狩りを行ったことが見え、添上郡や山村里を舞台にした説話がいくつか残る。また上巻三十二縁は大安寺の丈六仏の功徳の物語であり、大安寺関係の説話は中巻二十四縁では、「大安寺の西の里」に住む左京六条五坊の楢磐嶋が、「大安寺の修多羅分の銭三十貫」を借りて越前国敦賀まで行って交易した話や、中巻二十八縁ではこれもまた大安寺の西の里に住む貧しき女が、大安寺の丈六仏を信仰して大安寺の「大修多羅供銭」を得た話が残り、この他にも下巻三縁の大安寺僧弁宗の説話が残る。これらから考えると、添上郡を舞台とした説話は大安寺と関係している可能性が高い。また山村里の周辺には（図4）、山村廃寺などの古代寺院も多く展開しているところから、僧侶の活動は活発であったと考えられる。そして『大安寺縁起幷流記資財帳』には、

墾田地　伊賀国廿町　阿拝郡柘植原　四至〈東山　西百姓熟田　南路　北山〉
庄庄倉　大和国五処　（中略）一在添上郡瓦屋所
（中略）
伊賀国二処　伊賀郡太山蘇麻庄一処　阿閇郡柘植庄一処

とあって[20]、添上郡には「瓦屋所」が置かれ、また伊賀国には墾田地や庄倉が存在していたことが知られる。

それでは大和国添上郡山村里と伊賀国山田郡噉代里を結ぶ道は、どのような交通路

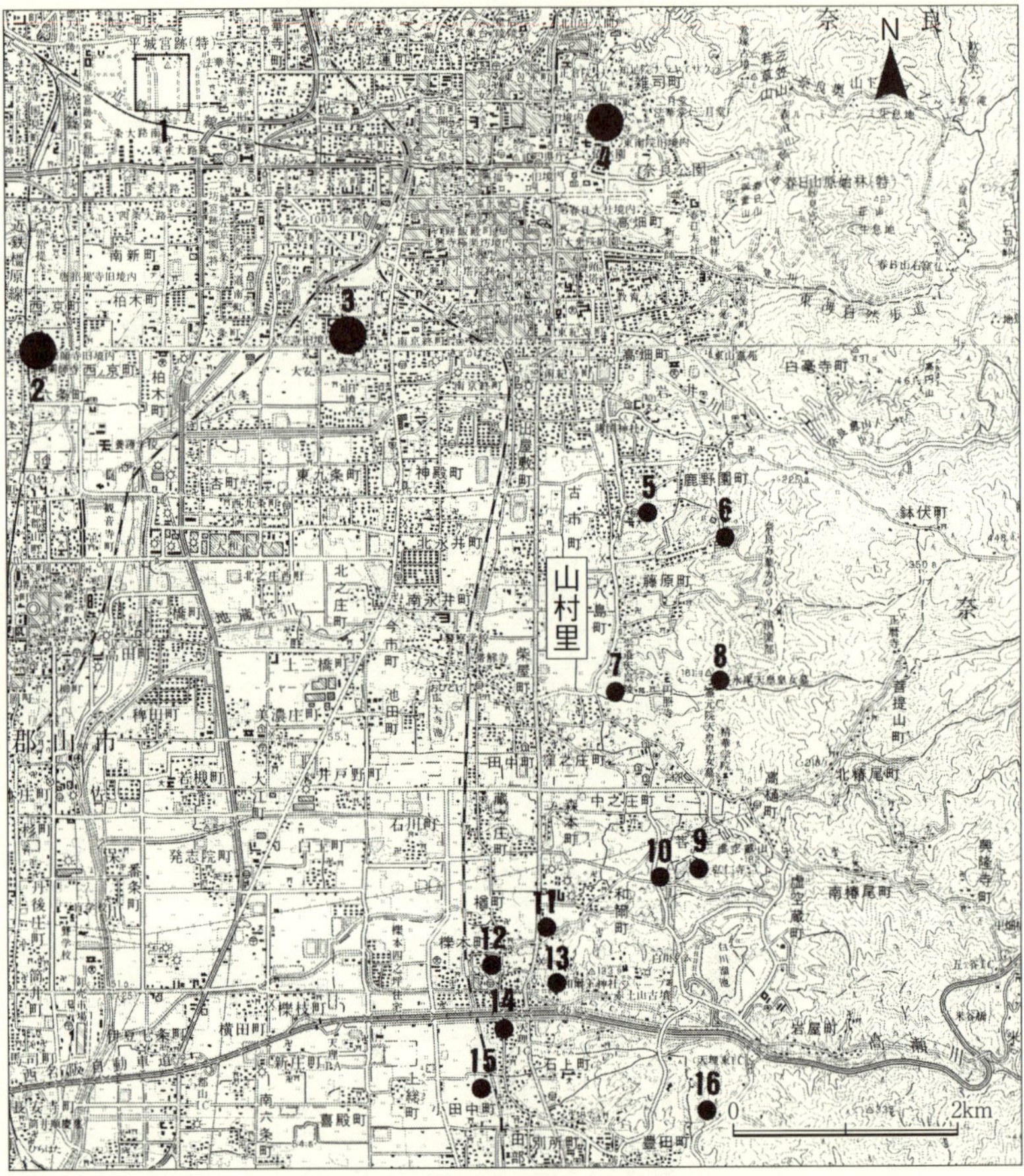

図４　山村里周辺古代寺院の分布

１平城宮跡　２薬師寺　３大安寺　４東大寺　５古市廃寺　６横井廃寺
７塔の宮廃寺　８ドドコロ廃寺　９弘仁寺　10願興寺跡　11楢池廃寺
12長寺跡　13柿本廃寺　14在原廃寺　15石上廃寺　16豊田廃寺

であろうか。大和国から伊賀国に向かうには、二つの道があった。一つは飛鳥京の段階では、壬申の乱の大海人皇子が取った道のように、飛鳥・吉野からは宇多・長谷・榛原・名張を通過して伊賀に入る東国道（東海道）である。しかし都が平城京に移ると、和銅四年（七一一）に伊賀国阿閇郡新家駅が設置され、平城京から木津川沿いの道が開設されて新東海道ができる。しかし大和国添上郡山村里から伊賀国山田郡噉代里に向かうには、どちらの道をとっても大回りにならざるを得ない。

そこで注目されるのは「都祁山之道」で、『続日本紀』霊亀元年（七一五）六月庚申条には「開二大倭国都祁山之道一」とある。[21] 天平十二年（七四〇）十月二十九日には、聖武天皇がにわかに東国への行幸を行い伊勢神宮へ向かうが、その道は「都祁山之道」を通り、山辺郡竹谿村堀越に至っている。その翌日聖武天皇は伊賀国名張郡に到着しているから、「都祁山之道」は山辺郡竹谿村堀越を通って伊賀国名張郡に向かう道であることが判明する。近世の街道としては、伊勢に向かう脇街道として名張街道があり、奈良市の鹿野園町から鉢伏峠を越えていく道である。[22] この道はスタート地点は異なるものの、福住で「都祁山之道」と合流する。また櫟本から福住に上がる高瀬街道や、帯解から五か谷へ上がる今市街道もあり、古代の「都祁山之道」の詳細は不明であるが、いずれにせよこれらの道のどれかを通り、都祁へ向かったと思われる（図5）。山村里の位置からすれば、今市街道の可能性が高い。

聖武天皇の行幸路からすれば、都祁を通ったことは間違いなく、この堀越の頓宮の所在地は不明であるが、奈良県奈良市都祁友田町周辺であろう。この地には現在都祁水分神社があり、墓誌が発見された小治田朝臣安麻呂の墓がある。また「都祁山之道」と推定されるルート沿いには、都祁地方最大の三陵墓古墳群があり、都祁国造の墓と推定されている。このように考えると「都祁山之道」は、大和側からはいくつかの道が存在するものの、最終的には都祁で合流し、伊賀国名張郡に向かうものである。ただ近世の名張街道は笠間峠を越えて名張に入っているので、

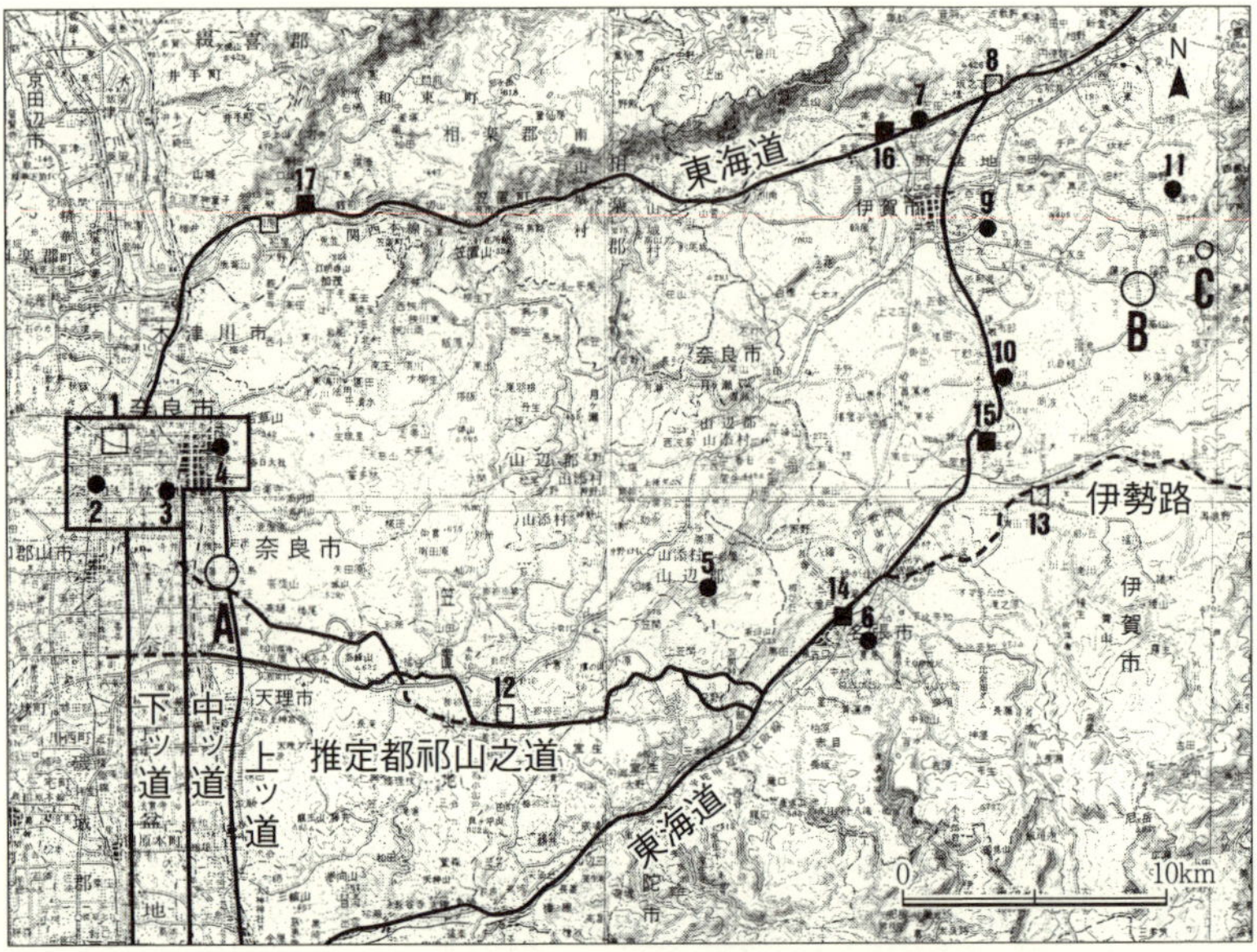

図5　都祁山道交通路と古代寺院の分布

A山村里　B畷代里　C御谷里　1平城宮跡　2薬師寺　3大安寺　4東大寺
5毛原廃寺　6夏見廃寺　7三田廃寺　8伊賀国府跡　9伊賀国分寺跡
10財良廃寺　11鳳凰寺廃寺　12堀越頓宮　13阿保頓宮　14名張駅家　15伊賀駅家
16新家駅家　17岡田駅家

古代でも笠間峠を越えていく道の可能性があるが、問題は毛原廃寺の存在である。

毛原廃寺は、奈良県山辺郡山添村毛原にある寺院跡で、名張川の支流の笠間川の左岸山麓に立地する。塔・金堂・中門・南門跡の礎石が存在し、食堂跡も推定されている。金堂跡は七間四間の建物で奈良県薬師寺の金堂と同じ大きさである。出土する軒瓦から八世紀中頃の創建と推定されるが、文献史料には登場せず、造営背景などは不明である。しかしこれだけの大きな寺院が存在しており、寺院が交通路と密接な地域に造営されることを考えると、奈良時代の「都祁山之道」のルートの一つとして、笠間川の流域沿いに毛原廃寺を通り、名張郡に出る道も存在していたと思われる(23)。

以上のように、大和国添上郡山村里と

伊賀国山田郡噉代里に同類異話が展開するのは、この地が「都祁山之道」という道で交通することが可能であったことが背景にあったと想定される。それでは次にこの交通路を通って、この同類異話を展開させた人物像について考察したい。

五　大和と伊賀国の同類異話の成立——上巻十縁と中巻十五縁の説話創作者

上巻十縁と中巻十五縁の化牛説話については、すでにさまざまな研究が存在している。『霊異記』については、さまざまな仏典が引用されていることがすでに指摘されているが[24]、化牛説話は畜類償債譚の一つとして仏典の説話や中国の説話に起源がある。説話のモチーフとしては、ある人が借金をして返済しないうちに死亡し、その債主の家の牛やロバなどの畜類として転生し、労役を行いながらその負債を償うというものである。これについてはすでに澤田瑞穂氏の研究が詳しく、中国の仏典に依拠するものであることを指摘している[25]。これらの研究によれば、『霊異記』の説話は仏典そのものから引用したのではなく、『諸経要集』や『法苑珠林』などの仏教類書などを参考にしたらしい。

近年では藤本誠氏の研究が詳細で、それによれば『霊異記』の化牛説話は『諸経要集』の影響が強く、中でも上巻十縁・中巻十五縁は『出曜経』の説話と酷似すると指摘している[26]。したがって『霊異記』上巻十縁・中巻十五縁の化牛説話は、『諸経要集』所引の『出曜経』の影響が強いと思われ、上巻十縁・中巻十五縁の作者は、これらの仏教類書を理解していた者である。

一方、稲田浩二氏はこの二つの説話を比較して、なぜこのような類話を景戒があえて採択したかを疑問視し、これらの説話が輪廻思想を核に創作され、その主な原型の形成の場所は、第一伝承である民間口承の世界であるとした。(27)したがってこれらの説話は、民間口承の場に『冥報記』や経文にある輪廻観が持ち込まれ、融合したとき路行僧が登場し、願主は説話管理者が説話内容に編み込まれているので、これが全体を総括して、説話が縁起説話の体裁をなした、とする。さらにこれらの原型の説話に第二次伝承者の景戒は、『霊異記』の編纂に当たり、自度隠身聖人観の主張を用意してこれを編入した、と指摘している。稲田氏は『冥報記』の影響を強調しているが、これはすでに藤本氏が述べたように、『諸経要集』の影響と見なすべきであろう。ただ中巻十五縁の酒に酔った乞食僧については、多田一臣氏は『大智度論』に依拠する『法苑珠林』二十二の「酔婆羅門出家」との関連を指摘しており、(28)『諸経要集』のみならず『法苑珠林』の影響も考慮すべきであろう。

またこの上巻十縁・中巻十五縁の化牛説話は、他の上巻二十縁、中巻九縁・三十二縁、下巻二十六縁と比較すると、上巻二十縁では『大方等経』、中巻九縁では『大集経』、中巻三十二縁では『成実論』、下巻二十六縁では「経に説きたまへるがごとし」など、経典名や経に依拠したことが記されているのに対し、上巻十縁・中巻十五縁では経典名が登場していない。内容的に見ると、上巻二十縁・中巻九縁・下巻二十六縁は寺物盗用による化牛説話であるのに対し、中巻三十二縁は出挙の返済未遂、上巻十縁・中巻十五縁は親子の間の貸借関係である。これからすると、同じ化牛説話でも二つに大別され、上巻十縁、中巻十五・三十二縁は、借りたものの未返済によって牛に転生して労役で贖う内容から、出挙などの未返済の因果応報を強調している。その中でも、親子関係の間にも言及している点では、同じ化牛説話でも上巻十縁・中巻十五縁は他の化牛説話とは異なっていて、この二つの同類異話の特異性は明らかである。

とすれば、この二つの一次伝承の説話を創作した人物は、いかなる人物であろうか。上巻十縁・中巻十五縁の化牛説話は、『諸経要集』所引の『出曜経』の影響が強いことが指摘されており、下巻三十八縁では景戒が沙弥鏡日から『諸経要集』を授かっているところから、これらの説話の作者が景戒である可能性を全く否定することは出来ない。しかし、これらの説話が全く離れた地域の説話で取り上げられていることは、『霊異記』の地域関係説話がその地域においてどのような機能を果たしたかについても、言及する必要があるであろう。

黒沢幸三氏は『霊異記』の類話について、話の筋がほとんど合致する中巻八縁と十二縁の「蟹報恩譚」と、上巻十二縁と下巻二十七縁の「髑髏報恩譚」、そして上巻十縁・中巻十五縁の化牛説話を取り上げ、これらの説話の口承性を指摘している[29]。その上で黒沢氏は二つの類話の関係について、一方を原拠として他方が年時と場所を変えて作られたとし、上巻十縁・中巻十五縁の場合では、大和を舞台とする上巻十縁が先に作られ、それを基にして伊賀国の中巻十五縁が作られたとしている。そしてその上巻十縁の作者、すなわち『冥報記』を翻案して日本の説話として構想した者は、大和在住の仏教者であるとする。そして黒沢氏はその仏教者を自度僧とし、自度僧の布教に伴って説教のための話として形成され、さらにそれらの自度僧は指導者や拠点を持つ組織的なものであったと考えている。

ここで上巻十縁・中巻十五縁の先後関係について述べると、大きく異なるのは最初に出会った路行僧の風体と、説示の部分である。とくに説示の部分では、上巻十縁の方は「因果の理、豈信ならずあらむや」とあって因果応報の原理を呈示しているのに対し、中巻十五縁では「まことに知る、願主の母の恩を顧みて、至深に信ぜしと、乞者の神呪を誦じて、功を積みし験なりといふことを」とあって、願主の祖先信仰と乞食の神呪を強調しており、上巻十縁より民衆に接近しているようにも思える。この点からすれば、黒沢氏が指摘したように、大和の説話が最初で、その後伊賀国に伝承されたというのが妥当な説であろう[30]。

しかし黒沢氏が指摘するような、自度僧集団が説話の創作者であろうか。藤本氏が指摘するように、この二つの同類異話が『諸経要集』のような仏教類書を参照しているとするならば、果たして自度僧レベルの僧がそれらを参照することが可能なのであろうか。

先述したように、大和国添上郡山村里は大安寺関係の説話も存在し、大安寺の僧侶の布教圏と考えられる。『霊異記』には大安寺関係の説話が多く収められ、寺川眞知夫氏によれば景戒は寺院や宗派に関係なく、説話を取材し編纂したとする。そして寺川氏は大安寺の中でもとくに修多羅衆が大安寺関係説話に深く関係し、出挙を含めた民衆教化のための説話が形成されていたことを指摘している(31)。とすれば、上巻十縁の作者も大安寺関係者の可能性があるのではなかろうか。

また、一方の伊賀国の中巻十五縁はどうであろうか。先後関係から上巻十縁が先に作られ、中巻十五縁がそれをベースに自度僧の神呪の功徳を強調したとするならば、後者の方はより在地での唱導を意識して作られたと見るべきであろう。そこで大安寺関係者で在地での法会の講師を務めた例として、下巻十九縁の大安寺僧戒明の例がある。大安寺僧戒明は、讃岐国の在地有力豪族の凡直氏の出身で大安寺の慶俊に師事し、宝亀八年（七七七）の遣唐使に加わって唐に渡り、翌九年に遣唐使とともに帰国したらしい。下巻十九縁では、在地有力豪族の「肥前の国佐賀の郡の大領正七位上佐賀の君児公」が主催した安居会に、筑前の国師となっていた戒明が講師として参加している。

戒明が地方で安居会の講師を務めたことは、国師の宗教的職務の一つであろう。国師は諸寺・僧尼の監督が職務であり、国分寺に所在したと推定されるが、同時に法会などの講師として各地の地方寺院を巡行したと思われる。下巻十九縁でも、戒明は大宰府から基肄郡基肄駅を通って佐賀国佐賀郡に入ったと思われ、佐賀郡は国府・国分寺の他に佐嘉駅があるから、交通の要地でもあった。このように官大寺僧が講師としても重要な交通路を利用して移動していたと考えると、(32)大和国から伊賀国には「都祁山之道」を通り名張郡を経由したか、毛原廃寺を経て名張郡または伊賀郡に向かったと思われる。

図1のように、伊賀国では阿拝郡に伊賀国分寺が存在し、地方寺院としては、名張郡夏見廃寺、阿拝郡三田廃寺、伊賀郡財良廃寺が存在し、山田郡には鳳凰寺《ぼうじ》廃寺が存在する。山田郡暾代里は、この内伊賀郡財良廃寺と山田郡鳳凰寺廃寺の中間に位置し、伊賀国分寺からも遠い地域ではない。先述したように路行僧に出会った御谷里は、伊勢国に向かう後世の伊賀街道に位置している。したがってこの中巻十五縁も、伊賀国分寺を中心とする地方寺院間を巡行する国師などの官大寺僧が創作した可能性が高い。

さらに『懐風藻』には道慈が竹渓山寺に止住していたことが見えるが、道慈は俗性は額田氏で大和国添下郡の出身であり、唐に渡って三論宗を学び大安寺に止住した。天平元年（七二九）の大安寺の平城京移転に尽力し、天平九年には大安寺の大般若経転読会を始めている。この経歴から見ると道慈と大安寺の関係は深く、また都介野岳南麓にあったとされる竹渓山寺に止住していたことを考えると、大安寺関係者が「都祁山之道」を通って伊賀国に入り、民間布教を行ったことは想定出来るのではなかろうか。都祁には小治田朝臣安麻呂の墓から墓誌が出土しており、奈良時代初期に火葬がこの地で行われていたことからも、「都祁山之道」のルートで仏教が展開していったことは明らかである。

六　おわりに

以上、大和と伊賀国の同類異話である化牛説話について、上巻十縁と中巻十五縁の説話の舞台を中心に考証し、その説話の成立展開について述べてみた。その結果どちらの地域も在地有力者を主人公とし、悔過や追善供養を中心とする法会を行うが、「隠身の聖人」と見られる自度僧が登場し、父母の負債による化牛説話であることを明らかにする内容であった。どちらも『冥報記』や『法苑珠林』・『諸経要集』の影響を受けているところから、この説話の作者は、官大寺僧であった可能性が高い。そして上巻十縁の舞台である大和国添上郡山村里は、『霊異記』では大安寺関係説話が多いことを指摘した。また中巻十五縁では伊賀国山田郡噉代里を舞台とするが、酔払った僧に出会うのは御谷里で、発掘調査の結果からどちらの地域も古墳時代後期の古墳群が存在し、奈良時代の有力な集落の存在も判明しており、これらの説話の舞台が必ずしも創作ではなく、実際の布教活動に伴って成立した可能性が高いと考えられる。上巻十縁・中巻十五縁は親子の関係でも借財の未返済は許されないことを強調しているから、この法話を法会で行った背景には、借財の未返済による因果応報を強調することによって、借財の返済を迫るものであり、法会の主催者が貸借関係を行う富裕者であり、その意図が存在しているように思われる。したがってこの上巻十縁・中巻十五縁の説話を在地の法会で行うことを意図して僧侶を呼んだのは、在地豪族であろう[33]。また懺悔することによって罪が消滅するという、懺悔悔過の法会でもあった。

そして同類異話でありながら、直接的には結びつかないと思われていた二つの説話が、実は「都祁山之道」というルートで結びつくことが明らかであり、その交通路を利用した官大寺僧が実際の布教の中で創作した可能性を指摘した。『霊異記』の説話、とりわけ同類異話の舞台を実証することによって、説話成立の背景を読みとることが出来るのではなかろうか。

註

（1）河音能平「日本令における戸主と家長」（『中世封建制成立史論』東京大学出版会　一九七一年）、吉田孝「家と家長と氏上」（『律令国家と古代の社会』岩波書店　一九八三年）、関口裕子「日本古代の豪貴族層における家族の特質について」（『日本古代家族史の研究』下　塙書房　二〇〇四年）、義江明子「〝子の物をぬすむ話〟再考―『日本霊異記』上巻一〇話の「倉下」と「家長公」―」（『帝京史学』二一　二〇〇六年）など。その他、『霊異記』に見える牛については、平野邦雄「『霊異記』における牛・馬の原像」（平野邦雄編・東京女子大学古代史研究会『日本霊異記の原像』角川書店　一九九一年）、新川登亀男「『日本霊異記』の牛　管見」（あたらしい古代史の会編『王権と信仰の古代史』吉川弘文館　二〇〇五年）などがある。

（2）藤本誠「『日本霊異記』の史料的特質と可能性―『日本霊異記』の化牛説話を中心として―」・北條勝貴「説話の可能態―『日本霊異記』堕牛譚のナラティヴ―」（『歴史評論』六六八　二〇〇五年）

（3）以下『霊異記』の引用は、小泉道校注『日本霊異記』（新潮日本古典集成　新潮社　一九八四年）による。参考に本郷真紹監修・山本崇編集『考証日本霊異記』上（法藏館　二〇一五年）を用いた。

（4）池邊彌『和名類聚抄郡郷里驛名考證』二〇九～二一一頁　吉川弘文館　一九八一年

（5）小泉道校注『日本霊異記』（新潮日本古典集成）では「土椋」とするが、詳細は不明である。ここでは『考証日本霊異記』上に従って「椋」とした。

（6）新川登亀男「日本古代の「方広経」受容前史」（平井俊榮博士古稀記念論文集刊行会編『三論教学と仏教諸思想』春秋社　二〇〇〇年）、増尾伸一郎「奈良時代における仏典の伝写と読誦―『日本霊異記』中巻第十九縁を手がかりとして―」（河野貴美子・王勇編『東アジアの漢籍遺産―奈良を中心として―』勉誠出版　二〇一二年）

（7）中田祝夫「日本霊異記訓詁補綴―「方広経」についての僻案―」（日本霊異記研究会編『日本霊異記の世界』三弥井書店　一九八二年）、寺川眞知夫「方広経の霊験」（『日本国現報善悪霊異記の研究』和泉書院　一九九六年）

（8）新訂増補国史大系『政事要略』巻二十八　一七三頁

（9）速水侑「密教的観音信仰の成立と展開」（『観音信仰』塙選書七二　塙書房　一九七〇年）

（10）稲田浩二「『日本霊異記話形の一考察」（『親和女子大学研究論叢』一　一九六八年）

(11) 後藤良雄「冥報記の唱導性と霊異記」(『国文学研究』二五　一九六二年)、最近では、『法苑珠林』二二「酔婆羅門出家」の影響も指摘されている。
(12) 新訂増補国史大系『延喜式』民部上　五五九頁
(13) 日本古典文学大系『日本書紀』下　三八八頁　岩波書店　一九六五年
(14) 新日本古典文学大系『続日本紀』一　一六三頁　岩波書店　一九八九年
(15) 池邊彌『和名類聚抄郡郷里驛名考證』二七九頁　吉川弘文館　一九八一年
(16) 伊賀市編『上野市史』考古編　四一四頁　上野市（現伊賀市）二〇〇五年
(17) 『東南院文書』三　三三頁（『大日本古文書』家わけ第十八　東大寺文書之三　東京大学史料編纂所）
(18) 『大山田村史』上巻　八八〇頁　大山田村史編纂委員会　一九八二年
(19) 『大山田村史』上巻　一八七～二二五頁　大山田村史編纂委員会　一九八二年
(20) 「大安寺縁起幷流記資財帳」(『大日本古文書』二　六五六～六五七頁)
(21) 新日本古典文学大系『続日本紀』一　霊亀元年六月庚申条　二三二頁　岩波書店　一九八九年
(22) 中村敏文『大和の伊勢街道―くらがり越え奈良街道・上街道・名張街道・都祁山道―』近畿古道探索会　一九九一年
(23) 直木孝次郎「毛原廃寺と都祁の山道」(『日本古代国家の成立』講談社学術文庫　一九九六年)、松田真一・近江俊秀「毛原廃寺の研究―基礎資料の集成と若干の考察―」(『考古学論攷』一五　一九九一年)
(24) 菊池武「『日本霊異記』仏典考」(岩橋小弥太博士頌寿記念会編『日本史籍論集』上巻　吉川弘文館　一九六九年)
(25) 澤田瑞穂「畜類償債譚」(『仏教と中国文学』国書刊行会　一九七五年)
(26) 藤本前掲註(2)論文、また『出曜経』については、山口敦史「『日本霊異記』の注釈的性格」(『日本霊異記と東アジアの仏教』笠間書院　二〇一三年)
(27) 稲田前掲註(10)論文
(28) 多田一臣校注『日本霊異記』中巻　一四六頁　ちくま学芸文庫　一九九七年

(29) 黒沢幸三「『霊異記』における類話」(『日本古代の伝承文学の研究』塙書房　一九七六年)
(30) 黒沢前掲註(29)著書、原田行造「霊異記説話における書承性と口承性」(『日本霊異記の新研究』桜楓社　一九八四年)
(31) 寺川前掲註(7)著書「大安寺関係説話」
(32) 第二篇第二章「『日本霊異記』地域関係説話形成の背景――備後国を例として」、第二篇第四章「『日本霊異記』九州関係説話の成立」
(33) 小峯和明氏は、このような牛転生譚が実際の仏事法会で語られたものと指摘する(「牛になる人―『日本霊異記』と法会唱導―」『中世法会文芸論』一一〇頁　笠間書院　二〇〇九年)。

第八章　蟹報恩譚の成立――中巻八縁と十二縁

一　はじめに

『日本霊異記』（以下『霊異記』）中巻八縁と十二縁の二話はともに「蟹報恩譚」で、同類異話の中でも類似性が高く、すでに多くの研究がある。その中でもこの蟹報恩譚の形成に当たって、昔話の蟹または蛙報恩型蛇婿入譚との共通性から、これらの民話が先行して存在し、それを利用してこの仏教説話が出来たとする説がある。山根賢吉氏が認めて以来(1)、それに三輪山型の神婚譚のモチーフを採り入れて説話が成立したとする守屋俊彦氏の説が存在し(2)、丸山顯徳氏はさらに日中韓などの民話との比較も行っている(3)。

一方これらの民話との関係を指摘する説に対し、蟹が蛇を切るモチーフを仏教系の伝承に求める寺川眞知夫氏の説も存在する(4)。また中巻八縁と十二縁の先後関係についても、さまざまな議論があり、さらにこの説話は『三宝絵詞』や『大日本国法華経験記』（以下『法華験記』）下巻一二三に収録され、さらに『今昔物語集』巻十六―十六や『古今著聞集』巻二十、『元亨釈書』巻二十八にも「蟹満寺縁起」として収録されている。

これらの後世の「蟹満寺縁起」などと『霊異記』の二話が大きく異なる点は、行基の存在である。「蟹満寺縁起」などには行基は登場せず『霊異記』に登場することは、この二話が行基との関係が強い段階で形成されたと考える説もある。[5]

このように『霊異記』の中巻八縁と十二縁は、その類似性や山背地方の民話との関係、さらに行基集団との関係からさまざまな論点から議論されてきた。しかし今までの研究史はこの二話が大和国と山城国に展開しながらも、とりわけ中巻十二縁の山城地方の民話との関係を追求してきたため、『霊異記』の説話が布教のためのテキストであるという性格から離れて論究され、両者の説話の関係について、なぜ大和国と山背国に展開するかという点に関しては、あまり論究されていないと思われる。本章ではこの二話について、その地域間交通を重視して説話の成立についての考察を行いたい。

二　中巻八縁と十二縁の説話

(1) 中巻八縁「蟹と蝦との命を贖ひて放生し、現報を得る縁」

置染の臣鯛女は、奈良の京の富の尼寺の上座の尼法邇が女なりき。道心純熟にして、初婬も犯さず。つねに懃ろに菜を採みて、一日も闕かず、行基大徳に供侍へたてまつりき。

山に入りて菜を採むときに、見れば大きなる蛇大きなる蝦を飲めり。大きなる蛇に誂へていはく、「この蝦をわれに免せ」といふ。免さずしてなほし飲む。また誂へていはく、「われ、汝が妻とならむ。そゑに、幸しくもわれに免せ」といふ。大きなる蛇聞きて、高く頭を捧げて女の面を瞻り、蝦を吐きて放つ。女、蛇に期りていはく、「今日より七日を経て来」といふ。

しかして、期りし日に到り、屋を閉ぢ穴を塞ぎ、身を堅めて内に居るに、まことに期りしがごとくに来つ。尾をもて壁を拍つ。女、恐りて明くる日に大徳にまうす。大徳、生馬の山寺に住みて在せり。ここに告げていはく、「汝は免るること得じ。ただし堅く戒を受けよ」といひて、すなはちもはら三帰五戒を受持しつ。

しかして還り来る道に、知らぬ老人、大きなる蟹をもて逢ふ。問ふ、「誰が老ぞ。乞、蟹をわれに免せ」といふ。老、答ふらく、「われは摂津の国兎原の郡の人、画問の邇麻呂なり。年七十八にして、子息なく、命を活けむに便なし。難波に往きて、たまさかにこの蟹を得たり。ただし期りし人あり。そゑに汝に免さじ」といふ。女、衣を脱ぎて贖ふに、なほし免可さず。また裳を脱ぎて贖ふに、老、すなはち免しつ。しかして、蟹を持ちてさらに返り、大徳を勧請し、呪願して放つ。大徳歎めていはく、「貴きかな、善きかな」といふ。

その八日の夜に、またその蛇来る。屋の頂に登り、草を抜きて入る。女悚ぢ慄く。ただし床の前に跳爆く音のみあり。明くる日に見れば一つの大きなる蟹ありて、その大きなる蛇、条然に段切らえき。すなはち知る、贖ひ放てる蟹の、恩を報ずるなり。幷せて戒を受くる力なりといふことを。虚実を知らむとおもひ、耆老の姓名を問へども、つひになし。定めて委る、耆はこれ聖の化なることを。

これ奇異しき事なり。(6)


この説話の主人公は、平城京の富の尼寺の上座の尼法邇の娘である置染臣鯛女で、仏道修行に篤く、処女であると描かれている。「富の尼寺」は、『行基年譜』によれば天平三年（七三一）に建立された隆福尼院（登美尼院）であると推測されている。(7) また置始連氏は、『新撰姓氏録』によれば、右京神別氏族に「長谷置始連」や左京神別氏族に「大椋置始連」が見え、(8)『大鳥太神宮幷神鳳寺縁起帳』には河内国志紀郡井於郷の置始連稲積が見える。(9)

『行基菩薩伝』や『行基年譜』によると、慶雲四年（七〇七）に行基は「生馬仙房」に移り住んだとあり、「生馬の山寺」とはこれを指すと思われる。「仙房」とは、「僧尼令」禅行条にあるような、山林修行を行った地の意であろう。行基は天平二十一年（七四九）二月二日に菅原寺で亡くなるが、火葬された後現在の竹林寺の地に埋葬され、その行基墓は鎌倉時代の文暦二年（一二三五）に発掘され、「大僧正舎利瓶記」が発見されている。隆福尼院（登美尼院）と生駒山寺は至近距離にあり、この地をベースにして形成された説話であろう。

さて説話の概略であるが、蛇に飲み込まれそうになっている蛙を救うために、鯛女は蛇の妻になることを約束する。その後行基に相談しに行った帰り道に、見知らぬ老人から買い取った蟹を放生し、その夜やってきた蛇をその蟹が切り裂くことによって救われるという内容である。このことについてはさまざまな研究があり、「蛙の恩返し」や「むかでとひきがえる」などの朝鮮半島の説話との関係を指摘する説や、[10]中国の『捜神記』巻十九（四〇〇）「大蛇を退治した娘」や、蟹が蛇を切るという『太平広記』の「南海大蟹」などとの関係を指摘する説などがある。[11]

一方、民話からの影響も考える説があり、昔話の蟹報恩型蛇婿入譚または蛙報恩型蛇婿入譚などの「蟹報恩譚」が基盤にあり、それが仏教説話化したと考える説と、[12]反対に仏教説話が最初にあって後にそれが昔話化したとする説など、[13]さまざまな先行研究がある。

このように多数の先行研究があるが、説話の中心は蛙の解放と蛇との婚姻の約束よりも蟹の放生が強調され、さらに三帰五戒の受持を行うことによって難を逃れる、という結末から、放生の功徳を強調していると思われる。また蟹の放生に関係して登場した「摂津国兎原郡画問邇麻呂」も、人物としては不詳であるが聖の化身として描かれている点も、「隠身の聖」の存在を主張するものである。『和名類聚抄』（以下『和名抄』）によれば、摂津国兎原郡には賀美葦屋・布敷・天城・津守・覚美・佐才（牙）・住吉郷があり、[14]さらに『行基年譜』天平十三年条（『天平十三年記』）によれば、摂津国兎原郡宇治郷には天平二年（七三〇）に建立されたとある船息院・船息尼院が存在し、大輪田船息と関連があると思われるが詳細は不明で、さらに芦屋廃寺を船息院に比定する説もある。しかしいずれにせよ摂津国兎原郡は行基と関係のある地であり、摂津国兎原郡宇治郷の船息院・船息尼院から難波、さらに難波から生馬山寺、添下郡登美村の隆福院・隆福尼院への道が存在していることが、この説話からうかがうことができる。

(2) 中巻十二縁「蟹と蝦との命を贖ひて放生し、現報に蟹に助けらるる縁」

山背の国紀伊の郡の部内に、ひとりの女人ありき。姓名詳らかならず。天年慈しびの心ありて、賾く因果を信く。五戒十善を受持し、生ける物を殺さず。

聖武天皇のみ代に、その里の牧牛の村童、山川に蟹を八つ取りて、焼き食はむとす。この女見て、牧牛に勧めていはく、「幸しくも願はくは、この蟹をわれに免せ」といふ。童男、辞びて聴さずして、「なほし焼き噉はむ」といふ。慇ろに誂へ乞ひ、衣を脱ぎて買ふ。童男らすなはち免しつ。義禅師を勧請し、呪願せしめて放生す。

しかして後に、山に入りて見れば、大きなる蛇、大きなる蝦を飲む。大きなる蛇に誂へていはく「この蝦をわれに免せ。あまたの幣帛を賂したてまつらむ」といふ。蛇、聴さずして呑む。女、幣帛を募りて、禱していはく、「汝を神として祀らむ。幸しくも乞はくはわれに免せ」といふ。聴さずしてなほし飲む。また蛇に語りていはく、「この蝦に替へて、われを妻とせよ。そえに、乞はくはわれに免せ」といふ。蛇すなはち聴し、高く頭頸を捧げて、女の面を瞻り、蝦を吐きて放つ。

女、蛇に期りていはく、「今日より七日を経て来」といふ。しかして父母にまうして、つぶさに蛇の状を陳ぶ。父母愁へていはく、「汝は了らかにただ一子なるに、なにに誑ひ託へるがゆゑに、能はぬ語をなせる」といふ。時に、行基大徳、紀伊の郡の深長の寺にいましき。往きて事の状をまうす。大徳聞きていはく、「烏呼、量りがたき語なり。ただ能く三宝を信けむのみ」といふ。教へをうけたまはりて家に帰る。

期りし日の夜に当り、屋を閉ぢ身を堅め、種々に願を発して三宝を信く。蛇、屋に繞りて蜿転ひ腹ひ行き、尾をもて壁を打ち、屋の頂に登り、芇を咋ひ抜き開き、女の前に落つ。しかりといへども、蛇、女の身に就かず。ただし爆く音のみありて、跳ち齚み齧ふがごとし。明くる日に見れば、大きなる蟹八つ集まり、その蛇、条然に揃り段切らえき。

すなはち知る、贖ひ放ちし蟹の、恩を報いしことを。悟りなき虫すら、なほし恩を受くれば返りて恩を報ゆ。豈人にして恩を忘るべけむや。これよりのちは、山背の国にして、山川の大きなる蟹を貴び、善をなして放生するなり。

これも中巻八縁と同じ蟹報恩譚であるが、この説話の主人公は山背国紀伊郡のひとりの女人とあり、姓名は明らかになっていない。ただ五戒十善を受持し、殺生をしないという点では、中巻八縁と同じである。『和名抄』によれば、舞台となる山背国紀伊郡は岡田・大里・紀伊・鳥羽・石原・拝志・深草・石井郷からなり[15]、『行基年譜』によれば、天平三年（七三一）に建立された「法禅院」が深草郡にあり、行基建立四十九院の一つである紀伊郡深長寺（法禅院）が存在した。天平十二年（七四〇）条の布施院・尼院が紀伊郡石井村に、泉橋院・隆福尼院が相楽郡大狛村に存在するなど、行基に関連する寺院は山背国南部に多い。

さて説話の構成は、その里の牧牛の村童から蟹八つを買い取り、義禅師を勧請し放生する。そして山に入ると、蛙が蛇に飲まれるのを見て、蛇との婚姻を約束する代わりに蛙の解放を願う。そして紀伊郡深長寺の行基に相談するが、三宝を信じることを説かれて蛇を待ち、蟹の報恩によって難を逃れたという内容で、さらに南山背ではこれによって蟹の放生を行うという在地伝承に結びついている。

中巻十二縁の場合で特徴的なのは、この蟹報恩譚が後に蟹満寺という寺院の縁起となっているところである。十世紀後半の『三宝絵詞』は中巻八縁を収録しているが、(16)両者には大きな相違はない。ところが中巻十二縁の方は、『法華験記』下巻一二三「山城国久世郡の女人」に採用され、それに基づいて『古今著聞集』巻二十が構成され、さらに『元亨釈書』巻二十八で取り上げられていき、蟹満寺の縁起となっていくと思われる。黒沢幸三氏は、中巻十二縁が元になって『法華験記』に採り入れられていったとするが、(17)井上光貞氏が指摘するように、『法華験記』の著者鎮源は『霊異記』を見ていないと思われ、(18)むしろ「蟹満寺縁起」を取り込んで『法華験記』の説話となったものと思われる。(19)

しかし『法華験記』以下は、この蟹報恩譚の舞台を久世郡とするのに対し、蟹満寺の所在地は相楽郡である。『和名抄』によれば、久世郡は竹渕・奈美・那羅・水主・那紀・宇治・久世・殖栗・栗隈・冨野・拝志・羽栗郷からなり、相楽郡は相楽・水泉・賀茂・大狛・蟹幡・祝園・下狛郷からなる。(20)蟹満寺は、この内の相楽郡蟹幡郷に所在する。『法華験記』では「その寺を蟹満多寺と名づけて、今にありて失せず。時の人ただ紙幡寺と云ひて、本の名を称はず」とあるが、(21)もともと蟹幡郷の地名を冠する「蟹幡寺」が、後に『霊異記』の中巻十二縁の説話から「蟹満多寺」と称し、縁起化したのではなかろうか。

蟹満寺は京都府木津川市山城町綺田に所在し、白鳳期の丈六の銅造釈迦如来像が存在することで有名である。出土する軒瓦からも七世紀末の造営であることが明らかであり、発掘調査の結果瓦積基壇の金堂跡と東回廊跡が検出

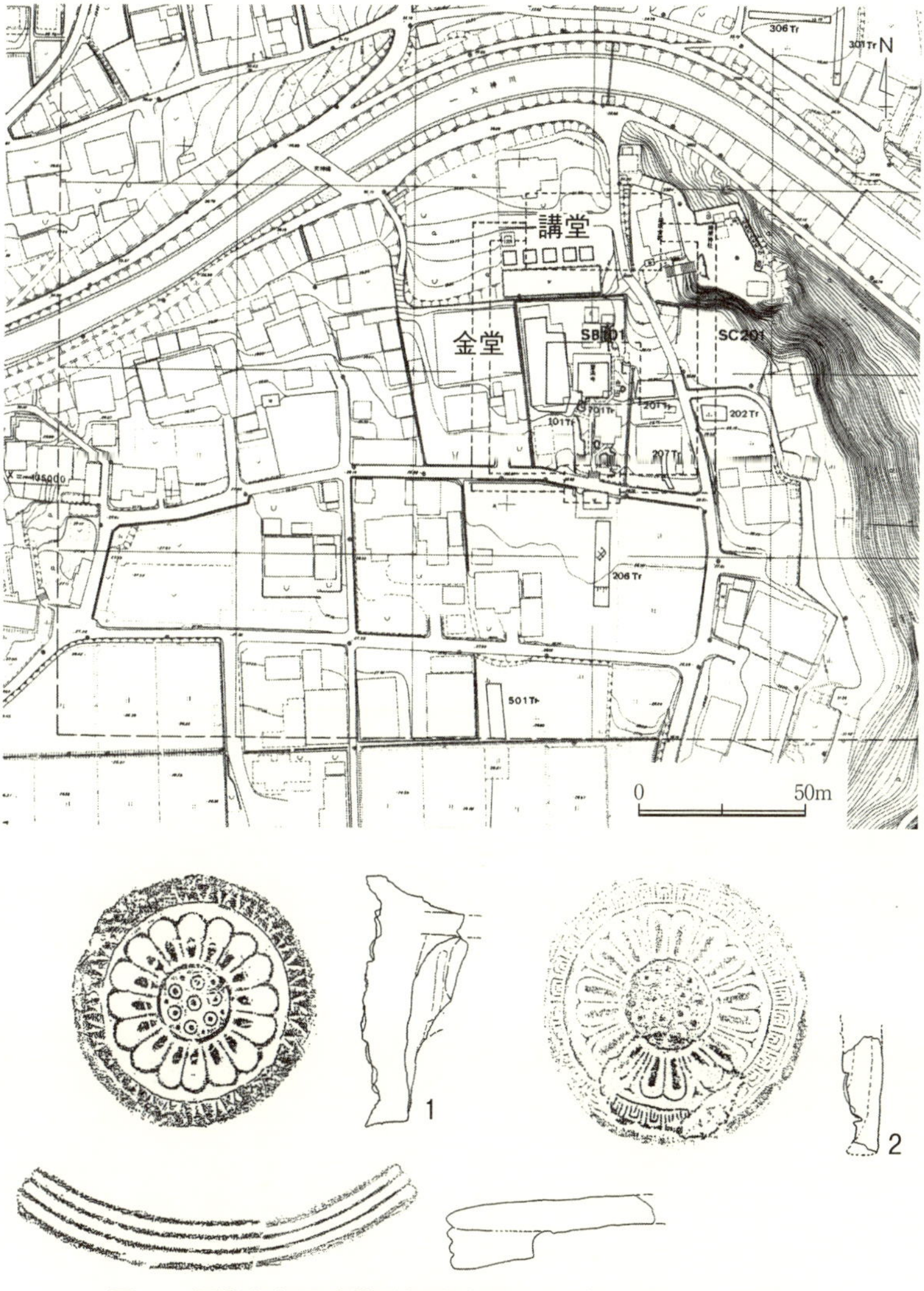

図１　蟠満寺主要遺構発掘調査図および出土軒丸・軒平瓦

されている（図1）。出土する創建期の軒丸瓦は、いわゆる「紀寺式」の雷文縁複弁八葉蓮花文軒丸瓦（図1－2）の他、川原寺式を祖型とする「高麗寺式」の面違鋸歯文縁複弁八葉蓮花文軒丸瓦（図1－1）で、山城・高麗寺跡との関係の深さを示している。国宝で本尊である銅造釈迦如来像については、古くから「客仏」であるとする論争があったが、丈六仏の製作年代についてはまだ議論が残るものの、大方七世紀末から八世紀中頃の年代であり[22]、蟹満寺の発掘調査の結果、白鳳期の瓦積基壇が検出されたことによって、この丈六仏が蟹満寺のものである可能性は高い。すなわち『霊異記』中巻八縁・十二縁が成立した時期には、蟹満寺は存在していたと考えられる。

（3）同類異話としての中巻八縁と十二縁

①モチーフの共通性

以上のように中巻八縁と十二縁は極めて類似性の高い同類異話であるが、その点をもう少し検討してみよう。中巻八縁と十二縁を比較すると（表1）、中巻八縁では蛙の解放と蛇との婚姻の約束が先で、その後に蟹を解放して放生するという話になるが、中巻十二縁ではそれが逆になるという点や、放生の順序の違いがある。また中巻八縁では蟹を持つ老人が登場し、中巻十二縁では義禅師が登場するが、この二人は蟹の放生に関係するだけである。さらに中巻十二縁では、最後の南山背での在地伝承が付け加わる点が異なるところであるが、全体の内容からすれば、極めて類似性の高い同類異話と考えてよい。

中巻八縁には明記されていないが、中巻十二縁では蛇に幣帛を奉って明確に神として祀るとあって、この蛇が神であることを示しており、先学が指摘するように、『日本書紀』の三輪山伝説や『常陸国風土記』などに見られる日本神話の影響がうかがえる。一般に『霊異記』の説話には、中国の『冥報記』や『般若験記』などの影響が濃いと見られるものが多いが、少なくともこの中巻八縁と十二縁では、日本的な素材を用いて説話の創作を行ったものと推測出来る。

中巻八縁と十二縁の先後関係については、中里隆憲氏は山城国久世郡に「蟹池」が存在するところから、久世廃寺で行われていた蟹の放生会に報恩部が加えられて仏教説話化されて十二縁が成立し、さらにその後その影響で八縁が成立したとするが、(23)黒沢幸三氏が指摘するように、同類異話の場合は大和の説話が原型で、それから派生したと見るべきであろう。(24)**表1**の比較表を見てもわかるように、中巻十二縁には山背での在地伝承が付加されているところからも、先後関係は中巻八縁が先で十二縁が後と考えるのが妥当であろう。

表1　中巻八縁と十二縁の比較

中巻八縁	中巻十二縁
主人公：置染臣鯛女 舞台：奈良京の富の尼寺周辺 内容：①蛙を飲む蛇との婚姻の約束 ②蛇の来訪 ③生馬山寺の行基への相談 ④摂津国兎原郡の老人からの蟹の放生 ⑤蟹の報恩	主人公：一人の女人 舞台：山背国紀伊郡 内容：①村童から蟹を買い取り放生 ②蛙を飲む蛇との婚姻の約束 ③紀伊郡深長寺の行基への相談 ④蛇の来訪 ⑤蟹の報恩 ⑥南山背での在地伝承

②行基との関係

中巻八縁・十二縁では、行基が登場している点が共通する。この説話の影響を受けた『法華験記』などの中では、『三宝絵詞』以外には行基は登場しない。中巻八縁・十二縁でも、蛇との婚姻を約束してしまった女性たちに対し、「汝は免るること得じ。ただし堅く戒を受けよ」とか「烏呼、量りがたき語なり。ただ能く三宝を信けむのみ」と説いて、その約束から逃れ得ないことを示しつつ、さらに仏教に対する信仰を篤くすることを説くだけであり、直接的に救済を施していない。したがってその後の説話群では、行基は姿を消していくのであろう。

しかし『霊異記』の段階では、ここに行基が登場するのが重要であると思われる。すなわち行基が女性たちに強調したのは、三宝である仏法僧、すなわち仏教を信仰すること、三帰五戒・五戒十善を受持することを説いており、それによって蛇の難を逃れ、蟹の報恩を得たという結論に至る。五戒十善は俗人が帰依した際に守らなければならない戒律であるから、この説話は法会の際に僧侶が、法会に集まった俗人に説教するものであったと思われる。また女性が主人公であるところから、この二つの説話は法会に集まる女性を意識して創作されたものであろう。勝浦令子氏は、『霊異記』の行基説話に女性が多く登場するのは、律令制の導入によって女性の社会的地位が変動し、行基に対し個人的な救済を求めたからであると指摘する。[25] 同時にこの説話で三帰五戒・五戒十善を受持することを説いて、行基を強調していることは、この説話の創作者は行基に関係のある人物であったと思われる。

三　中巻八縁と十二縁の地域的背景

（1）中巻八縁の舞台

中巻八縁では「置染の臣鯛女は、奈良の京の富の尼寺の上座の尼法邇が女なりき」とあって、説話の舞台は「奈良の京の富の尼寺」の周辺と考えられる。「富の尼寺」は、『行基年譜』によれば天平三年（七三一）に建立された隆福尼院（登美尼院）であると思われ、また「大徳、生馬の山寺に住みて在せり」とあるのは、同じく慶雲四年（七〇七）に行基が「生馬仙房」に移り住んだとある「生馬の山寺」と思われる。「生馬の山寺」は、火葬された行基を葬った現在の竹林寺の地で、これからすれば、中巻八縁の中心舞台となる地は「富の尼寺」の周辺であろう。『行基年譜』によれば大和国添下郡登美村には、隆福院（登美院）と隆福尼院（登美尼寺）があり、僧院と尼院が併設されている。

隆福院（登美院）は奈良市大和田町追分の追分廃寺に比定されており[26]、緊急調査の結果、遺構は削平されていて不明であるが、興福寺創建瓦である興福寺式六三〇一A―六六七一Aの軒丸・軒平瓦と、平城京式六三四八A―六六七一Aの軒丸・軒平瓦が出土しており（図2）、七二〇年前後の年代が推定されている。さらに川原寺式軒丸瓦も採集されており、隆福院の後身とされる霊山寺には、川原寺や橘寺と同型式の方形三尊塼仏が伝わっており、これを考慮すると追分廃寺は七世紀後半までに遡る可能性がある。また奈良市三碓町に所在する追山廃寺から出土した軒平瓦は追分廃寺と同笵であり、軒平瓦の顎部の形態から追分廃寺に後続し、隆福尼院（登美尼寺）に比定できるとされる[27]。

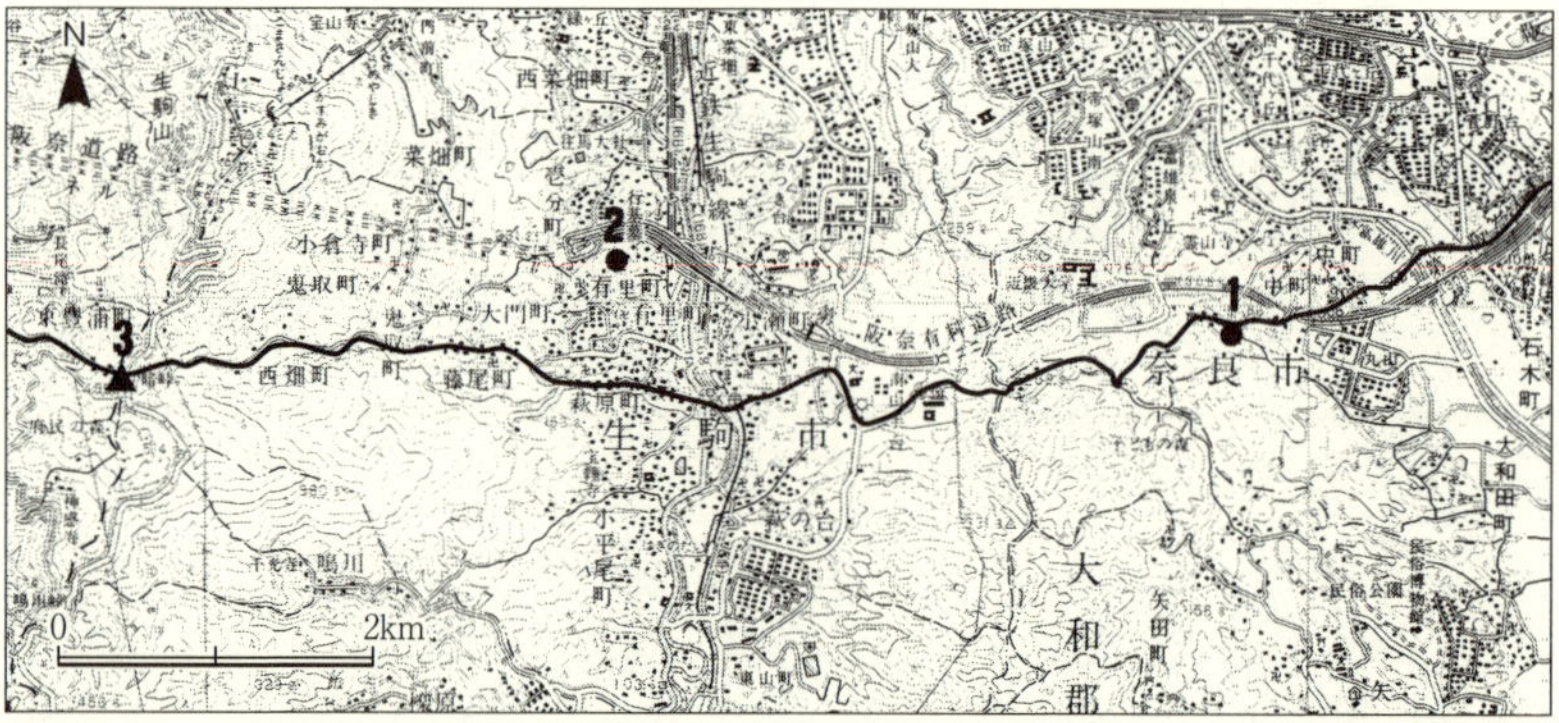

1 追分廃寺(降福院)　2 竹林寺(生馬山寺)
3 暗峠

図2　追分廃寺出土軒平瓦および周辺図

また蟹の放生に関係して登場した「摂津国兎原郡画問邇麻呂」も難波で蟹を買い、生馬山寺周辺に向かったと推測されるが、隆福院は難波から生駒山を越えて平城京に向かう暗越奈良街道に面しており、古代においても難波と平城京を結ぶ重要な交通路が存在していた。さらに先述したように、『行基年譜』天平十三年条（『天平十三年記』）によれば、摂津国兎原郡宇治郷には天平二年（七三〇）に建立されたとある船息院・船息尼院が存在しているので、中巻八縁の舞台は、摂津国兎原郡宇治郷の船息院・船息尼院から難波、さらに難波から生馬山寺、降福院・隆福尼院への交通路と深い関係がある。

(2) 中巻十二縁の舞台

中巻十二縁の舞台は、「山背の国紀伊の郡の部内に、ひとりの女人ありき」とあるところから山背国紀伊郡で、現在の京都市伏見区周辺である。中巻八縁と同様に、『行基年譜』によれば、行基建立四十九院の一つである紀伊郡深長寺（法禅院）があり、天平十二年条の布施院・尼院が紀伊郡石井村

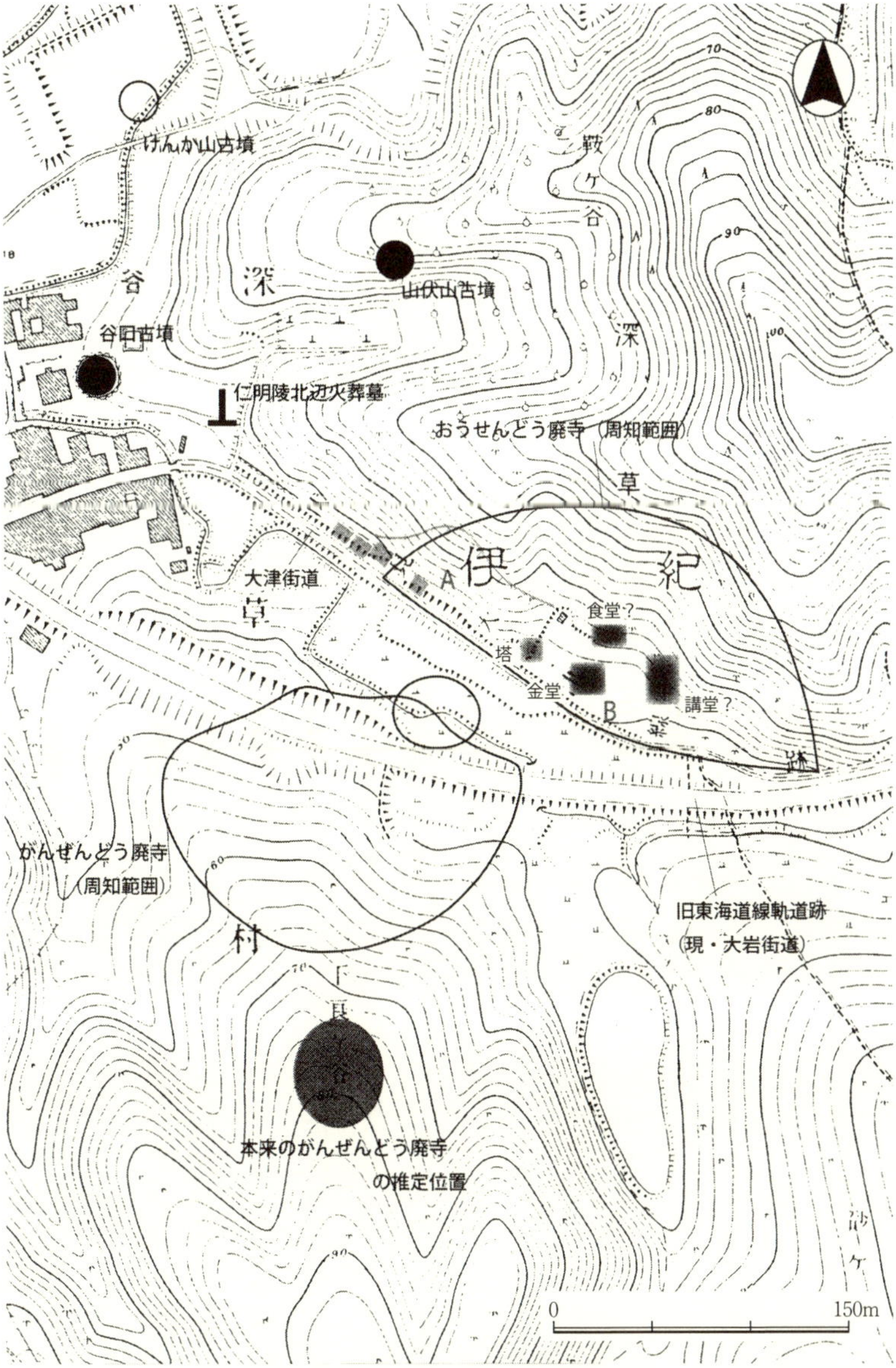

図３　おうせん堂廃寺遺構図

に、泉橋院・隆福尼院が相楽郡大狛村に存在する。

紀伊郡深長寺（法禅院）は、京都市伏見区深草鞍ヶ谷町に所在した「おうせんどう廃寺」に比定されているが、昭和の初期からの土取工事によって完全に消滅した。しかし当時の聞き書きなどの記録から、四つの堂宇が存在したらしく、心礎が検出されているところから、塔・金堂・講堂・食堂跡などが存在したと推定される（図3）。採集された軒瓦は、紀寺式の雷文縁複弁八葉蓮花文軒丸瓦と重弧文軒平瓦で七世紀末から八世紀初頭の時期、また平城宮式系の単弁十五ないし十六葉軒丸瓦で八世紀中頃から後半の時期と考えられる。おうせんどう廃寺は、近世には伏見と大津を結ぶ大津街道の一部である大岩街道に面し、交通の要地でもある。また大岩街道と七瀬川を挟んで「がんぜんどう廃寺」が存在するが、こちらも戦前戦後の土取工事によって、完全に破壊されている。採集された軒瓦は、軒丸瓦は大野寺土塔で出土しているものと同笵の可能性が強く、また軒平瓦も平城宮六七二一型式に近いので、がんぜんどう廃寺も奈良時代に創建されたと見てよい。しかし塔などは存在せず、また瓦も小ぶりで型式の種類が少ないところから小規模な堂宇であった可能性が高い[28]。

中巻八縁が添下郡登美村の隆福尼院を中心として生馬山寺との間で移動していることからすれば、中巻十二縁の舞台は山背国紀伊郡であり、この深長寺（法禅院）を中心として説話の舞台が設置されたと考えてよい。現在では蟹の報恩譚を縁起とした蟹満寺が存在することから、中巻十二縁の舞台を蟹満寺を中心に考えがちであるが、それは中巻十二縁の説話を蟹満寺の縁起化したことによるものである。ただし蟹満寺が中巻十二縁の説話を基にして蟹満寺縁起を創作したことは、全くの無関係ではない。

そこでもう一度、山背国関係の『霊異記』の説話に注目してみたい。山背国関係の『霊異記』の説話は、以下のものがある。

①上巻十二縁……「枯骨報恩譚」で、山背国出身の元興寺僧道登と宇治橋架橋
②上巻十九縁……山背国の自度僧の「口が歪む悪報」、『法花経』
③中巻六縁　……山背国相楽郡の「法花経の経箱」
④中巻十二縁……山背国紀伊郡の蟹の報恩譚
⑤中巻十八縁……山背国相楽郡の高麗寺僧栄常、「口が歪む悪報」、『法花経』
⑥中巻三十五縁…山背国綴喜郡での宇治王による下毛野寺沙門諦鏡への迫害

以上の六話の内、②の上巻十九縁と⑤の中巻十八縁は同じ『法花経』誦持者に対する迫害で、同じモチーフと考えてよい。山背国ではないが、この他にも『法花経』を冒瀆して口が歪む説は、下巻二十縁の阿波国麻殖郡菀山寺を舞台とするものがある。また『法花経』関係の説話を見ると、③の中巻六縁も同じグループに属するかもしれない。

このように見ると、『霊異記』の中でも山背国関係の説話の数は多く、また同類異話に近い説話も存在しているので、山背国内で仏教活動は盛んであったと見ることが出来る。さらに中巻十二縁の蟹の報恩譚ばかりでなく、①の上巻十二縁の枯骨報恩譚は備後国を舞台とする下巻二十七縁と同類異話であり、すでに指摘したように、②の上巻十九縁と⑤の中巻十八縁は下巻二十縁と同類異話である。このような同類異話の分布は、僧侶の活発な布教活動を物語っており、山背国が交通の要地であったことを示している。その中でも相楽郡の説話が二つあるのは、中巻十八縁でも登場するように、高麗寺跡の存在が大きい。

高麗寺跡は京都府木津川市山城町上狛高麗寺に所在し、発掘調査の結果法起寺式伽藍配置をとることが判明している。『和名抄』の大狛郷に属することから、渡来系氏族の狛氏が造営氏族と推定されている。出土する創建期の

図４　高麗寺跡同笵・同文軒瓦出土寺院跡

１高麗寺跡　２泉橋寺　３松尾廃寺　４鹿山寺　５里廃寺　６蟹満寺
７井手寺跡　８下狛廃寺

軒瓦は飛鳥寺と同笵の素弁十葉蓮花文軒丸瓦であるが、数量的には川原寺式の複弁八葉蓮花文軒丸瓦が最も多く、この時期の天智朝大津宮遷都（六六七年）前に伽藍が整備されたと考えられる。先述したように、この川原寺式の影響を受けた「高麗寺式」軒丸瓦は、周辺の蟹満寺・泉橋寺（泉橋院）などに分布しており、相楽郡の中心寺院であったことが判明する。(29)

このように南山背には、高麗寺や蟹満寺のように七世紀代の古代寺院がすでに存在し、この他にも久世郡では七世紀後半から八世紀初頭の寺院として広野廃寺・平川廃寺・久世廃寺・正道廃寺・山滝寺跡、綴喜郡では志水廃寺・美濃山廃寺・普賢寺・三山木廃寺、相楽郡では里廃寺・下狛廃寺・松尾廃寺・泉橋寺などが存在している（図4）。『霊異記』の説話が創作された地域として、仏教活動が盛んであったことは、これらの古代寺院の存在からもうかがうことができよう。

四　行基関係説話の分布と交通路

以上のように、中巻八縁と十二縁の舞台となる地域には、少なくとも七世紀後半から八世紀前半にかけての古代寺院が存在し、活発な造寺活動と僧侶の布教活動が行われていたと考えられる。『行基年譜』によれば、行基は「四十九院」を建立しており、中巻八縁の「富の尼寺」などは、隆福院・隆福尼院が相当するとされていて、説話に登場する寺院の実際の姿を追うことができる。

行基建立四十九院については、すでに田中重久氏・泉森皎氏・河上邦彦氏などの研究があり、(30)最近では摂河泉古代寺院研究会や近藤康司氏などの研究がある。(31)従来の研究では、行基建立四十九院は行基の宗教活動・社会事業の拠点として建立されたとし、橋や布施屋と結びつけて論じられたものが多かったが、坪之内徹氏が行基建立寺院と平城宮系軒瓦の分布との関係を指摘して以来、[32]行基建立四十九院をさまざまな観点から再検討する研究が登場している。[33]とくに坪之内氏は、行基関連寺院として隆福院（追分廃寺）・泉橋寺・石凝寺跡から平城宮系軒瓦が出土しているところから、これらの平城宮系軒瓦は行基政策の転換から各寺院にもたらされたものとした。

ところがこれらの寺院の中でも、追分廃寺からは興福寺創建瓦と同笵品が出土しており、行基に対する弾圧政策が緩和されるのは天平三年（七三一）であるから年代的には合わない。また石凝寺跡から若江廃寺と同笵の雷文縁複弁八葉蓮花文軒丸瓦が出土しており、創建年代は八世紀初頭と考えられる。とすれば、これらの寺院は必ずしも行基によって建立された寺院ではない。坪之内氏もそのことについて追分廃寺出土の軒丸瓦を再検証し、軒丸瓦六三四八Aが平城京の長屋王邸で用いられた瓦であることを指摘している。その結果、この瓦は行基の宗教活動との関係からもたらされたものではなく、長屋王との私的関係からもたらされたものであるとした。[34]この事例から見ると、行基建立四十九院の中には、行基が直接造寺に関与したというよりは、既存寺院を利用して行基との関係を持った寺院も存在することを示している。

また最近では、近藤康司氏が考古学的見地から行基建立四十九院の検討を行い、その特徴として、①僧寺と尼寺がセットで建立される例が多い、②池や溝などの施設と近接して建立される例が多い、③瓦が出土する寺院が少ない、④行基建立寺院に先行する、七世紀後半から八世紀初頭に属する軒瓦が出土する寺院がある、⑤平城宮・京系軒瓦を採用する寺院が多い、という五点を指摘している。[35]

この近藤氏の指摘の中で重視したいのは、④の行基建立寺院に先行する寺院の存在である。寺院遺構としてははっきりと残っているものは少ないが、おうせんどう廃寺（法禅院跡）は四つの堂宇が存在したらしく、心礎が検出されているところから、塔・金堂・講堂・食堂跡などが存在したと推定される。また石凝寺跡も発掘調査の結果、基壇建物跡や礎石などが発見されており、ある程度の堂舎を持った寺院であったことが推定される。このような寺院は、行基の活動以前から建立されていた在地豪族の寺院が、行基の布教によって関係を持って、行基建立四十九院としての伝承を持つようになったものと思われる。行基の活動については、すでに長山泰孝氏が行基集団の支持者の中に在地豪族層が存在したことを指摘しているが[36]、これらの寺院の存在はその事実を裏付けるものと思われる。とすれば、行基の布教活動を支持した在地豪族層の中には、当然その布教活動の拠点として自らの寺院を提供する在地豪族も居ただろうし、便宜を図ったことも想像に難くない。

そのような視点から改めて中巻八縁と十二縁の舞台となる地域を見れば、中巻八縁は摂津国兎原郡宇治郷の船息院・船息尼院から難波、さらに難波から生馬山寺、隆福院（登美院）・隆福尼院（登美尼院）への道が存在している[37]。それを詳細に見れば、摂津国兎原郡から登美に向かうには、まず難波に向かって「難波度院」などを通り、そこから「石凝院」（石凝寺跡）を通るものとも思われる。難波から生駒山を越える道はいくつかあるが、「富の尼寺」と推定される隆福尼院・隆福院に行くには、暗峠や日下直越を越えていくのが最短のルートであろう。そしてその道の延長線上には平城京があり、実は中巻八縁の背景には、摂津—生駒—登美—平城京を結ぶ道があり、その上を説話の関係者たちは移動しているのである（図5）。

次に中巻十二縁の舞台は山背国紀伊郡ではあるが、行基の居た紀伊郡深長寺（「法禅院」）は近江国に抜ける交通の要地にあった。さらに相楽郡には「泉橋院」があり、深長寺と相楽郡の「泉橋院」を結ぶルートには高麗寺跡や蟹満寺が存在している。『霊異記』の山背国関係の説話を見ると、相楽郡を舞台にした説話が多く、また『法花経』誹謗の説話などの同類異話に近い説話が存在しているところから、『霊異記』の山背国関係説話は相楽郡を中心と

図５　行基関係寺院と交通路

して分布していた可能性が高い。考古学的にも山背国南部の古代寺院には、高麗寺系の軒瓦が多数分布しているところも加味すれば、高麗寺跡が山背国南部の仏教活動のセンターであったと思われ、このような山背国南部の在地豪族の寺院を拠点として、行基集団や僧侶が活発に行動していることが推測される。

　このように見ると、中巻八縁と十二縁は単なる同類異話の関係にとどまらず、その背景には摂津国兎原郡から難波津、難波から生駒山の暗峠や日下直越を越えて生馬山寺・「富の尼寺」に向かう道が存在した。さらにその道は平城京に向かい、平城京から今度は北に向かって奈良山を越えて木津川を渡り、そこにある山背国相楽郡の泉橋院から高麗寺跡・蟹満寺を通って、紀伊郡深長寺に向かう道が存在したのである。そしてこの二つの説話を創作して布教した人物や集団は、このルート上を活発に移動したと思われる(38)。

　近年兵庫県神戸市の深江北町遺跡の調査で、「咒願師□朝臣□成／亀智識」という木簡が出土している。裏面には「天平十□〔九ヵ〕年八月一日□」とあり、奈良時代のものであることが明らかである。深江北町遺跡は、その他に「駅長」関係の木簡や「駅」などの墨書土器が出土しており、山陽道の葦屋駅家関連遺跡であることが判明している(39)。この木簡は「咒願師」とあるところから放生木簡であると思われ、中巻八縁の「摂津国兎原郡画問邇麻呂」の蟹の放生との関係が想定される。兎原郡は芦屋郡に隣接するので、このような放生がこの地域に存在していることを裏付ける。また「亀智識」とあることからも、亀の放生が行われていたことが想定され、上巻七縁に見える百済僧弘済による難波津での亀の放生も、このような放生の事実に基づいた可能性がある。恐らく山陽道から畿内にかけて、放生を行う仏教集団が存在していたことを示すとともに、そのような放生の仏教儀礼が駅家周辺で行われていたことからも、行基集団が官道を利用して盛んに交通していたことを示している。

　畿内における行基とその集団の交通路は他にも多数あるが、その一つとして二つの異なる地域の同類異話の存在から、行基集団の交通の具体的な姿を復元することが出来ると思われる。

五　おわりに

以上、中巻八縁と十二縁の「蟹報恩譚」の成立について、摂津国から難波・大和、そして山背国と広範な地域を舞台に、行基集団による布教の可能性について、寺院の存在と交通路について考察を加えてきた。結論として、大和と山背国に「蟹報恩譚」の同類異話が残るのは、僧侶の活動拠点として在地豪族の寺院も含んで拠点となる寺院のネットワークが存在し、行基集団や僧侶たちが活発な布教活動を行っていた。そしてその実際の布教活動の唱導の法話を、景戒が『霊異記』に収録したものと思われる。その後山城地方の寺院で行われた法会の唱導法話は、「蟹報恩譚」として蟹満寺にも残り、やがて時間とともに寺院縁起化し、「蟹満寺縁起」としてその後語られ、今日に残ったと思われる。

註

（1）山根賢吉「蟹報恩譚の展開」（『国語と教育』二　一九六七年）
（2）守屋俊彦「中巻第八縁考」（『日本霊異記の研究』　三弥井書店　一九七四年）、小林真由美「『日本霊異記』の異類婚姻譚―神話から仏教説話へ―」（『成城國文學論集』三一　二〇〇七年）
（3）丸山顯徳「蟹報恩説話」（『日本霊異記説話の研究』　桜楓社　一九九二年）
（4）寺川眞知夫「蟹報恩譚の形成」（『日本国現報善悪霊異記の研究』　和泉書院　一九九六年）
（5）飯沼千鶴子「蟹満寺縁起（中一二）」（山路平四郎・国東文麿編『日本霊異記』古代の文学4　早稲田大学出版

部　一九七七年）、中里隆憲「蟹満寺説話と南山城」（日本霊異記研究会編『日本霊異記の世界』三弥井書店　一九八二年）、北條勝貴「『日本霊異記』と行基―〈描かれた行基〉の意味と機能―」（『研究と資料』一五　一九九七年）

(6) 以下『霊異記』の引用は、小泉道校注『日本霊異記』（新潮日本古典集成　新潮社　一九八四年）による。

(7) 千田稔「四十九院はどこか」（井上薫編『行基事典』二三〇頁　国書刊行会　一九九七年）

(8) 佐伯有清『新撰姓氏録の研究』本文篇　二二六頁・二一八頁　吉川弘文館　一九六二年

(9) 森明彦「『行基年譜』に関する二つの問題」（有坂隆道先生古稀記念『日本文化論集』同朋舎　一九九一年）

(10) 孫晋泰「大蛇退治伝説」（『朝鮮民譚集』四〇頁　勉誠出版　二〇〇九年）、崔仁鶴「蜈蚣と蛙の闘い」（『韓国昔話の研究』二〇四頁　弘文堂　一九七六年）

(11) 丸山前掲註（3）著書「蟹報恩説話」の各国の説話の比較が参考となる。

(12) 山根前掲註（1）論文、守屋前掲註（2）著書・黒沢幸三「『霊異記』における類話の考察」（『日本古代伝承文学の研究』塙書房　一九七六年）、飯沼前掲註（5）論文、駒木敏「霊異記説話の性格―民話性をめぐって―」（『同志社国文学』九、のち『古代文学と民話の方法』笠間書院　一九七九年所収）

(13) 寺川前掲註（4）著書

(14) 池邊彌『和名類聚抄郡郷里驛名考證』二七四～二七五頁　吉川弘文館　一九八一年

(15) 池邊彌『和名類聚抄郡郷里驛名考證』一九六～一九七頁　吉川弘文館　一九八一年

(16) 新日本古典文学大系『三宝絵　注好選』「三宝絵」中巻十三「置染郡臣鯛女」一一一～一一三頁　岩波書店　一九九七年

(17) 黒沢前掲註（12）著書

(18) 井上光貞「文献解題」（『往生伝　法華験記』日本思想大系　七二一頁　岩波書店　一九七四年）

(19) 八田達男「南山城蟹満寺にみる古代寺院の歴史的展開―本尊銅造釈迦如来坐像の来歴を中心として―」（『龍谷史壇』九三・九四号　一九八九年）

(20) 池邊彌『和名類聚抄郡郷里驛名考證』二〇一～二〇三頁・二〇五～二〇八頁　吉川弘文館　一九八一年

（21）日本思想大系『往生伝　法華験記』第一二三「山城国久世郡の女人」二〇八頁　岩波書店　一九七四年
（22）三船温尚・奥健夫編『国宝蟹満寺釈迦如来坐像—古代大型金銅仏を読み解く—』八木書店　二〇一一年
（23）中里隆憲「蟹満寺縁起と南山城」（日本霊異記研究会編『日本霊異記の世界』三弥井書店　一九八二年）
（24）黒沢前掲註（12）著書
（25）勝浦令子「行基集団と女性たち」（速水侑編『行基—民衆の導者—』吉川弘文館　二〇〇四年）、同『日本古代の僧尼と社会』吉川弘文館　二〇〇〇年）
（26）菅谷文則「奈良市大和田町追分の寺院遺構」（『橿原考古学研究所　彙報』一四　一九八二年）、近藤康司「行基建立四十九院の考古学的検討」（『行基と知識集団の考古学』清文堂　二〇一四年）
（27）奈良県立橿原考古学研究所附属博物館編『山の神と山の仏—山岳信仰の起源をさぐる—』二〇〇七年、清水昭博「生駒山周辺の行基寺院出土瓦」（『帝塚山大学考古学研究所研究報告』一五　二〇一三年）
（28）堀大輔「おうせんどう廃寺・がんぜんどう廃寺・法禅院」（『古代寺院と律令制下の京都府—なぜそこに寺はあるのか—』第十九回京都府埋蔵文化財研究会発表資料集　二〇一三年）、近藤前掲註（26）著書「行基建立四十九院の考古学的検討」
（29）同志社大学歴史資料館編『南山城の古代寺院』二〇一〇年、ただし高麗寺に官寺的性格を求める説もある（小笠原好彦「高麗寺の性格と造営氏族」『瓦衣千年』森郁夫先生還暦記念論文集刊行会　一九九九年）
（30）田中重久「行基建立の四十九院」（『奈良朝以前寺院址の研究』白川書院　一九七八年）、泉森皎「行基建立四十九院の考古学的検討—和泉・河内・大和を中心として—」、河上邦彦「考古学からみた摂津の行基四十九院」（『環境文化』五八　一九八三年）
（31）近藤前掲註（26）著書「行基建立四十九院の考古学的検討」
（32）坪之内徹「平城宮系軒瓦と行基建立寺院」（『ヒストリア』八六　一九八〇年）
（33）摂河泉古代寺院研究会編『行基の考古学』塙書房　二〇〇二年
（34）坪之内徹「行基の宗教活動とその考古資料」（摂河泉古代寺院研究会編『行基の考古学』塙書房　二〇〇二年）
（35）近藤前掲註（26）著書　五六頁

(36) 長山泰孝「行基の布教と豪族」(『律令負担体系の研究』　塙書房　一九七六年)
(37) 和田萃「行基の道略考」(『環境文化』五八　一九八三年)、吉川真司「行基と知識と天皇」(『聖武天皇と仏都平城京』天皇の歴史02　講談社　二〇一一年)
(38) 古閑正浩「行基の山崎橋と山崎院」(『大僧正行基展　なぜ菩薩と呼ばれたか』　吹田市立博物館　二〇一三年)
(39) 『深江北町遺跡　第一二・一四次調査埋蔵文化財発掘調査報告書』　神戸市教育委員会文化財課　二〇一四年

総論　『日本霊異記』に見える僧侶の交通と地域関係説話の形成

一　はじめに

『日本霊異記』（以下『霊異記』）の地域関係説話の成立について、同類異話などの分布などから中央の官僧や在地の僧侶など、さまざまな僧侶の往来によってこれらの説話が形成された可能性について、第二篇を中心に考察してきた。そこで最後に、『霊異記』における同類異話以外の説話でも僧侶の交通が見られる例を取り上げ、『霊異記』とその背景にある地域の仏教世界について述べたい。

二　僧侶の交通

(1)　地方から中央へ

『霊異記』を見ると、僧侶の交通については（1）地方から中央へ上京する僧侶と、（2）中央から地方に下向する僧侶、（3）遊行する僧侶の姿が見られる。まず地方から中央へ上京する僧侶の例を見てみよう。

地方から上京する僧侶の姿では、上巻三縁の道場法師の例が挙げられる。尾張国愛知郡片輪里の小子が飛鳥元興寺で強力で活躍することによって得度し、道場法師と名乗る説話である。[1] このように地方から上京して僧となる例は、中巻二十六縁の広達の例でも同様である。広達は上総国武射郡あるいは畔蒜郡の下毛野朝臣氏で、大和国吉野郡の金峰山で修行し、同じ郡の桃花里（未詳、秋野川流域か）の橋で霊木の悲鳴を聞き、その霊木から阿弥陀像などの仏像を作り、吉野郡越部村の岡堂に安置したという造像縁起譚に登場する。また中巻十三縁では和泉国和泉郡血渟山寺で、信濃国の優婆塞が修行をしている。このように地方から上京して僧侶になったり、修行を重ねる例はいくつか見られる。

川尻秋生氏はこうした地方出身の僧侶について、『多度神宮寺縁起幷資財帳』の元興寺僧である尾張国大僧都賢璟が尾張国荒田井氏の出身で、伊勢・美濃・尾張・志摩国の道俗知識を率いて多度神宮寺の三重塔を建立し、同族の荒田井直族子麻呂を得度させた例などを挙げて、在地の有力氏族が中央の大寺院の僧になるとともに在地の関係を保ち続けていたと指摘する。[2]『正倉院文書』に残る優婆塞貢進文などは、川尻氏が指摘するような思惑が、在地側にあったことを示しているのではなかろうか。

地方から上京したのは、このような在地豪族層出身の僧侶だけではない。『続日本紀』宝亀十年（七七九）八月癸亥条には「治部省言、今依二検造僧尼本籍一、計二会内外諸寺名帳一、国分僧尼、住レ京者多。望請、任二先御願一、皆帰二本国一者」とあって、[3] 諸国の国分寺僧が上京したまま在京していることが判明し、その国分寺僧等を帰国させるよう命じている。このように在地出身の国分寺僧も上京していることがわかるが、これに対する太政官処分は、知行具足の僧尼以外については帰国を命じており、上京している僧尼の中には修行不十分の者がいたことが知られる。

このような国分寺僧尼の上京の目的については不明であるが、地方から上京する僧侶は少なくなかったことが知られる。

その他上巻七縁では、備後国三谷郡三谷寺の僧弘済が仏像を作るための資材を求めて上京し、帰路は船を雇って難波津から備中まで行っていることが知られる[4]。このように法会や修行以外でも、寺院造営や仏像造像のための技術・資材を求めて僧侶が移動することがあったことを示している。

(2) 中央から地方へ

中央から地方に下向する僧侶としては、まず国師が挙げられる[5]。国師は『続日本紀』大宝二年（七〇二）二月条に「任二諸国国師一」と簡単な記事があるが、その職掌や定員などの詳細については不明な点が多い。しかし、和銅二年（七〇九）に大宰府とその管内諸国において官人の事力の数が削減されたときも、薩摩国司と大宰府管内の諸国国師の事力は削減されていないから、国司並みの待遇であったことは推定出来る。霊亀二年（七一六）五月庚寅条のいわゆる寺院併合令では、国師は国司とともに寺院併合や寺院の資財管理を命じられているから、寺院の資財や造営・補修などの管轄という職務を行っていたと思われる。また天平十年（七三八）の『駿河国正税帳』には常陸国師で下総国の国師を兼ねた賢了が供僧・童子を引き連れて駿河国を通過したことが知られるし、また同じ『駿河国正税帳』には、部内六郡を巡行する駿河国師明喩の一行に、六日分の食料が支給されていることが判明するから、そこから推測すると、国師の任務としては部内を巡行して国内の僧尼や寺院を検察したと思われる。

国師は「国師所」と呼ばれるところにいたと思われ、最近の研究では、天平勝宝元年（七四九）頃には、国分寺に移拠した可能性が指摘されている[6]。安芸国分寺跡では「国師所」と推定される建物跡も検出されており、国師は国分寺の中で止住していたと考えられる。このように国師は、在地の寺院や僧尼の管轄のために地方に下向したと思われ、天平勝宝四年（七五二）閏三月八日の太政官符では、国師の交替の際の解由状作成についての指示が見られる。(7)

国師の職務は、このような寺院や僧尼の管理であるが、やはり主な職務としては在地における仏教行事の指導であろう。『霊異記』下巻十九縁には、筑紫国府の大国師である大安寺僧戒明が宝亀七、八年頃赴任し、肥前国佐賀郡の大領である佐賀君児公が主催する安居会に『華厳経』講説の講師として招聘されている。また国師でなくともこのような官大寺僧が地方寺院の法会の講師として赴くことはあったらしく、中巻十一縁では奈良の右京の薬師寺僧題恵が紀伊国伊刀郡桑原の狭屋寺に赴き、十一面観音の悔過会を行っている。さらに上巻十一縁でも、元興寺僧慈応が播磨国飾磨郡の濃於寺で檀越の要請で夏安居の講師として、『法華経』を講説している。

このような在地の法会で講師を務めることも官大寺僧では当然であったようで、『東大寺諷誦文稿』はその法会で講説するためのテキストと考えられている。(8)『霊異記』においても、在地における法会での説話を収録したものと考えられているから、(9)国師の職務の一つとして、法会での唱導があったと思われる。

国師と同様に地方へ下向した官大寺僧の姿は、『霊異記』の中でも数多く見られる。例えば下巻一・二縁の興福寺僧永興は、摂津国手嶋郡の芦屋君もしくは市往氏の出身と言われ、興福寺僧でありながら紀伊国牟婁郡熊野村で修行を行っていた。このような官大寺僧の地方への下向の目的の一つに、山林修行がある。例えば上巻二十六縁の百済僧多羅常は、大和国高市郡の法器山寺で浄行を行っていたし、下巻六縁でも吉野山の海部の峯の山寺で大僧が修行している。また同じ下巻十七縁では、紀伊国那賀郡の弥気山室堂には自度僧の信行とともに元興寺僧の豊慶が止住している。下巻二十四縁では、大安寺僧の恵勝が近江国野洲郡の御上の嶺の神社の辺の堂で修行をしており、また山階寺（興福寺）の満預も近江国浅井郡で『行事抄』六巻を読む法会を行っている。このように官大寺僧は、京に居ながら修行や講説のために地方の山寺などに赴くことがあり[10]、官大寺僧の交通は頻繁であったと思われる[11]。

（3）遊行する僧侶

『霊異記』などには、中央から地方へ、また地方から中央へという双方向性で僧侶たちが移動していることが判明するが、その一方で地方を遊行する僧侶の姿も見られる。下巻十九縁では、肥後国八代郡豊福郷の尼を嘲った国分寺僧と豊前国宇佐郡の神宮寺僧が登場するが、国分寺のような官僧や宇佐八幡宮の神宮寺僧なども在地間を移動していることが知られる。また上巻十縁と中巻十五縁は化牛説話で同類異話であるが、どちらも村里を遊行する自度僧の姿が見られ、上巻十五縁などとともに托鉢を行う僧侶の姿が明らかである。

しかしこれらの遊行僧は迫害に遭うことも多く、上巻十五縁では飛鳥古京で、上巻二十九縁では備中国小田郡、下巻十五縁では平城京の佐紀村、下巻三十三縁では紀伊国日高郡別里で迫害を受けている事例が見られる。このような迫害を行ったのは一般の庶民だけでなく、中巻一縁では元興寺の法会の際に長屋王が沙弥を打ち、中巻三十五縁では下毛野寺の沙門諦鏡が、平城京から山背国綴喜郡に向かうところで宇遅王から迫害を受けている。このような事例が多いところを見ると、反対に自度僧のような僧侶たちが、活発に村里で托鉢を行っている様子がうかがえるのではなかろうか[12]。藤本誠氏は、僧侶迫害説話は『霊異記』独自のプロットであり、説話の筋立てには日本古代の地域社会における遊行僧の実態が反映されており、原説話作成時における地域社会の現実的な内容が仏法迫害説話として選択されたと指摘する[13]。

その他にも、上巻二十七縁では河内国石川郡の石川沙弥は、摂津国嶋下郡の舂米寺に住み、同じ郡の味木里で死んでいるので、河内国石川郡から摂津国嶋下郡を移動していることがわかる。さらに上巻三十五縁では、河内国若江郡遊宜村には練行の沙弥尼が村の中にいたが、止住しているのは大和国平群郡の平群の山寺であった。ここでは平群の山寺に安置した仏画が盗まれ、難波の市で発見する説話であるが、この尼が河内—大和—難波の地域を遊行していることが判明する。

この二話は畿内地域であるが、地域関係の説話を見ると、下巻十四縁・十六縁は越前国加賀郡を舞台にした説話である（図1）。下巻十四縁は、浮浪人の長が京戸の小野朝臣庭麿という優婆塞を迫害した悪報で悪死するという内容であるが、小野朝臣庭麿という優婆塞は「京戸」とあるところから、京に戸籍のあるものである。それが越前国加賀郡の部内の山を巡って修行していたことが、この説話から知られる。浮浪人の長と出会う場所は「その郡の部内の御馬河里」であるが、現在の金沢市三馬付近と思われ、式内社の御馬神社が存在する。

次に下巻十六縁では、同じ加賀郡の横江臣成刀自女が、多淫多情で子どもを養育しなかった罪で地獄に堕ちるという内容である。横江臣成刀自女は加賀郡大野郷畝田村におり、同じ村の横江臣成人の母であった。成人が幼いときにその母は美人で男にもてたため、次々と男たちと交わり、成人に授乳しなかったため、乳の腫れる病によって死んでしまう。そこから横江臣氏の居住した村が畝田村であることが判明するが、近年金沢市畝田西三丁目にある畝田・寺中遺跡から「横江臣床島」「田領横江臣」と記された木簡が出土しており、「横江臣」という氏族が実際に畝田付近に存在していたことが明らかとなった(14)。

この加賀郡大野郷畝田村の横江臣成刀自女が地獄で病に苦しんでいることを成人に知らせたのが、紀伊国名草郡能応里の寂林法師であった。寂林の出身地の紀伊国名草郡能応里については、下巻三十縁に三間名氏という渡来系氏族が建立した、能応村にある能応寺（弥勒寺）という寺院が登場し、観規という僧侶がいたことが知られる。寂

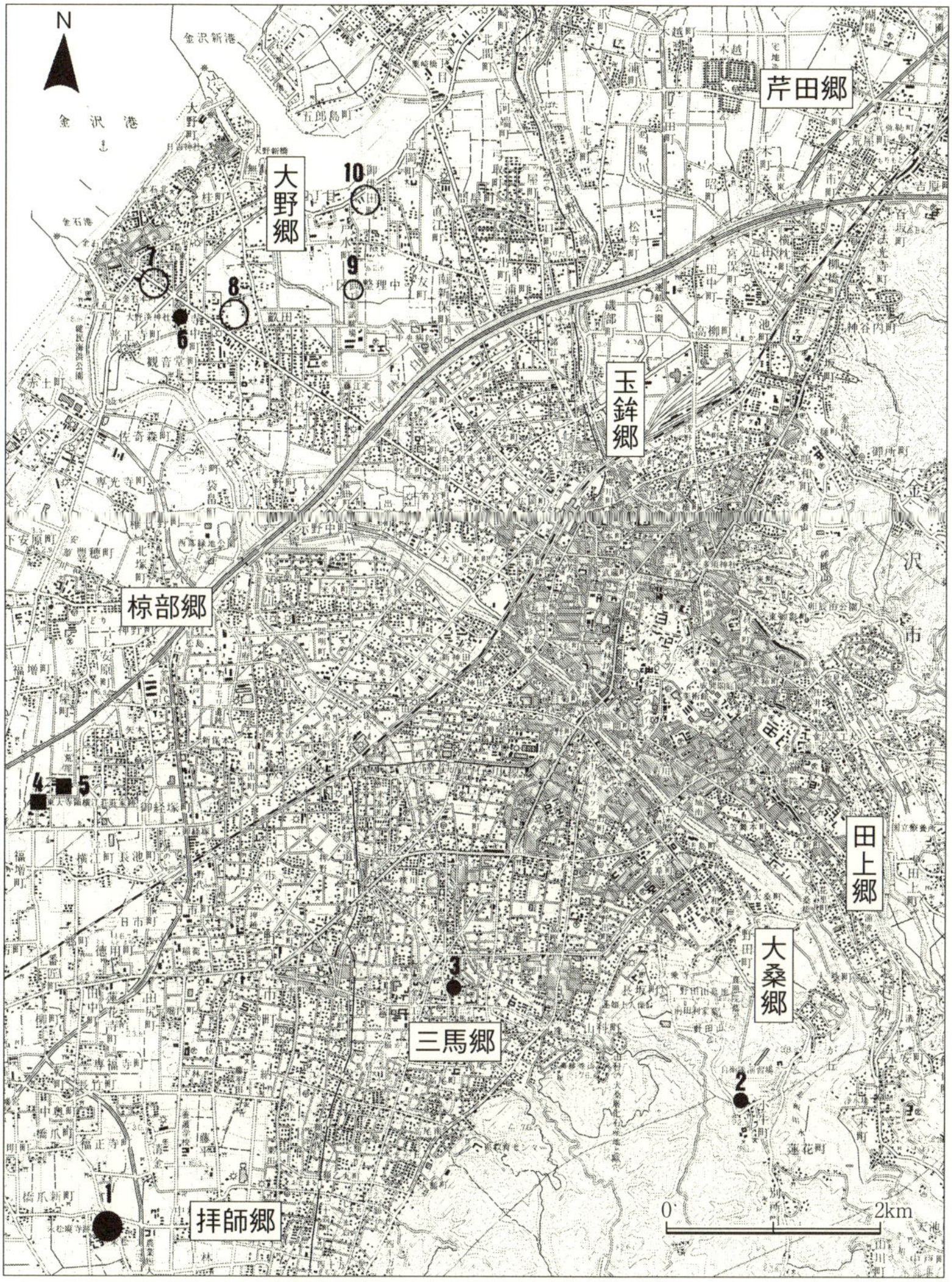

図 1　越前国加賀郡遺跡分布図

1 末松廃寺　　2 三小牛ハバ遺跡　　3 三馬神社　　4 東大寺領横江荘遺跡荘家跡
5 上荒屋遺跡　　6 大野湊神社　　7 金石本町遺跡　　8 畝田・寺中遺跡　　9 戸水大西遺跡
10戸水C遺跡

林とこの寺院の関係は不明であるが、能応村にある寺院である以上、寂林もこの寺院と関係があったと見た方がよい。ということは、寂林は紀伊国名草郡能応里から他国を巡歴し修行していたことになる。

下巻十四縁でも十六縁でも、このような僧侶たちが越前国加賀郡で遊行している点については、この周辺に修行地が存在したからであろう。下巻十四縁の舞台となった「御馬河里」は、現在の金沢市三馬付近と推定されるが、その地を流れる伏見川の上流の三小牛ハバ地内から、奈良時代の銅板如来立像が採集されている。その後昭和六十二年に発掘調査が行われたところ、数棟の建物跡と「道」「山寺」と書かれた木簡や「三千寺」「沙弥」と墨書された土器、さらには写経に使用したと思われる定規などが出土しており、「道」「三千寺」などから「道君」が関係した山地寺院と思われる(15)。またこの他にも金沢市角間の「イッチョウジ」遺跡や、小松市八幡の浄水寺遺跡など、この周辺には多くの山地寺院が存在しており、加賀を中心とした山岳修行が行われていた可能性が高く、それがこの説話にも反映されたのであろう。

下巻十六縁の舞台となる加賀郡大野郷畝田村であるが、現在の金沢市畝田付近に推定され、戸水C遺跡、金石本町遺跡、畝田・寺中遺跡などが近年発掘調査されている。金石本町遺跡からは「寺」の墨書土器や浄瓶・鉄鉢型土器が出土し、僧侶の存在をうかがわせる。下巻十六縁では「仏を造り経を写して、母の罪を贖ひ、法事すでにをはりぬ」とあるところから、畝田村でも有力者が僧を招いて法会を行っていた可能性がある。その他初期荘園遺跡でもある上荒屋遺跡では「僧」「仏曹」などの墨書土器とともに瓦当や鉄鉢型土器が、東大寺領横江荘遺跡からは緑釉陶器の托・香炉蓋・鉄鉢などの土器が出土している。上荒屋遺跡も東大寺領横江荘遺跡も弘仁九年（八一八）に東大寺領になるが、これらの遺物はそれ以前のものであるから、このような仏教関係遺物の存在からも、八世紀段階に僧侶が存在したことは裏付けることが出来る。

一方、戸水C遺跡は大型の掘立柱建物跡が検出され、「津」の墨書土器が出土している。畝田・寺中遺跡でも同様に「津司」の墨書土器が出土しているので、この地域に港湾が存在していた可能性が高い。さらに戸水大西遺跡からは「大市」と墨書された土器が見つかっているので、港湾に伴う市の存在がうかがえる。このように津などの水上交通の拠点に市があったことは、下巻二十七縁の備後国の「深津の市」や、中巻四縁の美濃国の「少川市」、中巻二十七縁の「草津の川の河津」などからもうかがわれ、これらの地が人々の移動が激しく、そのため人々が集まる場所であったため、僧侶の布教の場となったと思われる。『日本後紀』延暦十五年（七九六）七月二十二日条には、

　生江臣家道女逓㆓送本国㆒。家道女越前国足羽郡人。常於㆓市鄽㆒、妄説㆓罪福㆒、眩㆓惑百姓㆒。世号㆓越優婆塞㆒。

とあり、越前国足羽郡出身の生江臣家道女が都の市において、人々に対し布教活動を行っていたことが知られる。中巻十九縁でも河内国の利苅優婆夷は『般若心経』を読誦するのが見事であり、平城京の東の市にも赴いているところを見ると、このような僧侶が市を中心に布教していたことは明らかである。戸水C遺跡や畝田・寺中遺跡でも僧侶が存在し、そこでの布教の物語として下巻十四縁や十六縁の説話が創作され、語られたのではなかろうか。

さらに在地の村落を移動する僧侶の例は、千葉県東金市の作畑遺跡と久我台遺跡から同時期の土器に同一人物の筆跡で「弘貫」と書かれた墨書土器が出土しており[16]、「弘貫」を僧侶と見れば、複数の村落を遊行する僧侶の姿が見て取れる。作畑遺跡からは「村落寺院」と思われる掘立柱建物が検出されており、在地の村落間を遊行する僧の姿が見て取れる。このように官大寺僧から村落間を遊行する僧までが、在地で唱導を行った可能性は高いと見てよいであろう。上巻十縁と中巻十五縁に登場する自度僧は、このような僧侶であったに違いない。

（4）在地における僧侶の活動拠点――「堂」と「寺」

「堂」と「寺」については、従来の研究では建物の規模や建立者の階層についての格差が反映されたものとされ[17]、最近ではさらにその説を発展させて、仏教の性質の差まで求める説がある[18]。しかしこれらの説が依拠した『霊異記』の説話を厳密に考証すれば[19]、これらの説が成り立たないのは自明であり、「堂」と「寺」に大きな差異はない。

例えば、「弥気山室堂」の推定地についてはいろいろな説があるものの、近年発見された小川八幡神社蔵の『大般若経』の跋文には[20]、写経を行った寺院について「御気寺」「御気院」とあり、「寺」も「院」も同じ意味で用いられている。第一篇第二章で述べたように「御気寺」「御気院」が「弥気山室堂」である可能性は高く、『霊異記』の説話で「弥気山室堂」には、元興寺僧の豊慶が止住し丈六の仏像を安置する堂の他に、鐘堂や僧房が存在するのだから、単なる一字程度の「堂」でないことは明らかである。さらに小川八幡神社『大般若経』の写経に関わった人物には、坂本朝臣・上毛野氏などの擬制的同族関係を結んだ氏族が、紀伊国を中心に平城京や和泉国から写経に参加しており、広範な地域から同族関係のもとに「知識結」を行っていることが知られ、その拠点が「御気寺」「御気院」であった。

また「弥気山室堂」に元興寺僧の豊慶が止住していることからも、官大寺僧が修行のために主な拠点としていたのは、これら「堂」「寺」などの地方寺院であろう。遠江国榛原郡鵜田堂の例では、遊行する僧が仏像を発見して修復し、それを安置する「堂」を建立しているところから、官大寺僧から遊行僧まで、僧侶が在地における活動する中には、このような造寺造仏行為があったものと思われる。また在地有力者層も地域共同体のもとに「知識結」を行い、それを支援した可能性が高い。

とすれば、地方寺院の機能の一つとして、このような地縁的共同体を知識として結集し、その寺院を建立した氏族の祖先崇拝という追善供養のために在地共同体を強化することがあったと思われる。そのような目的の中で、地方寺院も僧侶の活動と交通を支援したものと考えたい。それゆえ古代における僧侶の交通については、想像する以上にこのような地方寺院のネットワークを利用して、活発な交通があったものと思われる。文献史料にはなかなか僧侶の交通を示すものは少ないが、造寺活動については僧侶が関係するものもあり、備後・寺町廃寺を中心とする同笵・同系瓦の分布は、『霊異記』に現れる弘済のような僧侶の活動や交通が背景にあり、それが在地における地方寺院ネットワークを構築していったのではなかろうか。「堂」と「寺」については、当然のことであるが、在地における僧侶の交通の拠点として考えていく必要があるものと思われる。

三　交通路との関係

このような僧侶の移動については官道を利用したと思われ、前述したように『駿河国正税帳』や『周防国正税帳』では、国内を往来する国師などの僧侶の姿が示されている。『霊異記』においても交通の移動は官道が中心であったと思われ、記事の上では明記されていないが、例えば上巻七縁では、備後国三谷郡三谷寺の僧弘済は亀に救われた後に備中国の海辺にたどり着くが、帰路は山陽道を利用したと思われるし、(21)上巻二十九縁の備中国小田郡や上巻十一縁の播磨国飾磨郡も山陽道が通過する郡である。また讃岐国の三説話の舞台は皆南海道上に位置し、三話とも地獄冥界説話というモチーフが共通するところから、説話の作者は南海道を移動する者であることが推定される。(22)

とくに同類異話の場合はその共通性は明確で、共通する布教集団の移動が想定されるであろう。上巻十縁と中巻十五縁の化牛説話や中巻八縁と十二縁の蟹報恩譚は、それぞれ大和国と伊賀国、大和国と山背国を往来する同一布教集団による可能性が高く、とくに大和国と伊賀国の間は、聖武天皇が伊賀・伊勢国から東国に向かった「都祁山之道」というルートが存在したことを指摘した(23)。このように同類異話の分析は、布教集団の移動の可能性を追うには有効な手段であろう。

その他同類異話でなくとも、一見異なる説話でも、分布する地域を結びつけていくと、交通路が浮かび上がってくる例もある。例えば中巻三十一・三十九縁は遠江国が舞台であるが、中巻三十一縁は遠江国磐田郡の丹生直弟上が塔の建立を発願したところ、生まれた娘から舎利を授かるという仏舎利感得譚で、「磐田寺縁起」とも考えられる説話である。遠江国磐田郡は国府・国分寺が存在する地で、磐田寺を遠江国分寺に比定する説もあるが、丹生直弟上が建立したことを考えれば丹生氏の氏寺と考えるべきで、磐田市内には大宝院廃寺が存在する。『和名類聚抄』によれば壬生郷が存在し、読みは「爾布」(にう)とあって、丹生氏の居住地であったと推定される。いずれにせよ、東海道が通過する重要な地域である(図2)。

一方、中巻三十九縁は「声を出す仏像」のジャンルで、舞台は同じ遠江国の榛原郡鵜田里である。大井川の河辺に埋まっていた薬師仏を通りがかった僧侶が掘り出し、鵜田堂に祀ったという「鵜田堂縁起」とも言うべき説話である。『和名類聚抄』によれば榛原郡は、質侶・駅家・榛原・大江・細江・神戸・船木・勝田・相楽郷からなり、鵜田郷は見えない。しかし説話の内容からすれば、大井川の河辺に近いところであったと思われる。『延喜式』兵部省条に依れば駅馬は榛原郡に初倉駅があり、これが駅家郷に当たると考えられる。伝馬は磐田郡にも榛原郡にもそれぞれ置かれており、東海道上で両方の地域とも重要な地域であった(図3)。ここを往来して「鵜田堂」を建てた僧侶が官僧であるのか自度僧であるのかは不明であるが、榛原郡の初倉駅付近には竹林寺廃寺(鵜田堂の可能

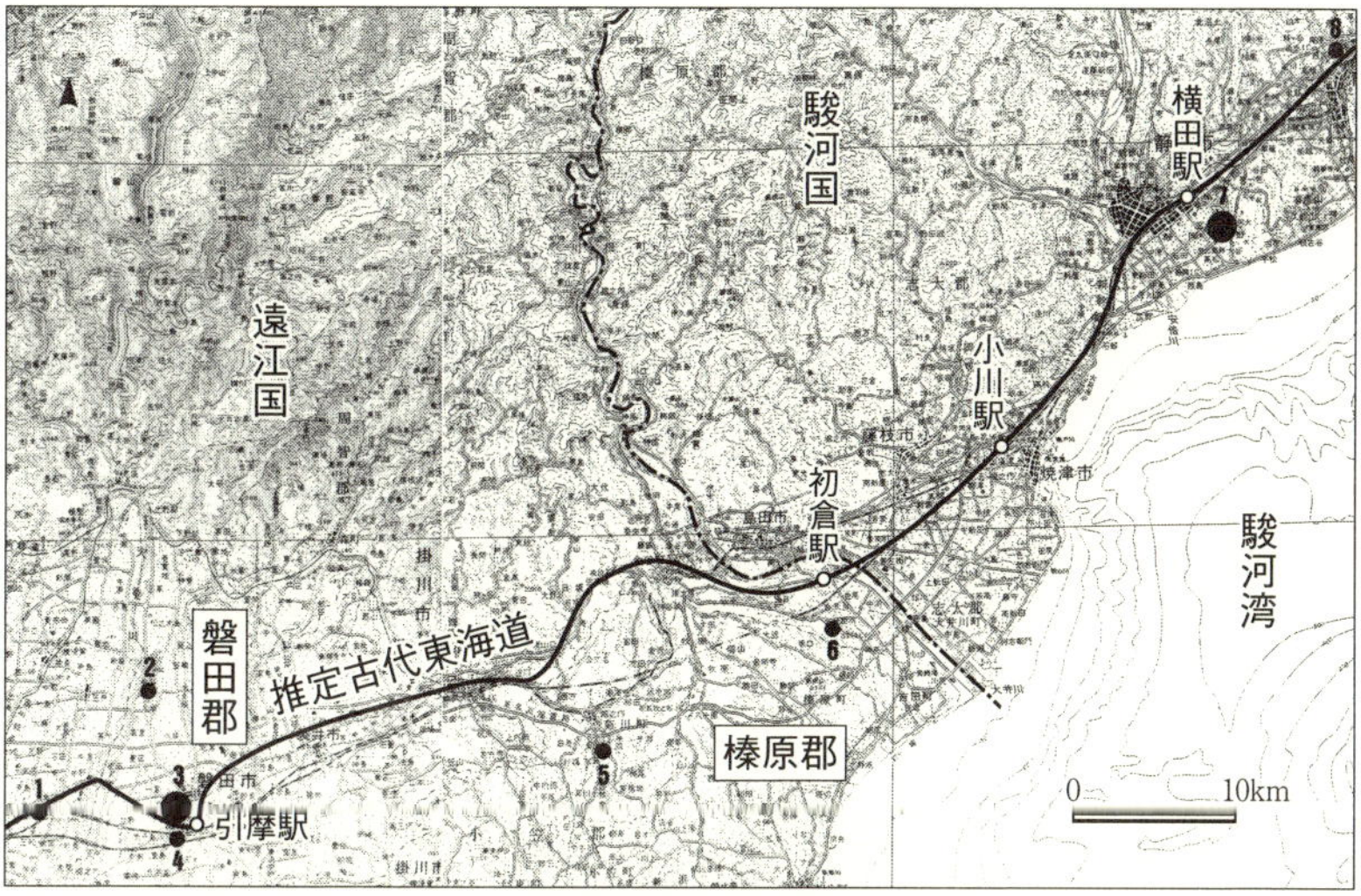

図2　古代東海道と古代寺院の分布

1木船廃寺　2寺谷廃寺　3遠江国分寺跡　4大宝院廃寺　5加茂廃寺
6竹林寺廃寺　7片山廃寺（駿河国分寺跡）　8尾羽廃寺

性も）が存在するので、この僧侶も地方寺院のネットワーク上を移動していた可能性もある。

以上のように、古代の僧侶は官道を利用して移動していたと思われるが、他方でも水上交通の可能性も指摘したい。下巻四縁は、称徳天皇の時代に奈良の高僧が娘婿とともにその任地である陸奥国に「駅船」で向かうが、高僧に借金をしていた娘婿が途中で高僧を海に投げ込むものの、『方広経』のお陰で難を逃れたという説話である。ここでは「駅船」という表現が見られるが、律令制ではこの表現はなく、陸奥国への水上交通の可能性は否定的であった。しかし近年発掘調査された荒田目条里遺跡から出土した一号木簡には、「郡符　立屋津長伴マ福麿　可□召×／右為客料充遺召如件長宜承×」とあって、この木簡は磐城郡司が立屋津長の伴マ（大伴部）福麿に差し出した郡符木簡で、立屋津に来客があって津長が郡司の命令を受けて周辺の人々を徴発したと考えられる。磐城郡家の付近に津〈港〉があり、「津

図３　榛原郡郷分布図

長」という港湾管理者が存在していたことは注目に値し、律令制の交通制度では、陸上交通の駅制は七道を中心に陸路の交通路に一定の距離ごとに駅家が設置され、公用の駅使に乗り換え用の馬や食料などが支給されたが、「駅船」も同様に、制度としてではないが、公用の使者を運ぶ海上交通であった可能性がある。(24)

四　『日本霊異記』地域関係説話の形成と伝播――書承性について

『霊異記』の説話の分布については、すでに原田行造氏が『霊異記』の説話の整備度から書承的な説話と口承的な説話と分類して検証し、その結果『霊異記』の地方関係説話は記文の形で景戒のもとに伝えられたものが多く、反対に京畿内の説話はその整備度の低さから、口承されていたものを採り入れたと指摘する。(25)原田氏の説話の整備度とは、年時・場所・人名の具体性が濃厚であるかどうかを基準として数値化したもので、より具体性が高ければ整備度は高くて書承性が高く、反対に年時・場所・人名がより曖昧なものは整備度が低くて口承性が高い、とするものである。実際『霊異記』の説話の中には、「本記」（上巻五縁）・「記」（上巻二十五縁）・「録」（中巻九縁）・「解状」（下巻三十五・三十七縁）などの語が見られるから、地方関係の説話については書承によることが多いであろう。

これは唱導僧が布教する際の法話が、年時・場所・人名を必ず伴うもの、ということが大前提になるが、少なくとも『東大寺諷誦文稿』のように布教のテキストで話す内容が定型化しているとするならば、原田氏の方法論は有効であろう。実際、『冥報記』や『金剛般若経集験記』（以下『般若験記』）をモチーフとした説話が各地に存在することは、その知識を持った者が実際に在地で説話の形成に関係しなければ出来なかったであろうということは、簡単に想像がつく。しかし問題なのは、在地で形成された説話は完成されたものは少なく、少なくとも一次ないし二次の形成が行われている可能性が存在する。そうであるとすれば、説話の完成度からは最終的な説話の整備度しかうかがうことは出来ない。

問題はこのような地方関係の説話を誰が形成し、そして誰が景戒のもとに伝えたかということである。本書では、まず序論で『霊異記』説話の登場人物層は確かに僧尼関係が多いが、それに次ぐのが在地の有力者であることを指摘し、『霊異記』が必ずしも「私度僧の文学」ではないことを示した。第一部では『霊異記』に見える「堂」や「寺」の用語、「山寺」の実態から、「堂」や「寺」の用語が直ちに寺院の階層を示すものではないこと、「山寺」においても在地の関係で存在が成り立っていることを指摘した(26)。その上で「山寺」においては官大寺僧の修行の場であり、広範な僧侶の交通が存在したことは明らかであって、従来のような山岳修行における俗界との断絶は存在しないことを示した(27)。

次に第二部では、信濃・武蔵国における東国関係の説話、備後国を舞台とした上巻七縁と下巻二十七縁の関係、同様に讃岐国を舞台とする地獄冥界説話の形成などを中心に、在地での『霊異記』説話の形成過程を論じた(28)。また東北や九州などの遠隔地について、説話の形成から伝播経路についても論じ、『霊異記』の地域関係説話の形成と伝播について明らかにした(29)。また畿内の説話についても、上巻十縁と中巻十五縁、中巻八縁と十二縁の同類異話をもとに考察し、二つの説話を結ぶのは、交通路の存在とそれを往来する共通の布教集団の存在であることが浮かび上がった(30)。

『霊異記』の地域関係説話の分布を見ると(図4)、いくつか特徴的な点を見出すことが出来る。まず一つは、西海道・南海道・山陽道・北陸道・東山道・東海道などの官道沿いの郡に展開することである。そして説話が展開する郡には、駅家などの交通機関が存在することであろう。上巻三十縁などは「駅家」が存在する典型であり、また

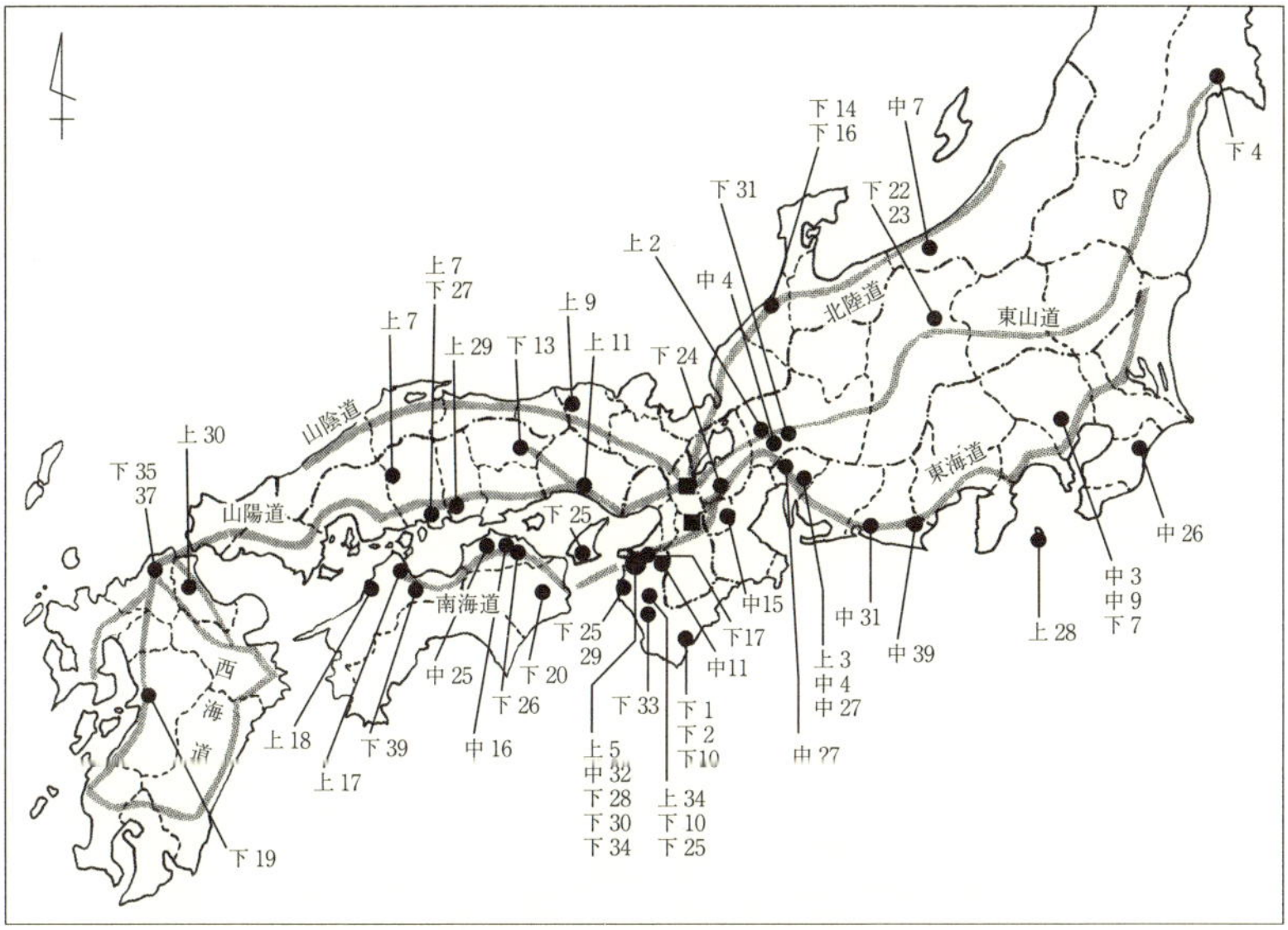

図4　『日本霊異記』地域関係説話の分布

水上交通の「津」においても、下巻二十七縁や中巻四・二十七縁などを考えれば、陸路と同様に重要な交通機関であることが知られる。このように『霊異記』地域関係説話の分布地は、それぞれ地域における交通の要地であることが明らかであり(31)、伝播の経路としても要地であることが指摘出来る。

次に特徴的なのは、説話の舞台となった郡が、国府・国分寺が存在する、もしくは隣接する地域である点であろう。とくに顕著であったのは、武蔵国では『霊異記』の説話は中巻三・九縁、下巻七縁が残るが、皆国府・国分寺の存在する多磨郡であり、信濃国においても国分寺が存在する小県郡に同類異話の二話が残る。このことは説話の形成と分布において、国分寺の存在は少なからず影響があったと思われる(32)。とくに国分寺成立後は、国師は国分寺を中心に止住し活動したと考えられるから、『冥報記』などの海外説話をもたらした人物としては、その拠点としての国分寺の存在を無視するわけにはいかないであろう。とすれば書承性の高い説話については、その整備を行った拠点は国分寺である可能性は高いと言わざるを得ない。

五　まとめ――『日本霊異記』地域関係説話の形成者と編者景戒

以上、『霊異記』における地域関係説話の形成と伝播については、次のように考えている。

まず説話の原型となる原説話については、各地域でベースとなる第一次伝承（原説話）が存在した例がある。道場法師系説話群における小子伝承や力女伝承などや、上巻七縁の百済僧弘済の伝承や三谷寺の縁起がそれに該当し、また蟹報恩譚における蛇神も在地の神祇関係の伝承の可能性もあろう。また各地の氏族伝承も第一次伝承となった可能性がある。上巻十三縁の仙女伝承や下巻三十一縁の美濃国伊奈波大神の伝承などは、仏教的な要素を伴わないがゆえに、原型となる第一次伝承の可能性が存在する。このような地域関係説話の第一次伝承の多くは、在地で形成されたと考えられる。

同時に『冥報記』や『般若験記』などの中国の説話の影響も大きく、地獄冥界説話や化牛説話などのモチーフは、在地で発生したものではないことは明らかであり、『霊異記』地域関係説話でこのようなモチーフを用いて形成されるには、少なくとも官大寺僧レベルの僧侶が関与しなければ、このような説話の形成は不可能であろう。とすれば、在地で形成された『霊異記』の説話は、国分寺を拠点とした国師や国分寺僧のような官僧レベルの僧侶の知識に基づいて整備されたものも多いと思われ、上巻七縁などのように、原説話となる在地の第一次伝承を基に第二次伝承が形成され、在地での唱導のための説話に整備されたと思われるものもある。

地域関係説話が国分寺が所在する郡や隣接する郡に分布する事実は、在地における国分寺を中心とした地域に仏教文化が存在したことを指摘することが出来る。また『霊異記』の地域関係説話に国分寺僧がほとんど登場しないのは、不正を行った郡司や僧たちの因果応報譚からすれば、国分寺僧らが説話の対象の圏外に位置するため登場しない可能性もあろう。それは反対に国師や国分寺僧が、説話形成の主体者である可能性を示しているのではなかろうか。

一方、『霊異記』に見える法会は、「寺」「堂」と称する地方寺院や在地有力層の居宅が多く、国分寺で行われた法会については『霊異記』には見えない。とすれば在地での仏教活動の場は地方寺院が主であった可能性は高く、実際上巻七縁の三谷寺や十七縁の越智氏の氏寺、中巻三十一縁の磐田寺など、地方寺院の縁起とも思われる説話が収録されているのは、これらの地方寺院が在地での仏教活動の中心であったためと思われる。下巻十九縁で大国師の戒明が肥前国佐賀郡大領佐賀公の要請で安居会に講師で迎えられている例や、上巻十一縁の播磨国飾磨郡濃於寺での元興寺僧慈応、中巻十一縁の紀伊国伊刀郡狭屋寺での薬師寺僧題恵などが赴いている例、さらに『東大寺諷誦文稿』における「堂讃め」の例を見ると、官大寺僧が地方寺院で法会に招聘され、そこで唱導を行っている姿が明らかである。そしてそのような地方寺院間のネットワーク上を僧侶たちが往来したことは、十分想定できるのではなかろうか。

それゆえ『霊異記』の地域関係説話の形成は、在地で第一次伝承（原説話）の形成が行われ、その後さらに在地において説話の整備化（第二次伝承化＝国師・国分寺僧などの官大寺僧による海外説話のモチーフなどの加味、そして唱導）がなされ、そして景戒への伝播と景戒による編集、という整備過程を経たことが想定される。その間、第一次伝承から第二次伝承の整備まで、そして唱導の期間によっては時間的経過が想定されるものもあり、『霊異記』の地名の行政区分と実際の律令制下の行政区分に相違が見られるのは[33]、そのためであろう。

ところが『霊異記』の地域関係説話は、全て第一次伝承（原説話）が存在したものばかりでなく、中央の官大寺僧によって直接在地で創作されたと思われるものもあろう。例えば中巻十五縁などは説話の舞台としては在地性が強いが、化牛説話のモチーフを用いている点から、その知識のある僧が実際在地に赴いて創作した可能性が考えられる。従来海外説話のモチーフの利用は景戒によるものと考えられていたが、以上のような地域関係説話の形成過程を見ると、在地での説話形成あるいは整備段階で海外説話のモチーフを利用した可能性は高いと思われる[34]。

このように『霊異記』の地域関係説話は、在地での第一次伝承（原説話）をベースに仏教説話化されて国師や国分寺僧などによって第二次伝承が形成されたものや、さらに国師や国分寺僧などが在地で直接説話を形成したものもあったと思われる。また中巻八縁や十二縁の蟹報恩譚のように、畿内地方では在地での伝承を説話化して、行基集団が畿内の交通路を利用して唱導・布教化したものもある。それらが書承されて景戒のもとに伝わったと考えられ、景戒はそれらによって『日本国現報善悪霊異記』という説話集を編集したと考えられる。

では景戒は『霊異記』の地域関係説話について、どの程度の編集を行ったのであろうか。中村史氏によれば、『霊異記』の説話は基本、（1）標題＝話の題目、（2）素体＝話そのもの、（3）説示＝話の説明と教訓的言辞に区分され、説示部分は素材時の説示（a）と編纂時に加えられた説示（b）があると指摘する[35]。とすれば景戒が関与したのは、標題と説示（b）の部分ではなかったか。大胆に言えば、景戒は在地で形成されまとめられて伝えられた地域関係説話群を時代別に配列し直し、各巻頭に序文、各説話に標題と一部の説示（b）を加え、そして下巻三十八縁の後半部などに景戒自身の自伝を加えて編集を行った程度ではないか。さらに『霊異記』の説話が布教の例証話という性格として完結したものであり、説話素材と説示が相まって説話を構成しているとするならば[36]、説示部分ですら景戒の手が入っていない可能性もあろう。

少なくとも『霊異記』の地域関係説話では、備後国や讃岐国などの説話群は地域的に一つのまとまった説話群であった。それが景戒によって編年的に配列し直されたことで説話の地域性・共通性が失われてしまったが、本書のようにそれを再度見直すことで、本来の説話群の意味が浮上すると思われる。

『霊異記』という仏教説話の成立の背景には、以上のような在地における僧尼の活発な活動が存在したが、その活動の交通路には当然ながら官道を用いていることは、各地域関係説話の検証から明らかである。そこから見える在地の仏教世界は、官僧と自度僧が対立する存在ではなく、律令行政の交通路を利用しながら盛んに布教活動を行う僧侶たちの存在が浮かび上がる。「国家仏教」下の官大寺僧と在地の自度僧たちの仏教が対立するという構図は、『霊異記』の地域関係説話の形成からは見えてこない。『霊異記』の地域関係説話から見えてくるのは、在地における民衆の姿であり、そこで活発に活動する在地の僧侶たちの姿とその交通路であり、その交通路を往来する国師などの官大寺僧の姿である。『霊異記』の成立に関して、官大寺僧とこれらの交通路が果たした役割は非常に大きいと思われる。このように見ると、『霊異記』は「私度僧の文学」ではなく、「官僧の文学」と言えるのではなかろうか。

以上、『霊異記』における地域関係説話の成立過程を通して、『霊異記』がどのような過程を経て在地で説話が創作され、それが整備されて景戒のもとに伝播したかを考証してきた。このような考証を行うことで『霊異記』が単なる仏教説話にとどまらず、古代の民衆や地域社会の世界を復元できる史料であることの実証を試みたつもりである。今後は今回取り上げた地域関係説話群以外の説話や畿内の説話群にも注目して、古代史料としての『霊異記』の価値について考察を試みたい。

註

（1）第二篇第六章
（2）川尻秋生「日本古代における在地仏教の特質」（『古代東国の考古学』大金宣亮氏追悼論文集　慶友社　二〇〇五年）
（3）新日本古典文学大系『続日本紀』五　一〇五頁　岩波書店　一九九八年
（4）第二篇第二章
（5）角田文衞「国師と講師」（『新修国分寺の研究』第六巻　総括　吉川弘文館　一九九六年）、柴田博子「国師制度の展開と律令国家」（『ヒストリア』一二五　一九八九年）、同「諸国講読師制成立の前後」（『奈良古代史論集』二　一九九一年）
（6）佐竹昭「国分寺と国師」（須田勉・佐藤信編『国分寺の創建』思想・制度編　吉川弘文館　二〇一一年）
（7）『類聚三代格』巻三　天平勝宝四年閏三月八日官符「応〻畿内七道諸国々師交替〻事」一〇九頁
（8）鈴木景二「都鄙間交通と在地秩序―奈良・平安初期の仏教を素材として―」（『日本史研究』三七九　一九九四年）
（9）中村史『日本霊異記と唱導』三弥井書店　一九九五年
（10）薗田香融「古代仏教における山林修行とその意義―特に自然智宗をめぐって―」（『南都仏教』四　一九五七年、のち『平安仏教の研究』法藏館　一九八一年所収）、拙稿第一篇第二章
（11）鈴木前掲註（8）論文
（12）在地の村落遺跡や墨書土器などを検討する考古学の立場から僧侶の活動を想定する論考には、以下の主な論考がある。平川南「墨書土器とその字形―古代村落における文字の実相―」（『国立歴史民俗博物館研究報告』三五　一九九一年、のち『墨書土器の研究』吉川弘文館　二〇〇〇年所収）、宮瀧交二「考古学と文献史学（4）―出土文字資料研究の成果―」（『考古学研究』五六―四（二二四号）二〇一〇年）、笹生衛「考古学から見た『日本霊異記』―東国の仏教関連遺跡の動向から―」（『歴史評論』六六八　二〇〇五年、のち『日本古代の祭祀考古学』吉川弘文館　二〇一二年所収）

(13)　藤本誠「『日本霊異記』における備中国説話の成立―上巻第二九をめぐって―」(『吉備地方文化研究』二三　二〇一三年)、同「『日本霊異記』における悪報譚の特質―仏法迫害説話を中心として―」(『水門』二四　二〇一二年)
(14)　森田喜久男氏は、内陸部に居住する横江臣氏が開発の担い手として大野郷に移住した可能性を指摘する(「古代地域社会における開発―越前国加賀郡大野郷畝田村の場合―」『日本古代の王権と山野河海』　吉川弘文館　二〇〇九年)。
(15)　久保智康「北陸の山岳寺院」(『月刊考古学ジャーナル』三八二　一九九四年)、望月精司「加賀国府周辺の古代山林寺院(石川県)」(『佛教藝術』三一五　二〇一一年)
(16)　平川前掲註(12)著書
(17)　直木孝次郎「『日本霊異記』にみえる「堂」について」(『奈良時代史の諸問題』　塙書房　一九六八年、初出は『続日本紀研究』七―一二　一九六〇年)
(18)　藤本誠「『日本霊異記』における仏教施設と在地仏教」(『史学』七二―一　二〇〇三年)、同「日本古代の「堂」と仏教―『東大寺諷誦文稿』における「慰誘言」を中心として―」(山口敦史編『聖典と注釈―仏典注釈から見る古代―』　武蔵野書院　二〇一一年)、同「日本古代の「堂」と村落の仏教」(『日本歴史』七七七　二〇一三年)
(19)　第一篇第二章
(20)　薗田香融編著『南紀寺社史料』関西大学東西学術研究所資料集刊二五　関西大学出版部　二〇〇八年
(21)　第二篇第二章
(22)　第二篇第三章
(23)　第二篇第七章、および第八章
(24)　第二篇第五章
(25)　原田行造「霊異記説話における書承性と口承性―説話の整備度から眺めた編成過程の研究―」(『日本霊異記の新研究』　桜楓社　一九八四年)
(26)　第一篇第一章
(27)　第一篇第二章

(28) 第二篇第一・二・三章
(29) 第二篇第四・五章
(30) 第二篇第七・八章
(31) 加藤謙吉氏も『霊異記』に登場する紀伊・大和南部・和泉の説話の舞台が、ほぼ例外なく古代の水陸交通路に沿う形で展開していることを指摘する(「「聞く所に従ひて口伝を選び…」―古代交通路と景戒の足跡―」 小峯和明・篠川賢編『日本霊異記を読む』 吉川弘文館 二〇〇四年)。ただ、これらの説話が全て景戒の手によるものとは考えられない。
(32) 霧林宏道「「日本霊異記」における遠隔地説話の研究―伝播者を中心として―」(『國學院雑誌』九六―六 一九九五年)
(33) 多田伊織氏は『霊異記』の郡里制・郡郷里制の施行時期と説話の年代がずれる点について、古い説話が新しい時代に移行されている点を指摘する(『日本霊異記と仏教東漸』 二二九~二三三頁 法藏館 二〇〇一年)。このことは古い説話、すなわち第一次伝承(原説話)が二次伝承として再生されていることを示すのではなかろうか。
(34) 河野貴美子氏によれば、『霊異記』の説話には特殊な用字が用いられたものがあり、それが敦煌出土の写本『妙法蓮華経』と字体が一致するものがあるため、『霊異記』にはさまざまな「外典」や「内典」が用いられていると指摘する(「古代日本の仏教説話と内典・外典」 新川登亀男編『仏教文明の転回と表現―文字・言語・造形と思想―』 勉誠出版 二〇一五年)。しかし『霊異記』の漢文には誤用の例も多く(小島憲之『上代日本文学と中国文学―出典論を中心とする比較文学的考察―』下 塙書房 一九六五年)、したがって説話の形成者は中国の文献を利用しつつも、日本語で理解する「聞き手」の存在を考慮し、口承で伝達(唱導)する形の説話を形成したと考えられる。『霊異記』の説話形成者は、特定の「内典」・「外典」に由来する字句を引用しながらも、作文を創意工夫しているとするならば、説話の形成者はある程度絞られていくのではなかろうか。
(35) 中村前掲註(9)著書 一二頁および二五六頁
(36) 今成元昭「説話文学試論」(『説話と仏教』 一六頁 今成元昭仏教文学論纂第三巻 法藏館 二〇一五年 初出一九七九年)

図版出典

第一篇第一章　『日本霊異記』に見える「堂」と「寺」

図1　野中寺跡伽藍配置図…石田茂作『飛鳥時代寺院址の研究』図版　第二二六　一九三六年初出　一九七七年復刻　第一書房
図2　上野廃寺跡伽藍配置図…和歌山県教育委員会『上野廃寺跡発掘調査報告集』一九八六年
図3　山口廃寺出土軒丸瓦…第四二回埋蔵文化財研究集会　古代寺院の出現とその背景』第二分冊　資料（西日本編）一九九七年
図4　紀伊国古代寺院の分布…筆者作図
図5　北山廃寺主要遺構図…貴志川町教育委員会・財団法人和歌山県文化財センター　一九九六年

第一篇第二章　「山寺」の実態と機能

図1　大知波峠廃寺全体図…後藤健一『大知波峠廃寺』四九頁　同成社　二〇〇七年を一部利用
図2　黒熊中西遺跡主要遺構図…群馬県教育委員会他『黒熊中西遺跡』付図二　一九九二年を一部利用
図3　比蘇寺跡伽藍配置図…石田茂作『飛鳥時代寺院址の研究』三五二頁　一九三六年初出　一九七七年復刻　第一書房

第二篇第一章　『日本霊異記』における東国関係説話

図1　京所廃寺遺構図・「多寺」文字瓦…帝塚山大学考古学研究所『天武・持統朝の寺院造営―東日本―』二〇〇八年
図2　武蔵国多磨郡全体図…国土地理院　一〇万分の一地形図「東京」を用い、一部加筆
図3　多磨郡西部郷分布図…国土地理院　五万分の一地形図「青梅」「八王子」を用い、一部加筆
図4　小県郡郷図…国土地理院　五万分の一地形図「上田」「坂城」を用い、一部加筆

第二篇第二章　『日本霊異記』地域関係説話形成の背景

図1　寺町廃寺伽藍配置図・出土軒丸瓦…三次市教育委員会『史跡寺町廃寺跡』一九八四年、広島県草戸千軒町遺跡調査研究所編『備後寺町廃寺―推定三谷寺跡第三次発掘調査概報―』一九八二年

図2　深江北町遺跡出土木簡…神戸市教育委員会『深江北町遺跡　第一二・一四次調査』二〇一四年

図3　宮の前廃寺出土文字瓦…福山市教育委員会他『史跡宮の前廃寺跡―調査と整備―』一九七七年

図4　「水切り瓦」の分布…筆者作図

図5　主要寺院跡出土軒丸・軒平瓦…広島県草戸千軒町遺跡調査研究所編『備後寺町廃寺―推定三谷寺跡第三次発掘調査概報―』一九八二年、福山市教育委員会他『史跡宮の前廃寺跡―調査と整備―』一九七七年

図6　備後南部の古代寺院…筆者作図

図7　備後南部古代寺院の造瓦技術関係図…妹尾周三『文化財論究』Ⅰ　一九八八年から転載

第二篇第三章　『日本霊異記』地獄冥界説話の形成

図1　讃岐国古代寺院の分布と南海道…筆者作図

図2　同笵・同文軒丸瓦の分布…筆者作図

第二篇第四章　『日本霊異記』九州関係説話の成立

図1　京都郡　寺院跡・駅家推定地…国土地理院　五万分の一地形図を用い、一部加筆

図2　豊福郷周辺　寺院跡・駅家推定地…国土地理院　五万分の一地形図を用い、一部加筆

図3　九州地方の古代交通路…『古代交通研究』一二号　木本雅康論文図1を一部改編

第二篇第五章　古代東北地方への仏教伝播

図1　多賀城跡周辺の古代城柵・官衙・寺院跡と駅路…筆者作図

図2　多賀城跡　万灯会と土器埋設遺構…多賀城市史編纂委員会『多賀城市史』第一巻　原始・古代・中世　一九九七年

図3　①山王遺跡出土墨書土器「観音寺」②多賀城廃寺出土墨書土器「花会」…多賀城市史編纂委員会『多賀城市史』第四巻　考古資料　一九九七年
図4　郡山遺跡出土木簡…仙台市教育委員会『郡山遺跡発掘調査報告書―総括編（一）―』二〇〇五年
図5　荒田目条里遺跡一号木簡…いわき市教育委員会他『荒田目条里遺跡』二〇〇一年
図6　江平遺跡出土木簡…福島県教育委員会他『福島空港・あぶくま南道路遺跡発掘調査報告一二　江平遺跡（第二分冊）』二〇〇二年

第二篇第六章　道場法師系説話群の成立

図1　尾張元興寺跡・野中寺出土忍冬文軒丸瓦…名古屋市教育委員会『尾張元興寺跡発掘調査報告書』一九九四年、野中寺跡出土忍冬文軒丸瓦…羽曳野市教育委員会『野中寺―塔跡―』一九八六年
図2　美濃・尾張国の古代交通路…筆者作図
図3　美濃・尾張国の同笵瓦の分布…筆者作図

第二篇第七章　『日本霊異記』大和・伊賀国の化牛説話の成立

図1　中巻十五縁関係伊賀国郡郷図…国土地理院　五万分の一地形図「上野」を用い、一部加筆
図2　蓮池代遺跡遺構図…『上野市史』考古編　二〇〇五年
図3　三谷遺跡遺構図…『大山田村史』上巻　一九八二年
図4　山村里周辺古代寺院の分布…国土地理院　五万分の一地形図「奈良」「桜井」を用い、一部加筆
図5　都祁山道交通路と古代寺院の分布…国土地理院　二〇万分の一地形図「和歌山」「名古屋」「伊勢」「京都及大阪」を用い、一部加筆

第二篇第八章　蟹報恩譚の成立

図1　蟹満寺主要遺構発掘調査図および出土軒丸・軒平瓦…同志社大学歴史資料館『南山城の古代寺院』二〇一〇年

図2　追分廃寺出土軒平瓦および周辺図…『青陵　橿原考古学研究所彙報』一四号、国土地理院　五万分の一地形図「奈良」「桜井」「大阪東北部」「大阪東南部」を用い、一部加筆
図3　おうせん堂廃寺遺構図…『第一九回京都府埋蔵文化財研究会　古代寺院と律令制下の京都府～なぜそこに寺はあるのか～』二〇一三年
図4　高麗寺跡同笵・同文軒瓦出土寺院跡…国土地理院　五万分の一地形図「奈良」を用い、一部加筆
図5　行基関係寺院と交通路…国土地理院　二〇万分の一地形図「京都及大阪」「和歌山」を用い、一部加筆

総論　『日本霊異記』に見える僧侶の交通と地域関係説話の形成

図1　越前国加賀郡遺跡分布図…国土地理院　五万分の一地形図「金沢」を用い、一部加筆
図2　古代東海道と古代寺院の分布…国土地理院　二〇万分の一地形図「豊橋」「静岡」を用い、一部加筆
図3　榛原郡郷分布図…国土地理院　五万分の一地形図「掛川」を用い、一部加筆
図4　『日本霊異記』地域関係説話の分布…筆者作図

あとがき

『日本霊異記』に関心を持ったのは、明治大学文学部の三年次の時だった。二部の授業で、現淑徳大学教授の宇佐美正利先生の『日本霊異記』の演習をたまたま聴講させてもらってからだと思う。それまで仏教説話にはあまり興味はなかったが、指導教員の下出積與先生が宗教史専攻でもあったこともあり、古代の道教史や仏教史などに関心を持ち始めた時期でもあった。

その後大学院を退学し、小さな女子高校の教員として勤めていた時代でも、折があれば『日本霊異記』の説話を読み、いつかこれを研究対象にしようと思っていた。しかしその当時はまだ『日本霊異記』に関する世間の関心も薄く、仏教説話であるがゆえに歴史史料として扱うのは躊躇われる時代でもあった。

その後、明治大学の理工・農学部の兼任講師となり、担当した日本史の授業では『日本霊異記』を題材に、「女性」「商業」「寺院縁起」「地獄像」などのキーワードをテーマにした、『日本霊異記』の思想史のような授業を行っていた。しかし、本格的に『日本霊異記』を研究しようというきっかけは、篠川賢氏からお誘いいただいた成城大学民俗学研究所の共同研究「『日本霊異記』の研究」の研究会からである。この共同研究会は、小峯和明氏や小林真由美氏などの国文学研究者や、加藤謙吉氏や倉本一宏氏のような日本古代史、そして吉田一彦氏や故増尾伸一郎氏のような宗教史の研究者が集まり、気軽に参加できる会であった（その成果は、二〇〇四年に吉川弘文館から『日本霊異記を読む』という形で出版された）。

その中で、本書第二篇第一章にも収められている「『日本霊異記』における東国関係説話—説話形成の一試論—」を書き始めていたが、当初は『日本霊異記』に見える東国地域像を検証しようと考えていた。ところが武蔵国の説話は多磨郡関係の三話のみで内容的には共通性は全くなく、反対に信濃国は小県郡の二話のみでしかも同類異話でかなり共通性がある内容で、これでは「東国」としてひとまとめには出来そうもないことに気がつき、とたんに挫折してしまった。またこの年は学位論文を提出したばかりであり、さらにもう一本ほぼ同時に書かねばならない論考がある中で、この論考が全く停滞してしまった。しかし締切があるというのは辛いけれどありがたいもので、何とかしなければならない一念で、武蔵国と信濃国の説話の舞台を五万分の一地形図で探している内に、あることに気がついた。それは多磨郡にも小県郡にも、国分寺跡が存在していることであった！

その後、新設された、現在勤務する東京医療保健大学に移り、大学立ち上げの入試や広報の担当で多忙をきわめた時期であったが、何とか小県郡を歩く（実際は車だが）機会を作り、国分寺跡を中心に、比定出来る郷や遺跡を見て回り、推定東山道や式内社、信濃国分寺跡などを巡ってみた。また武蔵国は当時多摩川の辺に住んでいたおかげで、サイクリングがてら巡っていた。そうしてあちらこちらを巡っている内に、『日本霊異記』の説話の舞台を地域史の視点から見ることが出来ないかという思いが湧いてきた。

そこで次の年から兼任する明治大学での授業内容を大幅に変え、各地域ごとに説話をまとめてみた。そして水戸黄門ではないが、全国の『日本霊異記』の舞台を行脚することを決意したが、十分な研究費がないことに気がつき、科学研究費補助金申請を行ったところ、幸いにも平成二十年（二〇〇八）に採用され、四年間の研究を行うことが出来た。したがって本書は平成二〇～二四年度文部科学省科学研究費補助金（基盤研究Ｃ：「『日本霊異記』における地域関係説話の形成と伝承」、課題番号：２０５２０５９９）の研究成果報告書でもある。

まず最初に訪れたのは、備後国の説話の舞台であった。以前、上巻七縁の舞台となった備後国三谷郡の「三谷寺」が広島県三次市の寺町廃寺に比定されていることを知り、出雲古代史研究会の帰りに立ち寄った際、なぜこんな辺鄙な山間の寺院跡に、海辺に関係する「亀の恩返し」の説話が関係するのであろうかと疑問を持ったからである。そこでこの寺町廃寺から備後国の国府跡がある府中市や、国分寺跡ある福山市神辺町との間を何度も車で往復し、さらに宮の前廃寺のある福山市深津まで、その伝承ルートを解明しようとした。またルートだけでなく寺院遺跡や瓦などの遺物も見て廻ったが、それらに関しては、東広島市教育委員会の妹尾周三氏や府中市歴史民俗資料館の谷重豊季氏から貴重なご教示をいただいた。この場を借りて御礼申し上げたい。

このように武蔵国・信濃国をきっかけに、備後国から始まった『日本霊異記』巡礼（？）の旅は、その後東北地方を巡り、さらに東海道を廻って北陸地方に行き、美濃・尾張国の道場法師の孫娘を追っかけ、そして紀伊国を走り回り、讃岐国などの南海道を通って四国を横断し、九州地方をぐるりと一周巡見した。『日本霊異記』の地方説話に関する舞台は、大方巡見したつもりである。走行距離は、いったいどのくらいになるのであろうか。

そしてその成果については、さまざまなところで報告させてもらったが、本書とも関係するので、以下に初出一覧を付す。

序――研究の視点…新稿

序論　『日本霊異記』に見える登場人物の階層…あたらしい古代史の会編『王権と信仰の古代史』吉川弘文館　二〇〇五年

第一篇　『日本霊異記』の中の寺院
第一章　『日本霊異記』に見える「堂」と「寺」…『續日本紀研究』三四一　二〇〇二年
第二章　「山寺」の実態と機能――『日本霊異記』を中心として…根本誠二・サムエル・C・モース編『奈良仏教と在地社会』岩田書院　二〇〇四年

第二篇　『日本霊異記』地域関係説話の形成
第一章　『日本霊異記』における東国関係説話――武蔵・信濃国を中心として…小峯和明・篠川賢編『日本霊異記を読む』吉川弘文館　二〇〇四年
第二章　『日本霊異記』地域関係説話形成の背景――備後国を中心として…『日本歴史』七五八　二〇一一年
第三章　『日本霊異記』地獄冥界説話の形成――讃岐国の説話を中心として…『續日本紀研究』三九五　二〇一一年
第四章　『日本霊異記』九州関係説話の成立…『説話文学研究』四七　二〇一二年
第五章　古代東北地方への仏教伝播――『日本霊異記』下巻四縁を中心に…国士舘大学考古学会編『古代社会と地域間交流Ⅱ―寺院・官衙・瓦からみた関東と東北―』六一書房　二〇一二年
第六章　道場法師系説話群の成立――美濃・尾張国の交通網…新稿

第七章　『日本霊異記』大和・伊賀国の化牛説話の成立…新稿
第八章　蟹報恩譚の成立――中巻八縁と十二縁…新稿
総論　『日本霊異記』に見える僧侶の交通と地域関係説話の形成…新稿

なお既発表論文については、本書に収録する際にその後の新しい知見や修正・追加を行っている。

このように、『日本霊異記』をテーマに全国を廻ってみたが、いろいろな経験もした。行基の歩いた道を歩いてみようと思って歩いた暗峠の道は辛かったが、峠の先から見えた東大寺大仏殿の姿には、本当に感動した。松本から上田に走った推定東山道では、もしこの山道で何か事故が起きたら自分は発見されるのであろうかと不安になり、またある時は、車で走った推定「都祁山之道」では細い道に突っ込んでどうにもならなくなったが、迷ったら「前へ」と思い、「ままよ」と突っ走って脱出したことなど、かなりのトラブルもあったが、やはり実際現地に行ってみないとわからないことは多い。そういう中で『日本霊異記』の説話群を、地域史の観点から見てみることが重要であることに気がつけたことは大きい。

本文中にも指摘したが、本来景戒に届いた説話群が地域単位であったであろうという推定は、備後や讃岐国の地域を廻ってみると、一見異なるように見える説話でも報恩譚や地獄冥界説話などの地域による共通性を持つこと、その舞台となる地域には国分寺跡や地方寺院跡などの遺跡が存在し、官道が走っていることなどのことも、現地調査の中で気づいたことであった。そしてこれらの官道や国分寺を拠点として、『日本霊異記』のような説話を形成出来る僧侶は官僧であろうと考えた。従来、『日本霊異記』は「私度僧の文学」と称されてきたが、本書で明らかにしたように、実は「官僧の文学」ではなかったか。そのような結論に達することが出来たのは、現地調査の賜物であった。

本書の論考はさまざまなところで報告させてもらったが、そのほとんどは「あたらしい古代史の会」で準備報告をさせてもらった。宗教史関係の新川登喜男氏や勝浦令子氏をはじめ、佐藤信・三宅和朗・篠川賢先生にはいろいろご指導いただいたが、中でもお世話になったのは故増尾伸一郎氏である。増尾さんとは、浦島子伝承に関する道教史の話や『日本霊異記』についても、さまざまなご指摘をいただいた。だいたい研究会は報告だけで終わることは全くなく、二次会・三次会は当たり前で、とくに成城大学での『日本霊異記』の研究会では、篠川氏も増尾さん・倉本さんも小田急線で町田方面に帰るので帰り道が一緒になるため、当然当時住んでいた登戸では決して下車させてもらえず、何度かその先の新百合ヶ丘駅まで拉致されたことを思い出す。その増尾さんは、今はもういない。

増尾さんは今、山梨県笛吹市春日居町の日当たりの良い墓地に静かに眠る。お墓にはたくさんの銘酒が供えられ、多くの人が墓参に来ていることをうかがわせる。銘酒は増尾さんらしいな、と思った。その春日居町には、白鳳時代の寺本廃寺が存在する。学生の頃発掘調査に参加し、その後の自分の寺院史研究のスタートになった遺跡だ。その町に増尾さんのお墓がある。不思議な縁かもしれない。増尾さんは、自分の指導教員であった下出積與先生と同じ道教史研究者であった。飲んだ席で、増尾さんから下出先生の思い出を聞くのが楽しみであった。増尾さんが亡くなってしまった今、この先の日本古代の道教史研究はどうなってしまうのであろうか。

増尾さんには平成二十三年の新潟での説話文学会の大会報告を相談したところ、快く会に紹介して下さり、散々お世話になった。増尾さんは歴史学にも国文学にも精通し、最近では南方熊楠研究まで手を伸ばしておられた。そに増尾さんの精力的な研究、あふれる知識と優しい魅力的な人柄と、酒を飲んだ時の笑顔は決して忘れられない。増尾さんに批評してもらいたくて、あたらしい古代史の会での報告を一緒にしたこともある。その増尾さんから、「今度『霊異記』の研究会を立ち上げたらどうだい?」と声をかけてもらったのが、最後であった。その二ヶ月後の七月二十五日、早稲田大学でのあたらしい古代史研究会上で、増尾さんの訃報を聞いた。そのショックは、今も忘れられない。本書を真っ先に届けて、増尾さん流の批評を聞きたかったのに。

今回本書で『日本霊異記』の地域史的な研究は一段落するが、実はまだ畿内地域の説話についてはあまり手を付けていない。増尾さんの言葉も、まだ実行できていない。そういう意味でも『日本霊異記』の研究は、今後も継続していかねばならないと考えている。幸い現在、国際日本文化研究センターで倉本一宏氏が主催する、「説話と史料の間に」という共同研究に参加させてもらっている。歴史学だけでなく国文学の先生方の議論を聞くことは、非常に楽しい。声を掛けてくれた倉本氏には深く感謝すると共に、「説話」をどのように歴史史料として活用できるか、今後も『日本霊異記』を中心に考えていきたい。

さらに吉川真司・菱田哲郎氏が主催する古代寺院史研究会にも、厚かましく参加させてもらっている。京都・大阪の古代寺院跡を説明してもらいながら歩くこの会は、場合によっては横浜からの日帰りになることもあり、さらに懇親会まで参加させてもらうので体力的には厳しいが、関西の研究者の方々の意見交換を聞くことが出来、大変勉強になる会なので、気力と体力と財力の続く限り参加させてもらおうと思っている。ここで『日本霊異記』の畿内地方の説話や古代寺院について、今後さらに考えることが出来たら、と考えている。

このようにいろいろな先生方に声をかけてもらって、本書が出来たと思う。先生方の学恩に感謝したい。そして増尾さん、本当に感謝しています。

最後に本書の刊行に当たっては、法藏館の戸城三千代氏、編集担当の岩田直子氏には大変お世話になった。元来、良く言えばおおらかで、悪く言えばアバウトな自分の文章は、編集者がどれくらい苦労するか大体想像がつく。文章だけでなく、校正や図版などでもご指導いただき、感謝の念に堪えない。また本郷真紹氏や山本崇氏にも、お世話になった。この場を借りて御礼申し上げたい。また私事ではあるが、自由に研究することを許してもらっている家族には、改めて感謝したい。

二〇一六年四月二日

三舟　隆之

【著者略歴】

三舟隆之（みふねたかゆき）

1959年　東京都に生まれる。
1983年　明治大学文学部史学地理学科日本史専攻卒業。
1985年　明治大学大学院文学研究科史学専攻博士前期課程修了。
1989年　明治大学大学院文学研究科史学専攻博士後期課程単位取得退学。
2004年　博士（史学）。
現在，東京医療保健大学医療保健学部准教授。
〔著書〕『日本古代地方寺院の成立』（吉川弘文館，2003年），『日本古代の王権と寺院』（名著刊行会，2013年），歴史文化ライブラリー『浦島太郎の日本史』（吉川弘文館，2009年）など。

『日本霊異記』説話の地域史的研究

二〇一六年六月三日　初版第一刷発行

著　者　三舟隆之
発行者　西村明高
発行所　株式会社　法藏館
京都市下京区正面通烏丸東入
郵便番号　六〇〇-八一五三
電話　〇七五-三四三-〇〇三〇（編集）
〇七五-三四三-五六五六（営業）

印刷・製本　中村印刷株式会社

ISBN978-4-8318-7391-0 C3021

索　引

1，件名は、寺院・神社、遺跡・遺物から官職、さらに仏像などの信仰の対象となるものを中心に採録した。

2，書名は、正史・法令・文書などの史料から経典などを中心に採録し、『日本霊異記』については各巻ごとにまとめて採録した。

3，地名についても、なるべく国・郡の地域単位でまとめ、郷・里・駅名などでも国郡の判明するものはそれぞれ地域別に採録した。なお地名の文字は異なるが、同一地名と思われるものは統一して採録した。

4，人名は登場人名とし、同一氏族や同一人物と思われるものは統一した。なお『日本霊異記』下巻九縁の「大真山継」については煩雑を避けるため、異説と共に「大伴直山継」の項目に統一している。

5，研究者名は、登場人名とは別に採録した。

件名索引

あ行――

か行――

さ行――

た行——

な行——

は行――

ま行――

や行――

書名・史料名索引

た行——

な行——

は行――

ま行――

や行――

ら行――

わ行――

地名索引

あ行――

か行――

さ行――

た行――

は行――

人名索引

あ行——

か行——

さ行——

た行――

な行――

は行――

ま行――

や行――

ら行――

わ行――

研究者名索引

あ行――

か行――

さ行——

た行——

な行——

は行——

ま行——

や行——

わ行——